历史人物小说

至尊红颜

武则天传奇

暮浅安 著

中国书籍出版社
China Book Press

图书在版编目（CIP）数据

武则天传奇/暮浅安著.——北京：中国书籍出版社，2019.2
ISBN 978-7-5068-7230-0

Ⅰ.①武… Ⅱ.①暮… Ⅲ.①长篇历史小说—中国—当代
Ⅳ.①I247.5

中国版本图书馆CIP数据核字(2019)第023119号

武则天传奇

暮浅安　著

责任编辑	李国永
责任印制	孙马飞　马　芝
封面设计	广领设计
出版发行	中国书籍出版社
地　　址	北京市丰台区三路居路97号（邮编：100073）
电　　话	（010）52257143（总编室）　（010）52257140（发行部）
电子邮箱	eo@chinabp.com.cn
经　　销	全国新华书店
印　　刷	北京睿和名扬印刷有限公司
开　　本	710毫米×1000毫米　1/16
字　　数	395千字
印　　张	29.5
版　　次	2019年4月第1版　2019年4月第1次印刷
书　　号	ISBN 978-7-5068-7230-0
定　　价	58.00元

版权所有　翻印必究

前　言

　　她是个传奇人物，她身上有太多的标签，有太多的谜团，有太多的污蔑。

　　她是个特别擅长把握机会的人。对人性和人生有透彻的了解。她充满活力，精力充沛。在爱和冷酷之间，她能及时做出恰当的调整。

　　她的一生，没有惋惜和后悔。雷霆果断，霹雳手段。能操控一个偌大的帝国，能操控满朝衣冠；既能掀起风云，又能保持政局基本稳固。

　　因为她拥有自己，所以不太在意别人的看法。

　　社会并不是公正的。女人出轨就是十恶不赦，男人出轨只要道歉就是浪子回头，凭什么呀？女人不得干政，女人不得为主，女人不能犯错，女人不能做别人没做过的事……谁说的？我就做给你们看。以前不能，我现在做了，就能了。她能不断超越自己，甚至超越时代。

　　对于李治来说，权位是高处不胜寒；对于武则天来说，权位是飞机上的降落伞。

　　自古受宠但下场不好的妃子还少吗？她不那样做，死的可能就是她。当时的生存环境是现代人是无法理解的。张巡守城，曾经杀妾以飨士兵。人没在那么残酷的环境中待过，就很难明白他们的选择。

　　人在不同的生命阶段，内在动力是不同的，不要只用一种逻辑解释历史人物。她十四岁被安排入宫，前途未卜，所以一开始是为了自保。站到顶峰以后，开始享受权力的滋味。再后来的治国理政是为了突破自己。每个人的一生都是在成长。

她从不向命运低头。谁都知道她的身份是先帝才人，王皇后总觉得她不配得到爱。她偏偏不这么认为，她偏偏不要低头活着。人活着，就要活得有希望。贫穷、一无所有不可怕，最可怕的是活得没有希望。

她用了四十年的时间，从那匹无法驯服的马，成为了驯马的人。

她之所以成功了，是因为她的所作所为很少是出于感情。她几乎不做多余的事。

她始终知道自己要什么。正确评价别人才能正确看待自己，而一个有成就的人，总是一个高度自知的人。要什么比做什么更重要。连婚姻法都对小三一视同仁了，连进口奶粉都遭抢购了，姐妹们难道还不想想这一生中该要些什么吗？

我们不会有武则天那样的经历，但她的心境和两难是每个人都会遇到的。

目录 Contents

前　言……………………………………………………………… 1

第一回　　寒门小户武家崛起　富而不贵商人求功…………… 1
第二回　　由商从政武士彟押宝　天下大乱唐高祖洗牌………… 3
第三回　　因祸得福国公续弦　亭亭玉立武家有女……………… 7
第四回　　八岁看老武则天露相　别有蹊跷袁天罡预言………… 11
第五回　　撒手人寰显贵落地成平民　踌躇满志少女进宫变才人…… 14
第六回　　莺莺燕燕武才人好胜　莽莽撞撞狮子骢失蹄………… 18
第七回　　合偈语媚娘遭冷遇　解谜团太宗道实情……………… 23
第八回　　废黜不肖太宗叹无奈　喜从天降李治接皇位………… 28
第九回　　入侍宫寝太子得机　唐风雄浑才人上位……………… 33
第十回　　文艺青年初遇大姐大　勇敢示爱上演姐弟恋………… 36
第十一回　深宫冷院韶华虚度　大难在即放手一搏……………… 40
第十二回　妖娆典雅遭遇桃花运　犹抱琵琶接受潜规则………… 44
第十三回　海内升平暴乱东三国　旷日持久征伐高句丽………… 49
第十四回　临危不乱王玄策借兵　势如破竹吐蕃王献计………… 53
第十五回　盛世繁华震慑五湖四海　名不虚传开创贞观之治…… 59
第十六回　油尽灯枯仙逝翠微宫　卑如小草寄身崇德坊………… 63
第十七回　默默无闻潜伏感业寺　适者生存热爱新生活………… 67
第十八回　蓄势待发娇娘热期盼　身不由己情郎有苦衷………… 70

第十九回	余音袅袅难忘羞花之貌　佛殿森森难阻有情之人	74
第二十回	一本正经王皇后演石膏像　风情万种萧淑妃饰铁梨花	78
第二十一回	一哭二闹王皇后争位　三从四德萧淑妃争艳	83
第二十二回	自掘坟墓王皇后松口　欣喜若狂武则天回宫	88
第二十三回	低调做人曲意奉承　高调做事心机暗藏	92
第二十四回	自取灭亡萧淑妃胡闹　滴水不漏武昭仪晋级	96
第二十五回	未雨绸缪李忠为太子　幡然悔悟王萧重结盟	100
第二十六回	彻夜长思果断出手　广结善缘与帝结盟	104
第二十七回	鼠首两端李治不思废后　循规蹈矩王氏不留把柄	109
第二十八回	破釜沉舟昭仪下手　天旋地转公主殒命	113
第二十九回	迷雾重重真相难窥　拨云见日谁是谁非	119
第三十回	花样滑冰宸妃受挫　三分灌篮老臣完胜	124
第三十一回	幼稚皇后厌胜失势　狠辣昭仪扶摇直上	128
第三十二回	聘请外援昭仪送礼　装聋作哑国舅婉拒	132
第三十三回	长孙氏法力大无边　武昭仪出招屡碰壁	136
第三十四回	由上转下武昭仪开窍　咸鱼翻身李义府豪赌	141
第三十五回	内廷议事一人开溜　三人对一哑口无言	145
第三十六回	内廷再议唐高宗难堪　呼天抢地褚遂良发飙	149
第三十七回	内廷三议韩瑗结怨　死不开窍高宗无奈	153
第三十八回	一代名将李勣登场　屡立战功茂公传奇	158
第三十九回	文武全才李勣倾情发言　一字千金高宗笑逐颜开	162
第四十回	三派鼎力各图所需　出手快捷高下立见	166
第四十一回	百官请愿正中下怀　连日阴霾终于转晴	170
第四十二回	终登大宝高宗遂心愿　百鸟朝凤武后显威仪	174
第四十三回	寒冬探望李治念旧情　阴阳两隔王萧赴鬼门	181
第四十四回	明哲保身上书请辞　催逼利诱更换太子	186
第四十五回	矛盾重重评说废后　另有乾坤盘点争端	190

第四十六回	高阳公主倾吐怨中怨　　长孙太尉牵扯案中案………	194
第四十七回	事缓则圆武皇后施计　　麻痹大意褚遂良翻船………	199
第四十八回	恃宠而骄李义府猖狂　　位高权重中书令跌倒………	203
第四十九回	莫名其妙长孙谋反　　惊天动地孙武大战……………	208
第五十回	审时度势再看长孙谋反　　雷厉风行重塑政治格局…	215
第五十一回	施援手武娘娘统帅后宫　　伴佳婿两璧人衣锦还乡…	219
第五十二回	无心插柳光耀门楣显新贵　　笼络庶族革除门阀得人心	224
第五十三回	改革官名推陈出新　　破格用人赏罚分明……………	229
第五十四回	千钧一发解决废后风波　　临危不乱尽显风流人物…	233
第五十五回	重出江湖武后又现霹雳手　　二圣临朝妇女能顶半边天	238
第五十六回	野蛮老婆花样翻新　　泰山封禅普天同庆……………	242
第五十七回	迷雾重重韩国夫人殒命　　谁是谁非台前幕后解析…	247
第五十八回	不明不白魏国夫人下水　　接二连三历史推手众多…	251
第五十九回	贺兰敏之深陷泥沼　　风流小生噩梦一场……………	255
第六十回	跃跃欲试西突厥成祸患　　小试牛刀苏定方建奇功…	260
第六十一回	三将齐发勇争锋　　出其不意巧夺胜…………………	265
第六十二回	三足鼎立中日韩混战　　风云涌动白江口惊涛………	270
第六十三回	天赐良机高句丽内乱　　新旧交替薛仁贵单挑………	274
第六十四回	烽烟四起吐蕃发难　　将帅失和大唐惨败……………	280
第六十五回	一波三折大败吐蕃　　海疆四合壮我河山……………	285
第六十六回	任人唯贤武皇后不抓辫子　　抗击突厥裴行俭屡立战功	290
第六十七回	谦恭仁孝太子得人心　　子少母壮武氏积人气………	296
第六十八回	帝范十二章尽著王者风范　　建言十二事彰显政治才华	301
第六十九回	众说纷纭合璧宫夜宴　　穿越古今窦娥冤陈情………	306
第七十回	则天无犬子李贤聪明伶俐　　少年有叛逆太子误入歧途…	311
第七十一回	仇怨酿敌意太子贤疑身世　　疑心生暗鬼明崇俨传偈语	315
第七十二回	梦里恩情谁人雪上加霜　　登高跌重方显众生百态…	320

第七十三回	任人摆布李显失王妃　重出江湖武后弄朝纲	325
第七十四回	李家有女聪敏灵秀　人间盛事太平大婚	329
第七十五回	几次三番老小孩欲封嵩山　贴近百姓唐高宗抱憾辞世	334
第七十六回	斯人已逝真情流露　路途修远谁伴左右	338
第七十七回	紧锣密鼓裴炎出奇招　顾虑重重太后露一手	342
第七十八回	一句玩笑笑脸成哭脸　两头密议议政变乱政	347
第七十九回	宁静致远李旦稳做嗣君　聪明反误李贤自缢成谜	352
第八十回	初露端倪太后临轩称制　恩威并重老臣忠心为国	356
第八十一回	郁郁不得志诸豪杰聚义　空手套白狼徐敬业施计	362
第八十二回	荡气回肠檄文一篇打头阵　分崩离析意见两种埋伏笔	367
第八十三回	激流暗涌后院起火　攘外安内裴炎遭祸	373
第八十四回	逞凶斗狠高层大换血　重用小人武后也无奈	379
第八十五回	犹豫不决李孝逸险失策　大显身手魏元忠献巧计	384
第八十六回	抓吏治号称垂拱而治　设铜匦掀起热身运动	391
第八十七回	前仆后继反抗不断　舆论造势河图洛书	397
第八十八回	信谣言正牌宗室起兵　定君心挂牌女皇动手	402
第八十九回	为所欲为大人兴大狱　流星一现恶人食恶果	408
第九十回	则天城楼万众瞩目　生命巅峰造我大周	414
第九十一回	迷失自我薛师走投无路　生前身后二张远离仙境	417
第九十二回	饱受压榨契丹起事　后方起火突厥倒戈	424
第九十三回	惭愧不已狄公三省吾身　通达权变国老泽被后世	429
第九十四回	摇摆不定母子离心离德　竭忠侍主李旦逃过一劫	435
第九十五回	多方营救庐陵王重见天日　尘埃落定武承嗣枉费心机	439
第九十六回	一言不慎小儿凄惨上路　悲从中来李显痛失爱子	445
第九十七回	丧佳婿太平失天真　羡权谋公主参政变	448
第九十八回	江湖浪不敌岁月催　老姜辣策划神龙变	453
第九十九回	大国泱泱有目共睹　往事滔滔无字丰碑	459

第一回　寒门小户武家崛起
　　　　富而不贵商人求功

咱们历史上这位唯一的"则天女皇"可真不是个简单的人物，有其父必有其女，她老爸也绝对是个精明的人。武氏原籍并州文水（今山西文水县）。我国历史上著名商业集团"晋商"，也是凭借这块土地而发达，代代不息，名扬海内外。这方水土给了"晋商"的睿智和资源，也给了她老爸武士彠（yuē）发迹的条件。

一方水土养一方人，身在晋地为晋商，武家的祖父辈挑着豆腐担子走街串巷，早起晚归，做辛苦小买卖。武士彠是家里的小儿子，父亲和兄长创家立业，他获得了更多的爱护，并有了读书的机会。他既爱读书，又研究兵书，养成了沉毅、坚定的性格，而且商人气十足——善谋，又好结交。

武士彠为人精明，运气也很好，话说隋文帝到了晚年，也抵御不了物质生活的诱惑，开始堕落，大兴土木。皇帝如此，官僚地主更以求田问宅为急务。文水周围山峦谷地木材资源丰富，武士彠瞅准这个商机，果断出手，和友人做起了木材生意。他勤苦经营，不久便成了百里知名的富商。

至于隋炀帝杨广，除了荒淫无耻、挥霍无度，更是一位狂热的建筑艺术爱好者。到了隋炀帝大业元年（605年），炀帝的堂弟——燧宁公杨达受诏与宰相杨素、宇文恺营建东都洛阳。武士彠探知消息后，熟知商业潜规则的他准备了一份厚礼求见老杨家的杨达。

功夫不负有钱人，他终于顺利拿下了杨达，做成了这单大生意，并获得了长期供应木材的资格。这不仅让武士彟财富横生、身价倍增，更让他由一般的商人转成官商，有了飞黄腾达的机会。

可接下来的一件事却让武士彟改变了既定生活路线。

他无意之中得罪了贪财的隋朝尚书令（国家总理，正二品）杨素。

推想原因，大概是在回扣上，杨达和杨素分赃不均，武士彟打点好了下面的杨达，却没有打点好上面的杨素。闻到风声后，武士彟立即挥重金公关，连夜逃回老家并州，这才保全了自己和家人的性命。

值得一提的是，这场羞辱，若干年后由他的女儿报复了回来，当时已是大周朝女皇的武曌下旨，杨素兄弟子孙世世代代不得为京官，理由是他挑拨杨勇杨广兄弟不和，对于隋帝国的覆灭负有完全责任。大周朝的女皇竟然为隋朝的废太子杨勇打抱不平起来了，这实在是件很有挖掘价值的事。不难想象女皇当时的心情，大权在握，快意恩仇，看着当年位高权重的仇家一个个匍匐在自己的脚下。

受此劫难，武士彟算是看清了：金钱在权势面前，竟然败阵得如此之惨，纵有黄金万斛不及当权者的冷冷一笑。他不满足仅仅当个富翁，还要改变自己的身份，做出了他这辈子极其重要的一个决定——弃商从军。

当时的社会环境是：隋大业七年（611年），杨广征高句丽失败。国内大乱，地方军阀各自为政，起义烽火不断。这是一个出人头地的绝好机会，他就毫不犹豫地参加了隋军，担任鹰扬府队正。人生豪迈，大不了从头再来！

拥有财富的人总是拥有更多机会。但有时候，机会需要等待，武士彟在等待一个好领导，一个能够带领他从黑暗走向光明的英明领导。

第二回　由商从政武士彟押宝
　　　　　天下大乱唐高祖洗牌

这个人出现了，他就是当时的唐国公李渊。

结识唐国公李渊，是武士彟改变命运的大机遇。

当年，他还是商人的时候就在杨达的府邸中见过李渊，见面后两人给对方留下的印象都很好，可以说是情人眼里出西施：武士彟眼中的李渊是虎姿龙睛，相貌威猛，有帝王之表；而李渊眼中的武士彟儒容雅姿，谈吐不凡。

一方面，李渊明知这位出入杨府的大商人有的是钱财和人脉，自己要立非常之业正好可以借助其财力、人力。谁都不会和钱过不去。

另一方面，武士彟不想永远做山寨商人，要提升自己的身份，李渊是个很好的借助之阶。因为武士彟也知李渊出身关陇世家豪族，其父李柄为北周柱国大将军。隋朝建立后，李渊又与隋室有了密切关系，他的母亲独孤氏和隋朝第二代皇帝——隋炀帝杨广的老妈是姐妹，他是正宗的皇亲国戚，还世袭唐国公爵位。

碰巧，杨广在山西游山玩水时，河津地区发生了农民起义，李渊奉命镇压。此时武士彟已经从军，李渊正好经过武士彟管辖的地盘。

于是，武士彟殷勤地把李渊请到府上，大口喝酒，大块吃肉，宾主二人相谈甚欢。

隋大业十三年（617年）后，隋朝上下乱成一锅粥。全国人民都在干一件事：造反！隋炀帝杨广居然还带着他的后宫佳丽在扬州公款旅游，被困时才想起北方的安危。他立即任命李渊为太原留守——太原地区的军政一把手，防守整个北方地区。

李渊升官后，把武士彟提拔为行军司铠参军，掌管武器兵仗。工作中他们经常接触，渐渐地，武士彟发现李渊是个胸怀大志、雄心勃勃的人。不仅如此，他还发现李渊有起兵反隋之心。

顶头上司图谋造反，武士彟该怎么办呢？经过一番思考和权衡，他决定力挺李渊。但是，这种事非同小可，怎么说破呢？

商人脑子活，连做梦都不同凡响。他找到李渊，郑重其事地说："唐公啊，我梦见你骑马上天了。只有真龙才能上天，这说明你就是未来的真龙天子啊！"这"梦"显然是武士彟事先设计的，李渊听了却欢欣鼓舞，信心爆棚，磨刀霍霍。

武士彟编了这个"马屁梦"，紧接着，他又把自己编写的精装珍藏版《兵书简要》献给了李渊。那时候的兵书不是轻易能得到的，李渊内心很是愉快。大家说干就干，决定同仇敌忾，解决麻烦。

在起兵之前，必须摆平两个人：太原副留守王威和高君雅。这两个人是杨广派来监视李渊的。

李渊正寻找借口招兵，正好鹰杨府校尉刘武周杀死马邑太守王仁恭起兵，占据了汾阳宫。李渊以讨伐刘武周为名，派李世民、刘文静、长孙顺德、刘弘基分别去各地招兵买马，并派人去长安让女婿柴绍迅速赶赴太原。

李渊如此大摇大摆、明目张胆的举动当然很快就引起了王威和高君雅的怀疑，立即展开调查。某日，王威步入行军司铠帐中，直接对武士彟进行了现场直播："唐公所募兵队，尽付刘弘基、长孙顺德等统管，是何道理？"

武士彟一听，这是来探我的口风啊。他不紧不慢地说："今四方作乱，我等不过各司其职，各有任命，为朝廷分忧。"

王威认为武士彟未开窍，进一步启发他："训练军队是正事，但唐公为什么偏让刘弘基、长孙顺德统带？他俩可都是逃犯呀！理应绳之以法。"

武士彟假装害怕，沉吟半晌，小声向王威说："此事非同小可。唐公兵权在握，公等如果抓他的大将治罪，必然引起将帅失和，那才真正堪忧啊！如今正值用人之际，唐公起用二人，也是为皇帝效力，未尝不可吧？"

武士彟的回答似乎颇有道理，尤其"引起将帅失和"几个字，令王威心惊。要知道，现在皇帝自顾不暇，如果他真和李渊翻了脸，倒霉的肯定是自己。于是，此事不了了之。

立了这么大的功，武士彟当然不能甘当幕后英雄，他转述给李渊，提醒其严加提防。此后，武士彟不仅倾尽全部家当，还把自己的部属和家中有才干的人也拉进队伍中，李渊对他感激不尽。

他的胆量可以说相当惊人了。绝高的智慧，精准的目光，在必要时不惜舍弃一切放手一搏的勇气和冒险精神，日后都被他女儿继承，甚至走得更远。这样的顽强执著，这样的不顾一切，其背后是急于摆脱自身寒微阶层的焦灼和对世俗权力的渴望。

隋大业十三年（617年）五月，李渊等见起兵时机成熟，便不再犹豫，决定起兵！恰好太原周围久旱不雨，李渊决定在晋王祠祈雨，借机发动兵变。

当天，李渊让李世民率五千军队埋伏在晋阳宫城街巷之中，由长孙顺德和刘弘基领兵伏于晋王祠后。一切准备好后，李渊稳坐在厅堂上与王威、高君雅闲聊。一会儿，刘文静领着鹰扬府司马刘政会进入庭院，说有密状告发谋反大事。李渊手指王威和高君雅，让刘政会把密状交给他俩看，刘政会说："密状只能给唐公看，告的是副留守。"李渊假装无奈，接过了密状，看后又惊讶地说："哪有这等事，王威、高君雅偷领突厥入侵！"

李渊的声音不高，但大家的眼光一下子集中到王威、高君雅身上。

　　二人霍地站了起来！死到临头的高君雅终于反应过来了，甩着袖子大喊："这是造反的人要杀我们啊！"说时迟，那时快，刘弘基、长孙顺德突然从帐后冲出，高喊："拿叛贼！"众武士迅速制服二人。

　　第三天，也不知怎么那么天公作美，突厥数万人进攻太原，李渊说这就是王威等人的奸谋，幸好提前有准备，下令处死王威、高君雅，宣布被逼举兵。七月，他率领起义部队进攻长安。十一月，攻克长安。

　　此后，在短短一年的时间里，天下和武士彟本人都发生了翻天覆地的变化。

　　隋大业十四年（618年）四月，隋朝右屯卫将军宇文化及缢死了一代昏君杨广。消息传来，李渊立即在长安称帝，国号为唐，改元武德，史称唐高祖。

　　唐高祖统一全国后，下诏书加封十四人为开国元勋，其中就包括武士彟。他任命武士彟继续掌管军需，并授光禄大夫，加封义原郡公。短短几年之后，他又任命武士彟为工部尚书，主管工程水利建设，加封应国公，还让他负责长安城的军防工作。以后又曾外放为扬州大都督长史、利州都督、荆州都督。这可是名将李靖、李孝恭、王君廓及唐高祖的子侄王爷才有资格担任的要职。

　　时至今日，武士彟已经飞黄腾达。然而，他既没有卓越的战功，又没有满腹的才学，尤其没有门第依凭，在那些世家大族眼里，武士彟仍然属于他们看不起的寒门小户，最多再加三个字"暴发户"。

第三回　因祸得福国公续弦
　　　　亭亭玉立武家有女

虽然没有特别明确的政绩记载，武士彟应该还算是个谦逊、务实的好官。他不仅几度请辞李渊加封的官爵，还在工作岗位上兢兢业业、任劳任怨，甚至小心翼翼。这也不难理解：隋唐是个身份制社会，同僚们瞧不起他，经常在背后嚼舌头，说他是个木头贩子。

没想到，上天不但给他打开了一道门，连窗户都给他开了。不久之后，他的身份问题也有了弥补的机会。

这得先追溯一下他老人家的历史。武士彟在家乡文水做商人时娶妻相里氏，据说是一位退休了的将军的女儿，由老泰山介绍，当年逃难回来的他才当上了鹰扬府队正。

他们夫妻有两个儿子：武元庆和武元爽。武德元年（618年），他们的三儿子夭亡，这位相里夫人也悲伤成疾，跟着一病不起，死了。

在短时间内丧子丧妻，武士彟不悲痛是不可能的，可他依然忠于职守，甚至也没有大肆声张此事。李渊知道后大为感动，下诏书表彰他"忠节有余，举无与比"。随后李渊感念他的忠心，下决心为他娶一位有贵族血统的老婆。高祖翻了翻《氏族志》，选中了前隋朝皇族的宗室——曾任过宰相的杨达的女儿。

前文说过，当然武士彟倒卖木材的时候，和杨达是合作伙伴，只不过那时杨达是政府高官，而他是等待招标的无名小辈。杨氏位列《氏

族志》前几名，系出名门，血统高贵；而且这个杨氏女的堂兄杨师道的妻子是李渊之女桂阳公主，是皇亲国戚。杨氏女少有大志，小的时候不喜欢做女红，喜欢阅读文史书籍，因此被家里的长辈认为是"隆家之女"。

当时，李渊看杨夫人已经四十四岁了，就亲自召见他，将杨氏的情况介绍一番，问他意下如何。武士彟当然明白皇帝的苦心。直觉眼圈潮湿，感动得想哭，连忙磕头谢恩，口称：谢圣上隆恩！须知娶了她，就是和皇室攀上了亲戚；而且半只脚跨进了贵族社会。

从杨夫人那边看：武士彟是个无不良嗜好、无红颜知己的好老公。两个人的媒人就更不一般了：神圣吾皇。就这样，在武德三年（620年），四十六岁的武士彟与四十四岁的杨氏举行了盛大的婚礼。

结婚费用全部由国库支付；皇帝李渊做媒；桂阳公主主婚，这是史上罕见的殊荣。从此武氏完成了从富有到高贵的第三次人生飞跃。武士彟为人忠厚，杨氏女温婉贤淑，诗画兼能，属于"高知女性"，绝对是武士彟的贤内助。婚后二人情感甚笃。

既然结了婚，当然少不了开枝散叶，于是，武则天轻轻地来了。

唐武德五年（622年），杨氏为武家生了一个女儿，她后来被唐高宗封为韩国夫人。

武德七年（624年）初，杨氏再次临近产期。生产之前，夫妻俩都希望这次能生个儿子。可令他们失望的是，又生了一个女儿……可是，当他小心地抱起二女儿，却是打心眼里喜欢：虽说是一位千金，却方额广颐，一脸的福相。

那时，打死他也不敢相信：就是这个女儿，竟成了中国历史上唯一的女皇！

当然，此时的武则天还不叫武则天。她生下来后，父母肯定给她起了乳名，但是没能流传下来。封建社会的女性，史书一般不记载她们的名字。比如，她母亲就称"杨氏"。

这样说来，一千多年来如雷贯耳的武则天，竟然是个"无名英雄"。

至于通过各种影视剧深入人心的"武媚娘"其实并不是她的本名。

在当皇帝前后，为了造舆论，她给自己取名叫"武曌"。这个"曌"字是她新造的，意思是"日月当空"。但那时她六七十岁的事情了。

她死后的一千多年里，人们一般管她叫"武后"。

到了近代，女权运动兴起，人们觉得中国历史上就出了这么一位独一无二的女皇帝，叫"武则天"才能反映她的丰功伟绩，非常有气势。

"则天"二字有什么来历呢？她晚年退休后，新皇帝李显给她上尊号为"则天大圣皇帝"，去世后，谥号"则天大圣皇后"，她本人生前没有用过这个名字。这个评价非常高，《论语》说"惟天为大，惟尧则之"。"则天"就是取则于天，取法于天。

这些都是后话了。当时还是婴孩儿的武氏女在父母的呵护下渐渐长大。

她出生后不久，扬州（今江苏扬州市）的都督府长史李靖，奉命率兵抗击突厥。武士彟被李渊从中央调到扬州担任都督府长史。当时武则天还小，因此杨氏母女留居长安，住在平康坊府邸。

可是武德九年（626年）六月初四，长安城发生了一件惊天动地的大事——"玄武门之变"。秦王李世民杀死哥哥太子李建成和弟弟齐王李元吉，逼迫老爸李渊退位。同年八月，李世民称帝，第二年改元贞观，他就是历史上的唐太宗。

太宗即位后，立即把在外的高祖旧臣召回长安，试探一下他们对政变的态度，也防止有异心的人在外地制造祸乱。

深谙为官之道的武士彟心里明白：一朝天子一朝臣，这事得圆滑处理。于是，一见到李世民，他就大谈革命友谊，称赞新皇帝年少有为。其实，李世民和武士彟很有交情，当初一起造反时，他们就没少接触。这次考核通过，一路绿灯，贞观二年（628年）李世民决定继续外放，还给他升了官，任利州（今四川省广元县一带）都督。四岁的武则天也和母亲陪同前往。

  贞观五年（631年），武士彟所任职的利州都督府被撤并，全国只保留四个都督府，即扬州、益州、荆州、并州。李世民又提升武士彟为荆州都督。主要是武士彟工作干得出色，再就是他很会处理上下级关系。

第四回　八岁看老武则天露相　别有蹊跷袁天罡预言

武则天随父母在利州度过了四岁到八岁的童年。因为她后来做了女皇帝，难免就会有一些传说，预示她之后的命运。

其中最为惊人的是《旧唐书·袁天罡传》，记载了一段他为武士彟一家看相算命的故事，预示武则天有帝王之相。此事在《大唐新语》里也有记载。反正就是说她为什么能成武则天呢？她命好，命中注定，是不是这样呢？慢慢看来。

说是贞观初年，袁天罡、李淳风是极为有名的星相家，看相无不应验，准确如神。袁天罡从成都奉唐太宗的诏命进京，途经利州。武士彟认为机会难得，就请他到自己府中，给家人相面。

武士彟令前妻相里氏所生二子让袁天罡观看，袁说："此二子贵可做到刺史，堪为保家之主。"他又端详了杨氏长女说："此女亦大贵之相，但恐有不利之事。"

此时，年方四岁的武则天也由乳母领着站到袁天罡面前。当时武则天身着男孩服装。袁天罡看了半天不说话，突然大惊道："这个郎君神采爽澈，将来实不可测！"接着，他提出让武则天走两步，寻思半晌才说："此子龙睛凤顶，贵之极也！"他又围绕武则天转了一圈，前后端详一会，摇着头表示不敢相信，似自言自语："如果是个女孩，将来当为天下之主的！"武士彟听后吓得心惊肉跳，叮嘱全家，谁也不许向外透露。

这段神奇的记载是否可信呢？

袁天罡为武则天相面之说，在当时颇为流行，古籍经典亦多采用，笔记、杂述更绘声绘色。但是，相面者胆子再大，也不敢说谁能当皇帝，那是要被杀头的。何况，武则天之前就没有一个女皇帝，能预测出来实在诡异。

所以，最大的可能是——这些记述是武则天做了女皇之后，人们附会编造而已，没准儿就是武则天自己授意编造的。她一向不缺乏创造力，后面还多着呢，就是这种飘忽不定的感觉，让李治目不暇接。

其实每个小孩天生都差不多，之所以后天境遇不同，取决于素质、智能、环境等各种因素，好孩子是培养出来的。

那么，武则天的童年究竟是怎么度过的呢？她应该就像同时代的所有官僚人家的少女一样，过着无所用心、养尊处优的生活。如果说有什么不一样，那就是她比一般的少女多走了一些路，也多读了一些书，从小当作男孩养大。

上回讲过，武则天的父亲武士彟最初是三品的工部尚书，在长安当官，后转任扬州都督府长史，武则天因为年纪尚幼，和母亲留在了京城长安。此后，武士彟陆续担任利州都督、荆州都督，最后死在荆州都督任上。按照中国人的习惯，死后灵柩返回自己的老家并州。

从我们今天的地理概念来看，长安在陕西，利州在四川，荆州在湖北，并州在山西。武则天也就随着父亲跑遍了半个中国，也就是"行万里路"。她不像同时代的官家小姐一样，养在深闺之中，学做针线女红，而有更多接触外界的机会。

年少时期的武则天，虽然跟着父亲东奔西跑，但她有一个幸福美满的家。父亲喜欢她的聪慧和机智，常常给她讲一些官场上的逸闻趣事，为官、做人的道理。她的求知欲和好奇心也极其强烈，几岁时就喜欢坐在父亲的膝上，摆弄父亲的官服，同父亲一起看文件，看着父亲写奏疏，也询问着一些稚拙的问题。父亲很爱这个天真聪明的女儿，总是耐心地解释。

武则天尤其爱听父亲随高祖、太宗打天下的事。后来她教育儿子的时候，总以太宗为楷模，希望他们都能像太宗那样治国爱民、威服四方、驾驭百官。她自己做了女皇，也尽量向太宗看齐，做一个流芳后世的明君。

除此之外，母亲杨氏还赋予她长寿的基因，杨氏享年92岁，武则天82岁，在古代这是异乎寻常的高寿了。健康在某些时候甚至比才智更重要，不战而把人靠死，绝对是最高境界。

母亲杨氏出身贵族，文才、书法都很优秀。即温婉贤淑，又颇具北朝女子精明强干的作风，不好针线女红，喜诗书，善属文。她对于文学的爱好和才华无疑来自母亲的影响，善属文工书，醉心于诗赋文学，审美观上喜欢宏大壮美的事物。姑且称之为"读万卷书"。

在这种氛围的影响和陶冶下，她成了一个饱读诗书、才思敏捷、心怀抱负、落落大方的美丽少女。旧史记载她后来因为"美容止"被召入宫，指她容貌与举止俱佳；另有"素多智计，兼涉文史"，"有才貌，招入宫"等记载，都反映出她不仅貌美，且有才学。

武则天有多种诗文见诸史册，收入《全唐诗》的四十多首。文集有《臣轨》《金轮集》《垂拱集》等。书法真草兼备，韵味十足，自成一体。音乐天赋很高，入宫后写了很多祭祀配曲和歌词。她的骑术尤其高超，幼时多穿男装，喜爱烈马。这些技艺，都和少年的家庭教育有关。

第四回 八岁看老武则天露相 别有蹊跷袁天罡预言

第五回　撒手人寰显贵落地成平民
　　　　踌躇满志少女进宫变才人

但是，天有不测风云，人有旦夕祸福。贞观九年（635年），唐高祖李渊因病去世，武士彟本来就有哮喘病，得知李渊死了，喘得更厉害了，某天，一口气没上来，也追随李渊而去了……享年五十九岁。

武士彟死后，李世民追封他为礼部尚书，赐谥号为"定"，命人将他的遗体从荆州运回并州文水老家安葬，并委派并州都督府长史李勣亲自护葬。（以后会讲到，这个人在武则天的生命中将产生极其重要的影响，不过此时的他只是例行公事而已。他一定没有想到，在历史走动了若干年后，他会重新给这个小女孩以支持。）

武士彟这一生可以说没什么遗憾了，死得其所，极尽荣耀；可杨氏母女就惨了，抱着悲苦的心境，慢慢去适应没有依靠的生活。此时的她年仅十一岁，回到并州后，武则天原来所熟悉的那个简单的核心家庭一下子变成了钩心斗角的联合家庭。武则天幼小的心灵，开始认识社会。

武士彟与前妻生的两个儿子武元庆和武元爽，对继母杨氏和她的三个女儿（大女儿后来嫁给了贺兰越石，二女儿就是武则天，小女儿后来夭折了）非常不客气。因为三个小姑娘还都没出嫁，按照唐朝的习惯，出嫁还要分割财产。他们不愿让即将谈婚论嫁的武则天姐妹从这个家中带走点什么，就使劲地排挤她们。

虽说武氏是一个大家族，应该还有管事的长辈。不过，族人在处理这种家庭矛盾的时候，通常向男不向女。男孩是一家人，还要在大家庭里共同生活，抬头不见低头见，而女孩子迟早要嫁出去的。武氏族人对杨夫人母女也非常刻薄，特别是两个堂哥——武惟良和叫武怀运，对这娘儿几个态度极其恶劣。

武氏兄弟的意图很明显：你们娘几个从哪儿来的就回哪儿去吧，武家没有你们的一亩三分地。杨氏本想后半辈子在文水修佛诵经，了却余生，把武则天姐妹三人培养成人，没想到武家的屋檐下根本容不下她们。

不过杨氏可不是逆来顺受的女子。那个时代，也不流行对月吟咏白海棠时不时吐口血的弱柳扶风的美女。那是平阳公主助父起兵驰骋沙场的时代，是尉迟恭秦叔宝闯阵单挑的时代。那个时代的女子，就如我们现今从唐代壁画和陶俑中看到的，丰润而鲜活，有着开阔疏朗的眉宇和雍容自信的笑容，嘴角眉梢都盈满了生命的元气和充沛的活力，那是大唐气象。

好在杨夫人的娘家是豪门大姓，她在京城长安（今陕西西安）有很多亲戚。杨氏决定带着三个女儿投奔长安。

贞观十年（636年）初，杨氏带着对武士彠的无限怀念，离开了让她伤心欲绝的文水，一路车马劳顿来到长安。武则天不知道自己会面临怎样的命运，但在离开文水的那一刻，这个饱受屈辱的小姑娘，咬着嘴唇，说了这样一句话："几个缺德的哥哥啊，你们可是把坏事做尽了，早晚有一天，我会让你们付出代价！"

光阴荏苒，一晃武则天已经长成十四岁的美丽少女。

才智过人的武则天来到长安后，她的视野更开阔了，志向更远大了。她想在长安有所成就，给老家那几个哥哥看看。

贞观十一年（637年），唐太宗李世民下诏广选天下美女、才女充实掖庭。

这对等待时机的武则天来说，不啻是一声悦耳的春雷，她感到一个

第五回 撒手人寰显贵落地成平民 踌躇满志少女进宫变才人

终生难逢的机会来了。十四岁的武则天暗暗发誓，我一定要进宫，我一定要光宗耀祖，那里才有更多的机遇和挑战。她生性活泼、好奇、淘气，并有些野性。当时她们母女处境尴尬，文水老宅、财产被异母兄长霸占，来长安也是寄人篱下的客人身份。要摆脱今日的窘境，就必须去争取。

有机会就不能白白放过。这的确是武则天的性格，她一生都是如此的。她对自己很自信，认为以她的才干、知识，是可以争取到美好的未来的。何况，从已故父亲的描述中，她早已崇拜唐太宗，要一睹自己心目中英雄君主的形象。

杨氏知道女儿的心意，半晌没说话。望着二女儿轻快自信的步履，想想自己夫君早逝，又没有支撑门户的儿子，而眼前的二女儿小小的年纪就如此刚毅果敢，杨氏不禁流下了两行热泪。

虽说自家女儿的条件不错，不过稳妥起见，杨氏带着女儿走了趟后门。

武则天入宫的引荐人，可能是她的一位表姐——十三岁即进入秦王后庭累升至德妃的燕氏。

燕氏的母亲和武则天的母亲是堂姐妹。武则天在宫中可能得到她不少帮助，对她极为尊敬。很久以后，身为皇后的武则天和高宗一起去泰山封禅，当时已是越国太妃的燕氏在武后的安排下，与她共同主持终献，参与了国家最高级别的祭祀大典，可谓荣宠已极。她去世之后，武则天极为哀痛，亲笔制铭绣于座下。传说这位燕妃自小就是一位过目不忘的神童，因才慧而招入宫中，十三岁即开始的宫廷生涯练就的城府、智慧和隐忍，对于武则天有不小的影响。

见面之后，德妃对武则天的才貌赞不绝口。就这样，一传十，十传百，武则天很快就成了享誉长安的美人。

就这样，武则天唯美而大方地出现在李世民的面前。李世民当即聘她为五品才人。

此时的少女心花怒放，感觉一个新的天地在她眼前展开，根本不懂得何为"一入宫门深似海"。直到她同母亲跪听内侍使者宣读诏书，她才扯出了长长的哭声,长跪不起,呼唤着、嚎泣着,直到她步入小轿,帘幕垂落……

这个"才人"是什么称号呢?皇帝的嫡妻,也就是大老婆,叫皇后。在皇后之下,皇帝的小老婆们也就是妃嫔,也是分等级的,并且每个等级都有固定的人数。第一等叫妃,有四人,为一品;妃之下是二品的嫔,共九人;嫔之下是三品婕妤,九人;婕妤之下是四品的美人,也是九人;再往下就是五品的才人,还是九个人。

才人相当于皇帝的事务、文字秘书,主要负责安排宫廷宴会及休息娱乐活动,处理宫廷一些政令性文件。才人虽是职务,却是皇帝姬妾的范畴,也就是近身侍女。

进宫是好事还是坏事?这很难说清楚。一方面,十四岁的小姑娘,进宫就封为五品才人,确实是很荣耀的事情。另一方面,"后宫佳丽三千人",皇帝身边的女人很多,可是真正能得宠的人却寥寥无几,那种所谓的"三千宠爱在一身"的人,整个历史上都数得过来。此外,杨氏还有另一层担心:她是隋、唐两朝皇亲,深知皇宫生活的残酷性和女人命运的悲惨性。她生怕女儿一去不返,甚至惨遭不测。

但是武则天不这么想,她觉得家里的生活前景很暗淡,如果进了宫,也许会有新的机会。大概是父亲武士彟喜欢冒险的基因遗传给了她。武则天理解母亲的那颗心,但她对自己充满了信心。临上车进宫的时候,武则天对母亲说:"见天子庸知非福?何儿女悲乎?"您怎么知道见皇帝不是一件好事呢?何必那么儿女情长。

这也许只是一句临别前安慰的话,意思是"我会过得很好,请不要为我担心"。但从中已经可以看出,这个十四岁小姑娘不一般的见识和胆量。

带着这种自信和狠劲,心怀梦想的武则天走进了唐太宗的后宫。但命运在给她开启一扇窗的同时,也为她关上了一扇门。等待她的究竟是什么?

第五回 撒手人寰显贵落地成平民 踌躇满志少女进宫变才人

第六回　莺莺燕燕武才人好胜
　　　　　莽莽撞撞狮子骢失蹄

　　宫中佳丽如云，从数量上讲，可以叫"海量"；从质量上讲，哪个不是年轻貌美？所以，武则天的竞争对手个个都不弱。

　　先说说她情敌的情况。所有人都知道，李世民这辈子最爱他的大老婆长孙皇后。长孙皇后的人品和才德那是历史一大美谈，此时，长孙皇后已死，可还有第二号人物。

　　李世民当时最宠爱的人，是他曾经的弟媳杨妃，甚至一度想立她为皇后，大臣们一致反对才作罢。他决定不再立后。不久，杨妃为李世民生了一个儿子，这也是武则天入宫后，李世民生育的唯一子女。

　　即使没有杨妃，武则天想要得宠也绝非易事。皇帝宠幸的常常是婕妤以上的嫔妃，因此混个脸熟没问题，分得一点爱却是大大的不容易。况且还有个同做才人的徐惠，这个人和武则天同时入宫，也是才人，比武则天小两岁，是一个聪明可爱、阿娜娇柔的小姑娘。

　　史书记载，徐惠出生于一个知识分子家庭，她五个月大时就能开口说话，四岁时就能朗读《论语》《毛诗》，八岁时就能写出文辞优美的文章。

　　李世民喜爱徐惠，还有另外一个原因，那就是她身上具备长孙皇后的优良品德：温文贤淑，善良敦厚，心系天下。徐惠入宫时，唐朝已然呈现出繁荣昌盛的气象，李世民回首过往，竟然有些飘飘然，也开始劳民伤财，搞一些形象工程。徐惠看不下去，劝谏李世民："陛下，我们虽说综合国力很强，但还有很多人没解决温饱，百姓负担还很重，作为国家领导人，您务必要艰苦奋斗，保持谦虚谨慎、戒骄戒躁的作风……"

李世民不愧为一代明君。他对徐惠的忠言大加赞赏，很快破格提拔她为婕妤。从五品才人，到三品婕妤，再到二品充容（充容是九嫔之一）。徐惠前进了两大步，可武则天还待在原地，不知她会作何感想？

徐惠深受李世民重用，也深深爱着李世民。贞观二十三年（649年）五月，李世民病逝时，徐惠因为悲伤过度，病情加重而死。据载，徐惠的病是可以治疗的，但她坚持不吃药，一心想要殉情，享年24岁。

武则天从十四岁进宫当才人，到二十六岁也就是李世民逝世的时候，还是个才人。十二年，就算是再没本事的人也该升升官了，可武才人还是雷打不动，可见有多么不受重视。不过，在这个过程中，武才人也从一个不谙世事的小女生，成长为能独当一面的大姐大。

从十四岁到二十六岁，武则天最美的青春年华，却也是她生命中最黯淡的日子。经常听到有些女人痛哭流涕地说："我为你奉献了最好的青春！你就这么把我抛弃了！"不错，青春对谁来说都是宝贵的，更宝贵的，是走过青春时，自己交上的答卷。命运，也许没有给你想要的，但坚持自己的信念，必然有属于自己的天空。

才人作为后宫女侍，主要执掌祭礼、宴饮和引导命妇朝觐。因此入宫后要进行严格的教育和宫中熏陶、实习，等学好了，熟悉了，年龄大些了，才能去管事。

唐宫里培养后宫新进女官的"学宫"有两处：一个宫教馆，收教馆博士教育女官的算学、书法、音乐、美术和职掌知识、才艺等，犹如当今说的"专业知识"。另一个是文学馆，由儒学博士掌教经、史、子、集、老庄、文赋词章和吟咏等，犹如当今说的基础知识。此外，还要由高一级有经验的女官教习侍奉皇上和后妃的一些具体做法、礼仪是十分重要的实践课。

作为一个宫廷新人,武则天也会跟我们今天的大多数职场菜鸟一样,处处在领导面前表现自己,以获得加薪晋职的机会。

武则天少女心性,对徐才人(徐惠)的表现不服气,如同班级的优等生,不服气比自己更优秀的学生。所以,她下苦功夫,同徐才人比着学。她模仿《诗经》写出祭祀和宴饮的宫廷词章,再给词章配上宫廷乐曲,在祭祀、宴饮时指挥宫中的乐队演唱,酣畅淋漓,宫内纷传她的才艺,她自得其乐。

她必须要用实际行动打动李世民,让李世民对她刮目相看,所以就刻意迎合、模仿他的兴趣爱好和性格特征。李世民是个雄心勃勃的政治家,治国之策是他重点学习和研究的内容。武则天深受他的影响,希望自己也能帮他做点什么,便潜心研读历史、政治、哲学和管理学书籍。后来,她成了历史上有名的女政治家,跟这时期的刻苦努力密不可分。

还有,李世民酷爱书法,尤其喜欢临摹王羲之的书法。武则天的书法基础也不差,也有样学样去练习。没想到,她还真的练成了书法,并有作品传世。

面对如此雄心勃勃的武才人,李世民仿佛并没有过多关注。武则天岂能低头认输,她要寻找机会,在皇帝面前表现自己,于是就上演了狮子骢(cōng)事件。

这个故事是由老年的女皇自己讲出来的。当时已是大周朝久视元年(700年),宰相吉顼与河内王武懿宗(武则天的侄子)在女皇面前争执,声色俱厉。武懿宗,就是那个率数十万大军却在契丹人面前望风而逃,反而残杀河北老百姓冒充敌人尸首领赏,甚至奏请武皇将敌占区河北曾经被迫从贼的百姓尽数灭族的家伙。吉顼对武懿宗这些行为当然万分不耻,因此在争吵中十分不客气。这让女皇大为不悦,觉得大臣当着她的面轻辱武家的人,分明是不尊重自己的权威,发怒道:

"太宗有马名狮子骢,肥逸无能调驭者。朕为宫女侍侧,言于太宗曰：'妾能制之，然须三物，一铁鞭，二铁挝，三匕首。铁鞭击之不服，则以挝挝其首，又不服，则以匕首断其喉。'太宗壮朕之志。今日卿岂足污朕匕首邪！"吉顼惶惧流汗，拜伏求生，最后被贬外放。

狮子骢是一种马的名字，鬃毛像狮子的颈毛，毛色青白相杂，性子暴烈。

唐朝的统治者有北方胡人的血统，受此前北方民族的影响，对妇女的束缚比较少。妇女不缠足，经常参加户外活动，比如踏青、打猎、打马球。当时的情景也许是这样的：某天，风和日丽，太宗在一群妃嫔的拥簇之下来看马来。他围着狮子骢转了一圈，不由得感叹：真是一匹好马，可惜没人驯得了。其他的妃嫔都默不作声，一片寂静。突然，武才人挺身而出，说："我先用鞭子抽它；它若不服，再用铁挝砸它的头；如再不服，我就用匕首割它的喉咙！"

太宗听了，哈哈大笑。笑着笑着，心里突然感到震惊：这小丫头也忒狠了吧，外表如此婉丽，性格却如此刚烈，手腕又如此狠毒，可畏可畏。至于女皇自己说的"太宗壮朕之志"，这恐怕只是老奸巨猾的李世民随口表扬了她一句，是成年人惯用的隐藏罢了。

在当时，毫无疑问，武则天的这个主意最终歇菜了。不过，从整个历史进程上看，唐朝这匹"马"的确最终被她驯服了。

让皇帝感到可怕，后果通常很严重，万幸的是，武则天那较弱的女儿身保佑了她，让李世民放松了警惕，但从此对她多了一份戒心，也不敢重用她。

按逻辑来讲，唐太宗应该喜欢武则天，因为他们的性格同属一类：刚强、果决、权欲、残忍、谋略，这是政治家、政权组织者、统治者的应有性格。可是叱咤风云的男人不一定就喜爱同一类型的女子，尤其是搞政治、有政治野心、过分理智和独立的女人。

李世民作为一个日理万机的皇帝，肯定有工作疲惫的时候。有时，他想忘掉国事彻底放松一下，比如，和妻妾们聊聊家常调调情。武则

第六回 莺莺燕燕武才人好胜 莽莽撞撞狮子骢失蹄

— 21 —

天张口是文史，闭口是哲学，搞得李世民很烦很累。武则天处处模仿，是想和李世民有很多共同爱好和共同语言，这样可以离他更近一点。但是她的这种做法弄巧成拙。原因是她涉世不深，不了解异性之间性格与爱好互补的道理。

武则天有很强的支配欲和控制欲，对待事物以满足自我为最大价值所在。"得不到的便毁掉，一切事物只有为我所用才有价值"的实用主义观念，正是她的一生信奉的准则。这种思维方式，让她踢开了政治路上的一个个拦路虎。

多年以后，她才明白：男人无论是出色还是平庸，都不喜欢太过强势的女子。你可以意志坚定，却不能太过咄咄逼人。可以出建议献计谋，却永远要让他觉得做最终决定的是他。你可以展现你的才华和头脑，让他感到和你谈话很有趣，却永远不要忘记在适当的时候装装傻，表示自己的角色一直都是解语花和贤内助。

她忍受着一次又一次的失败所带来的羞辱和痛楚，一遍又一遍地检讨得失磨砺着自己，在这段痛苦和难捱的日子中，她的智慧和经验也相应增长。如果上天再给她一次机会，准确地说，是一个合适的人，她一定会牢牢抓住。

若干年后，仁慈的上苍果然给了她第二次机会，她再次见到了作为新皇帝的李治。她容貌已过盛年，而智慧却正值巅峰。那时，她将无敌于天下。

第七回 合偈语媚娘遭冷遇　解谜团太宗道实情

关于武才人不受宠的原因，还有一个传说，说是当时宫外流传"女主武王"的预言，唐三代之后，当有女主武王代有天下。

那时，天降异象。什么异象呢？白天能看见太白星。

太白星又称启明星，即现在的金星，所以也叫太白金星。它是人们所见星空中最亮的星，黄昏时出现在西边天际、黎明时出现在东方天际。这两个时刻太阳都不怎么亮，晴朗的天空看到它是正常现象。

可那时的人不这么看，贞观初年就有人利用这种现象造谣说："这是阴阳反位，女皇帝要出世夺天下了！"在大内封藏的《秘记》中也有同样的记载：

唐三代而亡，女王武氏灭唐。

据说太宗密召太史令（太史监的长官，负责观测天象、编修历法）李淳风垂询此事。他回答："臣上观天象，下察历数，民间纷传的太白之妖确实已经滋生。"

太宗追问："女王武氏现在在哪里？"

李淳风回答："已在深宫之中。"

太宗又问："是谁？"

答曰："天机不可泄露。"

过了好久，太宗抚髯自语："可否杀尽宫内武姓女子？"

李淳风又说:"古语有云'王者不死'。上天既然派这么一个人下来,就会保护她,您恐怕轻易杀她不得,而且会殃及众多无辜。"

多年以后,李淳风去洛阳拜见女皇时描绘了当时太宗秘召的情景。李淳风言称他的劝谏释除了太宗滥杀武姓女子的欲念,言语中暗示了他对女皇安渡危机的功绩。所以这很难讲是不是李淳风为了政治投机编造出来给自己贴金的话术。

不过让人奇怪的却是另一个看似不相关的人的死亡,他被人们看作替死鬼。

《旧唐书》有两处提到李君羡之死,一处是《李淳风传》,一处是《李君羡传》。

李君羡是玄武门的一员守将。玄武门是唐代长安城的正北门,位置相当重要。唐太宗当年就是在玄武门设下伏兵,杀死了哥哥李建成、弟弟李元吉,再用武力逼迫父皇李渊退位,自己当上了皇帝。所以玄武门历来为人所重,它的守将都非常骁勇。

贞观二十二年六月,突然有人劾奏武卫将军李君羡图谋不轨。再加上李君羡的小名叫五娘,籍贯是四川武安县,又被封为武连县公,任职武卫将军,担任玄武门的守卫,他的身份中处处都是"武"(五也是武的同音)。于是太宗下令将李君羡逐出京师,贬为华州刺史,如今御史又告他图谋不轨,太宗就下令诛杀了他。

这事儿炒作的嫌疑有多大呢?

既然《资治通鉴》这般正史上也言之凿凿,大写《秘记》之事,可能历史有点传说,不过这个善于"热炒"自己的人把时间提前了。这恐怕是武则天当皇帝前后造神运动的一个产物,不会在太宗晚年就出现。

"天命所归,王者不死"一向是统治者津津乐道的话题,用以欺骗大众,从而屈从他们的统治和压迫。比如,陈胜吴广起义的时候,就让人在鱼肚子塞进"大楚兴,陈胜王"的帛书。武则天为了坐实这件事,她当了皇帝以后，还煞有介事地替李君羡平反。经过这么一番折腾，神话流传开来，百姓也相信了武则天理应是皇帝。这时候，一代女皇的目的就达到了。如果李淳风真的算出来了，以唐太宗的性格和作风，肯定先下手为强，那个武卫将军李君羡不就被他杀了吗？难道一个将军比不上一个小丫头吗？

其实，上回说了，不管有没有什么"女主武王"的预言，太宗都很难喜欢上武则天。那太宗究竟喜欢什么样的女人呢？

一个征战沙场的皇帝，当然不可能深入研究这些儿女情长，然后来个真情告白。不过看看他宠爱谁就清楚了。

比起武则天，长孙皇后的温文贤淑、与世无争；杨妃的娇柔妩媚、体贴入微；徐惠的心怀善念、爱意深沉，都是李世民留恋的，是他业余时间的情感寄托和归宿。

长孙皇后是唐太宗一生最敬重的女人。她从小知书达理，十三岁时嫁给了秦王李世民。李世民当了皇帝之后常常想和她探讨国家大事，但是，长孙皇后总是避而不答，认为妇道人家不该干涉国家大事。

那么，长孙皇后是不是一个只关心柴米油盐，对政治一无所知的黄脸婆呢？当然也不尽然。

李世民可是苦孩子出身，在当皇上之前，过的几乎就是土匪的日子：在他当秦王的时候，和父亲李渊一起东征西讨，立下赫赫战功。后来，李世民和他的哥哥太子李建成、弟弟李元吉的矛盾与日俱增。

在这种紧张的氛围中，长孙氏怎么办呢？她谨小慎微，非常卖力地孝敬李渊，讨得他老人家的欢心，同时委曲求全，拉拢李渊身边的妃嫔，和她们搞好关系。这有什么用呢？一来，可以让这些嫔妃在李渊面前说李世民的好话，至少别说坏话；二来，这等于在李渊身边安插了许多眼线。这样一来，李渊或其他皇子有什么异常举动，都尽收眼底。

在玄武门之变前夜，李世民整装待发，长孙氏则鼓舞将士，激励他们奋勇杀敌。在夫妻双方的共同努力下，玄武门之变一举成功，李世民登上了皇帝宝座，长孙氏也成为皇后。

她不但能够母仪天下，还保留着温和谨慎的处事作风。有一天在朝堂上，魏徵把唐太宗惹恼了。唐太宗回到后宫，依然怒气难平，自言自语道："会当杀此田舍翁！"长孙皇后听到这句话之后，不言不语，娉娉婷婷转身进屋，不一会儿穿着只有在隆重的场合才穿的朝服走出来，说："妾闻君明则臣直。如今魏徵敢于直言进谏，说明您是个非常英明的皇帝啊，所以我特意向您表示祝贺！"唐太宗听了龙颜大悦，当然也明白皇后的用心。可见她不是不关心政治，而是深谙其道，所作所为极其到位，但又有分寸。

长孙皇后是一个很贤德的人，不幸的是，三十六岁就撒手人寰了。她病入膏肓的时候，建议不要为了给她祈福就大赦天下；不要重用她娘家人，以免外戚干政；不要厚葬，自此兴起"因山为陵"的做法。

由此可以看出唐太宗究竟喜欢什么样的女人了。

第一点，要摆正位置，恪守妇道。一定要明白自己的身份，有事可以干在前头，但不能争功，表现欲不能太强，要甘心做幕后英雄。

第二点，要胸怀天下，深明大义。皇帝治理天下，风雨一肩挑，需要有人帮助他出主意，想办法，解决问题。所以当后妃一定要有眼光，有胸怀，还要有办理政治事件的能力。

第三点，要温柔敦厚，外柔内刚。做事一定要掌握分寸，要给皇帝留面子。就像长孙皇后那样，要学会"以柔克刚"。

而武则天是个动不动就拔刀子的人，当然不受太宗待见，这对于一个雄心勃勃的人来讲，不能不说是一种打击。她是怎么处理这种状态的呢？

刚入宫的时候，她肯定是有争宠之心的。然而，岁月流逝，毫无迹象。几乎所有人都认为：这朵美丽的鲜花被折断以后，一定会枯损，会萎顿，会绝望得痛不欲生或者妒火中烧。但是武才人却活得充实灿烂，有滋有味。后来，她已经可以平静地面对后宫女人的宠幸与升迁，而毫无争风吃醋的念头。

　　这便是她的能力，一种应变的生命力，一种在大起大落之中承受极端屈辱而又不动声色的能力。后宫的超常之苦造就了武才人的艰忍，同时也造就了她不甘向命运屈服的意志与精神。

　　既然已经得不到什么机会，按照一般人的想法，也许就认命了，毕竟皇帝只有一个。可是武则天不是一般人啊，她永远不会向命运低头，当她发现在唐太宗这里得不到机会的时候，把目光转向了一个新的目标。

　　古人云：祸兮福之所倚，福兮祸之所伏。福祸之间是相互转化的，武则天的坚毅、勇敢，爱出风头，不能吸引唐太宗，但恰好能吸引他软弱的儿子。就是这个年轻的太子，后来给了武则天机会，让她的命运发生了翻天覆地的改变。而她命运的改变，也改写了中国的历史，为之增添了千古评说的绚丽一页。

　　武才人真的成长了。她知道需要等待，并在等待中获胜。

第八回　废黜不肖太宗叹无奈
　　　　　喜从天降李治接皇位

　　武则天等待的这个"白马王子"就是李治，李世民的第九个儿子，后来的唐高宗。

　　他是怎么被老爸挑中的呢？说来还真是离奇，先从原太子李承乾说起。

　　长孙皇后是一位让太宗和群臣都敬佩的皇后，他为太宗生了三个儿子——李承乾、李泰、李治。李世民对三个儿都很疼爱。承乾7岁时太宗即位，按照礼法，把他立为太子。

　　李承乾年少时聪明多智，老爸十分看好他，给他配备了最雄厚的师资，精心教导，还提供机会让他代理皇帝。高祖李渊去世，李世民在守孝期间让太子监国。太宗每次出京，也让太子处理政务。其间没有出过什么差错。于是，太宗就在群臣面前表扬他，树立他的威信。

　　遗憾的是，长大后的李承乾越来越堕落，变得游手好闲，声色犬马。他私养罪犯，让他们偷盗百姓的牛马；他依照突厥人的生活习惯建穹庐，让手下人穿突厥服装，在野外开篝火晚会；他还模仿突厥王的丧礼，自己躺在地上，众人围着号哭、奔跑、用刀割破脸；他率领猎队横冲直撞，破坏农田，扰害民生；他作风糜烂，私养娈童。

　　李世民看他闹得实在太不像话了，一怒之下处死了几个宠奴。这几乎让李承乾悲痛欲绝，不仅在东宫为一个叫称心的男孩建造坟墓，还专门请来工匠，为他雕像，每日朝夕供奉，香火不断。

他的老师张玄素实在看不过去，就训了他几句，结果他让手下将老师暴打一顿。等太宗闻讯赶来时，几乎被打个半死。李世民赶紧扶起张玄素，为他戴正帽子，整理衣服，急令太医就地诊治，又嘱咐众人此事不可外传。

一个被册封为帝国接班人的聪慧少年，变成了一个无恶不作的败家玩意儿，李世民的鼻子都气歪了。而且李承乾有足疾，长得又瘦小，实在缺乏帝王之相。好在太宗有条件多选一，再看看第二个备胎——李泰。

看到太子成为"万人嫌"，四王子李泰更是暗地里偷着乐。他绞尽脑汁，极力想在父皇面前表现自己：你李承乾不是偏好男色吗，我李泰连女色都不近；你不是好偷鸡摸狗干荒唐事吗，我李泰却喜欢文学；你不是将老师打个半死吗，我李泰却礼贤下士，虚怀若谷。

李世民果然很高兴。李泰得到鼓励，更加卖力，干脆聘请一批文人学士，编撰一本叫做《括地志》的综合类书籍。李世民看后大加赞赏，《括地志》成了畅销书，这给他带来了极高的人气。渐渐地，李世民开始溺爱他了，不仅给了他大量的物质和精神奖励，还打算让他移居武德殿，每月给李泰的钱物，大大超过太子。

眼见太子之位摇摇欲坠，李泰开始野心勃勃。一方面，他网罗朋党，暗中结交朝中重臣；另一方面，他担心当年"玄武门政变"的悲剧角色在自己身上上演，打算暗中提前动手。

没想到，贞观十七年（643年）二月，就在李承乾和李泰剑拔弩张的时候，半道上突然杀出个程咬金来，就是李世民的七子齐王李祐。

两个正主还没动呢，他倒先谋反了。这是因为李祐的性格和所作所为极像太子承乾，太宗知道后要把他交刑部处治，所以他公开起兵造反。兵败被捕后，刑部审理这起案件。凑巧，曾向承乾谏言"直取王位"的那个刺客纥干承基，偏偏也是齐王李祐谋反时的密探。审讯中牵出

第八回　废黜不肖太宗叹无奈　喜从天降李治接皇位

— 29 —

了这个人。在绝望与恐惧之中，纥干承基为绝处逢生，自然牵出了太子承乾也谋划叛乱的秘密。

两个儿子接连谋反，李世民肺都气炸了，他立即命令三司会审李承乾，结果罪证确凿，李承乾被废为庶人，流放到黔州（今四川黔江流域），汉王李元昌（李世民的庶弟）、侯君集等同党被诛杀。不久，李承乾便抑郁而死。

太子被废后，马上得重新立太子，又是一番斗智斗勇。

当时太宗打算立魏王李泰，但却遭到长孙无忌的坚决反对。太宗仍坚持，他向大臣们说："昨青雀（李泰的小名）投我怀云：臣今日始得为陛下子，乃更生之日也。臣有一子，臣死之日，当为陛下杀之，传位晋王（李治）。人谁不爱其子，朕见其如此甚怜之。"褚遂良听完后奏称："陛下以为可怜，臣实认为可惧，试想陛下万岁后，魏王据有天下，其会杀爱子，让位给晋王吗？陛下要立魏王（李泰），以魏王杀子之言观之，必得安置好晋王，免遭其先杀之。"

太宗听闻此言，思索良久。正在他左右为难的时候，发现九皇子李治最近有点反常——举止鬼祟，言辞躲闪。这个儿子他还是了解的，从小就以仁弱出名，谁谋反他都不太可能谋反，决定把他叫来直接问问。谁知，这一问，李老爹差点背过气去。

原来，魏王李泰生怕晋王李治被立为太子，觉得他是个障碍。但他了解李治的性格，于是不怀好意地吓唬他说："老弟，你要倒大霉了！如今汉王李元昌与李承乾一同谋反被杀了，你平时不是跟汉王关系很铁吗，你就不怕受到牵连吗？"李治从小就胆小怕事，太子之争他本来就躲闪不及。听了这话，更是吓得浑身发抖，整天提心吊胆，愁眉不展，见了父亲躲躲闪闪，生怕被问罪。

身为哥哥，竟然如此吓唬对他毫无危害的弟弟，太宗总算看清了：原来李泰的心机如此深啊！但也禁不住责备李治："你也太胆小了吧，别人一句话都能把你吓个半死。"

前后一思量，李世民又想起一件事：李承乾被废时，曾对他说："父皇，我已是太子了，早晚都会接您的班，我犯不着谋反。我走这步棋，都是四弟逼的啊，要不是他搞阴谋诡计，我绝对不会这么干！"

经此三件事，李世民决定调查魏王李泰。这下他的阴谋诡计就见了光了。虽说罪不至死，但也不能让这种居心叵测、心术不正的人当太子，只好将他贬为郡王（爵位，正二品），流放到均州（今湖北丹江口市）。

在位太子和理想的太子人选都出局了，李世民极为懊恼。按照律令，他应该立嫡三子李治为太子，但他看上的人选，却是三儿子李恪。

李恪无论从形象、气质和性格等各个方面，都很像李世民。大概是他身上的皇族血统太浓了。李世民相信这个儿子能驾驭庞大的帝国。可是刚提出这个想法，就遭到了首席宰相、国舅长孙无忌（李世民的皇后长孙氏的哥哥）的坚决反对。

因为李恪的身份太特殊了——他是李世民和隋炀帝女儿的儿子，如果他当了皇帝，和隋朝复国有什么区别？

虽然这是祖制，但长孙无忌也有私心，因为李治是他亲外甥，能保住既得利益。可惜后来事与愿违，坏就坏在"空降部队"武则天，这是后话。

经过一番痛苦的思量，李世民只好改立嫡三子李治为太子，但是，实在是心不甘情不愿。难道李治也有什么致命的缺点？非也，是因为他性子比较懦弱。

李世民亲征高句丽前，安排已经是太子的李治监国，可他胆小怕事，既舍不得离开父亲，又担心父亲有个三长两短，一连痛哭了好几天。李世民再三安慰和鼓励都无济于事，最后恼火地把他训斥了一通。

他像个还没长大的孩子，还有恋母情结。母亲长孙皇后病逝的时候，李治只有九岁，哭得肝肠寸断。李世民把他交给薛婕妤照管。李世民病逝后，未育子女的薛婕妤理应去寺庙当尼姑，可李治舍不得她离开，就在宫里为她建了一座寺庙。

第八回 废黜不肖太宗叹无奈 喜从天降李治接皇位

这样一个人，让他去治理当时世界上的超级帝国——大唐王朝，他老爸要是能放心才怪。他实在是倍感忧虑，但又别无选择。事后，李世民也曾对长孙无忌等人道出自己的苦衷："我如果立李泰，储君之位可径求而得，但是，泰一旦继承皇位，承乾、治儿也别想活了。现在立晋王治，泰儿和承乾可无恙也。"真是可怜天下父母心。

于是，一场争储风暴吹过，天上掉馅饼，一下子就砸中了这个十六岁少年的脑袋。可以说，这个太子之位是捡来的。

第九回 入侍宫寝太子得机
唐风雄浑才人上位

贞观十七年（643年），虽然李世民只有44岁，但接连发生了众皇子争夺皇位、谋反之事让他心力俱瘁，现在的太子胆小软弱的性格也是他的一块心病。

唐太宗晚年做了许多事情，都是针对李治这种柔弱的性格，想帮他扫平障碍。比如，他东征西讨，打高句丽，打薛延陀，就是为了清除这些可能会给儿子找麻烦的强邻。他还杀了几个桀骜不驯的大臣，也是为了给儿子创造一个比较安定的国内政治环境。

做完这些，李世民还不放心，因为李治从小不是被当成帝国的接班人培养的，所以各方面的素质都不够。李世民决定下大力气培养他。

他安排岑文本、褚遂良、马周等重臣做李治的讲学老师；任命司徒长孙无忌为太子太师，司空房玄龄为太子太傅，中书门下三品萧瑀为太子太保，李勣为太子詹事，褚遂良为太子宾客，对李治进行辅佐。

另一方面，亲自对李治进行言传身教。比如，上朝处理政务时，就让李治旁听，并鼓励他参政议政，只要他的意见正确，就大加肯定，增强他的信心和威信；吃饭时，就告诉他"粒粒皆辛苦"的道理，要体恤民情；骑马时，就告诉他，再好的马也有力气衰竭的时候，要爱惜民力；乘船时，就告诉他："君，舟也；人，水也。水则载舟，水则覆舟。"

时间转眼到了贞观十九年（645年），太宗征高句丽受伤，回朝疗养，李治身为太子当然要不离左右，侍奉汤药，以尽孝心。就在这期间，才人武媚娘那优雅的身姿将他秒杀了。史书上关于李治和武则天见面的记载，只有简短的一句话："时，上（李治）在东宫，因入侍，见才人武氏悦之。"

在唐朝，李治之所以有机会结识武才人，日久生情，表达爱意，互诉衷肠，立之为后，并最终让其成长为中国历史上独一无二的女皇帝，和当时的社会风气息息相关。

由于文明和开放，唐朝妇女有了前所未有的宽松，从而显示不同于以往朝代的行为特征。这些特征是：自主、进取和开放。不提倡"女子无才便是德"的迂腐概念，这种可以平起平坐的交流，让李治和武则天有了心灵呼应的可能。

唐代女性学习诗文蔚成风气，《全唐诗》中收录的女作家就有一百多人。许多著名文士的妻子都是丈夫的闺中诗文之友，诗人元稹的前妻韦氏、继室裴氏，著名才子吉中孚之妻张氏，进士孟昌期之妻孙氏，殷保晦之妻封询，都是唐代著名才女。就连青楼女子，也不乏大才女。薛涛、鱼玄和、刘采风、女道士李治等，都在文史典籍中留有才名和佳话。

唐朝普遍不歧视改嫁之人。有唐一代，公主再嫁的有二十多人，其中三次改嫁者有三位公主。甚至高阳、襄阳、太平、安乐、永嘉诸公主等，还在家里养着男宠。高门显宦之家也不忌讳娶再醮之女，宰相宋璟之子娶了寡妇薛氏。严挺之的妻子离婚后嫁给了刺吏王琰，后来王琰犯了罪，严挺之还救了他。一代大儒韩愈，女儿先嫁其门人李汉，离婚后又嫁樊仲懿。

"胡"文化的渗透，也让唐代女性大有"胡风"，表现为爽利、刚健。从如今珍藏的唐宫仕女的绘画、唐三彩等艺术作品中，就有许多仕女骑射、打马球、马上表演、马上吹奏、骑马随驾出行的珍贵记录。武则天不仅自幼在父亲的都督府学习骑射，身着男装，进宫做才人后仍然不辍学习。因此，骑术很高，男装更穿着习惯。

自由开放的人文环境让女子得以接触更广阔的空间。那时的女子有男子之风。而媚娘正是其中的佼佼者，恰好合了李治的恋母情节。

总之，武则天之所以有机会和李治两情相悦，首先是开放的时代打破了封建礼教的约束，打破了男权社会的桎梏，使数千年的男权社会在这里断裂、出轨，出现了女人当皇帝，驾驭社会、统治男人的超常现象、超越时代。

第九回

入侍宫寝太子得机
唐风雄浑才人上位

第十回　文艺青年初遇大姐大
　　　　勇敢示爱上演姐弟恋

前文说到，在唐太宗的病榻之前，太子李治就已经不可救药地爱上武才人了。李治和武则天是庶子与庶母的关系，一旦被发觉，就是十恶不赦了。可是，十几岁的李治就是无可救药地爱上了比自己大的武则天。

也难怪，在备尝风霜、充满心机的武则天眼里，李治不过是一个感情冲动、腼腆有加的大男孩。李治性格懦弱，迟迟没有完成心理上的"断奶"，在错综复杂的宫廷生活中，他常常感到力不从心，渴望回到童年的时光，回到母亲的怀抱。因为在那里，他才觉出温暖、安全、无忧无虑。本能促使他寻找梦中的港湾去眷恋比自己年龄大、成熟、意志坚定的女人。

他对年长的女性有很强的依赖心。这种情结，我们也可以把它叫做熟女情结，不爱青涩、清纯的少女，却偏爱成熟、丰韵的少妇。其实几乎每个男人都会有点恋母情结，只是程度不同。

武则天正好具备了李治向往的一切。她热情、机智、美貌。即有着少女的鲜艳清新，又有着妇人的奔放。在武则天身边，李治既能扮演一个成熟男人的大丈夫本色，又能扮演稚嫩男孩儿的撒娇模样，他的人生激情和欲望得到了最大的释放和满足。

他爱武则天超群出众的才貌，尽管他妃妾成群，但那帮刚刚发芽的嫩丫头，根本无法和风姿绰约、韵味十足的武则天相提并论；他爱武则天果敢、无畏的性格，以及她那明快、干练的工作风格，这是他最欠缺的，也是他最羡慕和欣赏的。按照异性性格与爱好互补的逻辑来分析，他理所当然会爱上武则天，他和武则天在一起，才是最合适的。

另外，他和武则天有共同语言，爱好兴趣都那么不约而同。

聪明感性。《旧唐书·高宗本纪》说，唐高宗身体一直很柔弱，幼时就聪明绝顶。李治的才气，表现在文学方面，不喜欢儒学，而喜欢柔媚而艳丽的诗文词赋。他擅长写华丽的诗文，如行云流水；表现在书法方面，他的字写得大气磅礴，可能李唐皇室没有字写不好的，唐太宗、唐玄宗都擅长书法，当时是一个书法艺术流行的时代。

李唐皇族颇有音乐天赋，李治也不例外，他酷爱音乐，曾经为舞蹈配乐。自己制作《上元舞》，新谱了多章《琴歌》《白雪》等，在宫中演奏，风靡一时。从这几个方面我们可以看出，他的才华主要表现在文学艺术方面，很感性，有艺术家气质。

那时候的李治，感觉就像个温柔多情的白雪少年，孝顺父母，友爱兄弟姐妹。从各角度看，他都是个标准的乖宝宝。然而，越是小白兔乖乖，内心深处往往越深埋着叛逆的种子——他爱上了父亲的女人。

从他们相见、相处、相爱、分别这段时间里，一定发生了许许多多让两个人心照不宣的故事。

想象一下：媚娘初见太子治是在马球场边，那时候太子治是文弱的少年晋王。由善骑的宫女和宦官组成的马球比赛一直是王公贵族们所酷爱的消遣娱乐。在白衣白裤的宫女球手中武才人引人注目，人们不知道她精湛的骑术和娴熟的球艺习自何处。马蹄声、击球声和观赏者的喝彩声使武才人年轻美丽的脸上流光溢彩，少年晋王的目光始终追随着媚娘。媚娘记得她策马追球时晋王治收走了那只木球，晋王治的笑容快乐而纯洁，接住我的球，晋王治大声喊着把木球甩过来，媚娘下意识地伸出手，恰恰把木球紧紧地握在手中。

　　武才人握住了晋王治甩过来的木球。后来当他们在翠微宫再次相遇时，话题仍然围绕着马球，太子治指着武才人说，我认识你，你的马球之技不让须眉，那天你竟然接住了我的空球，武才人则双颊飞红，低头而答，不是我球艺高强，是太子殿下的球不敢脱手。

　　可以想象，而此后的数次相见，更让这对年轻人擦出了爱情的火花，玩了一把小心跳。

　　贞观二十三年（649年）的春天，李世民因为病重，从太极宫搬进了疗养院翠微宫。这期间，太子也随侍左右。

　　御苑内外，春光烂漫，温暖慵懒的空气从苏醒的土壤上轻轻滚过，新鲜的嫩草伸出娇黄的叶片。节气在挑逗着万物。云雀和仙鹤在高高的殿檐上发出清脆的啼叫。一群群身着艳装的妃嫔们，或奔跑在后苑的草地上，或泛舟于太极宫的海池上。冬天过去，脱下厚厚的棉衣，似乎也卸下了一层累赘。少女们的动作格外的轻快。

　　武则天独自徘徊在翠微宫外，有心无心地呆看几个刺玫瑰的花蕾。正在这时，一只金晃晃的石竹蝶，翻动翅膀飞过来，把它满手的花粉，从从容容地扑在玫瑰花蕾上。

　　"真有意思。"武则天专心地看着，自言自语，一时间，人生的烦恼好像被眼前可爱的玫瑰和石竹蝶给赶走了。

　　"什么真有意思？"一个男子的声音在武则天的耳后温柔响起，声波和说话的气流，惹得她脖子麻酥酥的。

　　武则天调皮地猛地转过身来。他来了，终于在这里遇上他了。武则天盯着面前的男子，眼神里含嗔带怨。

　　李治的脸泛起一圈红晕，他甚至低下了头，但诱惑是不可抗拒的。青春正盛的武则天，丰盈娇美，有一种成熟的女人逼人的气息。李治站在那里，清晰地感受到她的灼灼热力，他几乎不知说什么话才好。

　　"太子，听说你搬来翠微殿住了。"武则天先找话说。

李治抬起眼皮，接触着那一对柔美热情的大眼睛，沉浸在自己的感觉里，几乎忘了回答武则天的问话。"太子，我口有些渴了，能到你的寝宫里喝些水吗？"

"能，能。"李治激动地慌忙答应着，话音都有些变腔。武则天头前先走，绕过小花坛，直向翠微殿大门口走去。李治紧随其后，那架式像小弟弟跟大姐姐回家。

翠微殿里，东宫的太监们见太子和一个美人进来，忙端上水果和香茶，然后知趣地退去。一男一女单独在屋子里，空气中立即充满特殊的气息。

屋里略为发暗的光亮，好似增添了她的美丽，也增加了她的胆量，她的眼睛也开始熠熠发光。

"太子。"武则天看着李治，轻轻地呼唤："虽同住皇宫，却三年没有见你了，你有些瘦了，却更成熟了。"

李治又抱住武则天，把脸贴在她柔软、丰满的胸乳上，心里感动得直想哭，自母后长孙氏过世以后，已经好久好久没有听见女人充满关切的温柔话语了。

武则天轻轻地推开李治，说："我要走了。"

"我不要你走。"李治拉住武则天的衣襟，恋恋不舍。武则天又丢下他，惊鸿般地逃开了。

李治被弄得痴痴的，一会儿暗自笑出声来，一会儿以手击掌，在屋里走圈。好像无以表达自己兴奋的心情。

李治这样做无异于玩火，可他玩的就是心跳。年少情动的他，背着父亲跟心爱的庶母偷偷地暧昧，这种感觉肯定刺激和过瘾，他能不心跳吗？每一次暧昧，他都会心跳。没准在这孩子心里，把自己想象成拯救苦命少女出深渊的白马王子了。

第十回 文艺青年初遇大姐大 勇敢示爱上演姐弟恋

第十一回　深宫冷院韶华虚度
　　　　　大难在即放手一搏

长期无法升迁，让那个曾经铆足了干劲的武则天冷静了下来，在短暂的忧郁之后，她努力把自己修炼成"白骨精"——白领、骨干加精英。

她是个不服输的女人，她不会向命运低头，她要同命运抗争，而她抗争命运的方式就是沉默，在沉默中学会隐忍，在隐忍中学会坚强。

学会了沉默、隐忍、低调、含蓄后，武则天没忘做两件事：一是修炼自己，二是为自己谋出路。

武则天在逆境中修炼自己，远比她初入宫廷时还要下工夫。她喜好政治、文史，不受李世民的待见，可她并没有因此颓废。在失宠失意的那些年月，她更是书不离手，笔耕不辍，而心底蕴含的政治热情更加暗流涌动，这既是排遣，更是磨砺和修炼，只是不把它表现出来。

在磨砺和修炼的过程中，武则天渐渐地长大、懂事了，她懂得了很多人生道理，也熟悉了宫廷规则。她更加懂得，在这水深火热的宫廷，规则是何等的重要。她觉得只有遵守规则，左右逢源，壮大自己，才能有机会更好地活着。

在武则天人生最绝望的时刻，就在她奋力找机会让自己翻身时，初开情怀的李治，怦然心动地向她走来。

在李世民东征高句丽回朝养病期间，李治和武才人都在病榻前侍奉汤药，两个人有了更多的接触。

内向的人心眼细腻、敏感，尤其对异性，太子李治或许就是这样的人。开始时，是父亲用绳子拴着他，逼着他做他一点也不感兴趣的那些事；但不久，像磁铁吸着他，使他盼着到父亲那里去。原来，他突然发现了父亲身边的那个侍女。他惊为见到仙人。在晋王宫、太子宫有父母送给他的一群女人，他生活在温柔之乡，无忧无虑，心满意得。但是，自从见到父亲的那个侍女，他再也无法安静，心里像着了火，燥热而兴奋。在他的眼睛里，以前只听说过有西施、王昭君等美女人，但他不大相信，自从见到父亲的那个侍女，他才真相信人间有美女、世界有美女。似乎天设地造，她高高的发髻、舒展的两鬓、闪亮的前额、远山一样的双眉、紧抿着的小巧朱唇、面若春花，色如秋荷。尤其她的冷艳，给李治以冰山雪梅般高贵美丽的感受。体态虽婷婷玉立，却洋溢着青春朝气，动人心魂。

初时太子很是木讷、被动，如今不仅积极追随，而且眼睛里放射着追求的异彩。太子行动的变化让太宗欣慰，然而，太子时常走神。所问非所答，眼里的光彩似乎不在事务上，这又让太宗恼怒。有时气恼、喝斥，太子似乎并不在意。大臣们便劝谏：要他不要逼太子太急。太宗气魄宏伟，戎马一生，他读不懂太子眼睛那追求的异彩。

但武则天却能读懂。她读到的是一种渴求、欲望和惊羡。虽然她对这种眼神并无恶感，但她却是理智地拒绝。

因为满心欢喜是李治单方面的感觉，武则天可没有这种感觉。

武则天心志高远，她渴望和崇拜的是唐太宗那种男人，她真正喜欢的是男人的气魄。直到太宗死后，她仍然崇拜之。自己做皇帝后，她也崇拜他、效法他、模仿他、念念不忘他。李世民写《帝范》（阐述为君之道的政治文件），她武则天就写《臣轨》（阐述为臣之道的政治文件）。李治和李世民比起来，截然相反，肯定不会赢得武则天的好感。在她眼里，李治还是个幼稚可笑的小男孩。

再者，她不会把自己的生命当儿戏。一旦事情败露，连累家人父母，让别人看笑话，亲者痛仇者快，后果要多严重有多严重。多年的宫廷生活，练就了她隐忍坚强的个性和做事滴水不漏的风格。

李治可不会想这么多，他再三向武则天投来热烈真率、含情脉脉的目光。但武则天总是即刻低下头，避开那闪光的双目。越是这样，李治就越觉得武则天是那么美好，越发留恋向往。

随着时间的推移，形势的变化，大难临头的武则天终究接受了太子李治。

眼看太宗的身体日渐虚弱，武则天开始为自己的前途担忧：从北朝开始，皇帝去世后，有子女的嫔妃都会出宫投靠子女，而没有子女的嫔妃则要被安置到寺院当尼姑。武则天一直未育，当然也难逃进寺院当尼姑的命运。

处于这样一种境况下，武则天能不为自己的前程着急吗？像她这种有伟大抱负的人怎么可能甘心后半辈子当尼姑呢？

不能！绝对不能！她绝不会服从命运的安排，天无绝人之路，她要利用并创造一切机会，让自己翻身，翻身，再翻身！

她并不是不识时务的人。

那棵频频招手的救命稻草，一定要抓住他！

于是，武则天面临着一场艰难的抉择。一方面，她要顾及自己的身家性命；另一方面，她要顾及李治的感受和自己的前程。在这件事情上，退一步可以保全性命，但前程一片黑暗；进一步，也许会跌进万丈深渊，但要是能不出意外，就会前程似锦。

武则天是个渴望成功、敢于冒险的人，她不想就这样终结自己的政治生命，在一番深思熟虑之后，她终于选择了后者。在唐太宗的病榻之前和太子偷情，这需要怎样的细心和勇气啊！武则天做到了。

就这样，武则天默默地接受了李治发来的暧昧信息，比如，一个深情专注的眼神，一句贴心亲昵的问候，一次故意为之的身体碰撞……

又是那目光。那目光就像是透明的阳光，使武媚娘的周身温暖起来。

而翠微宫太黑也太阴暗了，李世民太苍老也太沉重了。她何不去响应那目光？她何不去响应那青春？李治毕竟是翩翩太子。

也许，李治的到来才是真正的天意。

于是武媚娘开始接受李治的友谊。但她在接受的时候，显得犹犹豫豫、半推半就。因她不得不承认，在她同太子的情感中，至少是她这一方，掺杂了很多的功利和算计。她想通过和李治的这种暧昧关系，从他身上捞点政治资本，以期继续在帝国政治核心站住脚，进而谋求发展。她深知倘李治不是太子，她是决不会去低就这样的男人的。与儿子为友比起与父亲为伴，毕竟是显得有希望，因为未来是属于儿子的。

第十二回　妖娆典雅遭遇桃花运
　　　　　犹抱琵琶接受潜规则

　　这段叫人难以启齿却又心跳不已的恋情，就在华丽而森严的长安宫廷里悄然生根、发芽。至于发展到什么程度，那就见仁见智了。有人认为他们还是处在"发乎情，止乎礼"的阶段，因为李治胆子很小；也有人认为他们早已突破了那个尺度，因为武媚胆子很大。但是，抛开李治在其他方面的表现不谈，他在这件事上胆子从来就没小过。

　　这种事情的细节当然任何正史都不会明确记载的，所以只能推测了。

　　也许从已知的官方文件《唐会要》和《资治通鉴》那里能窥见一二。

　　《唐会要》记载说："时，上（李治）在东宫，因入侍，悦之。"《资治通鉴》载："上为太子也，入侍太宗，见才人武氏而悦之。"

　　就是这样简短的一句话，不少小说家和史作者把武则天描写成一个蓄意勾引李治上床，进而上位的无耻淫妇。这种描写是没有历史根据的，也是不符合常理的。从日后武则天的女皇之路来看，如果她不是一个很值得爱的女人，如果没有李治对她的真心赞赏和支持，单靠情欲，她是绝对走不到顶峰的。所以，情爱也许不可少，但不可能是全部。

　　从后来的李治颁发的《立武昭仪为皇后诏》也可以窥知一二。

　　其中提到："常得侍从，弗离朝夕……圣情鉴悉，每垂赏叹，遂以武氏赐朕，事同政君，可立为皇后。"

如果没有那张"此地无银三百两，隔壁王二不曾偷"的诏书，普天下没有人知道，原来太子李治和武则天早在太宗皇帝生前就已经发生感情。那一年，李治十八岁，武则天二十二岁。

诏书上那句"遂以武氏赐朕，事同政君"实在是很惹人遐思。这诏书据说是武则天的宠臣许敬宗拟的，太有才了。

这里有个典故。王政君是汉元帝刘奭的皇后。十八岁那年，王政君入宫做宫女，刚好当时还是皇太子的刘奭的爱妃司马氏死了。父皇汉宣帝怕他忧伤过度，令皇后挑选五名宫女，供太子选妃，王政君位列候选人中，她穿着一件绣着红色花边的艳服，刚好站在靠近太子的位子上，太子还在悲痛之中，无心选妃，随便指了靠近自己的这位宫女。就这样，王政君成了太子妃，随后怀孕生子，"母以子贵"。再后来，王政君成了掌握实权的皇后、皇太后、太皇太后。

这诏书明确告诉天下，当年是太宗将武才人赐给李治的，由此证明立武昭仪为皇后的合理性与合法性。

那么，到底是太子李治与武才人暗生私情呢，还是李世民真的将武才人赐给了他儿子？

要说武才人在一些事务性的工作上协助过太子，这也许不假，毕竟才人的职责大致相当于秘书，可要说就是把武则天赐给太子了，这恐怕有些前言不搭后语。如果真是给了太子的，那就是太子的人了。怎么会在太宗死后，还要遣送感业寺呢？因为只有没有生育过的先帝嫔妃才会被送往感业寺，这和"太子的人"就已经没有关系了。如果当时就可以名正言顺地留下来，何必这么大费周章。

转眼到了贞观二十三年（649年），太宗患了赤痢之疾，病情时好时坏，御医们建议天子从太极宫移驾至终南山上的翠微宫，他们认为山上清新的空气和阳光对天子的劳疾会有所裨益。

太极宫建于隋初。隋称大兴宫，唐睿宗景云元年（710年），改称太极宫。唐太极宫实际上是太极殿、东宫、掖庭宫的总称,位于唐长安城中央的最北部。

太极宫是兴建最早、较为正式的宫殿,其正门为承天门。前殿叫太极殿。北门叫玄武门。玄武代表北方,按星相来说,玄武是北方七个星宿组成的星象。在神话传说中,玄神司主北方,是一种龟蛇合体的水神。著名的"玄武门之变"就发生在这里。太极殿以北,包括两仪殿在内,接连数十座宫殿构成的内朝,是皇帝、太子、后妃们生活的地方。内朝划分为东西两路,东路称为东宫,是太子居住和读书的地方;西路称为掖庭宫,是皇帝与后妃们居住的地方。其中两仪殿是内朝的主殿,居中轴线上,为皇帝听政的地方。

翠微宫,唐代著名皇家行宫之一。地处古都西安以南,秦岭山脉北麓的翠微山下。翠微宫是工部尚书阎立德为唐太宗李世民避暑主持修建,贞观二十一年(647年)建成后,太宗开始在此避暑,处理朝政。其正门面向北方,名云霞殿,朝殿名翠微殿,寝殿名含风殿。旁有太子别宫。

李世民的朝臣们要全力辅佐太子,而李世民的侍女们,自然也要全力侍奉好执政的储君。旷日持久的暧昧关系,也就从这个时期开始了。

那时的武则天一定是出落得亭亭玉立,光采照人。她的美丽与典雅,无疑更加剧了李治对她的迷恋。李治虽亲临朝政,但毕竟还是太子的名分,白天永远是众目睽睽,他们几乎没有任何可以单独相处的机会。

然而越是困难重重,他们的愿望就越强烈。李治为了能见到朝思暮想的媚娘,能同她在一起,常常假托批阅文书,在政务殿待到半夜方归。

武则天无声地接纳着李治投来的火热目光。她知道这个敏感的年轻男子的爱是抵御不了的,也就不想再抵御。于是,每当李治趁无人注意,偷偷抓住她的手时,她总是不动声色地任他握着,过一会儿才又十分温柔地抽出来。

他们还是相爱了,在萧瑟的夜风中。他一直一往情深地倾慕着这个美丽的女人。他日夜渴望能得到她，占有她。他觉得在她面前，任何的女人都失却了光彩。唯有得到她，才是他人生的最高目标。他梦寐以求，希望有一天把她紧紧地搂在胸前……

太子李治在用过晚膳之后，依然坐在政务殿的龙椅上不肯离去。他留下来继续研读辽东送来的战事通报。为数不多的几位侍女悄无声息地静候在一边，她们中间自然会有武则天。

李治的眼睛总是悄悄地抬起来，悄悄地盯着美人看。而武则天只是低着头，默默做着那些她该做的事情。不知不觉，已华灯初上。不知不觉，已是深夜，忙碌的人们渐渐散去，只有守夜的宫女在外间值班。

李治骤然间跪在地上，他抱着她，疯狂地亲吻着她的身体。他的欲望就像是脱缰的野马奔腾着。他一直等待着盼望着，他容不得她的退缩和挣扎。在这一刻，作为拥有着权势的太子，李治的热情已不再仅仅是为了满足不负责任的私欲。

这便是天堂。

武则天温柔地躺在李治身边，抚摸着他汗湿的身体。

"你会永远爱我吗？"她问李治。

"爱，爱你到永远。"

"我真不想离开你啊！"

"我也是。"

"你是太子，将来君临天下，会忘记我的。"

"不会的。我当了皇帝后，册封你为贵妃。"

"可我是皇上的才人。"武则天开始接触实际问题。

李治捂住她的嘴，这句话触起了李治心中的隐痛，他不让她说，想躲开这个话题。

"这是避免不了的事。"武则天掰开李治的手，说，"皇上的病一日比一日重，如果有一天……我还免不了出宫为尼。"

"你放心，办法总会有的，我绝不会放弃你的。"

第十二回 妖娆典雅遭遇桃花运 犹抱琵琶接受潜规则

"我让你起誓。"武则天搂着李治说。

"好，我起誓——"李治抓抓头，想了想说，"他日若放弃武媚娘，我李治必遭天谴。"

"这才是我的好男人。"

穿戴整齐，收拾停当后，二人开始饮酒用膳。夜幕已经降临，通红的烛体和闪耀的烛光，掩映着一对云雨初试、缱绻温情的青年男女。武则天满意地看着这位未来的大唐天子，心里像眼前的酒杯一样，满溢着憧憬和幸福。

第十三回　海内升平暴乱东三国　旷日持久征伐高句丽

唐太宗李世民的身体，是因为东征高句丽而一蹶不振的。这个高句丽的战事，还要从头说起。

高句丽本是我国东北少数民族建立的政权，西汉末年在今辽宁新宾建都，后扩展疆域至朝鲜半岛北部。贞观十六年（642年），高句丽荣留王打算处死暴力而凶残的渊盖苏文。渊盖苏文闻讯后，在宴席上杀死了容留王，后立荣留王的侄子高宝藏为王，自封为"莫离支"，实际控制着高句丽军政大权。

贞观十八年（644年）秋，暑热刚刚散去，忽有辽东一带的新罗派遣使节千辛万苦赶来长安。原来，是新罗善德女王的传书。向朝廷禀报邻邦高句丽对新罗地区的侵略，并恳请大唐能出兵赶走高句丽。

新罗已向大唐帝国称臣，且每年贡奉礼品。李世民试图扮演老大哥的角色，自然不能对友邦坐视不管。

于是，他派使臣到高句丽，下令高句丽和百济停止攻打新罗。但渊盖苏文拒绝了他的要求。太宗震怒下决心攻打高句丽。

贞观十八年（644年）冬，美丽而萧瑟的秋季一过，李世民便骑上战马，带着李勣、李道宗、长孙无忌和数十万人马，亲征高句丽。

李世民先是到了洛阳并在那里又做了几个月的进一步准备。大概在645年的新年，唐太宗下令张亮率四万多部队乘五百艘战船从莱州出发，过黄海向平壤进发。与此同时让李勣和李道宗率六万部队从陆地向辽东进军。

五月，在海路，张亮所率部队已从山东渡过渤海并攻破高句丽卑沙城（今辽宁大连），俘虏八千人。为了震慑高句丽，张亮派先遣船队到鸭绿江入海口，上百年来中国军队第一次得以在鸭绿江边阅兵。

李勣和李道宗已先于李世民动身，暗渡陈仓，突然出现在辽东（今辽宁辽阳）城下。打算在唐太宗到来前拿下辽东。

高句丽军数万来援。有人建议说高句丽军多、唐军少，应该坚守。可是李道宗说高句丽人仗着人多以为我们不敢拿他们怎么样，我们就是要攻击他们，杀杀他们的锐气。李勣说我们被派来就是负责替皇上扫马路的。现在马路不干净，我们怎么能躲呢。

于是唐军处于劣势却猛烈出击，高句丽兵始料不及，被冲乱阵型，大败而归。唐太宗大军到达后，把辽东围得水泄不通，日夜攻打。乘着刮南风的机会，唐太宗指挥士兵点燃城池西南楼，顺风放火。高句丽军抵挡不住了，辽东陷落。唐军杀高句丽兵一万多人，俘虏一万多人，此外还有百姓四万多人。

攻克辽东后，唐军继续向白岩城进发。乌骨城派兵一万支援，被唐军击退（此战唐军只用了八百人）。六月，白岩城城主孙代音请降。

随后，唐军攻破高句丽盖牟城（今辽宁抚顺），俘虏两万多人，缴获粮食十多万石。

唐军乘胜追击，备战安市城（今辽宁鞍山）之战。不料在安市受阻，无法前行。

李道宗开始在安市城的东南构筑一个用于攻城的土山。为此，安市城也不断加高东南边的城墙。双方这样对峙了六十天后，李道宗的土山已经高到可以看到安市城的里面。李道宗和他的手下傅伏爱登上了土山顶。忽然，土山出现了倒塌，并倒在了安市城的城墙上。安市城的城墙也因此倒塌。

傅伏爱这时却擅离职守。高句丽趁乱发动进攻占领了土山，并使其成为安市城防守的武器。唐太宗一怒之下，公开处死了傅伏爱并下令对土山进行疯狂攻击。不过打了三天也没拿下来。李道宗于是赤脚向李世民请罪。李世民宽恕了他。在这之后，唐太宗对高句丽的进攻仅维持在一些小规模的突袭。

随着冬天的临近，唐的供给也开始匮乏。贞观十九年（645年）十月，唐太宗只好下令撤退。

这次征伐高句丽，攻克十城，迁徙三州户口七万人入内地。斩首四万余级。在唐军，战士阵亡的约两千人，损失最大的是战马，损失了七八成。

此战虽重创高句丽，但是战事旷日持久，耗费巨大，最终却未能一举攻灭。唐太宗很后悔发动了这场战争，说要是魏徵还活着，一定会劝阻他不要发动这场战争。

太宗与魏徵虽然是最佳搭档，但也有闹别扭的时候。唐太宗虽说是封建历史上难得的明君，但也并不像历史上写得那么明察秋毫。魏徵643年病故后，唐太宗曾怀疑他与侯君集和杜正伦结党，而毁掉了自己亲自撰写的魏徵墓。此次忏悔之后，李世民下令重建魏徵的墓并召见和奖赏了魏徵的遗孀和孩子。

贞观十九年（645年）十二月，在定州（今河北保定）到并州（今山西太原）的路上，李世民病痛，在并州修养了几个月后才回到长安。此后，唐太宗将一般性的事务都交给太子李治处理。

据说，唐太宗撤退后，渊盖苏文更加不把大唐放在眼里，并时常偷袭大唐的边境。

唐朝的大臣指出，战争使高句丽进入饥荒。因此建议李世民小规模攻打高句丽，使农民无法耕作，加剧饥荒。于是唐太宗令牛进达和李海岸从海上攻打辽东半岛南部，李勣和孙贰朗从陆路穿过辽河袭击高句丽。

这种小打小闹显然不能让唐太宗满意，他准备在贞观二十三年（649年）率三十万部队摧毁高句丽。发动这样规模的战争需要一年的粮食储备，并要建造更多的战船。由于剑南道（今中国四川、云南和重庆）一直没有卷入从隋到唐的讨高句丽战争，因此官员建议在这一地区建造船只。

李世民对此表示同意并派强伟到剑南道筹建船只，下令船造好后经长江、东海运到莱州。除此之外，越州（今浙江绍兴）、婺州（今浙江金华）和洪州（今江西南昌）也负责建造一些船只。不过人们很快就意识到剑南道的人并不擅长建造船只，因此剑南道最后只负责提供建船的木材。这些木材被运到潭州（今湖南长沙）造船。

贞观二十三年（649年），唐太宗去世，依照唐太宗的遗愿，攻打高句丽的计划被取消。唐高宗继位后，唐对高句丽和百济又发动了一些战争。660年唐与新罗的联军灭了百济；668年，唐与新罗的联军打败了高句丽。

第十四回　临危不乱王玄策借兵
　　　　　势如破竹吐蕃王献计

　　在大唐的外交史上，王玄策无疑是个传奇。这是一个"一人灭一国"的故事。

　　贞观十年，著名的和尚玄奘为求佛经千辛万苦到达中天竺，从此开始了大唐和天竺的交流。当时，天竺分为东、西、南、北、中五国。其他四天竺都臣服于中天竺。据史载，中天竺国王尸罗逸多（即戒日王）接受了唐太宗的诏书，并派使者入长安朝贡，唐太宗也派了使臣，于贞观十九年到达摩揭陀国的王舍城（今印度比哈尔西南拉杰吉尔），次年回国。

　　贞观二十一年（647年），朝廷又派正使王玄策、副使蒋师仁出使天竺。本来这应该是一次友好的访问，没想到，半途生变。

　　王玄策和副使蒋师仁率领一行三十多人带着礼物，前往中天竺。突然路旁的丛林中出现一队天竺士兵。不由分说将王玄策一行包围起来，统兵将官说道："原国王尸罗逸多已经去世，现在国王位上的是帝那伏帝王阿罗那顺。我们奉国王之命来捉你们。"说罢一挥手，天竺士兵一拥而上。

　　王玄策拨出佩剑，刺倒冲在前面的一个天竺士兵，手下的人也和天竺兵博斗起来。激战正酣，几名天竺士兵甩起绳套，套住王玄策和蒋师仁，把他们拉倒在地，几名天竺士兵扑上去将两人压住，用绳索绑了起来。天竺兵人多士众，大唐使臣束手就擒。

投降是无奈，被抓了当然不能坐以待毙，要逃跑。

夜幕降临时，这些天竺士兵找了一块平地宿营，将唐朝的使者分别押在几顶帐篷里。王玄策和蒋师仁被单独关押在一顶帐篷里。到了后半夜，看守的两个天竺士兵沉沉睡去。王玄策用肩膀拱醒蒋师仁，轻声道："我的靴筒里有一把匕首，白天搜身时他们没发现，你抽出来割断绳索，咱们快逃！"说罢轻轻挪动身体，将靴子伸到蒋师仁身后。蒋师仁双手被绑，费了很大的劲才将匕首抽出来，割断绳索。

两人随手从地上捡起木棍，轻手轻脚地来到天竺士兵旁边，打昏了他们，将他们的衣服剥下来，穿在身上，悄悄溜出帐篷，蹑手蹑脚地向远处的树林逃去。等进了树林，才松了一口气。一摸额头，各自出了一头大汗。两人又马不停蹄地走了一夜，确信没有天竺兵追来时，累得倒在地上动弹不得。

成功出逃可喜可贺，起码小命是保住了。休息了半晌，两人商量以后怎么办。

蒋师仁道："这次天竺有变，我等全军覆没，只好回长安向万岁请罪。"

王玄策沉吟半晌，道："就这么回去，也太丢人了。昔日班超以三十六人纵横西域，何其壮哉！我等也是七尺男儿，难道就不如古人吗？"

蒋师仁道："那你说怎么办？"

王玄策道："吐蕃赞普（王中之王）松赞干布和我大唐是姻亲（唐太宗养女文成公主嫁给吐蕃赞普松赞干布），我们到吐蕃去游说赞普松赞干布，请他发兵助我平定天竺之乱。"

蒋师仁将信将疑："这行得通吗？"

王玄策道："谋事在人，成事在天，我们试试吧！"

二人策马北上，历尽千辛万苦，终于来到吐蕃国都。松赞干布见两位使者衣衫褴褛，面目消瘦，忙问发生了何事。二人将事情原委对松赞干布说了一遍，并恳请吐蕃发兵。松赞干布思索了一会，说："二位且到驿馆休息，发兵之事，待我与诸王商议商议。"

傍晚时分，松赞干布派人请来二人，道："我国与天竺之间，隔着尼婆罗（今尼泊尔）国，若是发兵只怕引起争端。况大唐距天竺数千里，两国交通不便，不若任其自生自灭。"言外之意，我和他也不挨着，这是国际问题；你们两国隔山隔水的，你打完回国了，我和他可离得近，万一失败了，他反过来打我，到时候谁给我做主啊；出兵若是多了吐蕃承担不起，若是少了还受抱怨。所以还是不管的好。

王玄策听罢朗声道："赞普之言固是！玄策受朝廷之命，出使天竺。今受辱而还，又有何面目再回中原。愿以颈血上报国恩。"说罢躬身一礼，仰首向外走去。

松赞干布也是一代英主，今见王玄策感慨激扬，十分钦佩；况且使臣要是真死在他这儿，也太驳了唐朝的面子。他连忙起身挽留二人："王使节留步！且听本王一言。吐蕃与大唐不同：大唐政令一统，我吐蕃却分为多个部族，诸王自立，我个人不能完全左右朝政。既然王使节有志于天竺，我愿从本部中选精兵一千二百名以助此事。"

王玄策感激道："多谢赞普相助。吾定天竺，千人足矣。"

松赞干布接着说："我再给尼婆罗（今尼泊尔）国王那陵提婆修书一封，让他也出兵相助。"王玄策闻言大喜，再次谢过松赞干布。

王玄策和蒋师仁辞别了吐蕃赞普松赞干布，一路行至尼婆罗。国王那陵提婆欣然应允，立刻出兵七千出征天竺。为何他如此慷慨？原来，那陵提婆父亲的王位曾被叔父篡夺，那陵提婆被迫逃难。吐蕃接纳了他，并发兵帮他夺回了王位。他对吐蕃心存感激，自然肯发兵。

手里有枪万事好商量，接下来就看王玄策自己的本事了。

联军来到甘地斯河不远处，忽然前面打探的兵士回来禀报：阿罗那顺闻知联军到来，已领大军三万余人，渡过甘地斯河，在辛都斯坦平

第十四回 临危不乱王玄策借兵 势如破竹吐蕃王献计

原上陈兵,准备以逸待劳截击我军。据探,这次天竺军中带了二千象兵。对此,王玄策早有准备。

第二天一早,王玄策命吐蕃军为左翼,尼婆罗军分为两部,四千人为中军,剩下的三千人为右翼,军阵呈倒品字形展开。联军刚立好阵脚,天竺军就发动了进攻。

王玄策骑在马上观看,只见天竺军正面是象兵,分为数列向前推进。这些象的背上背着木楼,木楼中的士兵拿着弓箭和标枪待命而发。象的后面是天竺步兵,两翼是数千骑兵策应。

大象长着长牙,甩动粗大的长鼻子,发出阵阵吼叫。战马吓得声声嘶鸣,四蹄乱跺,眼看阵中要乱。

王玄策见天竺兵已离阵前不远,传令依计而行。

只见中军队伍一分,从队中赶出几十头健牛。每头牛的背上都背着一大捆点燃的木柴。牛背上吃痛,拼命地向天竺军中奔去,其势如风。阿罗那顺连忙下令弓箭手射杀这些牛,但为时已晚,火牛冲入象阵。动物怕火,象兵横冲直撞,后面的步兵立刻乱了阵脚。

王玄策下令出击。

一千二百名身强力壮的吐蕃骑兵从左翼率先冲入敌阵,很快将天竺骑兵冲了个七零八落。尼婆罗军组成的中军和右翼也掩杀过来。天竺军溃不成军,死伤惨重,纷纷向后逃去。阿罗那顺禁止不住,只得撤退。

王玄策大喝一声:"活擒阿罗那顺!"蒋师仁忙催马追了过去,从弓袋中取出随身的六钧长弓,开弓发射,一箭正中阿罗那顺的肩头。阿罗那顺身子一趔趄,从象背上摔了下来。蒋师仁命人擒住。

这时天竺军已被追赶到甘地斯河边,纷纷争抢河上的几十条船渡河,一时间人声鼎沸,你推我搡,死伤无数。余下的士兵纷纷扔下武器,跪地投降。王玄策下令不得杀害投降的天竺士兵。

这一仗联军大获全胜,联军歇息数日后,继续渡河进发,很快便到达天竺国都。

留守国都的阿罗那顺的妻子也不是等闲之辈，命本部亲兵死守城池，待联军粮草尽后，再出城击败联军。

王玄策命联军扎下营寨，自己骑着马带着卫队到城下查看。只见城墙高大，城外的护城河水宽有数丈，很难攻破。

这时蒋师仁道："要攻破这么高大的城，非用炮车不可。"

王玄策道："此时此地，到哪去找炮车？"

蒋师仁回复："我家世代精研机械，我从小便把这些东西烂熟于心，如今正好用上。我画出图来，命军中的木匠打造，数日可成。"王玄策大喜。

几日后，联军已打造好数十架炮具和攻城用具，如撞城槌、云梯等。王玄策决定翌日攻城。

第二天一早，联军来到城下，两千尼婆罗兵围住南门，两千尼婆罗兵到城北门下，佯攻两座城门，牵制天竺兵力，并防止天竺兵从两门逃走。其余三千人在东门外摆好阵势。

尼婆罗将军一声令下，只见队中几十架炮具一起发动，巨石如雨点般飞上城头。弓箭手则匍匐到护城河边向城头上射箭。一时间炮石齐飞，箭如蝗雨，压得天竺军抬不起头来。

当时中国的机械制造技术冠于世界，天竺军没见过威力这么大的攻城器具，霎时间死伤无数。军心大乱，纷纷逃跑。

尼婆罗将军下令攻城。众士兵在城墙下树起几十架云梯，开始登城；一队士兵抬着撞城槌到城门之下，猛烈地撞击城门。不过片刻，城门便被撞开，尼婆罗军潮水般冲进城中，天竺军抵挡不住，纷纷投降。

不到半日，战争已接近尾声。王后见大势已去，想带着残兵从西门逃走。岂料王玄策留着西门不打，就是给她逃跑用的。蒋师仁守株待兔，将其活捉。再者，有了逃走的路，天竺守军就会军心不定，更容易攻打。

战后清点人马，共俘获一万二千多人，救出了唐朝使团的三十多人。剿灭阿罗那顺的余党后，王玄策重建了天竺的政治环境，拥立尸罗逸多的子孙为王。

　　待局势稳定后,王玄策押着阿罗那顺转道吐蕃回长安,唐太宗闻听王玄策的事迹,大加赞赏,封为朝散大夫。他以少数之兵获得大胜,而且还是在异国、并以异国之兵得胜,实现了"一人灭一国"的奇迹,真奇男子也。

第十五回　盛世繁华震慑五湖四海
　　　　　　名不虚传开创贞观之治

　　太宗李世民,是唐朝第二位皇帝,他名字的意思是"济世安民"。即位为帝后,积极听取群臣的意见、努力学习文治天下,有个成语叫"兼听则明,偏信则暗",就是说他的。"玄武门之乱"虽然是一场不光彩的杀戮,不过他积极进取,开创了历史上的"贞观之治",终于成为中国历史上最出名的政治家之一。

　　他不但是个政治家,也是个多才多艺的人。唐太宗还精擅书法,以行书写碑,为后世鼻祖。著名作品有《温泉铭》《晋祠铭》等。业余爱好没有让他玩物丧志,反而增加了他的个人修养。在他的宏扬和鼓励下,才有唐代书法、文学、艺术之盛。

　　他晚年著《帝范》一书教育太子,其中总结了他一生的政治经验,也对自己的功过进行了评述。

　　在隋末的军阀叛变和农民起义中,唐初统治者亲眼看到了农民战争瓦解隋朝的过程,吸取隋亡教训,调整统治政策,以缓和阶级矛盾,稳定社会秩序,恢复经济。

　　太宗吸取隋亡的教训,非常重视老百姓的生活。他强调以民为本,常说:"民,水也;君,舟也。水能载舟,亦能覆舟。"他下令轻徭薄赋,让百姓休养生息;提倡戒奢从简,节制自己的享受欲望;革除"民少吏多"的弊政,利于减轻人民的负担。经济上实行均田制和租庸调制,使农

民有可能安定生产，耕作有时。在他的带领下，君臣和谐，全国上下一心，经济很快得到好转。到了贞观八九年，牛马遍野，百姓丰衣足食，夜不闭户，道不拾遗，出现了一片欣欣向荣的升平景象。

除了给农民很多好处，他还重视商业。

中国封建王朝历来的经济特征是"重农抑商"，这是中国的封建经济一直得不到实质性发展的主要原因。

贞观是中国历史上少有的不歧视商业的时期，还给商业发展提供了许多便利条件。当时世界出名的商业城市，有一半以上集中在中国。除了沿海的交州、广州、明州、福州外，还有内陆的洪州（江西南昌）、扬州、益州（成都）和西北的沙州、凉州。首都长安和陪都洛阳则是世界性的大都会。

自汉开辟的"丝绸之路"一直是联系东西方物质文明的纽带，唐朝疆域辽阔，在西域设立了安西四镇，西部边界直达中亚的石国（今属哈萨克斯坦），为东西方来往的商旅提供了安定的社会秩序和有效的安全保障，结果丝稠之路上的商旅不绝于途，品种繁多的大宗货物在东西方世界往来传递，使丝稠之路成了整个世界的黄金走廊。

不但各国货物源源不断涌入大唐，大批留学生和闯荡江湖的淘金者也纷纷来到唐朝。政府还专门设立了流所（和现在的使馆差不多），开放边境和关口。

由于东罗马帝国（395—1453）的衰落，西方世界支离破碎。唐帝国的首都长安是世界性的大都会，各国的杰才俊士冒着生命危险也要往唐帝国跑。不仅首都长安，全国各地都有来自国外的"侨民"在当地定居。仅广州一城就有西洋侨民二十万人以上。

来大唐的外国留学生，仅日本的官派的公费留学生就有七批，每批都有几百人。民间自费留学生则远远超过此数。这些日本留学生学成归国后，在日本进行了第一次现代化运动——"大化改新"，也就是中国化运动，上至典章制度，下至服饰风俗，全部仿效当时的贞观王朝。

这也是日本民族高明的地方。他们落后但不固执。

在吏治方面，唐太宗善于听从大臣的批评和见解。他重用房玄龄、杜如晦、魏徵、长孙无忌等能臣，还十分注重人才的选拔，曾先后五次颁布求贤诏令，并增加科举考试的科目，扩大应试的范围和人数。正是这些栋梁之才，为"贞观之治"的形成做出了巨大的贡献。

唐太宗十分注重法治，曾说："国家法律不是帝王一家之法，是天下都要共同遵守的法律，因此一切都要以法为准。"但量刑时太宗又反复思考，慎之又慎。规定死刑需三复奏（外地五复奏）复审批准后方可行刑。他说："人死了不能再活，执法务必宽大简约。"

由于太宗的苦心经营，贞观年间法制情况很好，犯法的人少了，被判死刑的更少。据载贞观四年（630年），全国判死刑的才29人。贞观六年（632年）全国死刑犯390人，太宗审查时令390人全部回家过年，待来年秋收后回来复刑，结果390人均准时到来，无一人逃亡。

贞观是历史上政治比较廉洁的时期。皇帝率先垂范，官员一心为公，吏佐各安本分，滥用职权和贪污渎职的现象降到了最低点。

贞观时期的三省职权划分初步体现了现代化政治特征——分权原则。中书省发布命令，门下省审查命令，尚书省执行命令。这种政治运作方式很有点类似现代民主国家的"三权分立"制。

一个政令的形成，先由诸宰相在设于中书省的政事堂举行会议，形成决议后报皇帝批准，再由中书省以皇帝名义发布诏书。诏书发布之前，必须送门下省审查，门下省认为不合适的，可以拒绝"副署"。诏书缺少副署，依法即不能颁布。只有门下省"副署"后的诏书才成为国家正式法令，交由尚书省执行。最为难能可贵的是，李世民规定自己的诏书也必须由门下省"副署"后才能生效，从而有效地防止了他在心血来潮和心情不好时作出有损他清誉的不慎重决定。

在外交上，李世民被誉为"天可汗"，也并非浪得虚名。

贞观年间是唐朝拓边最猛烈的时期，也是获胜最大的时期。唐朝依次取得了对东突厥、吐蕃、吐谷浑、高昌、焉耆、西突厥、薛延陀、高句丽、龟兹，甚至还包括对印度用兵的胜利。

颉利可汗恐怕是有史以来第一个被中国军队活捉的北方民族最高统治者。唐军出击定襄，痛歼突厥，活捉颉利可汗。贞观四年（630年），击败东突厥，被突厥各部尊为"天可汗"。

贞观八年（634年），吐谷浑犯唐，唐军再次远征，吐谷浑从此被纳入唐朝的势力范围。贞观十三年，高昌国失臣礼。高昌王麹文泰看到唐兵来得那么快，吓得大病，感到忽冷忽热，几天后竟然一命呜呼，由此作为第一个被唐军活活吓死的人而载入史册。

唐朝的另一个著名将领侯君集奉命带兵修理骄横的吐蕃人。侯君集通过夜袭击败了吐蕃军，斩首千余。吐蕃军退兵后，松赞干布做了颉利可汗也做过的事：派使者谢罪求和。但是他没有放弃和亲的请求。七年后，他的要求终于得到了满足。贞观十五年（641年），文成公主入藏。

唐朝是中国历史上一个意气风发的时代，这个"大有胡气"的朝代中，诞生了专门的边塞诗派，像"青海长云暗雪山，孤城遥望玉门关。黄沙百战穿金甲，不破楼兰终不还"，"葡萄美酒夜光杯，欲饮琵琶马上催。醉卧沙场君莫笑，古来征战几人回"这种豪言壮语，成为中国人尚武精神的绝响。大唐金戈铁马，气吞万里如虎。

第十六回　油尽灯枯仙逝翠微宫
　　　　　　卑如小草寄身崇德坊

然而开创了这一切的唐太宗，也即将随着夕阳的光芒走过历史的长河。

贞观十九（645年）年初冬，远征回国的李世民很快病了。接着，他最爱的小女儿晋阳公主不幸夭折，他痛苦万分，一个多月不思饮食，终日流泪。

贞观二十一年（647年），唐太宗又得了"风疾"，风疾是指中风，这是李唐皇室的家族遗传病。此病如果通过正规途径治疗也许能好，可他有病乱投医，迷上了道士们提炼的金石丹药。

方士们自欺欺人，以炉火燃炼朱砂，以为吞食可生发固阳、延年益寿。其实丹铝性热，服之精神亢奋，久之，或食量太大就会慢性中毒。可他一点不知情，甚至还向从印度取经归来的玄奘法师求长生不老之术。想当年他意气风发之时，还曾经嘲笑秦皇汉武迷恋方术和寻求丹药。这一切都是自欺欺人。

虽然玄奘没办法，可有个高僧倒有办法——把人治死的办法。

话说贞观二十二年（648年），那个"一人灭一国"的大英雄王玄策从天竺回到了长安。李世民得知自己的手下在外面这么争气，自然是惊喜不已，立即给王玄策连升两级，封为朝散大夫。

王玄策的俘虏中有一名印度和尚，名叫那罗迩娑婆。为迎合李世民

求长生不老的心理,把他献给了李世民。不过李世民死后,王玄策受牵连,仕途受阻,终生再未升迁。也就是李治仁厚,要是换了武则天,他早掉脑袋了。

这个印度和尚吹嘘自己有二百岁,专门研究长生不老之术,并信誓旦旦地说,吃了他的丹药,可以在大白天飞升。李世民就命他给自己造"延年之药"。

得病之后,他觉得在长安城的太极宫住着很不舒服,因为太极宫地势低洼,让人气闷。为了养病,他在长安以南的终南山修建了翠微宫,作为疗养的行宫。以便"安度晚年"。

贞观二十三年(649年),唐太宗最后一次来到翠微宫。可是,搬进去后,病情不但没好转,反而愈演愈烈,又得了"痢病",痢就是痢疾,是拉肚子、肠炎之类的疾病。太宗吃了天竺和尚炼制的丹药,下泻不止,病势突然加重。

御医们云集翠微宫,空气中飘溢着古怪难闻的煎药气味。含风殿中走过匆忙而无声的侍女们。谁都知道这是一代名君最后的日子,因此所有人都心情沉重,被一种大厦将倾的恐惧和悲哀笼罩着。

这些阶前帘后的女子想到天子驾崩后自己的命运,更加黯然神伤。此刻,也有人将目光投向风度翩翩的太子。没人知道武才人已经先行一步了。她陪他度过了这段难熬的时光。太子伤心,武则天就和他一起伤心。自李世民病重以来,武才人已几天几夜没合过眼。她的迷迷蒙蒙的大眼睛里布满了血丝。神情中除了极度的疲惫,还有着一种对未来的忧虑。李治看在眼里,疼在心上。

李世民只要稍稍清醒,一睁眼就能看到李治满是泪水的脸,和一双无比真诚悲哀的眼睛。他觉得很欣慰。

太宗终致病危,他急忙把宰相长孙无忌和褚遂良召到翠微宫,有气无力地说:"太子仁慈,愿卿等善为辅导,勿负朕言。"又向太子说:"无忌、遂良在,汝勿忧天下。"一面令褚遂良草遗诏,一面传入妃嫔和太子妃王氏至榻前，目视太子和太王妃向长孙、褚遂良说："今，佳儿佳妇（指当时的太子妃王氏，后来的王皇后，他深得公爹之心，后文提到，这句话给武则天登后位造成了很大阻碍），都交给卿等。"说完，再无他话。

良久，宫内才响起此起彼伏的哭声。为了每一种黑暗的残花余生，为了每一桩未竟未了的心愿，为了对死者的爱或者恨。

贞观二十三年（649年）五月，伟大的唐太宗李世民走完了他传奇的一生，驾崩于终南山的翠微宫含风殿，在位二十三年，享年五十二岁。

托孤大臣们马上安排禁军护送太子李治回到长安，先稳定局势。同时带领其他随行人员，护送太宗灵柩，返回长安。两批人马汇合之后，才昭告天下，宣布皇帝驾崩的消息。

这年的六月一日，太子李治在太极殿即位。依照他死后的庙号，称为高宗皇帝。那一年，李治二十二岁，武则天二十六岁。以次年（650年）为永徽元年。

此后，经过各种复杂的取舍权衡，大赦天下，文武进阶。封长孙无忌为太尉兼中书令，任命李勣为尚书左仆射。立太子妃王氏为皇后，其父由陈州刺史进封魏国公，母柳氏封魏国夫人。

而武则天这边是另一番景象。

根据北朝以来的惯例，死去皇帝的妃嫔有三种安置方式。第一种，妃嫔育有子女，随子女到宫外居住，安享晚年。第二种，妃嫔没有子女，但是具备一些才能，可以继续留在宫里。比如，唐高祖的薛婕妤是当时的大文豪薛道衡之女。她虽然没有子女，但是因为饱读诗书，被唐太宗留下来，让她继续留在宫里任职，教育自己的儿子。她教的这个学生是谁呢？就是后来的唐高宗李治。最多的是第三种情况，被安排到为已故皇帝修建的别庙里，或被安排到国家指定的尼姑庵、道观中。武才人就属于这沉默的大多数。

太宗的丧礼仪式结束后，后宫里未生子女的嫔妃们，一律被打发进感业寺。感业寺究竟在哪儿呢？

根据《唐会要》的记载，"太宗崩，武则天随嫔御之例出家，为尼感业寺。"可是遍查唐史，就是找不到感业寺的其他记载和具体位置。按理说感业寺属于皇家寺院，规模必定不小，这么神秘着实有点奇怪，一个比较合理的解释就是后来改名字或者搬迁了。为什么会改名？感业寺究竟在哪里？武才人是否真的出过家？问号一个接着一个。

北宋的宋敏求在他的《长安志》中提出来：感业寺在长安城西南的崇德坊。崇德坊原来有两个尼寺，东边的叫做道德尼寺，西边的叫做济度尼寺。贞观二十三年，唐太宗死后，这两个尼寺都搬家了。道德尼寺搬走之后，原址建成了崇圣宫，这就是唐高宗给唐太宗建的别庙；同时，它西边的济度尼寺也搬家了，原址改成灵宝寺，安置唐太宗没有子女的妃嫔。按照这种说法，感业寺就在崇德坊的济度尼寺的旧址，当时叫感业寺，后来由于历史变迁，又改名叫做灵宝寺。

这种说法应该还比较靠谱。理由有两点：第一点，这个记录出现最早。持这种观点的宋敏求是北宋人，北宋离唐朝相对较近，比较容易了解唐朝的真实情况。第二点，既然是安置唐太宗的妃嫔，那么这个寺的位置应该和唐太宗的别庙相去不远。唐太宗的别庙崇圣宫就在崇德坊道德尼寺的原址之上，证据确凿，向无异议，那么它西边的济度尼寺旧址用来安置妃嫔，也是一种合理的安排。

武氏再度入宫之后，十分忌讳曾为太宗嫔御之事，立后诏书里也自称先帝宫人，因此丝毫不提曾经入寺为尼，不愿再与感业寺有任何联系，也是可以理解的。

第十七回 默默无闻潜伏感业寺 适者生存热爱新生活

长安夏日的一个黎明，层层殿宇内，剃度仪式马上就要开始了。

武则天回到自己的房间，穿好崭新的素朴衣裙，盘了一个简单的发髻，轻轻扫了扫峨眉，然后整理好自己的小屋。尽管她有着谁都不曾有的当今皇帝的信誓旦旦，可她也知道，前路不可测。毕竟李治性格怯懦。他们的相爱，有太多阻碍。她不确定，李治愿不愿为爱付出代价。

此刻她需要面对的，是感业寺的晨钟暮鼓，她唯一要做的，就是放下一切。

"武才人，轮到你剃度了，速去升平殿。"一个老尼站在门口冷漠地说。

武则天的心里已经淡然如水，她款款而行，昂着那动人的、永不屈服的美丽头颅。没有人知道这个与众不同的女子在想什么。

她平静地走过去，跪下来。任别人将她的头发生硬地散开。她美丽的秀发就那么一缕一缕地滑落下来。

突然，辽远的空中响起肃穆的钟声。媚娘仰望着被高墙隔离的一方天空，天空清澈澄明，没有一丝云彩。今天，是天子之典的佳日良辰，但是她看不见那些大钟，看不见新天子的龙冕仪容，看不见那轰轰烈烈的火热人间。当大典钟声最后的回响消失在晴光丽日之下，她再也无法控制自己！一行热泪翻滚而下。

千百年的进化论表明，最终存活的物种，不是最聪明的，不是最强大的，而是适应性最好的。

她毕竟是一个非凡的女人，有着男性的刚强、隐忍和执拗，很快便冷静下来。怨天尤人只能自取灭亡。这里是她当前的归宿，她已接受了这个现实。

感业寺依山傍水，古朴秀丽，曲径通幽，是修身养性的好地方。

她在皇宫十几年，皇宫又给了她什么呢？于是，她开始烧香礼佛，面壁打坐，诵读经典。前文说过，她的母亲杨氏热衷佛学，她自幼受母亲熏陶。入寺后，儿时的兴趣爱好一下子被点燃了。她是个好奇心极强的女人，她想知道，是何种奥秘吸引唐玄奘为之奉献终生。她研习的是玄奘创立的唯识宗，即法相宗。

就当是给人生来一次充电吧，多学一些知识，总比整天在悲叹中老去要好得多。

因为有深厚的佛学功底，加上天资聪慧，武则天在钻研佛学上如鱼得水。她不仅融会贯通了佛学经典，还对玄奘法师的一系列佛学理论有深入研究，这为她执政后推行佛学，奠定了坚实的基础。

由于武则天的勤苦功课，认真诵读佛经，让感业寺的主持长明师太对她另眼相看了，经常与她交谈。

可是，武则天毕竟不是佛门中人。尽管她攻读佛学很勤苦，她自己明白，那多半是在打发清苦的日子。她自知"六根"未净，与佛无缘，大唐尘事，新皇帝李治，才是她关心的根本所在。

在参禅悟道的日子里，她始终没有放下一样东西，那就是：她胸中不灭的希望之火。

随着佛学理论水平的不断提高，武则天的胸怀越来越开阔，思想也越来越开窍。她不再把入寺当尼姑看做是命运的不公。恰恰相反，她把这段经历看做是人生的潜伏期。她想，人这辈子不可能一帆风顺，只有能屈能伸，才能成就大事。潜伏的时候就得屈着，屈着的时候，也不要放弃理想与追求。

既然李治答应过接她回宫,她就等着他来,即使他不来,她也不会自轻自贱。要知道,天不绝人人自绝。

也许命运会让你失去很多,但只要你自己不愿意,没有人能剥夺你追求的权利。没有了理想,人将变得一无所有。在唐宫十二年,她从太宗皇帝那儿学到了强毅和坚韧。遭遇任何困难险阻,要学会收起眼泪。她记得先皇说过:眼泪不会赢得别人的同情。眼泪所换到的,是他人的轻蔑。即便跌进万丈深渊,也一定要积极创造机会让自己翻身,因为机会和成功永远属于有准备的人。

虽然李治这段时间音讯全无,根本没有接她回宫的意思,甚至来看她一眼都没有。但一切不是绝对没有可能。经过十二年的宫廷历练和人生洗礼,武则天深深懂得:机会不是靠等来的,而是靠创造出来的,只有善于创造并利用机会,才能离理想更近。这既是武则天事业成功的法宝,也是她的人生座右铭。

高墙森森的寺院,不可能给武则天提供实现理想的机会。于是,她只好自己创造机会,她要把创造出来的机会利用在李治身上,这当然要在感情上做文章。

武则天对李治是有感情的,至少她思念李治,期盼李治。当然,她思念和期盼李治的终极目的是希望他到寺院来,把她接回宫。

第十七回 默默无闻潜伏感业寺 适者生存热爱新生活

第十八回　蓄势待发娇娘热期盼
　　　　　身不由己情郎有苦衷

白雪覆盖着大唐的京都。宁静的除夕在雪地上徐徐退去,黎明来了,守岁的人长长地透了一口气,推开窗子,让朔风吹散屋子里的炭气;随后,人们燃点了红色的蜡烛,以庆祝新皇帝登位的第一个元旦。洛阳各处宫闱和寺庙的钟全部都响了,宏大的声响撼动了白雪覆盖之下的城市。

在感业寺内,武则天独自站立在长廊上,凝望破晓的天空,以喟叹来迎接元旦。

她被宏大的钟声扰乱了,朔风在吹,冷气自袖口和领口侵袭她的身体,有了点寒意。半年了——自从先皇逝世后,时光飞逝。一个女人辉煌的岁月是有限的啊,一定要让李治知道,她是多么的思念和期盼他。只有这样,李治才会动心,才会想起她,才会把她接回宫。

武则天才智过人,很快就做了一首诗,名为《如意娘》:

看朱成碧思纷纷,憔悴支离为忆君。
不信此来长下泪,开箱验看石榴裙。

这首哀婉缠绵的《如意娘》,多少可以反映她当时的心境。年华渐渐老去,前途仍不明朗,那渺茫无期的承诺什么时候能够到来?在李治未去感业寺的日子里,那个倚门而望的缁衣女子,也曾怀着忐忑不安的心情，为一个莫测的未来而颤栗。

诗的大意是说：我心绪纷乱，精神恍惚，把红的都看成绿的了。为什么我如此憔悴呢？是因为每天想着你。如果你不相信我因为思念你而默默落泪，就打开箱子，看看我的石榴红裙吧，那上面洒满了斑驳的泪痕。这首诗写得情真意切，据说后来的大诗人李白看到了，也不由得爽然若失，觉得自己不如武则天。

诗里，武则天是一个思念情郎的小女孩，痴得憔悴支离，以至于看朱成碧。思念一个人到了这种程度，实在令人感动。写了情诗，还捎上石榴裙，那效果可想而知。

此诗乍一看不像武则天的性格。如此清新婉丽的诗怎么可能是那个令人胆颤心惊的武则天所作？肯定是《全唐诗》的误录。但是，她当时只有二十几岁，有感情寄托也是寻常。而且文学作品，尤其是诗作，有时也会超脱作者性格。如杜工部一生关心国计民生，也有"林花著雨胭脂色，水荇牵风翠带长"这样的闲品。因此，武则天这般能够驾驭群臣、开创盛世的伟大女性，在孤身为尼的逆境中，也会思念、祈盼着曾许下诺言的太子，盼着他降驾感业寺。

探究武则天当时的心情，说她不着急是不太可能，然而患得患失之下毕竟不敢催逼太紧，怕引起对方反感，得不偿失，因此只能采取这样委婉曲折的方式反映自己的心事。可见当时出现在李治面前的武则天，并不是强悍刚烈的强势女子，展现出的更多的是"腕伸郎膝前，何处不可怜"的柔情蜜意。对于这样一个才华出众、深情柔婉，而又不会给他带来任何压力的女子，李治无疑是非常满意的。

这首诗写了之后是怎么处理的呢？

是不是和石榴裙一起压箱底了呢？不太可能。这首诗是一封情书，是要拿出来表白的。对于武则天来说，这还不是一封普通的情书，而是扣开李治心扉的钥匙，也是扣开自己命运之门的敲门砖。她怎么可能让敲门砖躺在箱子里呢？更大的可能是：她通过什么渠道把它交给了李治。

让他知道，她依然思念着他，真是"一寸相思一寸灰"啊。李治面对这样的真挚告白，想想当日的心心相印，他还能放下武则天吗？

李治为什么那么长时间都不来看武则天呢？他即位后，又在忙什么呢？

除了忙着把他老爸送走，还要处理一大堆军国大事。李治自己也表现得颇为热心，太宗晚年三日一视朝，李治却是日日上朝，称"朕幼登大位，日夕孜孜，犹恐拥滞众务"。每日引刺史十人入内，问百姓疾苦，及各种应对办法。

这些事情，他都很陌生，需要抓紧时间学习，紧急处置。对于军国大事，他不敢有丝毫的怠慢和放松，因为父亲留给他的是一个举世无双的超级大国，他必须高举父亲治国理论的伟大旗帜，全面贯彻其"仁政爱民"的重要思想，深入落实以德治国观念，把大唐建设成为一个高度富强、文明的国家。

这是一个宏伟而美好的愿景，李治对此充满信心，但他的压力比谁都大。他决心做像父亲那样一个勤政爱民的好皇帝，于是每天都风雨无阻地上朝理政。处理完朝政大事后，他又走街串巷，遍访民情。李治的这些表现值得肯定，他是一个有作为的皇帝，不像后人评价得那么昏庸。

可以想见新君初即位踌躇满志的意态，做事也算有板有眼，并非如旧史所言那般无能，对政事毫无兴趣，一心只想塞给别人处理。

但是他也有烦心事：刚刚即位，皇位不稳，加上性格柔弱，所以一直受长孙无忌、褚遂良等顾命大臣的控制。这些大臣是绝不会允许他胡作非为的，他又顶不过这些大臣，只好夹着尾巴做皇帝，不敢有任何非分之想。

总之，李治一头扎进繁忙繁重的政务中，似乎忘了对武则天的承诺。

其实，他并没有忘记她，并没有忘记自己对她的承诺，他不是那种忘恩负义、言而无信的人，他也想把她留下来，但他暂时不能这样做，因为他有难言的苦衷。如此说来，在当时的情况下，李治真是不敢把武则天留下来。

当初太宗逝世，他也想把武则天留下来，可是留下她，同父亲把薛婕妤留下来完全是两回事。父亲把薛婕妤留下来是为了工作，他把武则天留下来却是为了保持私情。况且他们的私情见不得天日，并为传统伦理道德所不齿。他当初不敢把她留下来，现在也不敢马上把楚楚可怜的武则天接回来。

他一向有些优柔寡断，做事拖泥带水，且他本以仁孝出名。把父亲的女人留下来，是需要勇气和霸气的。他既缺乏父亲那样的气魄，又要顾及舆论的影响。一面让武则天先去感业寺，一面私下见面暗中关照，等风头过去再召入宫，这样不清不楚首鼠两端的折衷做法，倒是最符合李治的作风。不是没有真情，但也不乏自私的盘算和顾虑。

李治的性格，极其矛盾难解。一方面，他为人仁厚，向有长者之称，在唐代帝王之中，他赏赐给臣下的东西是最多的。但另一方面，杀掉当初力挺他登上皇位的亲舅父长孙无忌；赐死毫无过错（关于武则天女儿的死亡，比较有争议）的发妻，囚禁迫害亲生子女，命令样样都是他亲手签署的，手段又是何等冷酷！在这一刻，他可以毫无顾忌地在你面前流泪，表现出对你的深刻依恋和浓浓的恋旧之情，但下一刻就给你送来赐你自尽的诏书，这样的"真情流露"，又是何等的廉价。

武则天对他有绝大的影响力和控制力，然而这种影响来自于情感或是惯性，而非来自制度。这需要武则天有卓越的智慧和手腕。如果李治更英武果断一点，武则天就没有登上政治舞台的机会。而武则天的治国能力，也是李治一再赞赏的。从这个角度上来说，武则天可以说是他一手培养锻炼出来的。李治，的确是武则天生命中最重要的男人。

武则天虽不甘心，但当时的她也只能任人摆布，怀着一个渺茫的希望在感业寺住下，名为拜佛修行，身份实属尴尬，前途也暧昧不清，唯一能指望的，便是一个男子脆弱易断的爱情了。

第十九回　余音袅袅难忘羞花之貌
　　　　　佛殿森森难阻有情之人

那首《如意娘》虽然史书没有明确记载其来龙去脉，但接下来发生的事，表明李治应该看到了这首诗，因为他去见她了。

《资治通鉴》用为数不多的笔墨透露出这段经历。其文曰："上之为太子也，入侍太宗，见才人武氏而悦之。太宗崩，武氏随从感业寺为尼。忌日，上诣寺行香，见之，武氏泣，上亦泣。"

李治即位后，在工作上一刻也不敢怠慢。正因为此，他才忽略了武则天。可看了武则天的那首诗（也许还有那条石榴裙）后，他的心一下揪紧了：她是我深爱的女人啊，还在思念着我。我怎可负了她？不能再让她受委屈了，一定要去看看她。

可他是皇帝，做什么由不得自己，找什么理由去感业寺呢？作为儿子，他要守孝三年（唐代一般为二十七个月），李治决定在父亲忌日这天，入寺进香祭奠，借着这个机会去见武则天。

他的到来，给武则天带来了无限希望。在她看来，黑暗的日子即将结束了，她依稀感到，身后那座熟悉的城市，那个她工作了十二年的皇宫，在殷切地向她招手……

可以想象到这次明修栈道暗渡陈仓的幽会，会是多么动人心魄。

李治去感业寺与祭奠完毕后，通过寺中主持去见年近三十的武则天。李治是皇帝，感业寺又是皇家的寺院，自然是不能不让单独见面的。

当她终于站在他的面前，他简直不敢相信面前这个目含秋水的女子就是入寺已久的武则天。

她的面颊迸发出美丽惊人的容光，面若春桃，双颊的泪痕更增添了几分哀而不怨的风韵，恰似莲花出水。她的美丽和沉静瞬间震惊了李治的心，他惊异于武才人的美丽竟然在晨钟暮鼓的尼庵里大放异彩，那个白布裹头的女人未施脂粉，凤目宽颐之间凝聚着一半倨傲一半妩媚的神情，而黑衣里的丰腴成熟的胴体分明在向李治倾诉着什么。她在唤起他的回忆，她在提醒他的许诺。于是，他的眼睛里已经是柔情似水。

冲破重重阻碍，他们终于见面了。已经等了多年的武媚娘会扑上去大诉衷情吗？

没有。武则天的眼睛依旧清澈明亮，但目不斜视，仿佛她已不是人间的凡物。李治似乎想说些什么，却无法在众目睽睽之下说出口。最终，两个人只是目光轻轻接触，便不再注视。

此次相见，让李治魂牵梦萦。只要大臣们看得松了些，或者有了什么烦心事，李治立刻脚底抹油直奔感业寺。不过，后来他只带着贴身内侍。

李治轻手轻脚地走进来，贪婪地看着她。武则天背对着他，跪在蒲团上。

"我来了。"李治终于说出了那句话。

武则天站起来，含情而又带些幽怨地睨了昔日情人一眼，立刻低下头，幽微地说："小尼不知，未能接驾，死罪。"紧接着双手合十，后退半步，拉开了她与李治之间的距离。

"我想你！听到了吗？我真的很想你。"李治情急之下，拉住她的手。李治看见她的脸慢慢变得惨白。她冰凉的手也开始温热。她看人的目光不再那么遥远，渐渐满眼含泪。

"小尼不敢，还望圣上体谅。小尼已是削发之人，在佛门苦心修行。

第十九回　余音袅袅难忘羞花之貌　佛殿森森难阻有情之人

还望圣上及早返驾,我会日夜为圣上烧香的。"

李治感到似火炙一样的难受,再度把她紧紧搂在怀里。"你不知道我有多想你。我不能自由来,我早想来找你……"

"不,不要这样,陛下,您现在是皇帝,不能……"她以窒息的声调啜嚅着,挣扎着……

李治抚着她的背脊。她像一只被冻僵的小鸟,被皇帝拥抱着抚摸着慢慢温暖和苏醒过来。她泪流满面。她说她没有一天不想念皇上,她以为皇上已经忘记她了。她不过是曾与皇上萍水相逢的一个女人。她任凭着李治,任凭着这个痴情男人的热望与冲动,感受不尽的缠绵……

夜幕慢慢降临。她揉在他的膝上,两个人以轻声说着悄悄话。李治倾诉着朝堂和后宫的烦心事,武则天帮他开解心事。"你是这天下最能理解我的人。你是我的女人。"李治感激地说。

"陛下,您该走了。"武则天仿佛并不留恋,她披上罗裳,在一种轻微颤抖的状态下站起来,替他整理衣冠;然后,旋转身,对着铜镜,揩拭自己颊上的泪痕,并且加披了一件法衣,低着头送皇帝出去。

李治缄默着,他得对朝廷社稷负责,对文武百官负责。他不得不走。片刻,他才正色说:"我会再来的。"

在门口恭候的贴身内侍早已等不及了,赶紧驾车上马。武则天在门内听着马蹄声快速远去。

此后,贴身内侍在皇宫与感业寺之间暗中奔忙,为这段私情大开方便之门。内侍每隔一段时间会来一次,多情的李治总要他带几件珍奇的小礼物来。每次宫里的内侍来,武则天都给予丰厚的赏赐。她知道这些内侍虽然没有办大事的能力,但一言可以坏事。

感业寺还是和平常一样,但在她的眼中,已经完全变了,她怔怔地望着大门,冥想自己回到金碧辉煌的宫殿中去——那儿有着至高无上的权力,有着一切的繁荣与辉煌。

那天的相会,使她得到一个印象:皇帝的感情是可以把握的。然而,美丽的皇宫，好像离她近了，其实，还是那么遥远。

她深深明白：对于新角色的新鲜感和责任感，会冲淡与情人分离的相思。反正他是皇帝，身边从来不会缺女人。后宫佳丽三千人。宫里从来不缺年轻貌美的女子。而她不能过问，更不敢有任何抱怨，这段时间里又纳了徐婕妤等美人，闲时到感业寺感受一下别样风情，日子过得倒是滋润得很。

但对于自己来说，情况就不是那么回事了。红颜易老春易逝，她已经二十七八岁了，按照古人的看法，已经算是大龄了。没有任何名分，没有任何保障，不尴不尬不僧不俗地住在尼寺里，如果他从此不来了怎么办？她将何以自处，别人又会怎样看她？那悠长而寂寞的下半生，她将怎样度过？可以想象她的压力有多大。

现在，她的思维集中到怎样争取时间。因为再这样拖延下去，可能是会有变化的。要争取时间，她日夜思索这个问题。她已经不能再等下去了。

不过，这又是一件多么困难的事。那些清规戒律，那些三千佳丽，像一道银河阻隔在两个人中间。

第十九回　余音袅袅难忘羞花之貌　佛殿森森难阻有情之人

第二十回　一本正经王皇后演石膏像
　　　　　风情万种萧淑妃饰铁梨花

李治的后宫佳人，其实没有武则天想象的那么多。但是每一个，都高贵不可侵犯。先说他出身名门的大老婆——王皇后。

王皇后出身于当时的高门大族——太原王氏。隋唐时代是身份制社会，世家大族在社会上享有崇高的威望和地位。在所有世家大族中，有"五姓七望"最为尊贵。哪"五姓"呢？崔、卢、李、郑、王。在五姓之中，崔姓和李姓都分别有两支最显贵，合起来就成为所谓"七望"，他们是博陵崔氏、清河崔氏、范阳卢氏、陇西李氏、赵郡李氏、荥阳郑氏和太原王氏。这七望在当时是贵族中的贵族，社会地位显赫，王皇后就出身在这样的一个贵族之家。

在唐朝，若是能娶到五姓人家的女儿，比招驸马还荣耀。

唐朝有个宰相叫薛元超，就是前几回提到的在长孙皇后死后照顾李治的薛婕妤的侄子。这薛元超官至中书令，他晚年时说，我这一辈子是富贵已极，没什么可追求的了，但是有三件事特别遗憾，哪三件事呢？第一，没能是进士出身；第二，没能娶五姓女；第三，没能修国史。

因为门第高贵，所以全国上下谁都想和他们攀亲，连皇室也不例外。唐高祖李渊的妹妹同安长公主就嫁给了王皇后的从祖父（就是祖父的兄弟）；从母系方面讲，王皇后的母亲后来被封为魏国夫人，出身于河东柳氏，她的舅父柳奭当时还担任中书令（负责中央决策，正三品）。柳、薛、裴被并称为"河东三著姓"，这就是大诗人柳宗元自称"柳河东"的来历。但到了永徽年间，王皇后被"清算"以后，柳家屡受武则天的打击迫害。到柳宗元出生时，其家族已衰落。安史之乱时，有时竟薪米无着。柳宗元的母亲为了供养子女，常常自己挨饿。

王皇后除了出身高贵，还是一位出名的美人。因此，她的从祖母——李渊的妹妹、李世民的姑姑同安长公主把她推荐给太宗，选为晋王李治的妃子。前文提到，太宗对这个儿媳非常满意，临死前还称她和李治是一对"佳儿佳妇"，希望长孙无忌和褚遂良多加照顾。

但是讨公爹喜欢不一定讨老公喜欢，她的性格让李治"敬而远之"。

《旧唐书·王皇后传》记载，王皇后"性简重，不曲事上下"。就是说她生性庄重刻板，不善于讨好上面（指皇帝李治）和笼络下面（应指一众宫女宦官了）。

王皇后是以其出身高贵、淑静贤德而被立为皇后的。她美丽端庄，知书达理，又很有教养。如瓷娃娃般的脸上每个部位都长得异常美丽。她美丽的脸像个石膏像，极少有表情，更难见到笑容。因其出身名门，又多了一份目空一切的高傲，她总是非常矜持，端庄沉稳，不会去刻意讨好任何人。这是大家闺秀的性格和风范。

可是，李治是个性情中人，多情而敏感，注重儿女情长，是一个有着浪漫情怀的文学青年，他需要的是温柔可人的梦之乡。他很想跟王皇后卿卿我我，可王皇后始终是那么的一本正经，久而久之，他就会感到厌烦。

直到李治当皇帝，王皇后的生活都还算是一帆风顺的。十四五岁，当晋王妃；后来随着晋王成为太子，又荣升为太子妃；太子即位，她再升格成皇后。可以说是平坦之极、幸运之极。然而上天赐予她一个高贵的出身和美丽的容颜，却没有给她一样非常重要的东西——丈夫的爱，她始终没有得到李治的心。感情是一个很复杂的东西，有时候

和出身、相貌并没有直接的、必然的联系，它和个人性格和魅力有关。感情讲究的是缘分。

因为很少亲热，当然就会导致一个很严重的问题——无子。结婚多年，没有给李治生下一儿半女。在中国古代，强调"不孝有三，无后为大"这个道理，王皇后贵为皇后却不能生育，这成为她一生悲剧命运的直接原因，也形成了一个恶性循环——因为不受宠爱而不生儿子，因为没有儿子更加失宠。

相比较之下，另一个风情万种的妃子更讨李治欢心，她就是萧淑妃。

萧淑妃是个风情万种的女人，而且特别会来事儿，美丽动人，又天性活泼，妖痴可爱，所以她不费吹灰之力，就把李治的魂勾走了。

高宗像是个笨孩子，那些罗里罗嗦的老顽固们看得太紧就设法逃避，而逃避的地方便是淑妃宫。萧淑妃的次女宣城公主生于贞观二十三年，正值李治即位前后，这说明她是李治当时最宠爱的人。她当年宠冠后宫，接连给李治生下了一儿二女，此刻，在所有妻妾中她的生育数量是最多的（后来武则天给李治生了六个孩子）。

李治即位后，永徽元年（650年）正月初一，大赦天下，大封朝臣。正月初六，把太子妃封为皇后，萧良娣封为萧淑妃。按唐朝的宫廷制度，皇后之下有四妃，分别是贵、淑、德、贤四妃。

淑妃姓萧，也出自高门大姓——南方贵族兰陵萧氏，她的祖上是南朝后梁皇室。萧氏家族当时也出了两个名人，一个是隋炀帝杨广的萧皇后，另一个是大唐开国宰相，李治的太子太保萧瑀。

顺便提一下，李治即位前后除了宠爱萧淑妃外，还宠爱徐婕妤，徐婕妤不是别人，正是武则天之前的竞争对手徐惠的妹妹。

萧淑妃比其他人更有优势的一点是——她有儿子。

李治即位前有四子二女，分别是长子李忠，次子李孝，三子李上金，四子李素节（萧淑妃所生），两个女儿分别是义阳公主和宣城公主（萧淑妃所生）。其中长子、次子、三子是李治与宫人刘氏、郑氏、杨氏所生，宫人就是地位较为低下的宫女，没有任何名分，因此她们的儿子永远是庶子。

永徽初年，李素节被封为雍王。

这可不得了！这雍王有什么特殊之处呢？原来，雍指长安，雍王的管辖范围就是当时的首都长安及其周边地区，地理位置非常重要。雍王就相当于首都长安市市长，这个职位仅次于太子。

按照惯例，雍王一般不会封给妃嫔生的儿子，而是封给皇后所生的除了太子以外的其他儿子。

李素节是李治所有儿子中职位最高的一位，如果时机成熟，他很有可能被晋升为太子，太子即位后，他的生母就成了皇太后，虽然王皇后也会是皇太后，但到底不是亲妈，屈居第二。

如果不出意外，事情会按照这种态势发展。王皇后感到极度不安。

她心里虽然愤愤不平，但拿萧淑妃毫无办法，谁让自己的肚子那么不争气呢？她越难过，就越仇恨萧淑妃。她和萧淑妃争风吃醋更是家常便饭，而萧淑妃恃宠而骄，也毫不示弱。

在李治一厢情愿里，他希望自己是一条鱼，而那些女人们都是鱼食，他游到哪儿吃到哪儿，可惜世上没这么便宜的事。在女人中间，他总是左右为难。

很长的一段时间里，李治便是陷在后宫女人如此争风吃醋以至争权夺势的旋涡里，很苦恼，他听到王皇后哭诉时，觉得这个女人很可怜；面对着萧淑妃和可爱的素节时，觉得素节应该当太子。

李治的心绪剪不断理还乱。他因苦恼而苦痛，因苦痛想要逃避。逃到那儿去？感业寺。

自那天之后，李治便再也不能抑制自己的思念。一有机会，他就会去感业寺看那个朝思暮想的妙人，而又因重重障碍不能与之真正相爱的现实，就更在他的苦痛中平添了很多悲哀与绝望。李治爱上了和武则天偷情的刺激感，用"妻不如妾，妾不如偷，偷不如有时偷得着有

第二十回 一本正经王皇后演石膏像 风情万种萧淑妃饰铁梨花

时偷不着"来形容李治的心态，是最恰当不过了。

　　时间一久，后宫之人当然也就知道了皇帝的行踪。但是，她们之间已经剪不断理还乱，哪儿还有空理宫外的莺莺燕燕。

第二十一回　一哭二闹王皇后争位
　　　　　　三从四德萧淑妃争艳

　　这些女人们为了各自的利益，用尽手段拉拢李治。转眼到了中秋，李治批阅各地奏报后，觉得又累又乏，扔下朱笔，来到萧淑妃的住处。

　　李素节刚满四岁，相貌十分漂亮，嘴甜心巧，长着一对会说话的大眼睛，且天资聪颖，小小年纪便能日诵古诗赋五百余言。

　　"父皇，父皇。"小素节奔跑着，过来迎接李治。

　　李治一见四王子，浑身轻松了一大半，他一弯腰，把儿子抱在了怀里。"今天老师教了些什么啊？"

　　"回父皇，是《千字文》。"

　　"会背了吗？背给父皇听听。"

　　"遵旨。"小素节摇头晃脑一五一十地背起来。

　　李治见小素节背得很流利，大为高兴。从腰上解下玉佩，挂在素节的脖子上说："这个玉佩赐给我儿，等会儿我还有文房四宝赐你。"

　　"谢父皇。"素节嘴甜甜地说，"儿臣也有礼物献给父皇。"

　　"哟，你有什么好礼物？"李治好奇地问。

　　"一只金杯，给父皇喝酒用。"

　　"是谁给你的？"

　　"是儿臣自己做的。"素节调皮地闪着大眼睛，对李治说："待会儿，吃饭的时候，儿臣现做现送。不过只送您一只哟。"

"好，好，一只足矣。"

"快下来，让你父皇歇歇，父皇劳累一天了。"萧淑妃走过来把小王子接下来，放在地上。

"萧淑妃，朕要在你这儿吃晚饭。你做什么好吃的给朕吃？"李治兴致勃勃地问。

"回皇上，没有什么好吃的，不过是臣妾亲手做的几个小菜。"萧淑妃躬身答道。

功夫不大，菜就端上来了，虽然不多，却样样精致。萧淑妃款款端出一坛糯米酒，就要往碗里倒。

"且慢。"李治拦住说，"酒是好酒，且等吾儿的金杯来盛。"

"父皇稍候。"素节坐在桌后，两手在底下掰弄着。接着，他拿出一个圆口，有拳头那么大小的黄橙橙的杯子，递给李治说"此乃金杯也！"

李治接过来一看，哈哈大笑，原来金杯是橙子做的。

"吾儿聪慧过人！朕就用这金杯喝酒。"李治这一顿饭吃得很舒心。当晚，就留宿在萧淑妃处。

金绡帐里，萧淑妃动情地说："妾真愿和皇上一起，到宫外去，过农家的日子，你耕田我织布，双飞双栖，形影不离，那才是人生的大享受啊！"

"我李唐万里江山，难道不满足你的心。你真愿意出宫为民？"

"臣妾只是不愿与皇上分开，只想夜夜偎着皇上睡。"

李治倍感欣慰，越发搂紧了萧淑妃。

然而这样安宁的日子也没维持太久，太子之位成了新的引爆点，争宠的手段越来越打越升级。随着战争的不断升级，李治就是想当"灭火器"，也有心无力。

这天，李治正坐在书案前，小素节跑了进来。

"今天怎么没在学馆读书？"李治问？

"已经放学了。"小素节乖巧地说，"少傅说，人要劳逸结合，才能健康长寿。父皇，您也歇歇吧，不能老是这样操劳。"

"好，就依吾儿的话。"李治心里甜丝丝的。

素节牵起他的手说："父皇，我们去外边散步吧。"

雨过初晴，御园池边，空气无比地凉爽，到处弥漫着池水和花草的清香，柔嫩的柳枝静谧地低垂着。

"母亲，父皇来了。"李素节挣脱李治的手向前跑去，李治这才看见前面的假山后，萧淑妃正坐在船上，手扶着船浆等着自己。

"怎么不叫侍婢们划船？"李治对萧淑妃说。

"我划吧，就我们一家三口多有意思。"萧淑妃解开缆绳，轻轻地划动船桨，小船荡开平静的水面，缓缓地向西海的深处驶去。

"皇上，立太子的事怎么不听人说了？"萧淑妃边划船边有意无意地问。

"哎，"李治长叹了口气说，"面对先皇的那几个老臣，我也没有办法啊。"

"什么老大臣的主意？这朝政大事到底是皇上说的算？还是她皇后说的算？"萧淑妃气愤愤地说。

"当然是朕说的算。"

"臣妾以为也未必。妾观满朝文武没有几个不是王皇后的人。中书令柳奭是她的舅父，王志宁的儿子与她娘家的侄女联姻，纯粹是外戚干政。"

"别说啦。好好地划划船，玩玩多好。"李治有些不悦的神气。

萧淑妃一看，不敢多说，小船箭一般地朝前划去。

第二天上午，得知消息的王皇后派人叫来萧淑妃，脸挂寒霜，阴阳怪气地说："萧妹妹，你划得一手好船啊！"

"皇后有什么吩咐。"萧淑妃说话也硬梆梆的。

"你竟敢撇下宫人侍卫，让皇上在池上泛舟，你好大的胆子。"王皇后厉色说。

"妾以为，一家三口划船并无大碍。"萧淑妃话里有话。

— 85 —

"一家三口？"王皇后被噎着了一样，"说出来让人牙疼。"

"皇后可是近日牙不好？"萧淑妃毫不示弱。

"大胆！竟敢在此撒野。来人！给我掌嘴二十。"

几个宫娥过来，对着她的嫩脸，噼里啪啦打起嘴巴来。可怜萧淑妃脸上布满了手指印子，一张樱桃小口也不樱桃了。

中午，李治吃完饭后，正在午后小憩。小素节来了，站在李治的床前，一句话也不说，只是嘤嘤地哭。李治急了，扳着他的小肩膀，连问数遍，小素节才说："我阿娘快要死了。"

"什么！"李治大吃一惊，"这话从何说起？"

"中宫娘娘不知何故把我阿娘暴打了一顿。我阿娘说不打算活了，不能照顾我了，撵我来跟父皇。嘤嘤……我没有阿娘了。"小素节鼻涕一把、泪一把地哭着。

李治来不及细问，急急赶往萧淑妃处。

萧淑妃正拿着三尺白绫布，站在凳子上，往房梁上甩来甩去，听见皇上快到门口了，才一下子甩上去，挽了一个阴阳扣。"干什么你！"李治进门一看，气得怒喝一声，旁边站着的太监、宫娥急忙把萧淑妃扶下来。萧淑妃一头扎在李治的怀里，哇哇地哭着。李治顿时也觉心酸，挥手屏退众人，扶着萧淑妃坐到了床上。李治摸着萧淑妃的肿脸，问："她怎么把你打成这样？"

萧淑妃噘着嘴唇，万分委屈地哭诉着：

"我干吗要拼死拼活地为陛下生这几个聪明漂亮的皇子公主呢，受苦受累不算，还平白遭人嫉恨。她刚立为皇后，就暴打我一顿，我这以后的日子还怎么过啊。"

"不会生孩子还有理了，朕去找她。"李治气忿忿站起来，就往外走。

萧淑妃拦住李治："皇上，您就别去了，我们可惹她不起啊。"这么一说，李治气更大了，噔噔噔地跑了出去。

李治一路走，一路想，不觉脚步就慢了下来，自言自语道："还是算了吧，多一事不如少一事。我这一进去，王皇后还得闹我一顿，与其两头都闹我，不如一头闹我，哎，我还是回去吧，安慰安慰萧淑妃，让这事大事化小，小事化了，省得再弄一次呕心的事。"想到这里，李治脚底打了个弯，又回来了。

正倚门观望等着看好戏的萧淑妃，见李治回来了，忙过去搀扶着他的手说："皇上，这么快就回来了？"

"嗯……"李治到了里屋，才搂着萧淑妃说，"你别再生气了。刚才朕到中宫训了她一顿。往后，她再传你，你就说你正在等朕，哪儿也不能去。"

"皇上，"萧淑妃扑到李治的怀里，"你答应我晚上不去中宫了，我要你夜夜陪着我。"

"好，好，只要你不再生气，什么都好。"李治拍了拍萧淑妃，"朕还是喜欢你的，朕六个子女，你一个人就生了仨。"

"皇上，只要你天天晚上来，臣妾还能给皇上生出几个聪明漂亮的皇子公主。"

"好啊，朕以后就夜夜专宠你。"李治也兴奋起来。

"只要皇上夜夜来臣妾处，臣妾就不争那个皇后的位子了。"萧淑妃得意地说着，就上来亲吻李治。

"淑妃，别别。"李治看着她的厚嘴唇，躲闪着，"你先养养伤，消消肿，朕晚上再来。朕这会还得去视察呢。"

李治信步走出，不停地用手揉揉太阳穴。贴身太监和侍从在旁边跟着，小心地戒备着周围。

殿前的花坛里，隐隐飘来玫瑰花的暗香，李治深深地吸了一口气。玫瑰还是当年的玫瑰，她的根枝更粗大了一些，仍然有鲜美硕大无朋的花朵，还是那么滋润，那么馨香。她在微微颤动着，使人回想到一种十分宝贵的过去的东西……她是那么迷人，那么熨贴朕的心，比花花解语，比玉玉生香……

第二十二回　自掘坟墓王皇后松口
　　　　　　　欣喜若狂武则天回宫

　　自从见了武则天后，李治就坚定了接她回宫的决心。可面对满朝文武大臣和三宫六院，他怎么也无法开口言及此事。毕竟武则天是他父亲的女人，现在又是尼姑，他李治就是有再大的勇气和决心接她回宫，也无法改变她的身份，更无法向天下人昭告：武则天是我李治的女人。

　　这件事实在难以向人启齿，所以他特别希望有人能帮他。

　　令李治万分欣喜的是，这个人很快就出现了，不过让他大跌眼镜——这个人是王皇后。

　　就在王皇后冥思苦想如何打倒萧淑妃时，她得到了一个重要消息：李治去感业寺见过武则天，据说场面很感人，事情很蹊跷，他们两个人关系不一般。

　　王皇后开始的时候勃然大怒，心想：皇帝太不像话了！在宫里头，他不爱大老婆爱小老婆，现在还到宫外偷鸡摸狗，这是皇帝干的事吗！

　　不过气着气着，皱着的眉头渐渐舒展开了，她萌生了一个"好主意"。

　　转念之间，她看到了一丝希望的曙光：外来的尼姑会念经。如果把这个尼姑引进宫来，让她缠住李治，不就可以转移皇帝对萧淑妃的感情了吗？如今对自己威胁最大的是淑妃，不如把那个尼姑拉入后宫，以夺淑妃之宠，还能在皇帝那里得一个大度的好名声，得到感谢。

　　想明白了这层道理，王皇后眼前一亮。她把自己的想法告诉了母亲柳氏，她母亲不知哪根筋搭错了，居然也赞同。因为事关重大，又找舅父柳奭商量。柳奭出身关陇豪族，曾祖父是北魏的大臣，祖父和父亲都在隋朝做高官。柳奭很有才学，在贞观年间官至中书舍人。后因外甥女为皇太子妃，升为兵部侍郎。太子妃被立为皇后，柳奭又迁升中书侍郎。他的升迁与皇后有关，也认为这个计划可行。武氏在朝中无任何依靠，身份卑贱，将来或杀或逐都极容易，因此主张"速行"。

别以为这一家人脑子都进水了，他们可不知道日后会发生什么事。现在，他们是有恃无恐。

第一，病急乱投医，饮鸩止渴。对王皇后来说，萧淑妃当时的威胁最大，她要先解决燃眉之急。

第二，迷信伦理的约束力。王皇后出身世家大族，而武则天出身不高，不过是寒门小户，又曾侍奉先皇，那叫有历史污点，李治不过是一时被她迷惑。她即使得宠，对自己的威胁也不会有萧淑妃那么大。先用她取代了淑妃，再除掉她，不过是轻而易举的事。

第三，人情的考虑。如果她把武则天从感业寺接回来，就是再造之恩。武则天会对她感激涕零。

第四，讨好李治。帮了这么大的忙，李治肯定会感激她，来看武则天，也会来看她，总不好意思一点恩泽雨露都不给吧。

思前想后，王皇后越想越觉得自己简直是女中诸葛。

永徽二年（651年），李治27个月的守孝期已满，也坐稳了皇位。一天，王皇后就非常从容地找到李治，说，皇上，你和先帝的才人既然那么情投意合，不如把她接回宫里。否则你们两个一个在里头，一个在外头，饱尝相思之苦，这既不方便也不雅观啊，让外人看了有损皇家威严。流言飞语已经遍布宫中，你的形象也会因之受损啊。

李治一听，大喜过望！连连称赞皇后贤良淑德，对她的态度大为改观。王皇后的目的达到了，没事儿总偷着乐。

《资治通鉴》中关于王皇后帮李治接武则天回宫的事，有这样一段

记载:"时,萧良娣有宠,王皇后恶之,乃召武氏入宫,潜令长发,以间良娣之宠。"

王皇后密令武则天长发,自然有她的道理,因为她要接的是一个正常的宫人,而不是一个尼姑。如果把一个尼姑接回宫,那就必然会引起舆论的轩然大波。到时候,真是搞不清楚是帮李治还是要李治出洋相了。

武则天那边,听到这个大喜讯,当然格外惊喜。得知是皇后出的主意,马上知道这事不简单。聪明绝顶的武则天读懂了皇后内心的小九九,她微微一笑,安心等待着咸鱼翻身的时机。

其实不管皇后,就连皇帝,都小看了武则天。以她在后宫寺院多年锤炼的心计,怎能把皇后放在眼里。她认为这个花瓶一样的女人太愚蠢,没有任何头脑,自己身处险境,还以为得计。她完全看透了皇后,想把别人当做棋子,殊不知引进了一个最危险的敌人。如今自己还得对她们曲意逢迎,只不过是依靠她们、利用她们罢了。

既然要入宫,就先不用多想,离开寺院后再伺机而动。

不久,宫中果然来了人,把武则天打扮梳妆了一番,拥上一乘小轿,抬入后宫。

侍女为武则天打开轿帘,王皇后笑脸相迎。一阵嘘寒之后,皇后半吞半吐地说出了接她回宫的意图。听说她在寺中受苦,皇帝又思念她,才接她回宫的。武则天也假装惶恐、惊喜,向皇后和魏国夫人(柳氏,王皇后的母亲)跪拜,感谢天恩。随后就在正宫的偏室住了下来。

当晚,王皇后把皇帝接入正宫,为武则天的入宫接风,为皇上与武氏圆房。从此,高宗下朝即来正宫,武氏劝他多礼待皇后。高宗也感谢皇后的贤德,与皇后恢复新婚时的于飞之好。皇帝很少去淑妃宫了,皇后以为计划成功,也真的很喜欢这个先帝的才人。

就这样,在王皇后的掩护下,武则天回宫了。再次入宫,武则天感慨万千。14年前,她豪情万丈、满怀信心地来到这里,期待大展宏图,没想到自己年少轻狂，得不到李世民的亲近与重用，最终默默无闻地牺牲了十二个春秋年华。兜兜转转，最终她走出了的寺院，又回到皇宫，但这只是一个新的起点。

第二十二回 自掘坟墓王皇后松口
欣喜若狂武则天回宫

第二十三回　低调做人曲意奉承
　　　　　高调做事心机暗藏

　　这次进宫,武则天是什么名分呢?没有名分。从最底层做起,当一个普通的宫人。此时的她,已经二十八岁了,是个大龄女青年,距初次进宫,已经过去了整整十四年。当年"见天子庸知非福"的豪言壮语言犹在耳,但是现在她得到什么了?空空如也,甚至还不如当初。当初好歹是个五品的才人,现在什么品级都没有,得从最基层干起。真是红颜渐老,一事无成。就连这卑微的侍女之位,也是她花费了无数的辛苦,无数的心机,才换来的呀!

　　面对命运的捉弄,就是武则天这样的巾帼英雄,也不免在无人的暗夜里发出一声叹息。那么,武则天这十几年是不是真的就白过了?从她一生发展的长远角度看,不能这样说。她已经成熟了,生活给了她足够的经验,这个时候她再出招,就不会像当初驯狮子骢那么冒失了。从此以后,她再也不曾让任何机会从指尖溜走,因为她已经输不起。

　　人生就是这样充满着变数,变幻莫测。要么是光芒万丈,要么是万丈深渊,这两种状态,武则天都体验过。西方有句谚语叫"失败并不可怕,可怕的是从没失败过"。因为只有失败过,才能真正体会到怎样做可以不失败。她更擅长伪装,她的分析更精准,她的目标更明确。

　　怎么才能在后宫站稳脚跟呢?

　　史载"初,武后能屈身忍辱,奉顺上意","痛柔屈不耻以就大事,帝谓能奉己","始,下辞降体事后,后喜,数誉于帝","昭仪伺后所薄,必款结之,得赐予,尽以分遗"。

武昭仪再次后宫依附的第一个人是王皇后,几乎每天率先向王皇后请安,刻意的谄媚在她做来恰似行云流水。她言辞谦恭,行为卑屈,将超人的智意和谋略隐藏于温厚的笑容之后。

对于皇后,她"下辞降体事后",卑躬屈膝、小心翼翼地侍奉皇后,念念不忘皇后的再造之恩,随时准备为皇后效犬马之劳。她再三表示:皇后,您对我的恩情有若皇天后土,您是我的再生父母,今后您的事情就是我的事情,您的敌人就是我的敌人,您指哪儿我就打哪儿。

在皇后面前,她总是殷勤向上,显得极为知恩相报,没有些许虚与委蛇的意思。她把王皇后当作救命恩人和再生父母,在她面前尽情扮演着一个仆人甚至是奴才的角色。说起谄媚的本事,就不能不提她的父亲武士彟了。在隋末唐初的那段风云岁月,武士彟便是依靠善观时通变迎奉攀附的才能而发迹的,他对李渊刻意巴结所营建起来的良好私人关系,是他官运亨通步步高升的原因之一,有时候就连李渊都忍不住说他谄媚太过了。

可是就算最拙劣的奉承话也比最高明的批评听着顺耳舒心,何况是历经沧桑练达世故又有相当文学才华的武则天。这方面,她无疑继承了父亲的性格,但更巧妙更具有女性的细心和熨帖。虽已被皇上频频宠幸,但在皇后的面前,却总是显得很谦恭,既不恃宠,也不张扬。而且还多次劝李治多"关心"皇后。结果在相当一段时间里,她深得王皇后的欣赏。

对宫女,武则天"伺后所薄,必款结之,得赐予,尽以分遗"。她先是小心观察,看见皇后薄待那个人,就去跟她结交;皇帝赏赐给她的东西,她毫不吝惜,倾其所有,和大家分享,到处称姐道妹,广结善缘。

她还注重团结,广交朋友,特别是跟身边最普通的宫人打成一片。结交宫女有什么用处啊?俗话道,阎王好见,小鬼难缠,这小鬼有时候暗中踹你一脚，你半年都缓不过劲儿来。而且小人物可有着大作用，当年一个小小的太监赵高，愣是把大秦朝玩瘫痪了。就这样，武则天向三个方向同时出击，打的都是感情牌。

武则天摆出这种姿态，是否为了成就日后废后的大事，倒也不尽然。也许，刚开始时，她只是为了能在宫中立住脚。皇后毕竟是六宫之主，得罪了她有什么好处？而广结善缘，处处多栽花少栽刺，这种"懂事"和"本分"下面的凄凉和无助，又岂是别人想象得到的？不过，对于下人的笼络也为她打下了良好的人缘基础，日后组建后宫情报网时就事半功倍了。

从此"后及妃所为必得"。就是说她们的一举一动都尽在武则天的掌握之中。她把宫女都变成"克格勃"，在宫内建立了一个广泛灵敏的情报网。

和她相比，皇后不过是个不谙世事的贵族小姐罢了，很快就给武则天的几句好话摆布得服服帖帖，"后喜，数誉于帝"。 她那低眉顺眼甘心服小的姿态，就连王皇后也深为满意。皇后很高兴，数次在皇帝面前夸奖武则天。

当然，女人之间的好，总带着那么点酸味。初来乍到，她的"恩人"就给她来了个下马威。不过凭她的本领，完全可以应对自如。她已不再是稚嫩的了。一个成熟了的少妇，在宫廷习惯中，人们以为在她的年纪不会有大发展了，没有人特别关心她。王皇后也和其他诸人那样不介意。

这是武媚娘所要求的，她在进宫的最初几日，自敛锋芒，显出迟钝与愚直的模样。这样做的目的，在于避免太早被人妒忌；妒忌，总有一天会来的，而延迟一点，使她可以从容准备应付。王皇后把武则天当作棋子使，就注定了棋局的失败，因为她选错了棋子，因为这枚棋子是武则天。

高宗仁厚，以为皇后与武氏相处甚洽，以为武氏真的心地纯良，他坦然接受正宫里的一后一妾，很少再临幸淑妃宫。

武则天的政治嗅觉非常敏锐，她善于见机行事，善于谋断和决策。另一方面，她全力迎合李治，牢牢地抓住他的心，让他更爱自己。李治早就被武则天迷住了，这段时间他本来就宠爱她，在王皇后的煽风点火下，在广大宫人的交口称赞下，他对武则天好得不能再好了。

从此之后，她接触到了奏折，年轻的皇帝不太重视一个女人会干政的事，他让武氏读给自己听，然后，他说出自己的意见，要她批写在诏笺上。

有时，他也会征询武则天的意见，容许她自由发挥，写下。渐渐地，这就成了一种习惯。武则天小心谨慎地工作，体现自己的理性和独立，但又时时以男女间的戏谑来冲淡工作的枯燥。

她善于权变和谋断，并能把自己的命运牢牢掌握在自己手中。当然，她也提醒过自己：如果条件允许的话，别人的命运也是可以掌握在自己手中的。后来，她做到了，牢牢抓住了李治的心。

李治是个甘愿被俘虏的小男人。那段时光，大概也是他最幸福的时候。武则天对于王皇后尚且"下辞降体"，对于这个掌握着她命运的大唐天子更是加倍的小心翼翼，全心全意地迎合奉顺了。这个时候的李治，则是整个人都被她打动和征服，她那以人生经验为底蕴的懂分寸知进退的世故和智慧，显然是王皇后萧淑妃这样一帆风顺的娇娇女所不具备的，更让敏感而依赖性强的李治找到了久违的温柔和依靠。

而她对琴棋书画也并未生疏，在文学、音乐和书法等各方面所表现出的才华，也让李治为之倾倒，诗词唱和、琴瑟和鸣成为他们愉快的闺中游戏。这样身兼成熟女性的妩媚和慈母般温存的女子，正是李治梦想中的极品。如同柏杨先生所说："一个没有人生经验的年轻男子，一旦落到一个经过长夜痛哭、企图心强烈、年龄又已成熟的美女之手，就像一只苍蝇落到蜘蛛网上，除了粉身碎骨外，很难逃生。"她的温柔很快将他淹没至顶，她那似乎能洞悉他心思的微笑，是他一生的劫。

第二十四回 自取灭亡萧淑妃胡闹
滴水不漏武昭仪晋级

武则天回宫后，两人结束了有缘无分的日子，那就尽情补偿那段隐藏的爱吧。

越是得来不易，就越珍惜。这段时间，可以用"专宠"来形容李治对武则天的爱。他对武则天心怀愧疚，他要把所有爱的激情都释放在她身上。二是他和武则天性格相异但相吸，他们在一起真的很合拍。和武则天在一起，他找到了一种久违的爱的感觉，他要好好地爱着武则天。三是他有熟女情结，且一直暗恋武则天，如今武则天终于投入了他的怀抱，他就格外珍惜，格外珍惜这段来之不易的爱情。

这些日子，也是武则天有生以来最幸福的日子。这种只羡鸳鸯不羡仙的日子，当然很快让一个人咬牙切齿，那就是萧淑妃。

当初李治为什么喜欢萧淑妃呢？因为他喜欢坚强泼辣的女性。他有点恋母情结，因此喜欢成熟、有权威感的女人，有姐弟恋的倾向。

萧淑妃符合哪些条件呢？她泼辣爽利。有什么证据呢？永徽六年，武则天当上皇后以后，为了确保胜利成果，用残忍的手段杀死了萧淑妃。萧淑妃临死之前，对武则天破口大骂，说："阿武妖猾，乃至于此！愿他生我为猫，阿武为鼠，生生扼其喉。"这种说法所表现出的凌厉气概，不由得让我们想起当年驯狮子骢的武则天。此刻的萧淑妃就像当年的武则天一样豪爽泼辣，有着让人难忘的鲜活的生命力。也许，无论是武则天还是萧淑妃，让唐高宗怦然心动的都是那样一种感觉吧。

不过，此刻李治不再宠爱她了，最明显的标志是，她再也没有为李治生儿育女。

萧淑妃怎么也想不到一个过了时的先帝姬妾，竟然能把现任皇帝迷得五魂三倒，她愤怒极了。想当初，她才是皇帝最宠爱的女人啊，如今却被那个过了气的大龄剩妇横刀夺爱，她能不愤怒吗？

她采取了最无效的反抗方式，她开始胡闹，也就开始失宠。

本来高宗对淑妃和爱子素节也有愧意，偶尔去见她，也是尽量劝慰。李治可真是天真得可以，居然认为自己有能力平衡众女子之间的感情。结果遭到迎头痛击。淑妃又哭又叫，就差没打他抓她了。最后把他逐出宫门，还高声痛骂："去找你的野尼姑吧！找那个乱伦的武才人吧！"

高宗被淑妃骂蒙了。想不到他宠爱的淑妃这么粗野，想想她那凶恶的样子，他怎会爱这样的女人，哪里还敢去淑妃宫呢。

女人吃醋了，在男人面前闹一下情有可原，但不能闹过头了。闹过头了，男人就会觉得她难缠和不可理喻，就会讨厌她。何况这个男人是皇帝，他有权力去爱很多女人，谁要是一个劲儿地干涉阻挠他，他就会对谁实施婚姻冷暴力。

萧淑妃就像一片鱼干一样被晾着了，可她执迷不悟，总是用高八调的声音和李治吵架。李治快要烦死她了，就像那些躲着无理取闹的老婆的男人，有多远躲多远。而他是皇帝，当然可以名正言顺地躲进别人的被窝里。

武则天捂着嘴偷笑：这个二杆子，真是比我少吃了好多年的盐，城府太浅。你以为你一哭二闹三上吊，李治就能回心转意吗？男人，你永远不可能控制他，只有他喜欢的人才会去亲近。用胡闹、胁迫等手段，只能让他感觉到一种受到控制的威胁，当然更避之不迭。想让他按照你的想法来做事，必须让他产生那是他自己的想法的错觉，自觉自愿才能有始有终，只可牵引，不可强拉。

与萧淑妃形成鲜明对比的是，武则天继续保持低调，继续全力迎合李治，全力伺候王皇后。想想萧淑妃的不可理喻，再看看武则天的成熟内敛和极具涵养，李治更是把她当成了手心里的宝。

李治愿意和武则天这样的女人一起慢慢变老，却不愿和萧淑妃那样的女人天天争吵！武则天几乎成了他全部的情感寄托。武则天所拥有的远不止是坚强泼辣，她还有着让高宗由衷钦佩和依恋的成熟。能屈能伸，这不仅是大丈夫的本事，也是小女子也必不可少的本领。

萧淑妃终于在争宠过程中败下阵来。现在，武则天已经有了傲视群芳的资本：在后宫之中，她已经是一人之下、万人之上了。

好运来了，挡都挡不住。幸运之神终于开始向她微笑，由于占尽皇帝的宠爱，她怀孕了。儿子就意味着未来，这可是天大的喜事！

《资治通鉴》说她"未几大幸，拜为昭仪"。李治喜形于色，自然不肯让她再委委屈屈地做侍女。于是大笔一挥，册封为昭仪。昭仪位居九嫔之首，官阶是正二品，地位直逼正一品的萧淑妃。在不到一年的时间里，她从一个没有品级的宫女，一跃上升为二品的昭仪，可以说是火箭式地上升了。武则天身价暴涨，当然，此时，她可以搬到完全属于她的华美宫殿中居住，而不必仰人鼻息了。

随后，武则天又请求高宗追封父亲武士彟。为免遭朝臣非议，高宗同时下诏追封武德时的其他功臣。武士彟被追封之后，表示武则天是大唐开国功臣之后，出身名门，这本来也是事实，只是撰写正史的男权主义者不愿承认而已。与此同时，高宗又宣布武昭仪的直系亲属可以出入宫禁，使她能得以畅叙家庭之乐，这使武则天很感动。多年不见的母亲杨氏和姐姐坐着宫车进入后宫，母女、姐妹相见，悲喜交集。她14岁入宫，如今已是28岁，其间已经十多年未得相见了。姐姐已经守寡，带着贺兰氏的一双儿女一直同母亲生活在一起，一家人好不容易能在皇宫相见，也算实现了小时向母亲许下的诺言，大家都很欣喜。

永徽三年（652年），武则天生下了一个儿子，取名李弘。

入宫整整三年内，武昭仪几乎什么事也没有做，只是忙着讨好丈夫，为他不停地生儿育女。继李弘之后，武昭仪又接连生下长女安定公主和次子李贤。

经过三年的韬光养晦，武昭仪已不再是那个随时担心被人踢出局的小侍女了。她不仅成功地立住了脚跟，且成了三千宠爱在一身的宠妃，所获得的宠爱和信任，后宫之中无一人可与她比肩。身份不同带来心境的转变，明慧如她，野心如她，又岂甘心终老于妾室之位？在武昭仪平静而温柔的微笑里，一场即将震动整个后宫乃至朝廷的风暴，正在不动声色地酝酿中……

第二十四回 自取灭亡萧淑妃胡闹 滴水不漏武昭仪晋级

第二十五回　未雨绸缪李忠为太子
　　　　　　　幡然悔悟王萧重结盟

其实，在武则天刚刚怀孕的时候，那个当初接她回宫的王皇后，凭借着政治敏感已经感到情况不妙。只是怀孕的武昭仪已经集三千宠爱于一身，要是生个男孩还了得？

面对前门有虎，后门有狼的局面，王皇后怎么办呢？当然请老将出马，去问她的舅父柳奭。

《资治通鉴》上载出了高宗的一道诏书的内容："立陈王忠为皇太子，赦天下。"随后又有记载："王皇后无子，柳奭为后谋，以忠母刘氏微贱，功后立忠为太子，冀其亲己。"

为什么要这么"谋"呢？她和她舅父柳奭是出于两方面的考虑：

第一，武昭仪怀孕，如果生了儿子，那就不是没有被立为太子的可能；如果被立为太子，皇后的地位和处境就险恶了。既然皇后生子的希望不大了，莫如先立太子，让淑妃和武则天双方落空。只要李忠当了太子，武则天和其他嫔妃们的儿子就别想当太子，只要她们的儿子当不了太子，她们就不会对王皇后构成威胁。

第二，陈王李忠的生母刘氏只是后宫中的一个普通宫女，身份决定命运，她永远动摇不了王皇后。也就是说，李忠就是当上了太子，刘氏也当不上皇后；即便日后李忠当上皇帝，刘氏身份低微，她的这个皇太后也比不上王皇太后。另外，李忠为人老实忠厚，李忠之母天性柔弱，这样，王皇后就后顾无忧了。

这事操作起来还是有一定难度的，因为李治不愿意。李忠虽是长子，但不是嫡子，更不是爱子，况且其母亲身份低微，不够资格。

王皇后和他舅父都没有直接跟皇帝提议此事，以免引起反感。那是谁提出的呢？史书上记载"外则讽长孙无忌等使陈于上"。

柳奭时任中书令，是手握重权的宰辅之一，他最终搬动了皇帝的舅父、朝中首席大臣长孙无忌，李治遵从他，依靠他，也惧怕他。李治就是不愿意，也不会太驳他的面子。那个"等"字里包括尚书右仆射褚遂良、左仆射于志宁、侍中韩瑗等重臣一起向皇帝"请"。

柳奭的这招"敲山震虎"的确高明，永徽三年（652年）陈王忠被立为皇太子。这年李治不过二十五岁，照说没必要这么早立太子，可是为了给长孙无忌面子，更是为了报答皇后收留武昭仪的缘故，皇帝照准了。

武则天和她的儿子，以及所有的皇帝嫔妃和皇帝儿子们，都不会对自己构成威胁了，王皇后终于长舒了一口气。但她并没有就此罢休，她想要把武则天彻底打倒。在她看来，武则天已经是出了笼子的猛兽，让她感到难以控制，对她已经形成了威胁。

武则天本来不想对王皇后怎么样，因为她没有认识到自己的潜能，皇后毕竟是六宫之主。在荣升昭仪之后，她反而变得更加谦恭，更加待人友善。在后宫的侍女与宦官中间，结下了很多朋友。她虽已搬出皇后宫殿，但孩子一过满月，她便又恢复了每日向皇后请安的习惯，并有意识地从来不在皇后面前提起她的儿子，给了那个虚荣的女人很大的面子。

但无论武则天怎样地小心翼翼，她还是得罪了皇后。对于后宫的女人来说，他人的得宠就是他人的罪恶，也就是对另外女人的一种自然的伤害。

武则天在宫中地位的迅速变化，使王皇后等人忿恨不已，她认为一

— 101 —

个进宫不久的尼姑、乱了天伦的淫妇,得寸进尺,简直厚颜无耻,便咬牙切齿必欲置之死地而后快。王皇后一见武昭仪眼里就要灼火出血。

她第三次做出了"正确"的选择,和以前的敌人变成盟友。

其实,从武尼姑进宫到现在的这段后宫故事,《资治通鉴》里的记载惜墨如金,仅有短短的几句:"(王皇后)阴令武氏长发,劝上纳之后宫,欲以间淑妃之宠。武氏巧慧,多权数,初入宫,卑辞屈体以事后;后爱之,数称其美于上。未几大幸,拜为昭仪,后及淑妃宠皆衰,更相与共谮之,上皆不纳。"

这简短的文字,包含着多少曲折的故事,这些故事有宫中女人们争斗的泪水和血腥,也闪烁着武则天智慧的光彩。

王皇后终于意识到自己和当初帮自己决策的亲人犯了一个多么大的错误——搬起石头砸了自己的脚。"引进"武则天,确实打败了萧淑妃,但这个结果不仅没有给她带来好处,反倒让她陷于更加危险的境地了。

生下儿子李弘没多少天,她又怀孕了。

这个消息更加刺疼了皇后,她愈加疯狂、变态。在后宫肆意诋毁武昭仪,让她舅父柳奭在大臣中恶毒散布武昭仪的谣言,并无耻地去找被她迫害的淑妃,深刻检讨自己,并表达联盟对付武昭仪的愿望。

刚刚把人家驱逐出境,现在又来找人家结盟,王皇后的做法很是雷人。但她别无选择,而萧淑妃这时也不计前嫌,因为她太恨武则天了,她恨不得武则天马上倒下。可她已经失宠了,她斗不过武则天,她很需要别人的帮助。当王皇后前来结盟时,她一下子看到了希望,于是就玩了一个变脸游戏,跟王皇后一拍即合。

两颗仇恨而寂寞的心贴近了。王皇后和萧淑妃握手言欢,结成了反武统一战线。没有永恒的敌人,也没有永恒的朋友,只有永恒的利益。为了利益,王皇后和萧淑妃尽弃前嫌,共同战斗。

王皇后和萧淑妃报仇雪恨的办法,就是在李治面前轮番说武则天的坏话,无非是说她狐媚惑主、狼女野心、心术不正、作风败坏、来历不明等。"递相僭毁"武昭仪，一个接一个地向皇帝投诉武则天。这虽然是女人为了争宠夺爱惯用的伎俩，但攻击力不小。

永徽五年（654年）新年刚过，元宵庆祝活动的筹备工作就紧锣密鼓地进行着。礼部和皇宫的各个局、院，人员穿梭般地来往。采购、预制，都忙得不亦乐乎。武则天的临产期也日益迫近，宫婢、太医、接生婆日夜待命。

但武则天不关心分内的事，竟忙里偷闲，找来宫中的眼线问话。这一问不要紧，王、萧二人在元宵庆典上的一言一行和那恶毒的诋毁，很快被眼线添油加醋，传到了武则天的耳朵里。她们说：李弘不是皇上的儿子，因为不到九个月就生产了。武则天听了大吃一惊，出了一身冷汗，这真是要人命的造谣。一旦皇上信以为真，哪怕仅仅是怀疑，自己也可能被打入十八层地狱。

躺在床上，武则天彻夜难眠，顶着大肚子，紧张地想着对策，肚子还一阵疼过一阵。在心理和生理上，武则天面临着前所未有的挑战和压力。

若不及时采取有效的行动，一旦皇上被她们哄骗得铁了心肠，自己就是再有百倍的努力，也难以恢复往日的宠爱。到那时，十几年的期待，十几年的努力，都会化为泡影。

第二十五回 未雨绸缪李忠为太子 幡然悔悟王萧重结盟

第二十六回　彻夜长思果断出手　广结善缘与帝结盟

她知道，唯有打败后宫中的所有女人，才能够取得最后的胜利。这，才是武则天。

她不是个可以被人随便欺侮的女人，任何对她的侮辱和伤害最终都是会付出代价的，无论是谁。

她对自己说，今天的一切都是我历尽艰辛用无尽的苦难换来的。因此我决不会轻易放弃。我那可爱的小皇子弘已经出生了。我爱他，我要给他最安全的成长环境，为了他，我会不惜一切。而你，凭什么坐在皇后的宝座上？王侯将相宁有种乎？

对于这样的想法，你可以认为是武媚野心勃勃太不安分，然而设身处地以她的角度看问题，她的确有理由愤怒和不甘心。一般来说，这种不甘只能让生活更痛苦，而武则天不同，她会去行动，她会去挑战。

除了后宫女人的争斗，武则天还有一个潜在的危机：不错，自己现在很受宠，可是君王的宠爱又有多可靠呢？

萧淑妃的前车之鉴让她看到了李治的另外一面，一旦恩爱不再可以有多冷漠决绝。

李治也并没有停止东张西望的眼睛。这位新宠便是武昭仪自己的亲姐姐韩国夫人，皇帝对她的亲密关注，已经到了人们纷纷传说武昭仪的次子李贤其实是韩国夫人（武则天的亲姐姐）所生的地步。而武则天此时孤立无援，与王、萧的争斗还不知鹿死谁手，因此对皇帝同她姐姐的私情，不敢置喙。这也许正是史书所称"初，武后能屈身忍辱，奉顺上意"的含义吧！

风光无限下的危机，花团锦簇背后的悲凉，李治的恩宠既让她滋生了夺后的欲望，而他游移的情感又让她深深地感觉君王恩爱之脆弱易断。

她要成为皇后只有一个障碍，就是那个依然坐在皇后位置上的王氏。所以，她要想尽一切办法打倒她，把她从那个自己觊觎已久的宝座上赶下来。

在形势的逼迫下，她在想着皇后之位。但需要说明的是，武则天的野心不是与生俱来的，不是说她进了皇宫就想当皇后，甚至想当皇帝，不是的。

一个人有理想也好，有野心也罢，不是一开始就有的，而是根据其所处的环境慢慢培植起来的。比如说，武则天二度进宫之初，她不可能一下子就想着当皇后，她只是想有个立足之地。至于发展和升迁，那是以后的事，可以一步步谋取，但不可能一蹴而就。

不管她有多么心急，但冷静是最重要的。只有冷静才能理性分析，果断出手。她深知自己的地位不容她莽撞行事。她知道小不忍则乱大谋。

目标既定，便不惜一切代价去完成，没有机会，就争取机会。

第一步是在李治面前扮演深情的弱者形象，含泪指控王、萧二人散布自己的负面言论是出于不良用心，以博得李治的同情与爱护。在此基础上，她要以牙还牙，在李治面前对王、萧的人品旁敲侧击，让李治听出弦外之音。而大脑缺根弦的王皇后，对武昭仪进行诋毁的同时，也就正好跳进了武昭仪布下的陷阱。

当高宗又来到武则天的宫室亲近爱妻幼子时，武则天说："皇后因为皇上宠爱臣妾，要用家法整治臣妾了。望皇上以大局为重，多多看顾皇后，免伤皇后的心。"

李治这个一直都想息事宁人的小男人，为了保护自己的爱妃不受嫉妒，为了平衡大小老婆，只好带着一肚子的牢骚，怏怏而至正宫。无形之中，他对别的女人的光临，全都成了为了武则天所做的牺牲。而无论是谁，牺牲总是让人心情沮丧，而不愿为之的。

可皇后不这么想，她一见皇帝到来，以为自己的威仪毕竟让武则天害怕了。并一再向皇帝诋毁武则天，说她忘恩负义，迷惑皇上，离间咱们夫妻之情，实在可恶，不给她点苦头是不行了。

李治听后，顿时皱起眉头，十分不耐地说："皇后贵为后宫主宰，心胸何必如此狭窄，朕未闻武昭仪说过皇后半句坏话，她总是催我到皇后这里来！"

王皇后见他袒护武昭仪，更是嫉火上涨，急不择言地说："那是她故意在皇上面前卖弄，你被她迷住，怪不得不把我放在眼里了！"威怒之情溢于言表。

李治立即回敬："皇后也该有皇后的体统，为何屡与妃嫔相争？前时总说淑妃不好，朕再不去她那里，现在又说得武昭仪这么难听，是何道理！"

皇后见皇帝动怒，再不敢多言，只是心情紧张地对李治怒目而视，彷佛要一剑劈向他，好把他从那狐狸精的蛊惑中拯救出来。皇后这种如临大敌的状态，自然搞得李治也神情紧张，身心疲惫，于是他愈加生气。而这种心情当然也是不适合卿卿我我的，干脆甩袖而去。

武则天的第二步是争取后宫的人心。毕竟群众的力量是无穷的，广泛拉拢、团结后宫同事，削弱王、萧二人的群众基础，切断关于自己负面言论的传播途径。

和重门第的上层人物不同，下层的宫女和宦官对于王皇后和武昭仪的评价则刚好掉了个儿。倒不是王皇后专门对下人刻薄，但像她这样的人物，一出生就是人人艳羡的名门闺秀，出阁则是太子妃，然后又升为皇后，可谓一帆风顺到极点，从未有过底层生活的经历，更没有失败过。

王皇后及其母魏国夫人的弱点是自视太高。在她眼里，那些宫女宦官和她完全就是两个世界的人，甚至根本不是人。唐律有云："奴婢贱人，律比畜产"，低贱如牛马，卑微如尘土，这便是奴仆在唐人眼中的位置。像王皇后这样做惯大小姐的人，虽然生性不是特别邪恶，不会虐待下人，不过也不禁认为自己被人服侍是天经地义的事，对身边人有种熟视无睹的漠然，不可能去主动关心、了解他们的喜怒哀乐和所思所想。

武昭仪就不同了，她代表了整个劳动阶层的利益，广受追捧。原本做的五品才人便是半宫妃半侍女的角色，二度进宫后又实实在在地做了一回侍女。那时，她谨慎小心，是个人都得赔笑脸，深深知道身为下人的苦衷，也清楚下人一句话的重要作用。

王皇后毕竟有统摄后宫大权，如果突然对她发难，则将仓促难以预备，造成被动。而如果取得了后宫众宫女的人心，就能随时控制王皇后的一举一动，以便有所准备。这些宫女、侍者虽然没有一言九鼎的力量，却是重要的消息来源。即使皇后欲加之罪，后宫的女官、女史们也会替她说话，皇后就未必能轻易处置她。

武则天平日就很注意宫中人际关系，而今有心于此，更加努力去做，她不断施以恩惠，有了赏赐，不论厚薄，全拿来赏给她们。尤其是被皇后和她母亲柳氏冷落的女官和宫女，更是倾心接纳，专意笼络，赏赐丰厚，毫不吝惜。配以她谦虚诚恳的态度，的确非常打动人心。她本来便是天子宠妃，出于跟红顶白的心态也是人人巴结的对象，如此很快便组建一个庞大的情报网，皇后的一举一动都能在第一时间传入她的耳中。这样一来，后宫众女官和下层宫女们无不敬重和效忠武昭仪，各宫里发生了大小事情，很快便都向武昭仪报告，大家都愿意同她聊天谈心。

而这一切，不谙人情世故的王皇后全然未曾察觉。只知高高在上，目空一切，经武则天一活动，就更孤立，无人实心拥戴。这位高高在

上的六宫之主，此刻已如生活在水晶鱼缸里一般，完全暴露在武昭仪的视野之中。那双美丽而冷酷的眼睛，正眨也不眨地盯着自己的猎物，只待对方一个疏忽一个破绽便将发动雷霆一击。这就叫知己知彼，百战不殆。

这就是《资治通鉴》中记载的："后不能曲事左右，母魏国夫人柳氏及舅中书令柳奭入见六宫，又不为礼。武昭仪伺后所不敬者，必倾心与相结，所得赏赐分与之，由是后及淑妃动静，昭仪必知之。"

第二十七回　鼠首两端李治不思废后
　　　　　　循规蹈矩王氏不留把柄

　　不过皇家不是平民小户，皇后是一个国家的政治象征，武昭仪登后位的愿望，可以说是阻碍重重，不比西天取经容易。

　　毕竟皇上的态度才是至关重要的，她开始试探李治对废后这件事的想法。果然，狡猾的李治首鼠两端。后宫的明争暗斗，李治当然不可能看不出来，然而，李治虽然对武昭仪万般宠爱，却并没有废后的意思。

　　李治不是个连父皇的女人都敢动的天不怕地不怕，色胆包天的家伙吗？为什么此刻倒畏首畏尾的？

　　因为他毕竟是皇帝，而且算不上昏君，他要把握大局，不能因小失大。虽然他对王皇后和萧淑妃的感情已经淡漠了，但她们的出身和家族势力是不得不考虑的。对于武则天，他的确有着很深的感情，但是他也知道武则天的历史太不清白。对于皇帝来说，政治利益还是最重要的，他不能为感情放弃太多的东西。

　　立后不仅意味着两大家族两股势力的联合，也意味着政治利益的分配，其间牵涉的非爱情因素太多。何况，娶一个上得了台面的女人做正妻，纳喜欢的女人做宠妾，是古代上流社会的惯常做法。

　　在唐朝，士族的力量仍然强大，社会上仍然存在着根深蒂固的门第观念。翻翻宰相世系表就可以看到，很多都出生世家大族。那些家谱可以上推几百年的士族高第，便是连李唐皇室也不放在眼里的。

因此高宗李治对于王皇后虽然没有爱意，但也存在一丝敬意。换句话说，高宗对于王皇后的尊敬，实际上是对一手安排这场婚姻的父皇的尊敬，对于他有大恩的舅父长孙无忌的尊重。

朝堂上那些老臣都帮着王皇后，自然也不是因为王皇后多么有魅力，能让那么多权臣心甘情愿为她卖力，那是因为他们属于共同的阶层，维护王皇后，就是维护自己的形象利益。而且他们也多半"联络有亲"，就像《红楼梦》中说的，他们"一荣俱荣，一损俱损"。皇后的舅父柳奭当时在朝内任中书令，按照唐代三省尚书执行，中书决策，门下封驳的制度，作为中书省行政长官的中书令，已是宰相级别的高官了。柳奭跟太尉长孙无忌交情很好，权势颇盛。此外，宰相之中的老臣于志宁为皇太子李忠的老师，韩瑗为长孙无忌姻亲。

因此当时朝中的宰辅重臣几乎一面倒地支持王皇后，并不是因为王皇后本人，而是她所代表的"士族高第，美貌守礼"正是当时社会主流价值观所认可的对象。之后褚遂良反对废后的说辞便是："皇后名家，先帝为陛下所娶。……陛下必欲易皇后，伏请妙择天下令族，何必武氏！"另一位宰相来济的谏词是："臣闻王者之立后也……必择礼教名家，幽娴淑令，富四海之望，称神祇之意。"这里不约而同提到皇后的标准，最重要的一条便是出身于名门世家。

不过，唐朝不是"一言堂"，那些所谓的豪门望族（士族）也有自己的克星——寒门小户（庶族）。唐朝是科举制正式形成的时代，有的是经历了十年寒窗苦想改变命运的人。他们就是武则天的希望。

以士族高第为核心的精英政治仍然占据主导地位，却也为寒门庶族提供了进身之阶，对于特别优秀的人才，甚至还有意识地加以延揽和破格提用，从而给他们以参与感和归宿感。从马周白衣入仕的传奇，从太宗皇帝"天下英雄入吾彀中"的豪语，也可以看到那种大时代新旧兼容士庶合流的变迁。

总之这是一个多元化的时代。新旧在更替，南北在交融，尊重传统的同时不乏创新，唐代特殊的时代氛围，既拥有无数的秩序维护者，以及他们的坚贞和保守，又容纳了无数的叛逆者，以及他们的破坏和革新。围绕着皇后之位展开的惊心动魄的争斗，从大背景来看，就是一场新与旧、现有秩序的维护与突破之间的争斗。

正在武则天磨刀霍霍的时候，她发现自己又遇到了第二重阻碍：王皇后循规蹈矩。也就是说没有把柄可抓。

在同王、萧二人的斗争中，武则天把王皇后列为主要敌人。擒贼先擒王，只要打倒了她，那个萧淑妃就蹦跶不起来了。

武则天还深知，要打倒王皇后，不能再用以前那老三样手段了。那些手段对于王皇后来说，无关痛痒，根本动摇不了她。想要打倒她，必须给她致命一击，让她永远无法翻身。

想要达到这个目的，就必须要掌握王皇后的致命弱点和把柄。然而后宫情报网传来的消息一直不能让武昭仪满意。

王皇后性格简重，沉稳端庄，循规蹈矩，不越雷池一步的个性，既让她显得缺乏对异性的吸引力，却也让她没有什么把柄可抓。想给她揪错，甚至想从她身上揪出一个致命的错误来，是几乎不可能的。

即使从修改过多次之后的史书看来，她的最大罪过，也不过就是不能生育，头脑简单，经常在李治面前说武昭仪的坏话。此外，并没有什么实质上的迫害举动。

甭管心里有多么怨恨，极尽挖苦之能事，可对于武昭仪等宠妃，以及她们所生的子女，还是常去看望，维持着基本的礼仪和皇后应尽的义务。单一的人生，单一的性格，没有特殊的长处，却也没有致命的短处，正是那种典型的旧式女子，让长辈感觉柔顺放心，让丈夫感觉无话可说，也让情敌找不准要害。

李治对她说不上喜欢，但也说不上厌憎，以他优柔寡断的性格，要让他为了抛弃这么一个鸡肋而跟所有当朝重臣闹翻，那一百年也未必等到机会。

综上所述，武昭仪此刻真的很无奈。因为无论她怎样反击，都无法从根本上击倒王、萧二人。李治不同意，王皇后不犯错，不过，从根本上来说，还是自己地位和势力也不及她们。

从地位上说。王皇后是后宫首领，她就是再失宠，李治也不能把她怎么着。萧淑妃虽然也失宠，但李治曾经是那么的爱她，他对她还是有感情的，他也不会把她怎么样。

也就是说，武则天和王、萧二人比起来，地位和势力还很弱小，她斗不过她们。如果是一般人，面对这样的情形可能也就死心了，反正自己现在过得还不错，何苦费那么大劲折腾？但武则天生性争强好胜，退让和妥协不是她的风格。皇后的位置，带来的不仅仅是尊荣和嫡妻的保障，她的儿子就会成为嫡长子，有资格被立为太子，日后继承大统，成为大唐帝国的主人，而不会像那些可怜的皇子沦为争权夺利的牺牲品。

她必须要打倒王、萧，因为不打倒她们，斗争的态势会对她越来越不利。她要是被王、萧二人打倒，下场就会很惨，她就得死，而且会死得很难看！与其这样等死，不如放手一搏！

然而有志者事竟成，一个人只要一门心思琢磨一件事，日思夜想，总能想出一个办法来。武则天经过苦思冥想，终于找到了一个突破口。这个突破口一旦打开，皇后的位置可就摇摇欲坠了。到底该怎么办？默默地耐心等待机会吗？不，等待机会已不适用于此时的武则天了。此时的武则天，正处于职场和情场斗争的水深火热之中，她的性格决定了她的处事风格，那就是制造机会。

她可以用任何人任何事物为她的权力梦想下赌注。

第二十八回　破釜沉舟昭仪下手
　　　　　　天旋地转公主殒命

　　继李弘之后，武昭仪的小公主出生了，前文提到武氏入宫以后迅速为高宗诞下二子一女，综合各种史籍来看，弘当生于永徽三年（652年）末，贤的出生日期则明确记载为永徽五年（654年）十二月，武昭仪随高宗谒昭陵途中突然小产，因其未足月而生，对这个儿子又特别冷酷，因此有人认为李贤为韩国夫人（武则天的亲姐姐）所生。长女安定公主生于二者之间，具体年月不详，约为永徽四年（653年）末至五年（654年）初。

　　然而，还没有过完周岁，这个小公主就离奇死亡了。

　　那时，小公主就葬在长安近郊的一片土岗上。岗上是茂密的枯萎的丛林，风吹过时，发出凄凄厉厉的响声。父王李治亲自埋葬了他的女儿。在将女儿送进墓穴的时候，在无限伤痛之中，他心中一个最强烈的愿望就是：一定要废掉恶毒的王皇后。

　　十年后，已经是皇后的武则天加封这个小女孩为安定公主，谥号思，十年了，身为母亲，她从来没有停止对逝去女儿的思念。而根据《唐会要·谥法》记载，"追悔前过曰思"，也让人联想寄托追悔之情的究竟是谁。她还将小公主重新按照亲王的礼仪隆重安葬。安定公主的迁葬明显逾制，以平阳公主的赫赫战功，葬礼动用鼓吹也引起了一番争辩，这个出生不久便夭亡的小公主能得如此厚葬，让人看到生为母亲的武昭仪内心的哀伤和悲凉。

几十年过去了,武后临朝称制,大杀李唐宗室,唯有唐高祖之女千金公主为武后"献药"薛怀义得到赏识,被武后收为义女,改封安定公主,证明她对长女的思念,从来就没有停止过。那是她心中永远的痛。

小公主死亡事件发生后,武则天和王皇后之间的胶着状态终于被打破了。

李治心中的天平完全失衡,彻底倾向了武昭仪。根据《新唐书》的记载,他对武则天是"愈信爱"。《资治通鉴》是这样写的:"后宠虽哀,然上未有意废也。会昭仪生女,后怜而弄之,后出,昭仪潜扼杀之,覆之以被。上至,昭仪阳欢笑,发被观之,女已死矣,即惊啼。问左右,左右皆曰:'皇后适来此。'上大怒曰:"'后杀吾女。'昭仪因泣数其罪。后无以自明,上由是有废立之志。"

小公主之死是武则天打响皇后争夺战的第一枪,这一枪正中要害,打得是稳、准、狠。这一枪过后,武则天的不利局面开始扭转了。

以上说的都是有文字记录的史实(至于历史到底是怎么样的,这谁也不敢保证),那么这件事究竟是怎么发生的?这是一段没有史实的历史,事情也许是这样的:

一日晌午,像往常一样,皇后又来看小公主了。看着这个在摇篮中呼呼沉睡的无忧无虑的婴儿,心中又是喜欢,又是无奈,又是不平,又是怨愤,耽搁了半刻光景就走了。

武昭仪当然知道皇后又去看她的女儿了,她穿戴打扮,对侍女们说,皇上又去批奏折,也该累了,咱们去瞧瞧。半路上,她计算着时间,估量着皇后走了,便告诉侍女,你先去小公主那儿,告诉她们,去府库找几件朝廷命妇作为礼物送给小公主的婴儿被和小衣服;再回我的寝宫,取那只步摇来,我要戴它去见皇上。去吧,我在这儿等你。

然而,侍女刚一走,她便快步走向婴儿房。

此刻，她独立在婴孩的床前。一瞬间，她血脉贲张，头脑中似有千军万马在奔腾，这是她命运的关键！在无数个深夜中，她想了无数遍的情境，就要实施了！

她伸出自己的双手，十指僵张着，一条丝巾绕在了女儿的脖子上——

她的眼睛睁大了，她的牙齿咬紧了！她全身的力量集中在手指上，而她的手指渐渐勒紧——不！我是母亲啊！我怎么能这么做！我一定是疯了！这是比野兽更加不如啊！

她的手放下了，她那紧绷的心房松弛了，那凝蓄了全体力量的双腿，此时也有了颤抖。

她感到了一阵天昏地暗。

——但这只是一瞬间。

你以为你是谁？！你是先帝的女人！你怎么可以如此不守妇道！当才人，你乱伦；当尼姑，你脏了佛寺；当昭仪，你就是个不折不扣的狐狸精！我就是要嘲笑你！哈哈哈哈！你能把我怎么样！我永远是大唐万民敬仰的皇后，而你，永远是先帝的才人，贻臭万年！永远——永远——永远！先帝的才人——先帝的才人——先帝的才人！

去死！去死去死——！

一切都结束了。

一瞬间，很短。

这是决定一生命运的短促瞬间。

当她的眼皮再度抬起，一切依然那么平静，

她虚脱一般喃喃自语："对不起，妈妈需要权力，妈妈真的需要权力。"

妈妈要改变永远。

妈妈永远也不想再看见皇后那张扭曲的脸。

如果你没有经过那种被人一次次踩在脚下而永远不会低头的感觉，你永远都不会了解她的心境，是怎样一种挣扎。这场同命运的抗争，

第二十八回 破釜沉舟昭仪下手 天旋地转公主殒命

是怎样一种凄绝！从凄冷的感业寺一路坎坷走来，她先是突破了父子关系的人伦界限，接着又突破了基于血缘关系的天伦界限。她押上的赌注太重了，她一定要赢！

这些，她早就已经想过太多遍了。

刚才那一瞬间太短暂，她甚至什么也想不起来了，没有听到婴儿的哽咽声，没有挣扎声，一切都那么平静……天哪，你为什么不挣扎一下呢？也许，也许，我会住手，我的女儿啊！！

不行，我怎么能流泪！既然已经走到这里！就必须进行下去！我不会让我的女儿这么白白死去的！

她迅速擦干挂在眼角的一滴泪，抽身而出。一切，那么干脆利索。小公主已死，已经没有什么能阻止她了。

当然，她走之前没忘记在小床底下留下一条事先准备好的丝巾……

她回到刚才和侍女分开的路上，就好像还在等着她取步摇回来，然后，一起去探望批奏折的李治，既嗔又怨地说："看你，怎么不注意身体呢？该歇歇了，去我那儿逛逛吧。"

李治欣然同往。

吃过中饭，李治照例去看可爱的小公主。

他们同去婴儿的睡房。每次李治想到女儿甜甜的笑脸，心情总是莫名地开心，边走边打趣儿道："这孩子的面部轮廓很像你，可惜，她是皇帝的女儿，不能像你一样嫁给皇帝。"

"不要这样轻薄她啊，我的皇上！"她亲昵地说。

"啊！"乳媪一掀开帐子，就惊惶地叫出来。

"怎么啦？"武则天不满地低斥乳媪，也凑近去看，伸手去摸孩子的额头，于是，她也和乳媪一样叫了起来。

"怎么了？"李治诧异了，挤在两个女人中间上前看。于是，他发现自己的女儿已经僵硬了。一双小眼睛突出，嘴半张，颈项间，有一道鲜红的血痕，他一怔，顺手握住了武则天的臂膀。

— 116 —

此刻，她终于可以毫无顾忌地发泄心中的痛苦了！她放声恸哭！为死去的女儿，也为自己，她毕竟失去了自己的亲生女儿啊！

李治呆住了，完全不知所措，他从没想过会发生这种事。

慌乱中，他再次看了看小公主："这像是被勒死的啊……"

"勒死？不，不会，谁敢？"她在号哭中再凑近去看，接着，她尖锐地叫了一声，倒下去……

皇帝匆忙扶住她，当蹲下身时，就看到了一条丝巾抛在床下——他一面扶住武则天，一面将丝巾拾起来，丝巾，搓折成条。显然，这是勒死孩子的凶器，这一发现使李治愕然。

武则天知道接下来的事情已经不需要她了，她完全沉浸在悲痛之中，她不再和李治说话，此刻，她只想肆意表达失去女儿的哀伤，两名宫女及时赶来搀住她。

"这东西哪儿来的？"皇帝厉声问乳媪。

"这——"乳媪迷惘地看着丝巾。

"是谁？谁来过？"李治用劲一挥，愤怒地喝问。他的双眼布满了血丝。

"只有皇后来过……"宫女和乳媪都跪了下来，惶恐地回奏。

"皇后？"李治的眼睛转动着，把丝巾掷到地上，"你们看看，这东西是什么地方来的？是谁的？"

"皇上——"乳媪指着丝巾一端的绣花图案，全身因害怕而颤抖着——金丝凤！这不是皇后常用的图案吗？但是，她不敢说，关系太大了，她，一个下人，怎能开口呢。

此时，李治已看到了，他愤恨地高叫："叫皇后来！"

"陛下，"媚娘突然抱住他的手臂，凄楚地说："不要！陛下，皇后要母仪天下，若此事外传，皇家颜面何存？再者，皇后是太子的母亲，太子又如何做人？妾不过草芥，得沐天恩，已属不该。"说着，她停顿了一下，又痛苦万分地扑倒在小床前，"赤子何辜啊！"

第二十八回 破釜沉舟昭仪下手 天旋地转公主殒命

— 117 —

李治实在忍无可忍，愤然走到案前，拿起笔来"唰唰"写诏书，随后吩咐送出去交学士拟稿。

　　武则天并没看到李治的手诏，但是，内容是想象得到的——她在悲泣中暗暗说，女儿，妈不会让你白死的，妈会为你报仇……

第二十九回　迷雾重重真相难窥
　　　　　　　拨云见日谁是谁非

　　是的，她应该从来不会认为是自己害死了女儿（前提是这件事真有的话），她认为是王皇后逼自己下手的，所以元凶是王皇后。

　　宋代成书的《新唐书》和《资治通鉴》中均有详细记载，称武昭仪藏匿起身形，等王皇后逗弄完小公主后悄悄地扼死了自己的亲生女儿，佯装欢笑迎接高宗，发现死婴后由宫人指证唯有王皇后探视过小公主，从而点燃了高宗的怒火。

　　上面那个亲手掐死自己女儿的故事是小公主死亡事件其中的一个版本。而且成书较早的《旧唐书》并未记载此事，加之虎毒不食子，让人难以相信。

　　于是就有了第二个版本。

　　《唐会要》里讲："昭仪所生女暴卒，又奏王皇后杀之，上遂有废立之意。"就是说，小公主猝死，至于怎么死的，并没有说明，也可能是自然死亡。武则天就利用了这个"机会"，上奏皇帝说王皇后杀死了孩子，导致唐高宗态度的变化。

　　不管是哪种说法，应该都是史官根据民间流言加上自己的推断而作。有没有可能小公主的确是自然死亡呢？

　　古代婴儿的死亡率是很高的，加之小公主又出生在天气寒冷的冬季。房中的炭火、被褥的不适，饮食的失调以及先天的不足等，都可以导致一个脆弱新生儿的骤然死亡。有机会能充分利用到尽头，没有机会自己能创造出机会，这才是武则天的手段，也的确是她能成为空前绝后的一代女皇的原因之一。

可是要"借题发挥"实在很有难度。

小公主不可能长时间没人照顾，宫女应该马上就会发现她死了。所以，从王皇后离开，到发现小公主死亡，这个时间必定非常短暂，因为栽赃也不能太信口雌黄了。如果王皇后离开很久，她们才发现小公主死亡，中间人来人往的，很多人都有作案时间了。可是，真的会那么巧，王皇后前脚刚走，小公主后脚就自然死亡了？这个概率得有多大？

换句话说，被谋杀的可能性大于自然死亡。

这样的话，就会出现第三个版本：王皇后真的杀死了小公主。

可是，王皇后没有杀死小公主的性格和动机。先看性格，王皇后本性端庄严肃，有着贵族的骄傲与不屑。而且从她对付萧淑妃和武昭仪的手段来看，无非也就是说说坏话。要是她真凶残成性，"旧恨"萧淑妃的一个儿子和两个女儿早就没命了。而且大白天在守卫森严的皇宫里明目张胆地掐死一个人，是极容易暴露的，王皇后虽然愚钝，也不至于白痴到这种地步。

再看动机，就当时的形势而言，她打持久战更为有利。皇后的正宫地位，决定了所有嫔妃的孩子也都是她的子女，即使将来谁登基做了皇帝，也得尊她为皇太后。杀死小公主对她有什么好处啊？退一万步说，即便王皇后对武则天恨之入骨，失去理智，也应该杀死她的儿子李弘，毕竟儿子才是武则天的依靠。杀死一个还没有封号的小公主有什么意义？

所以王皇后不具备杀死这个孩子的性格和动机。

绕了个大圈，又回到第一个版本了：这是一场精心策划的谋杀。

比如《新唐书·后妃列传》的记载，就和上一回讲的场景差不多。是武则天精心策划，亲手杀死小公主，然后嫁祸于王皇后。这个可能性有多大呢？（在此讨论的只是可能性，不是史实，毕竟真相已不可得。）

武则天有杀婴的动机、性格和条件。

从谁受益这个角度来看，武则天嫌疑很大。和王皇后争宠的胶着状态对武则天极为不利，她急于结束这种状态，就有了嫁祸王皇后的动机。武则天是非凡之人，她善于创造条件，而且有孤注一掷的勇气，为达目的不择手段。

那么，武则天有没有能力准确掌握时间，杀死小公主呢？也是有的。她通过结交侍从，在后宫建立了发达的情报系统，对王皇后乃至皇帝的一举一动都了如指掌。掌握了二人探视小公主的时间，她就可以巧妙地打一个时间差。

前面说到，《旧唐书》没有记载这件事，但《旧唐书》成书仓促，常有照抄唐朝实录和国史的情况，可以视为唐代官方喉舌的代表，所以"为尊者讳"的现象并不少见。如不载太宗纳弟妇事，不载杨玉环原为玄宗儿媳等。而这些《新唐书》和《通鉴》均秉笔直书，因为宋人不必再为前朝避讳。

因此，无论从动机、性格还是作案条件和能力，认定武昭仪是杀死小公主的最大疑凶，并不过分。许多人怀疑的理由是：一个母亲如何下得去手杀死自己的亲生女儿？如果武则天像常人一样，就不会成为武则天了。当时的情势之下，武则天除非施展宫廷阴谋，脚踩自己女儿幼小的尸体，否则很难朝皇后位置前进。既然没有退路，她决不会安分守己听天由命。

无论古代还是现代，每个人都想成功，一个卑微者想要走向高贵需要付出多少？

商人的女儿，先帝的侍妾，随便哪一样，都是她无法弥补的致命缺陷。然而她仍然成功了，把不可能变成了可能——没有不可能。她这一生都在创造奇迹，最后她自己也成为中国历史上独一无二的奇迹。然而她所付出的代价，世间有几个人付得起？"杀敌一万，自损三千"，

血肉相搏的战场，没有人可以全身而退。而铲除敌手的第一刀，她是往自己身上刺下的。这一刀，也刺破了世间一切规则和定理。士庶的界限，伦理的约束，都在这样不惜伤亡不计代价惨烈到近乎偏执的决心面前，灰飞烟灭。她终于突破了宿命的限定。

这一切是她自己选择的，无怨无悔。

本来，她有机会做一个平凡的妇人。"无能"的王皇后除了说她坏话，也不能拿她怎么样。即使李治以后不爱她了，甚至去世了，她也可以依据大唐律令，随儿子到封地去。如同她的表姐燕妃一样，以太妃的身份，度过平静的下半生。

然而她永远不服输、不居人下的性格，让她成了风云人物。舍弃这样的安宁，断然出击，将已经拥有的一切投入到一场只能胜不能败的豪赌中。

作为凡夫俗子的我们，可能永远也无法完全理解她何以做出这样的选择。要有怎样强烈的自信，怎样旺盛的企图心，怎样冷静到冷酷的决绝，才有胆量拥抱这样的人生！这是……疯狂。

平凡如我们，一面默念着平平淡淡才是真，一面怀着复杂的心情，议论着、艳羡着、鄙夷着、唾骂着，看着那个一千多年前的女子，在人生的十字路口何等傲慢地转身，弃绝一切尘世间平凡的温暖和快乐，头也不回地走向高处不胜寒的荣耀与凄清。属于燕子的道路有一千条，属于鹰的道路却只有一条。

于是，注定了我们只是看客，而她是主角。

她的意志强大到足以战胜她的情感。

不过，这没有办法，因为从古至今，在通往皇权的斗争道路上，处处都有牺牲。一批又一批的人，都无辜地成为政治斗争的牺牲品。在争夺皇权的人眼里，只有政治和权位，没有亲情、爱情和友情，甚至没有人性。

在这场诡谲的风波过后，李治虽然十分痛心，想要废后，却最终没有实施。原因是王皇后虽是杀死小公主的唯一嫌疑人，但缺乏真凭实据。是无法定罪量刑的。

　　但是，通过这件事，武则天已经从根本上打倒了王皇后，王皇后的形象与地位在李治心中彻底倒塌了。她的末日快到了。

第二十九回　迷雾重重真相难窥　拨云见日谁是谁非

第三十回 花样滑冰宸妃受挫 三分灌篮老臣完胜

不管是出于对老臣的忌惮也好，还是觉得量刑证据不足也好，李治暂时没有废后，武昭仪也不能强求。她知道，废后、立后是非常复杂曲折的，不能一蹴而就。这段时间，她也没闲着，要求皇帝加封她为宸妃。

武则天自有主张：先升职，升一个距离皇后较近的位置，然后再找机会一步登位。同时，也可以通过此事试探一下皇帝和朝臣的态度口风。

唐朝的妃子有四个名号，分别是"贵妃、淑妃、德妃、贤妃"。比如，萧淑妃就是其中之一。不过，武昭仪觉得这些封号都太平常。好在，她从来都不缺少创造力。

她要给自己设立一个新职位：宸妃。

这个职位是她首创的，职位特殊，高于"贵、淑、德、贤"四妃，仅次于皇后。想出这个好主意后，她使出浑身解数，要求皇帝在这四妃之外加封她为"宸妃"。

宸妃这个名号可是武则天深思熟虑的结果，"宸"即北辰，是北极星，孔子在《论语·为政篇》里说："为政以德，譬如北辰，居其所，而众星拱之。"就是说北辰在天空照耀，其他的星星都得罗列在周围拱卫着它。后引申为帝王之所居，成了帝王的别称。

用"宸"字来彰显地位的尊贵与超然，隐隐有傲视群妃之意，作为封后过程中的一个过渡。武则天真是太有才了！如果不出意外，她真的就成了古今第一个宸妃了，就可以顺理成章地冲击后位了。可是不管怎么说，这已经是退一步了，在她的心目当中，外廷的大臣们理应也退一步。大臣会满足她吗？

意外偏偏发生了，韩瑗和来济上表反对，理由是"妃嫔有数，今立别号，不可"。

看来，前朝、后宫之后，能借重的只有他——李治。苍茫的天地间，他是她唯一的同谋。

李治虽然贵为皇帝，可是也有他的难处：老臣们的理由有法可依，李治无话可说。

不过，封妃原本也不是武昭仪的终极目标，不欲在此多事纠缠。但这两位不识时务的"老东西"的名字，也深深地印在了武昭仪的心里。她重新分析了的胜算，调整了思路，坚定了原则。

由于高宗提出"欲特置宸妃，以武昭仪为之"后，立马遭到宰相韩瑗等人的反对，这个"宸妃"武氏得没得到，各家史书记载不一，《新唐书》和《旧唐书》都说她曾是宸妃，而《资治通鉴》却认为韩瑗等人反对后就没有下文了，以"乃此"二字作了结论，即没有被封。

武昭仪第一次冲击皇后宝座的尝试并不顺利。一众老臣的态度让她清醒地意识到：夺取后位的这条路将会行进得异常艰难。一旦彻底失败或者止步不前，已经亮出野心的她下场将极为凄惨。

王皇后一旦熬过这场劫难，等太子李忠登基为帝，王皇后便会升格为太后，如何对付她这个情敌，是可以想象的。既然跨出了这一步，就不能再回头。而李治则是她唯一可以依靠的对象了。

李治这边，又何尝不想给自己的爱妃一个更好的位置，何尝不想凡事由自己说了算。谁都不愿意受约束，何况是皇帝呢？那些让人厌烦的老臣们，驳回他的提议已经不是一次两次了。什么都要听他们的，真让人憋气啊！聪明绝顶的武则天早就听到了他心里的那个声音，所以，把他培养成战友，无疑是她的手腕之一。他们不再只是皇帝和宠妃的关系，而是政治伙伴，以及同盟者。两人齐心合力，共同对付阻碍他们前程和梦想的元老集团。

纷繁复杂的局面蓦然间变得异常简单而清晰，为了达到彼此的目标，他们需要对付共同的敌人。

加封宸妃的努力又失败了，武则天难免产生了深深的挫败感。不过她历来都是不怕失败的，因为失败让她学会了更多。

恐怕从这个时候起，她真正意识到了外廷的重要性，后宫斗争的每一步都和外廷紧密相连，没有外廷的支持，她永远也无法实现正位中宫的梦想。从此以后，她要把眼光投出宫外，投向外廷。无论是朋友还是敌人，都只能从这里寻找。

如今，深深的后宫已经无法容纳武则天的野心。她犀利的目光越过了宫墙，外面是一个她还没有打过交道的世界。离强合弱，远交近攻，这些她在深宫中用惯的手段还能放之四海而皆准吗？从深宫走出来的武昭仪，又会向哪个方向挥动手里的长鞭？

得到高宗全力支持的武昭仪信心倍增，这年三月，她刚刚完成了一本书，名为《内训》，教导女子如何服从丈夫，幽娴贞静，俨然已以皇后自处。只因这类女子教育书籍，一般都是由皇后著述，作为母仪天下的懿德佐证，武昭仪此举，无疑已是僭越。而以她曾事二夫的经历，公然教导女子应该如何持节守贞，更是有些滑稽。好比一个经常作弊的学生，却堂而皇之写起学生手册，并要求别人遵守，被人指为"以身作贼"，那也不算冤枉。

不过这正是武昭仪一向的风格，你有你说，我有我做。她是规则的制定者，却非遵行者，似乎也从来不觉得自己有必要为这个明显的矛盾而伤脑筋。一如一切高高在上的掌权者，他们制定规则，却又超脱于规则，仰天一笑打个哈哈，世俗礼法岂为我辈而设！轻轻松松一句话搞定。人言可畏，在一些人眼里，公众的声音是足可压死人的大山，但在另一些人的眼中，却不过是个气球罢了，轻轻吹口气便会飘远，甚至不必用针刺破。遥想当日踌躇满志地捧着《内训》的武昭仪，想必也是嘴角噙着一丝讥讽的微笑，傲慢地、挑衅地、不屑地冷对着大众的瞠目结舌或是冷嘲热讽。不过如此。

进号宸妃之议，是武昭仪谋夺后位的序曲和试探，纵有万丈雄心，却遭遇群臣的冷面以对，一时颇有进退维谷之感。既已付出了那么多，势必要个结果，然而旧时代留下的势力看来是如此强大，坚冰重重，如何突破？这时，一次意外事件打破了僵局，终于让李治下决心将皇后废立提上了日程。

第三十回 花样滑冰宸妃受挫 三分灌篮老臣完胜

第三十一回　幼稚皇后厌胜失势
狠辣昭仪扶摇直上

这一次，武则天要炮制一个真正的刑事案件。

武则天这次晋升受阻，她非但没有气馁，反而有了更强硬的决心，那就是彻底打倒王皇后！

只有整倒她，我才有可能当上皇后。只有整倒她，她才没机会报复我。这听起来有些残忍，但熟知历史的武则天明白：自古皇家流过多少无辜的鲜血？政治斗争，不是你死就是我亡。为了生存，她也要如此。

既然上次成功了，武则天决定还是通过嫁祸的手段来达到目的。永徽六年（655年）六月，武则天再次发难，指使左右报告皇帝，说王皇后和她的母亲魏国夫人柳氏共行厌胜。

所谓的厌胜，是古代的一种巫术。就是假如你对某人恨之入骨，可以先就地取材，木头、纸、布料、泥巴、面团都可以，然后把某人画成图像，刻成木雕，做成布娃娃，或剪成纸人，或捏成泥雕和面雕，诸如此类。第三步就是在上面写上他的姓名、生辰八字。然后在其致命部位钉钉、扎针，有点类似于护士的练习手法。再在神灵面前诅咒其不得好死。比如《红楼梦》中赵姨娘和马道婆，就共同实施过这种巫术。古代人迷信，相信这样做确实可以通过冥冥之中的感应和信念加害于人。

在法律上，厌胜列于十恶重罪之五的不道（即背违正道，阴行不轨），属不赦之罪。若对象是尊长或皇帝，罪当处斩。

史书关于此事的记载又有三个版本。

《旧唐书·高宗废后王氏传》记载："后及良娣萧氏递相谮毁。帝终不纳后言，而昭仪宠遇日厚。后惧不自安，密与母柳氏求巫祝厌胜。事发，帝大怒，断柳氏不许入宫，后舅中书令柳奭罢知政事。"也就是说，当初王皇后和萧淑妃在李治面前说武则天坏话，李治非但不采纳，反而越来越宠爱武则天。王皇后很害怕，她深感不安，于是和母亲合谋厌胜。事情败露后，李治大怒，命令王皇后的母亲柳氏不得入宫。就是说王皇后的最终被废，是她自找的。

《资治通鉴》则直接认为是武则天诬告王皇后厌胜，"武昭仪诬"，事情就完全改变了性质，是说武则天"诬"王皇后和母亲诅咒皇帝和她快死亡。但是，司马光既言武氏之"诬"王皇后，又引证了《旧唐书》之说，言王皇后看到高宗不再信任自己，后位岌岌可危了，才"不自安"而做出那个自掘坟墓的愚蠢行动的。司马光模棱两可，后人也难定论。

《新唐书·高宗废后王氏传》的细节与《旧唐书·高宗废后王氏传》大致相同，但也提出了武则天诬陷王皇后的观点。

根据这三个版本的史料，王皇后到底有没有行厌胜之法？她厌胜的对象是谁？

武则天嫁祸过王皇后一次，王皇后差点被废，她从心底恨透了武则天。所以，她把武则天作为厌胜对象，也不是没有理由。

为什么说王皇后母女厌胜的对象不太可能是李治呢？这个很好理解。王皇后虽然被李治冷落，她也怨恨李治，但不至于恨到李治死。如果她恨死了李治，那么她就没了依靠，就失去了一切。因此，她没有恨李治死的理由。另外，作为皇后，她是懂得法律的，做事也是有分寸的。她可以把武则天当作厌胜对象，但绝对不会把李治当作厌胜对象。这就跟现在发现丈夫找小三的妇道人家都不会追究丈夫，而去大闹小三的心态一样。

综合上面的分析，王皇后母女应该是把武则天当作厌胜对象。武则天很快知道了这事，她很生气，后果很严重。但她觉得这是一个可以利用的绝好机会，一个可以嫁祸王皇后的绝好机会。于是，她灵机一动向李治报告，说王皇后在诅咒"我们"。这样做就是为了拖李治下水，让李治跟她站在一个战壕里。

这件事，让王皇后失去了李治对她的最后一丝爱和信任。无论她多么冤枉，无论李治心里是否怀疑过，一旦爱没有了，就等于失去了男人的信任。所以，不能认为武则天的手法多么高明，根子还在李治这里，李治废掉皇后的想法更加坚定了。

不过一日夫妻百日恩，不管李治多么不喜欢王皇后，但一时间，该怎么办他还没有拿定主意。他从小到大几乎没做过伤害别人的事，所以这次，将信将疑的他根本不知道该怎么处理王皇后。

李治权衡利弊，没有敢按照刑事案件处理。只是把王皇后幽禁于宫中，禁止王皇后的老妈魏国夫人柳氏入宫，又贬王皇后的老舅中书令柳奭为遂州（今四川遂宁市）刺史。

这个柳奭还真是流年不利：去年，小公主死亡事件后，迫于压力自请罢相，从中书令变成了吏部尚书；今年，堂堂朝廷大员转眼就成了刺史。就这，日后武则天也没给一星半点死灰复燃的希望。

这还没完，因为王皇后的牵连无辜降罪后，在被贬的途中又被冠以"漏泄禁中语"的罪名，接着被贬到荣州（今四川荣县）担任刺史。他究竟泄露了什么国家机密呢？据说在驿路酒铺中泄露了武昭仪曾是先帝侍妾的宫中隐私，愤怒的李治当然立马还以颜色。

山也迢迢，水也迢迢，山水迢迢路遥遥，王皇后和家族的联络被切断了。强大的外朝势力由此出现缺口。

此时的王皇后已经完全成了待宰羔羊。同年九月，直言进谏反对废后的顾命老臣褚遂良被贬出京。十月，下诏废王皇后萧淑妃为庶人，立武氏为后。这年年底，王、萧二人被处死，亲戚并流岭外。次年正月，武皇后之子李弘被立为太子。短短不到一年的时间里，一连串的举措疾如闪电惊雷，不仅整个后宫彻底改观，也震动了大唐朝廷。出手稳、准、狠，没人看见她是怎样出手的，对手未及反应便已人头落地，这就已经注定了大唐未来五十年的走向。

第三十一回　幼稚皇后厌胜失势　狠辣昭仪扶摇直上

第三十二回　聘请外援昭仪送礼
　　　　　　装聋作哑国舅婉拒

王皇后被幽禁，武则天加紧了枕边风的力度，终于坚定了李治立她为后的愿望。可是按照惯例，立皇后这种大事只有李治同意是没用的，他们决定先去问问国舅长孙无忌的看法，只要他老人家点头了，其他官员应该都没啥意见。

摩拳擦掌的武则天，会遇到国舅的什么反应呢？

这天，夫妻俩经过一番准备，龙车凤辇，一齐驾临长孙府。

不但人来了，礼也送到了。他们带来了金银宝器、绫罗绸缎赏赐给长孙无忌，表彰他对国家的贡献。一车又一车的礼物，搬了半天才搬完。不用说，这些财物都价值连城。

这次李治可是下了血本。唐朝虽然是比较强盛的时代，但永徽时期还属于初唐，刚刚经过隋末的动荡，国家经济还没有完全恢复。举个例子，李治当太子的时候，有一次割羊肉吃，刀子沾上了羊油，舍不得浪费，把羊油抹到饼上吃下去。可见，当时国家还不富裕，当然，可能也有皇家受到的教育比较好，不提倡铺张浪费的缘故。

长孙无忌对后宫风云早有耳闻，一见这架势，心里也就明白了八分。可他不明说，表现得平淡从容，不动声色，当下就将天子及其宠妃迎入府中，盛宴以待。

武昭仪在那个晚上显得既妩媚动人又优雅得体。她先是含而不露地称赞长孙的为人，指出李治今天得以统领天下，全靠了舅父的鼎力相荐，而自李治继位，国泰民安，也全凭了舅父这样的老臣苦心辅政，李治对舅父的大恩大德是没齿不忘的。然后武昭仪又夸奖长孙的子女们如何如何有出息，而长孙所宠爱的姬妾又是如何如何的美丽。

长孙无忌哪是几句好话就找不着北的人，光说肯定不能成事啊。酒酣耳热之际，李治先问起长孙无忌儿子的情况。长孙无忌把自己的儿子们向李治汇报，又提及他有三个宠姬生的儿子，年轻不懂事，还没有机会为国家效力。

李治听罢，忙说，这怎么行，舅父是国家的擎天柱，儿子们肯定也个个都是芝兰玉树，这样吧，封他们为朝散大夫。

这个朝散大夫是干什么的呢？

是光领薪水不干活的散官，一般赐给有德行有名望的文官，虽然是个荣誉官职，却是五品大员。唐代的官员，三品以上穿紫，五品以上穿红，七品以上穿绿，九品以上穿青。五品以上，"大红大紫"就从这里引申出来的。依据当时的法律，即使中了进士的学子，也只能从最低的九品官级干起，即使世袭国公爵位的勋官，也只能从正六品官级干起。长孙无忌的庶子刚一踏进仕途就做到五品，常人根本无法企及。皇帝笼络长孙无忌的意思已经相当明显。

长孙无忌赶快离座、磕头谢恩。

授官之后，李治觉得自己腰杆子硬了，开始转入正题，说："舅父，你的儿子都这么优秀，这么有出息，我心里特别高兴，武昭仪也为朕生了一个儿子，很是辛苦。宫中后位虚悬，总是不妥。"折腾了半天，他终于亮出了自己的实际意图——希望国舅能顺着自己的意思，同意立武则天为后。

谁知长孙无忌没有接茬儿，他说："是啊，宫中又添麟儿，真是可喜可贺。为小皇子干一杯。"就把这个话题给岔过去了。

李治一愣，只好说："和舅父共饮。"

— 133 —

武则天那个心焦啊。李治当然也明白，硬着头皮对长孙无忌说："爱卿，朕想给你说个事。"

"什么事？皇上，您说吧。"长孙无忌假装不懂。

李治说："常言说得好，不孝有三，无后为大，先王皇后不能生育，昭仪已诞三子，朕意欲……"说到这里，李治打住了，看着舅父的脸，希望他能顺旨接下去。

"皇帝儿女绕膝，真乃国家之福，也不枉臣祈福的苦心。上月臣进庙上香，见沿途百业兴旺，甚感欣慰……"长孙无忌开始说一些国计民生的话题，李治接也不是，不接也不是，想直接挑明了说，又不大敢，怕长孙无忌一口否定他，可就没有回旋的余地了。

盛宴还在继续，只是越聊越冷。李治和武则天虽然表面上装得若无其事，和长孙无忌一家套近乎。无奈长孙无忌置若罔闻，就是不买账。有时候，不表态也是一种表态，长孙无忌这样做，无非就是表明自己不支持武则天做皇后。话到这个地步，已经没了继续说服下去的必要。

武则天只得拉着李治，对长孙无忌说："酒过三巡，天色已晚，我和皇上也该回宫了。"

于是，两人怏怏地踏上了归途。史载"上及昭仪皆不悦而罢"。想想礼也送了，面子也给了，啥也没办成，两个人心里这个郁闷！

车里，两个人沉默了好久，李治才说："这长孙无忌怎么回事？就是不领会朕的意思。"

"他什么不领会你的意思，他是装憨。"武则天又气哼哼地看着李治说，"看你把这些大臣惯成什么样？君不是君，臣不是臣。"

"他毕竟是朕的舅父……"

"这就是历代总结出来的一条教训，不得重用外戚。据说你母亲在世时一直反对你舅父为群臣之首。现在看来很是英明。明明你是一国之主，为什么一切还要由舅父决定？"

"朕不是一直在为此而努力吗？你连朕也不相信？"

"我怎么会不相信皇上呢？我知道你最爱我，你心里只有我。我只是想说，我们该想个办法说服你舅父。这世间唯有我们相依为命了。"

夫妻俩并不气馁。不久，李治命画师描摹了一幅长孙无忌的画像，并亲自题词赞美，但当他再次向长孙无忌提出立武昭仪为后的请求时，长孙无忌仍不表态。

此后，武则天又让她的母亲杨夫人充当特使，继续游说长孙无忌，结果还是碰了一鼻子灰。接着又派许敬宗去劝，开始时长孙无忌不理不睬，后见许敬宗说个没完没了，长孙无忌指着他的鼻子"厉声斥责"。

第三十三回 长孙氏法力大无边
武昭仪出招屡碰壁

武则天要当皇后，连李治都答应了，为什么还要请示长孙无忌呢？

长孙无忌在大臣中地位比较特殊。

就君臣关系而言，他是亲奉太宗遗命的顾命大臣，官居一品太尉，首席宰相，而且是凌烟阁二十四功臣之首，是当之无愧的百官之长。从亲属关系的角度看，他是李治的亲舅父。贞观十七年（643年），当时的太子李承乾和魏王李泰因为争夺储君之位双双被废，是他一手把年幼的李治扶上太子的宝座。此后李治无论是当太子还是当皇帝，他都在旁边保驾护航，舅甥关系相当密切。

因此，在废立皇后的问题上，李治想先征求他的意见，既是尊重顾命大臣，又是听取舅父的意见，于公于私于情于理都非常妥当。

武则天为什么决定由李治出面拉拢、贿赂长孙无忌呢？

首先，李治此时废王立武决心坚定，他和武则天站在同一个战壕，目标一致，他要帮助武则天夺位。其次，李治是皇帝，长孙无忌的实权再大，也只不过是李治的臣子，李治拉拢、贿赂他，他总不至于驳李治的面子。如果是武则天出面拉拢、贿赂长孙无忌，估计她连面都见不着人家。

这次拜访国舅家，其实就是一种收买。

但是一切的不可能，在武则天面前，都会变成可能。因为武则天是敢想敢为之人。长孙无忌虽然位高盖主，甚至站在了她的对立面，但她是这样考虑问题的：没有永远的敌人，也没有永远的朋友。只要投其所好，满足其利欲，是可以把敌人争取为朋友的。

所以，武则天果断地作出决定：由李治出面，拉拢、贿赂长孙无忌，收买这位当朝顶级重臣，帮助我夺取后位。只要他站出来，替我说一句话，或振臂一呼，我的后位就能唾手可得了。

既然皇上和最受宠的妃子都这么给面子了，长孙干吗要拒绝？

我们知道，武则天出身低微，来历不明，长孙无忌讨厌她，不接受她，从骨子里瞧不起她，她怎么可能得到长孙无忌的支持呢？又怎么可能让他成为自己的亲信呢？

"王皇后无子"，这是李治唯一能搬上台面的废后理由，因为不管是"杀女"还是"厌胜"，都没有真凭实据，反而无子关系着大唐的国运。可是这个能搬上台面的理由，却不是个能说服人的好理由，尤其对于无忌来说。

一方面，王皇后的养子太子忠正是由长孙无忌拥立为太子的。将来太子即位，他有拥立之功；且太子出身低微（母亲是不受宠的宫人），比较容易控制。

另一方面，武则天的出身和背景确实有问题，寒门小户不说，还是先帝的侍妾，在深宫中安静待着也就罢了，要成为母仪天下的皇后，这怎么可能？让天下人耻笑李治乱伦么？在他看来，武氏能做上昭仪已经很够意思了，她实在应该安分一点。

但看到这个女人竟然瞬间完成了人生三级跳，他更加觉出了武昭仪的厉害，觉出了这个女人不是好对付的等闲之辈。

但无论怎样不简单，在长孙无忌眼中都不值一提。以他的出身和履历，有着和王皇后一样的骄傲。长孙得意地想，看来这个不简单的女人终于沉不住气了，终于等不及了，终于不能再按兵不动，终于出笼了，那么，就不妨较量较量，看究竟谁是赢家。

第三十三回 长孙氏法力大无边 武昭仪出招屡碰壁

说来很不可思议，当年，长孙无忌为了给自己找个老实的未来皇帝，多次劝李世民放弃二皇子李泰，立三皇子李治为皇帝。这不合礼法，存有私心，却给他带来了利益。当他维护礼法，立李忠为太子的时候，却因此身遭横祸，家破人亡。

政治的诡谲，也正在于此了，它没有道理可讲。

不过此刻李治和武则天可没觉得有多好笑，他们对长孙是"恨你没商量"。

李治很郁闷。以堂堂帝王之尊，亲自跑到臣子的府第行贿，居然还被拒绝了，真是太不给面子了！如果说高阳公主谋反一案的处理让他看到帝王权柄的下移以及长孙无忌的咄咄逼人，那么这次就是直接地感受到长孙对自己意愿的冷淡和对皇权的轻视。

原本对舅父已有疑忌之心的李治，此刻愤怒更是如火如荼地燃烧起来，毕竟，他还是一个只有二十六岁的年轻人，又怎会没有一点脾气。自十六岁被立为太子开始，他就一直处在父皇严厉而挑剔的目光之下，好不容易熬出头当上皇帝可以喘口气了，却又时时刻刻处在舅父为首的顾命大臣监督下。

而对那些老臣一忍再忍的结果呢？换来的是对方日益专权妄为，虽身为帝王，却如身受重缚，动辄为人所制，无法挥洒自如，既不能按自己的心意打理朝政，也不能让自己心爱的女人成为正妻，人生至此，实属无味。

但是从道理上讲，长孙无忌又没错，所以李治憋了一肚子火，又不好发作。不过，他开始憎恨长孙无忌了。后宫不行，李治想在朝堂上出气。

长孙无忌和褚遂良之间的关系，以及他们之间的一些小动作，李治看得真真切切，他是一个决心推行"贞观之治"的有为皇帝，注重政治明清，吏治廉洁，看不惯以长孙无忌和褚遂良为代表的拉拢、徇私、贿赂等丑恶行为，于是便质问长孙无忌："通过目前的很多案子，我发现我们很多官员在审理这些案子时，互相看脸色行事，多失公平（互观颜面，多不尽公）啊，这是为何？"

没想到长孙无忌却轻描淡写地说："脸面的事是私事，每个人都要脸面，从古至今，谁都不能避免。"李治听了很不爽，不料长孙无忌接着反驳他："恐怕连陛下你都不能避免！"

长孙无忌这样回答李治，就是不让他插手"互观颜面，多尽不公"的事情，想把他架空。这可把李治气坏了，实在窝火！

这种状况，武则天多少也知道一些，她在心里暗暗说：长孙无忌，你等着。早晚有一天，我会让你死得很难看！

武则天虽然仇恨长孙无忌，但目前还不能把他怎么样，只好暂且忍下这口恶气。她有一项支撑她一生的本事——很擅长从失败中看到收获。

通过收买长孙无忌来获取外廷支持的努力失败了。武则天得到了两点深刻的教训：第一，拉拢贿赂等在后宫行之有效的方法，未必适用外廷像长孙无忌这样的元老重臣。

既然长孙无忌等元老重臣不可以收买，那就不收买了，再说这帮老家伙活不了几天，早晚会随着生命的消逝，永远消失在历史长河之中。

总之，他们快要死了，就让他们去吧。

但是，武则天还要把后宫斗争进行下去，皇后之位她还要努力争取。她心想：要想夺取皇后之位，就必须有一干人支持我。无论他是什么样的人，只要他符合这个要求，我就拉拢他、重用他。眼下，正是急需用人的特殊时期，我就得不拘一格，特事特办，就得团结一切可以团结的力量。

当然，此行也让武则天有了一个重要收获，是什么呢？她收获了李治的支持。君臣之间出现了明显的裂痕，所以他愈发坚决地站到了武则天一边。谁都有逆反心里，越是做不成的越要做。

也许，就是从这一刻开始，事情的性质发生了根本性的变化，从立武则天为后这一单纯事件的对立，升级为唐高宗和元老大臣争夺权力的斗争。

因为斗争性质的变化，武则天和唐高宗的关系也发生了变化，在单纯的恩爱夫妻的关系上，又多了一层战友的关系。两个人有了共同的对头，要精诚团结，同仇敌忾。

第三十四回　由上转下武昭仪开窍
　　　　　咸鱼翻身李义府豪赌

上回说到，想走上层路线的武昭仪在长孙无忌家碰了一鼻子灰。她除了继续加大笼络同盟李治的力度，也向敌人加大了火力——转而向中下层官吏求助。通过打听，她选中了许敬宗。

饱受长孙无忌打压的许敬宗得了皇上的心肝宝贝儿武昭仪的暗示，让他上书支持立武昭仪为皇后。本来前途无望的他顿有"山穷水复疑无路，柳暗花明又一春"之感。他立马把诡计多端的外甥王德俭叫到府中，商议此事是否可行。

许敬宗将事情前前后后这么一描述，王德俭一拍大腿：哎呀舅呀！你咋不早说呢，这可是个发财致富的好机会。不过他人鬼，转了转眼珠，又跟舅父说："这事得有人上书给圣上才行。不过，事关重大，还是不出这个头为好。一旦弄不成，反而遭长孙无忌等人的迫害，弄不好一下子把咱贬到国家级贫困县，天高皇帝远，谁还记着咱，何时又有出头之日？这个险咱爷俩可不能冒。先找个人探探路，看风向对了咱再出手。"

许敬宗一听，也有道理，伸着个脖子等下文。王德俭又沉吟了一会，说，"有了，我那个同僚李义府最近走了霉运，快要被贬官为剑南道（在今四川剑阁以南，大江以北。闻名遐迩的"剑南烧春"即产于此）壁州司马了。敕令暂时还在中书省放着呢，马上就到门下省。这几天

— 141 —

李义府急得直蹦，托这个找那个。说晚上要来找我，跟我商量商量，讨个计策呢。等晚上他要来了，我忽悠他上书。到时候，他一出头，要是弄好了，咱就跟着上，功劳也都是咱的，弄不好呢，咱就装不知道，也不会受什么牵累。反正他是个将贬之人，这事要成了对他有好处，要不成大不了还是被贬。您看外甥的这个主意怎么样？"

许敬宗心里乐开了花，一锤子定音："就这么定了！"

李义府是谁？他是怎么得罪长孙无忌的呢？这招效果又如何呢？

这个中书舍人李义府，那可是榜上有名，在《新唐书·奸臣传》中排行第二，说来也是初唐有名的白脸奸臣。"貌状温恭，与人语必嬉怡微笑"，心胸狭隘而且一肚子坏水，稍有不合，马上陷害对方，他"笑里藏刀"的作派真是路人皆知，久而久之就形成了自己的品牌——义府笑中刀。人送外号"李猫"，意思是他外表柔顺而暗藏杀机。

只是跟电视剧中的奸臣扮相不同，他不但不形容猥琐，贼眉鼠眼，反而眉清目秀，温文尔雅，是个出了名的美男子。因为刘洎、马周等人的极力荐举，二十多岁的他就被唐太宗李世民召见，并以皇家园林里的鸟为题让他吟诗，李义府马上吟道："日里飏朝彩，琴中闻夜啼。上林如许树，不借一枝栖。"言外之意，太宗自然明白，笑笑说："给你一整棵树都行，何止一枝呢！"就给了他一个门下省典仪的官，后来加官为中书舍人。

按理说，这官也不算小了，可这家伙依然心里不平衡：多年以前，他因为文采斐然，与时任太子司议郎的来济齐名，俱以文翰见长，时称为"来李"。可如今来济的官比他的大。为了能再升升官，他到处拍马奉迎，请客送礼，无所不用其极。不妙的是，这种不太上档次的巴结，招来了国舅长孙无忌的严重鄙视。于是，就出现了上文说的，永徽六年七月，要将他赶出长安，贬官为壁州司马的情况。

他左思右想，想到了一向精于算计的同僚王德俭。于是就有了上文王德俭说的，李义府晚上到他家喝酒的事。

当天晚间，哥俩喝着小酒，吃着小菜，王德俭果然替他出主意说："武昭仪甚承恩宠，皇上本有意立她为后，只是担心宰相阻挠，你若能挺身而出，上表请立武昭仪为皇后，说不定可以转祸为福。"

李义府当下飞速写好奏折，没有先送到中书省，而是深夜叩阁，直达天听，恳请废王皇后而立武昭仪。

李治当时心里眼里就只有两个字：昭仪。正为废后之事得不到群臣支持而烦恼的李治，见了奏折真是大喜过望，立即赐珠一斗。贬谪的事不了了之。

一子落下，满盘皆活。李义府的人生，就此得到转机。

武则天打心底感激他，又差人把李义府犒赏了一番。这个天上的大馅饼把李义府砸得晕头转向，没过几天，他竟被提升为中书省的副长官中书侍郎，从此进入国家决策层，这真是"众里寻她千百度，蓦然回首，那人却在领导身边立"。

此谕一出，朝野哗然！朝臣们交头接耳议论纷纷，互相打听：他是通过何种手段邀得龙恩的？

还用打听？许敬宗和王德俭等人，忙不迭地把这事的前因后果捅了出来，又添油加醋，大肆渲染了一番，说得听众们口水直流。尤其是那些和李义府一样，平时受尽"长孙派"排斥的失意分子，心里更是盘开了小九九。

为表示尽忠之心，许敬宗积极四处奔走，给武昭仪拉票，还宣称："田舍翁多收了几斗麦子都想换个老婆，何况当今天子！"朝臣们当时就抽搐了……居然把堂堂九五之尊的大唐皇帝比作喜新厌旧的老农民……亏他想得出来，不知道的还以为他在讽刺皇上呢。按说许敬宗也算饱读诗书，怎么想出这么个不伦不类的破比喻，但只要是赞成易后，李治听了也觉顺耳，当下又升他为礼部尚书。立皇后也需要相关礼仪和制度，李治把许敬宗安排在这个位置上，显然是为立武则天为后一事提供方便。

第三十四回 由上转下武昭仪开窍 咸鱼翻身李义府豪赌

此二位赞成易后的官员，职位不降反升，无疑透露出一个微妙的信息：信昭仪，得永"升"。

这件事也清楚地表明，皇上要下决心废王皇后，立武昭仪为后。此事已然成了皇上与长孙一派的矛盾所在。最后摊牌的日子越来越近了。满朝文武各自眼尖尖站好队，只待风暴来临之际能够找到方向。

御史大夫崔义玄、御史中丞袁公瑜、中书舍人王德俭，纷纷聚集在元老级大臣卫尉卿许敬宗的家里，发誓只要时机成熟，就立即开战，以建盖世之奇功。

武则天清楚许敬宗的人品，她从骨子里鄙视这样的人，但眼下她急需力挺自己的人，也就不再顾虑，欣然接纳了亲自上门的许敬宗等人，并对这帮人施以恩惠，委以重任，鼓励他们为自己夺取后位摇旗呐喊、宣传造势。

李义府和许敬宗等人得到了武则天的恩惠和鼓励后，就充分利用各种媒介，玩命地宣传"废王立武"的消息。不仅如此，这些人还分头发展力量，不断壮大势力。

不过在永徽六年（655年）八月，一件不利于武则天的事情发生了。

原来，长安令裴行俭得知废王立武的消息后深感忧虑，他觉得国家将会因此祸乱，便和长孙无忌、褚遂良秘密议论此事。不幸的是，消息被武则天的心腹袁公瑜听见了，他立即报告了武则天的母亲杨氏。臣子议论皇帝是犯罪，至少是大不敬之罪，更何况是"密议"，后果可想而知。裴行俭被贬到西州（今新疆高昌一带）任都督府长史。不过令大家都没有想到的是，这一贬，贬出了一代大名将，若干年后，他力挽狂澜，救国家于危难。

第三十五回 内廷议事一人开溜
三人对一哑口无言

永徽六年（655年）九月，废立皇后的斗争愈来愈激烈，几乎已经到了临界点，大家都很紧张。

这天退朝后，李治单独召见四位宰相——太尉长孙无忌、司空李勣、左仆射于志宁和右仆射褚遂良四位宰相，想和他们商议立武则天为后的事。

这基本上是李世民生前为了平稳过渡，给李治定下来的领导班子。

李勣文武双全，在军中威望很高，又是李治的旧属，是太宗心目中比较理想的军事大总管。而另一位辅政大臣褚遂良，无论能力、声望、还是背景，都不足与长孙无忌与李勣相比，太宗主要是看中了他的忠直和耿介。长孙无忌太聪明，李勣太圆滑，都不喜欢进谏，规劝李治接受群臣监督、不要行差踏错的任务便落到了褚遂良的头上。此外，长孙无忌身为首辅大臣位高权重，难免遭人嫉妒和政敌攻击，褚遂良也负起了保护外朝内宫的责任。

皇帝会有什么事呢？这四个人互相看了看，回顾一段时间以来围绕武昭仪引发的政治风波，他们觉得，今天的事情一定与武昭仪有关——该来的终于来了！

为什么要召见那四位宰相呢？因为李治心里很明白：长孙无忌虽然不是合作的态度，至少没严词拒绝过。李勣是他要争取的，也是有希

望争取的。于志宁在自己当太子时就一直是自己的幕僚，关系比别人近一些，李治希望他能支持自己。他为人虽然和崔敦礼相似，但他要是能在关键时候为自己说句话，力量还是很强大的。只要李勣和于志宁站在自己一边，加上自己，五比二，他就有了主心骨和底气。

在进入内殿面圣之前，四人先统一口径。如果皇帝一会儿提起这件事，应该怎么回答呢？

有人提议："长孙太尉当先言之。"

但是褚遂良不同意。他说："太尉，上之元舅，脱事有不如意，使上有怒舅之名，不可。"意思是长孙太尉是皇帝的舅父，如果言语不和，那就是皇帝和自己的舅父过不去。怎能让皇帝背这个罪名呢？不行。把长孙无忌否决了。

这个时候，刚才提议的人又说："英公勣，上之所重，当先言之。"英国公李勣是皇上非常器重的人，要不让他先说？

褚遂良又不同意，他说："司空，国之元勋，有不如意，使上有罪功臣之名。不可。"意思是司空李勣是国家的元勋，皇帝和他闹意见，那不是跟功臣过不去吗，那怎么行呢？又否定了。

既然如此，那究竟应该由谁来出面向皇帝表达意见呢？褚遂良说了："遂良躬奉遗诏，若不尽其愚诚，何以下见先帝！"他说，我是先朝任命的顾命大臣，如果我不竭尽全力的话，以后有什么颜面到地下面对先帝呢！大公无私的褚遂良毛遂自荐自己要做这出头鸟。

那四个人是不是就是铁板一块呢？分析一下，好像未必。

前面两次提到的提议者，这个人到底是谁呢？一共四个人：长孙无忌和李勣被提出做候选人，褚遂良是毛遂自荐，是谁一次次把皮球踢给别人呢？只剩下于志宁了。为什么他要这么做呢？因为他不愿意卷入政治斗争中去。于志宁人品和学问都很好，在唐太宗的时候就被任命为太子太师，辅佐当时的太子李承乾。后来李承乾被废，跟随他的臣僚都受了牵连，只有于志宁因为道德文章都很高明，被留下来辅佐新的太子，就是后来的唐高宗李治。一朝被蛇咬，十年怕井绳，因为经历过政治风波，所以于志宁格外小心谨慎，不愿意卷入任何政治争端之中。这次废王立武，他觉得不同寻常，还是不出头的好。

在这种情况下，有一个人出来表态了，他不想参加到这个宰相同盟中来。谁呢？李勣。他不愿意掺和，可是他不明说，只说自己今天是带病上朝，现在实在支持不住了，一会儿见皇帝恐怕失了朝仪。因此，请求其他三个人帮他请个病假。说完之后，李勣就拍拍屁股走了，留下其他三个人面面相觑。

李勣可以大大咧咧走人了，他可不怕李治怪罪他，更不怕没和同僚站在一条战线上日后给他小鞋穿。原因很简单：那些唐初名将都死得差不多了，要是他再有个什么三长两短，一旦打仗大家都没命；而且他的任职范围和他们不一样，种的就不是一块地，井水不犯河水。剩下这仨基本上可以划入文人行列，和武将不能同日而语，于志宁就算不想掺和也不敢走人。大家各怀鬼胎，前往面圣。

三个人中，长孙无忌是领衔人物，所以，皇帝看着他说话了："不孝有三，无后为大。现在皇后没有儿子，武昭仪有儿子，所以我打算立武昭仪为皇后。你们几个意下如何？"

按照事先约定，长孙无忌没有说话，褚遂良抢先唱反调："皇后系出名门，先朝所娶。服事先帝，无愆妇德。先帝疾甚，执陛下手以语臣曰：'这是我佳儿佳妇，今将付卿。'陛下亲承德音，言犹在耳。皇后并没有大错，哪能说废就废。臣今不敢曲从，上违先帝之命。"

什么意思呢？皇后出身士族，是名门闺秀，她是先皇为陛下所娶，没有失职行为。先皇病重的时候，还曾经拉着我的手嘱咐："我的好儿子、好媳妇如今就托付给你了。"陛下您当时在旁边坐着，亲耳听到。现在这话言犹在耳，您怎么说忘就忘了呢。

先看褚遂良反对废王立武的理由。

第一个是观念上的理由：皇后必须出身于世家大族。这是魏晋南北朝以来的一个传统，皇帝总要和社会上最有实力的家族通婚，来加强自己的力量。他说皇后出自名家，这在他心目中是个重要优势。相对来讲，武则天家是暴发户，因此她不符合条件。

第二个是孝道上的理由：按照他的话，王皇后是"先朝所娶"。中国讲究孝道，孔子说过，"三年无改于父之道，可谓孝矣"。儿子为什么娶媳妇呢？是为了侍奉父母，接续祖先。按照孝道，皇帝不能违反父亲的心愿，随随便便就把皇后废掉。

第三个是法制上的理由。皇后没犯什么错误。大家会说，皇后不是犯错误了吗，先是被指控杀死小公主，后来又被指控搞厌胜，怎么会没犯错误呢？其实，褚遂良所言透露了一个信息：虽然此前皇后已经因为这些指控受到处理了，但是处理只局限于后宫，没有经过法律程序。因此仅仅是后宫的行政处罚，甚至仅仅是感情惩罚，高宗并没有把皇后的罪名公之于众。

为什么呢？因为小公主死的这件事暧昧不清，皇后仅仅是"犯罪嫌疑人"不等同于"犯人"，你哪只眼睛看见她掐死小公主了？哪只眼睛看见她亲自诅咒皇帝和昭仪了？后来因为双方都没有证据，所以就不了了之。这样一来，当然可以说皇后未闻有过。

褚遂良的理由都很充分。面对顾命大臣有理有据的反对，高宗一时也没有对策，他希望于志宁能站在他这边表个态，可于志宁左看看、右看看，却没敢吭声。这次内殿讨论，可以算作唐高宗与武则天跟外廷宰相之间斗法的第一回合，外廷赢了。

褚遂良的一番话虽无新意，类似的话高宗李治也听了好几次了，但此时此刻，李治仍然感到难堪，尤其是长孙无忌那沉默的阴沉沉的脸，更让他感到不知所措。

此刻，帘后的武则天满脸不悦，转身离去。

李治一看，武则天走了，也拉着脸说："三位爱卿都退下吧，明天再议。"

第三十六回　内廷再议唐高宗难堪
呼天抢地褚遂良发飙

第二天，高宗又把这几个人召集到一起，还商量这件事。今天，老奸巨猾的李勣知道这事没完，干脆请病假没上朝。还是这三个宰相，又跑到内殿里来了。皇帝重弹老调。

今次李治也不给三位让座让茶了，也不起身去迎接，而是端坐在龙椅上，一声不响地看三个行君臣之礼。礼毕，李治又把昨天的话说了一遍："王皇后无子，武昭仪已诞三子，朕欲立武昭仪为后，何如？"

其实，李治本想发挥蘑菇战术：我天天叫你们来，我天天问一遍，就不信你们这几个老骨头熬不住了还不松口。他万万没想到有个人反应过激，让他当场下不来台。

此言一出，长孙无忌还装老佛爷，于志宁仍然默默无语两点泪，褚遂良照旧又往前迈了一大步，这回他干脆把武昭仪的背景全部抖了出来："陛下必别立皇后，伏请妙择天下士族，何必要在武氏！且昭仪经事先帝，众所共知。陛下岂可蔽天下耳目！使万代之后，何以称传此事！"

言外之意，如果皇上觉得王皇后不能生育，非要更易皇后不可，臣请从天下名门闺秀中挑选，不必非要选那武宸妃。武氏曾经当过先帝的才人，侍候过先帝，这是有目共睹的事实，如果让那武氏当了皇后，如何能捂住天下人的口？万世以后，天下人将怎样看待陛下！愿陛下承嗣而行。臣今日违逆皇上之意，虽罪该万死，但忠诚之心，天地可表，且臣职为谏议大夫，如果不劝谏皇上行走正道，上愧皇天厚土列祖列宗，下愧黎民百姓万物苍生！

到此为止，反对立武则天当皇后的理由，从三个变成四个了：第一，皇后出身名家；第二，武氏为先朝所娶；第三，皇后没有过错；第四，武氏历史不清白。

武氏原为先帝侍妾，高宗以之为妃，已是子夺父妾，行同乱伦。这个事实虽然尽人皆知，却绝少有人敢当面说出来。就是朋友之间，没怨没仇的，也不能去揭人家伤疤，何况这是面对皇帝。而今到了废立皇后的生死关头，褚遂良突然不顾一切地说了出来，大出高宗的意外。

褚遂良这一番话说得很重，直接揭了武则天的老底。公然第一个在朝堂上宣讲"昭仪经事先帝，众所共知，陛下岂可蔽天下耳目！"一字字如箭刺心，凌厉尖刻。

这不等于把高宗李治也骂上了吗？你高宗李治封先皇的才人为昭仪、宸妃不说，居然还想把她纳为皇后，这成何体统。光天化日之下，自己的隐私突然被赤裸裸地形诸口舌，公之于众，惟其说的是事实，更让当事人觉得情何以堪。

李治顿时傻了，他根本没想到褚遂良这么玩命。没想到，更过激的还在后面。

此时此刻，李治的龙椅也坐不住了，气得心口发慌，头发蒙，眼发花，刚想挺起腰杆，组织语言，准备叱责褚遂良几句。不料李治一口气还没喘过来，褚遂良接着发起飙来了，他"扑通"一声跪下，把手中的笏板猛地掼在地上，"臣上忤圣颜，罪合万死，倘得不负先帝，则甘从鼎镬"。然后重重地把头叩在龙案前的砖地上，一连磕了好几下，弄得血流满面。褚遂良又抬起头来，老泪纵横，向高宗李治高声喊道："臣还朝笏于陛下，乞陛下放归故里。"

李治大脑瞬间短路，好半天才反应过来。

摔还朝笏，叩头出血，是何等激烈的"大不敬"！皇帝还没怎么着呢，你一个大臣以死相逼，把皇帝置于何地啊？这简直就是要挟！

李治气得差点吐血，"你！你你你……"他手指着褚遂良，半天说不出话来。

褚遂良可谓是忠臣，太宗曾说他："褚遂良鲠亮，有学术，竭诚亲于朕，若飞鸟依人，自加怜爱。"李治就纳闷了：怎么你对老爸就是小鸟依人，对我就是老树盘根？

好半天李治才缓过气来，叫身旁的内侍："把……把他拖出去。"

目瞪口呆的老臣，刺目的鲜血，盛怒的皇帝，气氛紧张得如绷紧的弦，快要断裂开来。意想不到的事情发生了。

垂下的帘子后面突然传来一个清脆的女声："何不扑杀此獠！"意思是怎么还不把这老蛮子给我打死！谁在说话呢？武昭仪。

这句话石破天惊，所有人都吓傻了。这是皇帝和大臣议事，后宫妃嫔本不该在场偷听；退一步说，就算事关她的前途，她忍不住来听，也应该悄无声息，不该发表任何意见；再退一步，即使情急之下发表意见，也不该张口就说要打死前朝的顾命大臣！武则天强悍的性格，再一次淋漓尽致地展现出来！

那些看不惯东看不惯西的老臣们也许对此很不解：武则天仅仅是一个昭仪，她有什么资格垂帘听政？又有什么权力对李治发号施令，令他扑杀大臣？

武则天当然明白宫中的规矩，为什么敢如此放肆呢？因为地位。

首先，我们知道武则天在二度进宫站住脚后，就牢牢抓住了李治的心，她的目的是让李治为己所用。李治仁厚软弱，对她极其宠爱，所以就唯她是从。另外，武则天是个强势人物，她善于控制别人，特别善于控制李治，因此她垂帘听政，并在紧急关头发号施令也就不足为奇了。

其次，武则天有着过人的政治策略和工作能力，关于这一点，李治

第三十六回　内廷再议唐高宗难堪　呼天抢地褚遂良发飙

极其钦佩。当了昭仪后,她不仅充分展示了自己的工作才能,还积极主动帮助李治处理很多政务事务,而且非常高效。李治需要她的帮助,因此她垂帘听政也就很好理解了。

不过,这段话来自《资治通鉴》,而《唐会要·忠谏》并没有武则天出来说话的记载。不知道唐朝人都不知道的事宋朝人是怎么知道的?所以这事的真实性有待商榷。虽然这很像她的行为,但不等于她做了。不管当时的瞬间是什么样的,和她整个帝王之路相比,实在微不足道。

当时,武则天的这一嗓子太突然了!所有人都惊呆了,给于志宁吓得一哆嗦。只有长孙无忌快速反应了过来,立即为褚遂良辩护。

"皇上,"一直沉默不语的长孙无忌走过来,恭手道:"褚遂良是先帝的顾命大臣,即使有罪,也不能轻易处刑啊。"

"嗯。"李治脑子里也有点发蒙,点了点头,"长孙爱卿,朕想换一个皇后就这么难吗?一个个如临大敌。你们想换个妻子,不是说换就换吗?如何到朕这儿就行不通了。"

"皇上,您是一国之君,天下瞩目,稍有不慎,不但是皇上的不是,也是国家的不是,更是我们做臣子的不是。所以,谏议大夫褚遂良不惜以身家性命,来血谏皇上。请皇上理解我们这些做臣子的心情。"

此次激烈程度比昨日尤甚,先是褚遂良指责皇帝乱伦,顾命大臣血染金殿,天颜震怒喝令拉出,武昭仪帘内发难,君臣针锋相对,事态逐步升级,亲眼目睹这场龙争虎斗互不相让直至最后彗星撞地球一幕的两朝老臣于志宁,吓得战战兢兢,大气也不敢出。当然,君臣双方又是不欢而散。

第三十七回　内廷三议韩瑗结怨
　　　　　　　死不开窍高宗无奈

　　经过褚遂良这么一闹，消息像插上了翅膀，马上传得沸沸扬扬的，举朝惊骇。皇帝想在小范围内解决问题也不可能了。

　　侍中韩瑗听到消息，也不顾劝阻来面见圣上。

　　"臣听闻陛下欲立后，而引起朝臣争议，皇上意下如何？"韩瑗张口就问。

　　"他们说得太严重了，不就是换个皇后吗！"

　　"皇上，武宸妃已贵为'宸妃'，其名号，古来无二，已应知足。皇后是陛下的结发妻子，已相随了十几年，一向并无过错，若无缘无故地更换皇后，恐惊天下人的心，扰我社稷的平安。"

　　"有这么严重吗？你们这些人，一个比一个危言耸听。"李治说着，气得转过身去。帘子后边的武则天不知什么时候已经走了，因为她已经知道后面会发生什么，还是老生常谈。

　　果然，韩瑗满面忧愁地劝谏道："皇上，你是仁慈之主，一向对臣子爱护有加，所以臣子们都一心事君，忠诚报国。武氏全不守后宫的闺训，干预朝政，实属不妥。如今，众臣子对皇上已生怨望之心。乞皇上马上收回成命，传旨褒奖遂良这等忠义之臣，方慰臣子们的心。"说着，也缓缓跪下身，学着褚遂良的样子，头在砖地上磕得"砰砰"响。

　　李治一看急了，这朝臣们要是头都磕得稀烂，还怎么上朝议政，倾

— 153 —

了倾身体说:"韩瑗,有话好好说。"

一语未了,已引得韩瑗泪流满面,泣不成声。李治真不明白这帮家伙怎么能说哭就哭,入戏那么快。

"皇……上,臣等之所以忠心为主,乃……乃感皇上之……仁慈也。今……皇上为……妇人……所惑。臣敢不以命相谏?万请皇上……收回成命,否则,臣韩瑗……将永远跪倒不……不起。"说到激动之处,潸然泪下,悲不自胜。

"韩瑗,你也要挟朕吗?快起来退下去。"

这时候,韩瑗想到忠心耿耿的褚遂良为了这件事把老骨头都豁出去了,更是怒火中烧。他仍不罢休,继续义正辞严地说:"褚大将军一生对大唐王朝忠心耿耿,想不到今天会落到这般下场。皇上竟为一个女人如此不顾大局,不能不使满朝文武心冷齿寒。臣等苦苦劝阻皇上做事慎重,也实在是为了国家的兴衰。难道皇上忘了妲己毁了殷之社稷而褒姒灭了周之宗庙的历史吗?"

以皇后母仪万国,左右善恶,事关重大为由,援引妲己倾覆殷商、褒姒毁灭周室为例,直斥武昭仪必为红颜祸水,不堪为后。如果立武昭仪做皇后,可能倾覆大唐帝国。

他哭得格外伤心,如丧考妣,仿佛今天立了武皇后,明天立马天崩地裂。不过话说回来,不得不说姜还是老的辣,几十年之后的事情真让他们说中了。真是"家有一老如有一宝"。虽说最终武则天还政于李唐,毕竟李氏宗族还是经受了空前的劫难。历史,由于不可逆转和改变,而值得去尊重,去仰视,如果李唐的中断是历史注定的走向,那么即使成功阻止了武则天,其结果也会是一样的。

"你给朕出去!你什么意思?居然把朕比作凶残的桀纣。你们真的要造反了。"气得李治大骂旁边的内侍:"还愣着干什么?快把他拖出去,真真气死朕也。"

高宗李治确实没有想到这些老臣在废立皇后的事情上竟会和他如

— 154 —

此作对，他愤怒已极。宰相集团看起来是气势汹汹，李治感到他坐在那个高高的皇位上是那么孤单无助。没有人理解他，更没有人同情他。难道皇上还没有权力立一个皇后吗？

带着满肚子的怨气，他回到后宫的温柔乡中。

没想到，武则天却很平静，正坐在梳妆台前让宫女们给自己描眉。李治心里有气，转到她身后，不高兴地说："事情弄成这样，你还有心坐在这儿梳洗打扮？"

武则天回头看了他一眼，撇着嘴笑了笑，不置一词。

"你还有心思笑？韩瑗又来了，又哭又叫，真烦死人了。"

装扮一新的武则天袅袅地走过来，拉着李治，把他轻轻地按在椅子上，笑着说："皇上，这是让你坐江山，都这般懊恼；要是让你领兵打仗，风餐露宿，南征北战，今儿死明儿生的，可怎么处？几个朝臣的小打小闹就把你急成这样？"

"倒不是急成什么样，朕是心里烦。"

"哎，"武则天叹了一口气，"他们如此放肆，也都是皇上你给惯出来的毛病。"

"朕怎么惯他们了？"

"在先帝太宗时代，同为谏议大夫的魏徵，可比他们还犟。也没听说他如何放肆。可见朝臣们欺你不是太宗。"

"也是。"李治懊丧地点点头说，"先皇英明神武，朕自知不如。"

"皇上打算怎样处置褚遂良？"武则天严肃地问。

"怎么处置？都是些老臣，朕看就算了，别再越闹越大。"李治打圆场说。

"皇上，仁慈固然有好处，但也有弊病。仁慈过度了，臣子就心生怠慢，对皇上没有敬畏之心。所以，陛下不但要仁慈，还要立威才是。"武则天分析道。

"照你的意思怎么办？"

"处罚褚遂良，革职查办！"

"他毕竟是先皇的托孤之臣，革职怕不大好吧？"

"那也得给他个处罚。"

"不行就稍微降职。"

"此不足以警戒后来者，反而让他们笑话皇上软弱。臣妾看，就把他贬为潭州都督吧，正好潭州都督空缺。"

"你怎么知道潭州都督位缺？"

"臣妾前天看吏部的简报，原潭州都督已告老还乡。"

"爱妃此意甚好。可笑韩瑗把你比作妲己、褒姒。"

"即使臣妾是褒姒，皇上也不是桀纣。桀纣多残暴，而皇上是多么仁慈！这韩侍中果然是不明事理，乱说一气。但一片忠心却跃然纸上，臣妾恳请皇上不要治他的罪。"

一听武则天这样说，李治面露喜色说："看看朕的爱妃有多好，心胸多宽广，人家骂她，她还为人家求情，古来有几人？可笑那一帮大臣，还不识好人心，一个劲地谏、谏、谏。这回朕绝不听他们的，一定要立爱妃为后！"

"皇上，你累了吧。"武则天温柔地说，"来，臣妾给陛下捶背。"武则天一边攥起空拳，轻轻给李治捶背，一边叹气，"哎，皇上每天多累啊。天下这么大，事这么多，哪一件事不得问到。这些当臣子的，怎么一点也不理解皇上的心，不是这给添乱，就是那给添乱，也不顾及皇上的龙体。"

"还是爱妃懂事。可又能怎么办呢，谁让朕是皇帝，谁让先帝非要传位给朕的。哎，该承担的咱就得承担。"李治感慨了一番，又拍拍武则天的手说："爱妃也很累啊，为朕诞育龙子，等封了你为皇后，朕带你到处转转去。"

"皇上，臣妾不争皇后了，有皇上如此疼爱，早就知足了。不当皇后，也省得人骂我'褒姒'，省得大臣给皇上找麻烦，惹皇上生气。"

"朕就是要让你当皇后，这皇后咱当定了，谁也阻止不了。"

"皇上，今天早朝，司空李勣没来，他是三朝元老，开国功臣，何不听听他的意见？"

"便依爱妃之言。"

事已至此，七位宰相的名字一个个从高宗脑海里滑过。褚遂良、来济、韩瑗都旗帜鲜明地表态反对，长孙无忌和于志宁虽然没有说话，但是很显然都站在反对那边。崔敦礼只想安度晚年，可以忽略不计。李勣还没有表态。

第三十七回 内廷三议韩瑗结怨 死不开窍高宗无奈

第三十八回　一代名将李勣登场　屡立战功茂公传奇

其实大名鼎鼎的李勣早露过脸了，武则天的父亲去世时，李世民不是派并州都督府长史护送他的灵柩回并州老家吗？当时的并州都督府长史就是李勣。现在，他已经是朝廷重臣了。

李勣原名徐世勣，字懋功，后改名李世勣，李勣。怎么会有这么多名字呢？他投降唐朝后因为功劳显赫，忠心不二，李渊赐他姓李。后来，李世民当了皇帝，为了避讳，他就去掉"世"字，把名字改为"李勣"。

李勣的一生不可谓不传奇，素来有忠义的美名。

李勣生于隋朝开皇十四年（594年），曹州离狐（今山东东明县）人，他和秦叔宝、程咬金都是山东老乡。

隋朝末年，地方起义汹涌澎湃，李勣跟着翟让造反。后来，翟让被李密火并，李勣又跟着李密。李密让他镇守黎阳（今河南浚县）。虽然李勣的大帐安置在那儿，可是实际上，河北、河南、山东乃至江苏的北部都在他的掌控中。

再后来，李密被王世充打败，投降了唐朝。

李勣面临着两种选择。第一种，他可以拥兵自重，称王称霸。第二种，他可以拿手中的地盘和军队、百姓去投降一个强主。那是大功一件，会受到礼遇。比如，他可以投降李渊。

但是，李勣偏偏做了一件出人意料的事。他说，这片土地虽然是我在镇守,可那是李密开拓出来的,现在李密降唐了,我应该把土地还给李密,由他处置。我不能背主贪功,那不是大丈夫所为。

于是,他把黎阳附近的人口以及军人数目造册,拿到长安去了,把它统统交给了前主人李密,再由李密献给了唐朝。

李勣这么做,给自己赢得了一辈子的声誉。李渊对他肃然起敬,并发自肺腑地称赞他:"纯臣也!"

敬佩之余,李渊决定还让他镇守那个地方。下诏封李勣为黎阳总管、莱国公,不久,加封为右武侯大将军,改封曹国公,并赐姓李。

后来李密因造反而死,李勣仍念故主之情,毫不避嫌,为他好好安葬。

他还擅长翻拍经典,上演了一场李勣版"千里走单骑"。

隋末时各处都在打仗,李勣在一次战役中被窦建德俘虏,原本可以投降。可是,他千里走单骑,历经辛苦又回到唐朝,又一次声名鹊起。

李勣有一个好朋友叫单雄信,可是后来两人各保其主,单雄信跟了王世充,被李渊俘获后,要被处死。李勣跑去为他求情。无奈皇帝不应允。他在自己大腿上割下一块肉来,喂到单雄信嘴里,说,兄弟,你就吃了吧,权当我追随你到地下了。而且承担起照顾单家老小的责任。

此后,他跟随李世民南征北战,以出色的战略战术先后荡平了反唐势力王世充、窦建德、刘黑闼、徐圆朗、辅公祏等部。后来,他打突厥,打薛延陀,征辽东,都是主将,每次都身先士卒,立下奇勋,与名将李靖合称为"二李"。

从各个方面来说,这"二李"不相上下,旗鼓相当,都是李世民的爱将。在李世民看来,这二李就是前代名将韩信、白起、卫青、霍去病,他甚至说过"古之韩白卫霍岂能及",觉得韩、白、卫、霍都比不上他的"二李"。

李世民即位后,拜李勣为并州都督府长史,镇守大唐北疆,抵御突厥和匈奴的侵略。并州为李唐龙兴之地,位置非常重要。李勣战功显赫,励精图治，一向战乱不平的北疆，因他固若金汤。因此，他在李世民心目中又多了一个形象：北疆的长城。

太宗晚年，曾评点过当世三大名将，称李勣、李道宗作战，不会大胜也不会大败，而薛万彻作战，不是大胜就是大败。然而道宗和万彻后来都死于长孙无忌制造的大狱。

唐太宗晚年有托孤之意。在文官之中，他选中了长孙无忌和褚遂良；在武将之中，他选中了李勣。

但是，李世民担心出将入相、功高盖主的李勣将来不肯效命李治，甚至不服李治的管理，就对李治说："李勣才智非凡，但你对他无恩，将来恐怕他不服你。现在，我将他连降两级，把他贬到叠州当都督。（叠州就是今天甘肃省甘南藏族自治州的叠部县，相当荒凉。）如果他立即上任，等我死后你就重用他，他会为你效命；如果他徘徊观望，你就把他杀了。"

这是李世民的帝王之术，他是在考验李勣。可以看出，李世民对于武将防范甚严。

然而，李勣经历了无数次血与火的考验，无论是在战争时期还是和平时期，他的政治智慧都高人一筹，再说他一向圆滑世故，聪明绝顶，一下就猜透了唐太宗的用心，因此一接到任命，连家都没回，直接就骑马上任去了。这样，唐太宗心里的石头才落了地。

李治即位后，马上把李勣调回京城，拜为开府仪同三司、同中书门下三品宰相，两个多月后，提升为尚书省的左仆射。李勣这几个月升职的速度堪比坐火箭，但他并没有被冲昏头脑。经过唐高祖时代，又度过漫长的唐太宗时代，到唐高宗永徽年间，当年那些开国元勋，老的老，死的死，被杀的被杀，只有李勣还活跃在政治舞台上。看到武将动不动就以谋反的罪名被杀，他更加小心谨慎，不停地告诫自己：在长孙无忌等人面前，要保持低调。他之所以能成为军方的代表人物，还有一个优势无人能及。因为他出道早，十六岁就造反了，所以比同时代的将领都要年轻，还健在。

这次，为了立皇后，李治同辅政大臣闹翻了，想来想去只好问李勣。

李勣自己也没有想到，若干年后，斗转星移，他们会以这种离奇的方式重逢。

第三十八回　一代名将李勣登场　屡立战功茂公传奇

第三十九回　文武全才李勣倾情发言
　　　　　　　一字千金高宗笑逐颜开

　　以前，李勣是老爸留下来帮自己的，不过自从长孙无忌专权，他深深感到自己确实需要帮助。别看李治一向对长孙无忌唯命是从，但他并不想这样，他希望有自己的主张和自己的势力，这股势力的关键人物就是李勣。

　　所以他一个劲儿地重用李勣，以制衡长孙无忌。他命人为李勣作了一幅写真画，并亲笔作序："先朝特以委公，故知则哲之明，所寄斯重！茂德旧臣，唯公而已……"

　　意思就是说，我老爸特别委托你辅佐我，他老人家的托付重若泰山啊！在当今旧臣之中，受到先帝重托而又受到我倚重的人，仅你一人而已，我的意思你可明白？聪明绝顶的李勣当然明白李治的意思：我倚重你就是对你有恩，我对你有恩，你就得知恩图报。

　　纵观李勣的事迹简介和任职经历，可以得出两个结论：第一，他实在是一个很了不起的人物，而且极富传奇色彩；第二，他和长孙无忌一样是元老重臣，一样位高权重，无论是讲资历、功勋，还是讲职位，他都可以跟长孙无忌相提并论。

　　如果长孙无忌还能保持他在贞观时期的洞察力，应该会留意到这个危险的讯号，然而他没有，仍然沉浸在政敌人头落地胜利喜悦中的他，不曾留意到流年偷换。

这次，关于废后，老臣们那些话已重复过多次，李治早已听得耳朵生茧，再不新鲜，可是立后之事竟然牵动那么多宰相，态度又都是如此坚决，李治真是进也不是、退也不是，皇上也有难念的经。

虽然也有支持他们的臣子，比如许敬宗和李义府等，但他们多出生士族，无论家世背景，政治上经济上，都没有广泛的影响力。而武昭仪虽然新近也招揽了一批支持者，但都是中下层官吏，资历最老的也不过就是有"无行文人"之称的许敬宗而已，他的礼部尚书还是刚提上去的。要依靠这些人跟整个宰相集团比拼，显然不现实。他们的富贵都是高宗给的，而高宗自己的皇位都是长孙无忌帮忙捂热的，只此一端，高下立见。

废立皇后，群臣都议论纷纷，如今七名宰相除了李勣尚未正式表态之外，无一持赞成态度，激烈反对的倒是大有人在。只有李勣推三阻四，不是生病，就是告假，迟迟没有发表意见。究竟他怎么想，会倾向于哪一边？唐高宗心里没底。

不过如果不一探究竟，李治又怎么能死心呢？

当天，李治召见李勣，开门见山地说："爱卿，朕有一事不明，朕欲立武昭仪为后，诸卿认为不可，此事如何达成？"

李治吐出一肚子苦水，既是在征求李勣的意见，也是在试探李勣。李勣心里跟明镜似的，聪明绝顶的他没有正面回答，而是微微一笑，笑容中有心照不宣的默契。

他以一贯含蓄的口吻，悠悠答道："此是陛下家事，何须更问外人！"那意思是说，陛下您立谁为皇后，让谁当您的大老婆，那是您自己家里的事啊，家里的事何必要问外人呢？说得直接一点吧，无论您立谁为皇后，我都没意见，我都支持您！

不愧是学武之人！这句话听起来好像轻飘飘的，实际是举重若轻，振聋发聩啊。这话一出，高宗和武则天在废立皇后问题上的不利局面一下子扭转过来了，可以说是峰回路转，柳暗花明。

对于李治来说，这句话真如同久旱之后的甘露，让他豁然开朗：是啊，我立谁当皇后，这件事就是一件平常的家事，它是那么的简单，我何必把它搞得那么复杂呢？这都怪我，不该瞻前顾后，也不该把简单的事情复杂化。现在，我要作出决定：让武昭仪当我的第一老婆，无论别人怎么反对，我都要这么做，因为我爱她，就这么简单！

扰攘多时的皇后废立之事，至此一锤定音。

可是，要知道，从当时的角度看，那些尽忠职守的大臣们阻止李治可以理解，他们是为大唐着想，不想让李治留下身后骂名，不想让武则天有祸国殃民的机会。可他李勣怎么就答应了呢？这是不是表示他不够忠心？

要弄清楚李勣这句话的分量和意义，就得先分析一下他当时的地位。

对于李勣这一举动，历来颇多猜测，有认为他因太宗临终前的贬官举动感觉寒心，故此在大唐社稷面临危机之际，采取了袖手旁观的做法，然而细细考究便可知此说颇为牵强，大有事后诸葛亮之嫌。毕竟，武氏当时不过是个宠妃罢了，后来能走那么远甚至夺了李唐的天下是谁也想不到的事，开天辟地以来什么时候出过女皇帝呢？

另一方面，当时有震主之威侵凌天子的，并不是曲意承欢的武昭仪，恰恰正是直言厉色反对立后的托孤大臣们。李治提拔他就是为了制衡长孙无忌等重臣，李勣不会不知道，又怎么能在皇上最需要帮助的时候站在他的对立面呢？那岂不是让权臣的权力进一步扩大，压制圣上？

况且，从个人风格上讲，干好自己的事，不过问皇家是非向来是他坚守的原则，所以玄武门事件即持中立态度。

再者，王皇后本人并不是一个贤能出众的聪明女人，就算别人想救她也没有办法啊。

从个人发展角度讲，他也许还存着一点私心。他跟长孙无忌的关系，素来疏远，真要说起来，长孙一手炮制了名将李道宗和薛万彻之死，跟这二位有袍泽之谊的李勣未必不怀有戒心，又怎么能期待他会像褚遂良那般支持长孙无忌呢！

总之，不管是为公也好，为私也好，作为军方领袖人物的李勣，这一句看似轻描淡写的说话，给了李治万金不易的承诺。李治这回算是吃了定心丸，大受鼓舞，信心倍增。

李勣的这句话力重千钧，李治和武则天的腰杆马上硬了起来，他们不再畏惧长孙无忌等一帮反对势力了。这时候，他说出"此陛下家事，何必更问外人"，就等于说，我们军方已经表态了，不想掺和到宫廷斗争之中，谁胜谁败与我们无关，我们不插手。这等于给皇帝吃了一颗定心丸。

因为假使军方和长孙无忌等政治要员态度一致，那么皇帝执意要违背他们的意思废王立武，他们就可以搞一次政变，把皇帝换掉。虽然他们可能不会这么做，不过，是可能做到的。

李勣的态度一明朗，拥武派大受鼓舞，许敬宗马上把这谈话的精神广为传播，大肆发挥。他这么一宣传，大多数朝臣都选择了沉默，中间派的力量又壮大了。这也符合古往今来政治运动的规律，积极拥护的和积极反对的都是少数，明哲保身，是大多数没有政治野心的人的选择。

第四十回　三派鼎力各图所需
　　　　　出手快捷高下立见

至此，经过许敬宗那么一忽悠，褚遂良这么一搅和，针对皇后废立事件，朝廷中已经形成三个明显的派别：第一是以长孙无忌为首的反武派，第二是以李勣为首的中间派，第三是以许敬宗为首的挺武派。

俗话说"天下熙熙皆为利来，天下攘攘皆为利往"。他们各自代表着什么利益呢？先看反武派，他们有几个共同特征。

他们总体上出身贵族，长孙无忌出身关陇贵族，和李唐皇室有着共同的渊源。他的姓是鲜卑族的姓氏之一，长孙家族从北周经隋到唐都赫赫有名。我们熟知的成语"一箭双雕"，就和长孙氏有关。"一箭双雕"说的是谁呢？就是长孙无忌的父亲长孙晟，他是隋朝时有名的外交家，善于射箭。据说一箭飞出，能同时射中两只大雕。

褚遂良是南方人，但是在唐太宗朝已经和长孙无忌站在同一战线上了。

于志宁也是正宗的关陇贵族出身，他的祖先于谨和唐高祖李渊的祖父李虎都位列西魏时期的八大柱国。韩瑗和长孙无忌是儿女亲家，韩瑗的女儿嫁给了长孙无忌的侄子。来济是南方人，但是政治上和前几个人立场很接近。所以说，反武派是以关陇贵族为主体的一些人组成的。

他们大多数都是元老重臣，其中长孙无忌和褚遂良还是太宗托孤的顾命大臣。他们掌握着巨大的政治权力，是既得利益者。

这些人之所以咬牙切齿地反对废王立武，要说能预见到若干年后"女主武王"，那还真是高估他们，最主要原因是，他们的身份决定了态度。

一来，当时的社会观念就是如此。魏晋南北朝以来的传统观念认为，皇后应该出身于世家大族，这种观念在他们的头脑中根深蒂固。

二来，这是做臣子的本分，表达对太宗政治路线的忠诚。唐太宗选择了这个媳妇，而且临终之前托付给他们，他们希望遵循先帝的嘱托。这和永徽年间总的政治路线是一致的，一切按既定方针办。

三来，也是出于私心。他们都是既得利益者，对于他们而言，保持自己利益最好的方法就是维持现有的政治局面，不作改变。改变现状对他们可能形成威胁。

再看挺武派，他们有什么共同特征呢？

首先，他们不是含着金钥匙出生的，出身都比较低。

出身低有什么问题呢？一方面，他们在朝中得不到援引，很难爬到比较高的位置上去，心里难免怅恨；另一方面，他们没有受到世家大族的礼教熏陶，不会过多地考虑道德信条。换句话说，在当时的那些所谓士大夫的眼里，他们是一些小人。

其次，他们都比较有才华，但是在现行体制下无从施展。拿许敬宗来说，他是秦府十八学士之一，和房玄龄等人的起跑线是一样的，但是出于种种原因，他的仕途一直不那么顺利，是个典型的倒霉蛋。李义府呢，本来和来济号称"来李"，同样以文才名满天下，可是来济就能官场得意，步步高升，他李义府就很蹉跎。

他们在官僚队伍中的级别比较低，没有一个在中枢部门，大多数是中下级官僚。

他们为什么要支持武则天呢？他们和武则天非亲非故呀。

但是他们在当时的体制下得不到发展，所以希望政治变动，好借此出头，并不见得他们有多喜欢武则天。

长期受压制让他们颇为不满。他们看到，皇帝对支持武则天的人大加奖赏，李义府就是一个榜样。人为财死，鸟为食亡，重赏之下必有勇夫，这是颠扑不破的道理。这些人急功近利，既然支持武则天会得到好处，他们当然会不遗余力。

再看中间派。他们大都明哲保身，不愿蹚这趟浑水，比如说李勣。

他家里有很多田地，喜欢仗义疏财，有点像《水浒传》里的宋江。后来通过隋末农民起义，逐渐跻身高位。他与长孙无忌等关陇贵族显然不是同一战壕的人。看多了政治斗争的后果，李勣养成了谨慎的习惯。所以，他在废王立武的问题上持中立态度。

这样，朝廷分成了支持、反对和中间三派。朝廷中有了派系，皇帝就可以上下其手了，李治和武则天利用手中的权柄，不断利用支持派，团结中间派，打击反对派。整个形势对比在悄悄发生着变化，反对派虽然占据着宰相的大多数，但是已经不再具备整体优势，而且他们缺乏军队的支持。武则天和唐高宗已经胜券在握了，他们不需要再顾忌什么。

这种胶着状态的再一次打破是褚遂良被贬。

永徽六年（655年）九月初四，李治以犯上之罪，把褚遂良贬为潭州（今湖南长沙市）都督，从首都长安贬到长沙去了。褚遂良被贬后，长孙无忌失去了左膀右臂，他也感到事情不妙，于是继续默不作声。韩瑗和来济上疏反对无效后，也预料到了事情的结果，索性不再闹腾了。

反武派也就一下子沉默下来，他们意识到自己的弱势，也意识到武昭仪的厉害。人性中懦弱的一面占了上风，他们为了保全自己的位置，统统选择了沉默。

在武则天的精心策划和运作下，李治决定快刀斩乱麻，再次下诏废除皇后。

永徽六年（655年）十月，大唐高宗皇帝正式下达废后的诏书。诏书上说："王皇后、萧淑妃谋行鸩毒（谋害、谋杀之罪），废为庶人，母及兄弟，并除名，流岭南。"

这真是欲加之罪，何患无辞啊。到此为止，王皇后真是搬起石头砸了自己的脚，她本想引进竞争机制，让武则天和萧淑妃两败俱伤，自己坐收渔翁之利，没想到"机关算尽太聪明，反算了卿卿性命"，自己做套把自己装进去了。

当年和她争风吃醋的萧淑妃，反倒成了同病相怜的难姐难妹。这莫须有之罪，王皇后倒也沾点边，可萧淑妃简直就是个冤大头，她只是跟武则天争风吃醋而已。就算她跟王皇后有同谋，谁又能看到这个可怜的女人的心声呢。他们只是想得到丈夫的爱，哪怕是平分秋色也好。只是可惜，她们的丈夫是李治，她们的情敌是武则天。

诏书以极快的速度传达了下去。可怜王皇后一代外戚世族，皇室玉牒上，刮去了他们的名字。大宗房产钱财，拱手让人。老母柳氏不叫"一品诰命"，也不叫"魏国夫人"了。几个兄弟摘掉官帽后流放岭南。更为可悲的是，死去的亲人在地下也跟着受牵连。王皇后的生父王仁祐的棺椁从地下被扒了出来，劈成几大块。武则天的意思，这是为了防止"逆乱余孽犹得为荫"。

这道诏旨一下，胜负已分，大局已定。总之，一切都无法挽回了。王、萧二人都该退出历史舞台了，武则天将是这个舞台的新主人。

第四十一回　百官请愿正中下怀　连日阴霾终于转晴

皇后废了，中宫不可一日无主。六天之后，十月十八日，许敬宗联络百官上表，恳请立武则天为后。

这正中李治的下怀，他当即下诏立武则天为皇后。李治在诏书中这样写道：

"武氏门著勋庸，地华缨黻，往以才行选入后庭，誉重椒闱，德光兰掖。朕昔在储贰，特荷先慈，常得待从，弗离朝夕，宫壸之内，恒自饬躬，嫔嫱之间，未尝迕目，圣情鉴悉，每垂赏叹，遂以武氏赐朕，事同政君，可立为皇后。"

大意是说："武氏的先世功勋卓著，声望极高。武氏因才华出众、品德高尚被选入宫，在宫中的声望很高。朕昔日为太子，常在先帝身边侍从，亲眼看到武氏勤勉谨慎，从不与嫔妃相争不睦，人缘好，人气高，富有团队精神。先帝经常为武氏的行为垂赏赞叹，才把武氏赏赐给朕。就像当时宣帝把自己的宫女赐给皇太子一样。所以，朕要立武氏为皇后。"

这真是此地无银三百两啊。李治的这番谎话，完全是针对反对废王立武的声音提出来的。他这么说是掩耳盗铃，因为天下人不是傻子。可无论怎样，这个皇后武则天是当定了！

这道诏书也是出自许敬宗的手笔，与其说是措辞巧妙，用典精致，毋宁说是一通挟嫌含怨的回应之词。

本来，反对派反对武则天的那些理由可都是冠冕堂皇，板上钉钉，恨不得将武则天打入十八层地狱永不得超生：第一，武则天出身低；第二，武则天不是先帝为李治所娶；第三，武则天侍奉过先帝，有历史污点。这篇诏书针对上述三点一一驳斥，且弹无虚发。

反武派说武则天门第低微，这个诏书就强调她是功臣之后，本朝勋贵；反武派说武则天不是先帝所娶，诏书就说她是唐太宗因为唐高宗孝顺懂礼而赐予他的，因此也符合先帝的意志；反武派说武则天侍奉过先帝，诏书就把武则天比做王政君。

前文讲过，王政君是汉宣帝的宫女，因为太子刚刚死了心爱的妃子，宣帝就把她赏赐给太子，作为安慰。这个太子就是后来的汉元帝。王政君也就顺理成章地成为皇后。后来生了儿子，成了皇太后，一生荣宠尊贵。

武则天经过十八年的不懈努力，从一个宫廷文秘攀登到女性最高职位——皇后，这确实是一个不朽的传奇。关键是，她能让李治死心塌地爱上她。

还有，要团结一切可以团结的力量，更需要关键人物的支持，团结和争取过来的人就是你的朋友，他们会帮助你打败竞争对手。正是通过这种手段，武则天成功当上了皇后。

当然，这场硬仗的胜利，原因太多了，还有对手自己的疏忽。

回顾这场没有硝烟却意义深远的战争，以长孙无忌为首的朝臣们是太过自信，也太轻视对手了。明知道王皇后已经因为小公主之死而失宠，王皇后的舅父柳奭也因此罢相贬黜，仍然没有一点点警觉意识，严重低估了武昭仪的野心和能耐，从而在整个过程中一直处于被动应付的状态。

其次，长孙无忌掌政多年，虽然权倾朝野，却也树敌无数，对其专权垄断心怀不满的大有人在，只是被掩盖在一片喝彩声中罢了。

长孙无忌没有军队的支持，当然会束手无策。道理大不如拳头硬，这是千古不易的真理。昔日西汉权臣霍光便是靠了军队的支持，就算他为了让自己的女儿当皇后，秘密毒杀了原来的皇后许皇后，汉宣帝也只能忍气吞声。

不过，这也从一个侧面反映长孙无忌虽有私心，但对李治并无加害之意。否则执政多年，在军队上安插收买几个亲信并非难事。忠吧，人为刀俎我为鱼肉，小命不保；不忠吧，背上千古骂名。

历史上通常都会认为这是武则天施展媚功的结果。反正在男权的世界里，所有的错误都是女人造成的，商纣王暴虐是妲己勾引的；吴三桂反叛是冲冠一怒为红颜，难道她们身边的男人都是半身不遂的植物人？必须承认，李治对事情的发展负有不可推卸的责任。

而武氏再度入宫之后，能在短短数年间，由侍女而宠妃，最后夺嫡成功，正位中宫，除了她本身的聪明机智，以及李治对她确有真感情之外，更重要的还是李治本身跟顾命大臣们之间有嫌隙，一直希望能找机会摆脱他们的控制。立后事件不久，除李勣外，其余六名宰相全部大换血，可见其波及范围和影响力度。

因此，这场立后风波的真正主角正是李治本人，有计划地向以长孙无忌为首的宰相集团发动的政治事件，目的在于收回帝王的权柄，只是因为政事上无隙可乘，于是转而从后宫寻求突破。而武昭仪在其中所起的作用，主要是出谋划策和牵线搭桥，因天子深居九重之内，是不好动辄亲自出面拉拢官员的。不过也应该看到，在立后斗争中起决定作用的李勣，并非短期内利诱以金帛功名便能打动，考虑到李勣事后依然谨守臣节，远离决策圈子，并未借机邀功，为自己谋取任何政治上的利益，因此很难说他是为了自身利益而与武昭仪合作了。

此事中武昭仪的表现，也是可圈可点，让人瞠目结舌。在李治的支持下，她利用行贿、重赏和贬黜等手段，以拉拢和收编的方式，迅速组织起自己的翊赞班子，在内宫外朝均密布眼线，随时监控政敌的一举一动，甚至亲自监听君相的密谈，充分展现了她强烈的企图心和控制欲，以及灵活机动的斗争战术。而在立后斗争中收编的许敬宗和李义府等人，也逐渐成为她的心腹，为她日后进一步干预朝政建立自己的势力，打下了坚实的基础。

皇帝的诏书下达半月以后，朝廷将为武皇后举行盛大的册立大典，这是她一直的梦想。她在宫帏之中，曾几次三番地向李治提出，典礼要隆重、要气派、要庄严、要辉煌，要让整个长安的市民、朝廷的命官以及天下的百姓全都牢牢记住这个立武昭仪为皇后的典礼。

在高宗同意耗费巨资大办典礼之后，武则天又提出，高宗每天要处理朝政，典礼的事就交由她全权办理好了。

她每天一件一件地安排后宫的工作。她在她的大殿里呼风唤雨，调动千军万马，将典礼的诸般事宜安排得有条不紊、头头是道。每天晚上，她睡在李治的身边总是历数她白天遇到的事以及她处理的办法。然后她兴奋地说，她发现她能行！她说她在做着繁忙的事情时好像有种非常奇妙的感觉，一种美丽的感觉，一种说不清的激动，一种……

于是，总是失眠的李治望着身边这个能干的女人，他觉得很惶惑，因他还从来没有见到过也没有听说过有将政务处理得如此得心应手的女人，而她竟对此感兴趣有激情。高宗想，只可惜了她是个女人。

而就是这个女人，在举行册立皇后的大典之前，非常漂亮地帮助高宗处理了使高宗感到十分棘手的一些人事安排。那就是究竟该怎样处置那几位德高望重、为大唐王朝立下过汗马功劳而又在废立皇后问题上与皇帝作对的老臣。

有她在身边，李治就像一个找到家的孩子，他可以倾诉自己的困惑和不满，可以将一切棘手的政务交她处理，可以安安心心等待着万事俱备，他感受到了来自妻子有力的权力之手的支持。看着她的忙碌，李治觉得无比放心。

第四十一回 百官请愿正中下怀 连日阴霾终于转晴

第四十二回　终登大宝高宗遂心愿
　　　　　　百鸟朝凤武后显威仪

　　在武则天前前后后的支配下，封后大典终于筹备好了。这一天，将为武则天开启另一个世界。

　　十一月一日，京城长安的老百姓一早醒来，就听到从四面八方传来的宏大而悠扬的钟声。于是老婆推推男人，大人拽拽小孩，连声地催促着："快起快起，今天是新皇后册立大典，快去看热闹。"

　　皇上今日大赦天下，且赐民八十岁以上粟帛。真是三州花似锦，八方称太平。京城长安，更是一派热闹喜庆的气氛。三十六条花柳巷，巷巷爆满，七十二座管弦楼，楼楼奏乐。除了那些排队等待施饭的穷人之外，更有行商坐贾，公子王孙，墨客文人，大男少女，老的小的，男的女的，身着各式各样的新衣服，你挤我，我挤你，从各个角落，各条道上，呼拉呼拉地涌到皇城前的西大街上。

　　这条宽阔的大街上，交通变得分外拥挤，几乎水泄不通。维持秩序的羽林军跑前跑后，嗓子喊破了也不管用，又不敢动手，因为皇后娘娘早已下了一道死命令，喜庆之日，不准打人，不准出事。旨令一出如山倒，责任重于泰山。羽林军士们只得奋力地工作着，君子动口不动手，在这之前，每名士兵发了十贯钱。这是往年皇帝即位时也没有的待遇，能不以加倍地工作来报答皇后娘娘的恩惠吗？

　　武皇后在典礼前的那个夜晚几乎一夜未睡。她要沐浴，要化妆梳头，要穿上那套专门为她缝制的豪华而典雅的皇后礼服。

以青黛描眉，以胭脂涂唇，以浓艳的粉妆巧妙掩饰不复青春的姿容，她想起十四年前的那些秋天的早晨，她是如何在一个暗无天日的黑洞里为太宗皇帝对镜梳妆，往事如烟如云，武曌为当年掖庭宫的小宫女洒下数滴清泪。

武皇后在精心地化过妆穿上皇后的礼服戴上镶嵌着无数宝石的皇冠后，美若天仙。她已不认识铜镜中那气势非凡的自己了，而在她已成为真正皇后的这一刻，却依然像在梦境中一样。

从贞观十一年进宫，一路坎坷，历经十八年的挣扎，至此终于实现了自己的梦想。一个人能有几个十八年？十八年，对有的女人来说，就是一生啊。此时的她，终于可以说"见天子庸知非福"了，只是这个天子，已经从唐太宗换成了唐高宗。

在这即将实现梦想，万众瞩目荣耀之极的时刻，她在想什么呢？她是否会想起从十四岁入宫起这一路走来的经历，回首当年，几番感慨，几多悲凉？她是否在总结这次惊心动魄的立后之战中的成败得失，并为自己的努力终于有了结果而倍感欣慰？或者，低回凝眸间，她也会想起早夭的长女？那一抹大红朝服也掩不去的淡淡的血痕，是她心灵深处永远的伤痛和遗憾。

立后的盛典果然气派非凡。

隆重的册后仪式马上就要开始，整个仪式的流程大致是：首先由皇帝颁授册宝，然后正副使捧持册宝到后殿奉迎皇后到太极殿，正式授宝给皇后，全套仪式就算结束。

清晨，皇宫内钟鼓齐鸣，乐队奏起了《普天乐》，一时间，铿锵之音响彻在蔚蓝的天空中，雄壮的抒情的音乐在殿阁上下响成一片。太极殿前，文武百官身着崭新的朝服，早已按官阶大小站成班次，文官在左，武官在右，等候进入朝堂。

李治身着衮龙袍，头戴通天冠，端坐在御辇上徐徐而来，到了阶前

第四十二回 终登大宝高宗遂心愿 百鸟朝凤武后显威仪

下了辇车，直接从专用御道走进大明殿。文武百官这才在赞礼官的引导下，依次走进大殿。

永徽六年（655年）十一月一日，司空李勣与立后斗争中持中立态度的老臣于志宁，各奉玺绶（皇后专用的印玺）与册文于武皇后，正式册立武昭仪为大唐皇后。至此，大唐帝国的新皇后诞生了！

接着，武则天在众人的簇拥下，降阶登上凤舆。内官内使护卫，队伍浩浩荡荡，从正门承天门进入太极宫。文武百官正侍立于大明宫承天门外，东西向立班迎候，等保舆队伍进入承天门以后，才退出来，转到外面的外殿堂里歇息，等待着宴会的开始。

武则天的舆格一直抬到太极殿的庭阶前。她礼服的裙摆被身后的十几名侍女小心地托着。她被一项项辉煌的仪式映衬得无比灿烂。在侍女们的前呼后拥中，她从正门走进太极殿。在步障的遮挡之下，她翩翩前行，穿越了两旁的文武百官，径直走向等候着她的高宗。她有条不紊地按程序完成着每一个动作，而典礼中的每一个仪式都连接得滴水不漏严丝合缝。

这时，皇帝李治出人意料地从大殿里走出来，乐呵呵地伸手来扶武则天，于志宁和赞礼官等人见了这不同寻常的举动不禁有些脸上失色。唐宫礼制中，哪有皇上降阶来迎皇后的规定？于志宁拉了拉正使李勣的袖子，悄悄地说：

"司空大人，这，这有点不大好吧，是否去提醒皇上一下？"

"干好自己的本职就行了。"李勣说完，快步走上前去，叩首对李治说："已授宝册完毕，臣李勣前来交旨。"

"好，好。"李治笑得跟花一样，转身又去陪他的新皇后去了。

是日，百官朝新皇后于肃义门，开百官和外国使臣朝见皇后之先例。

按规制是：武后拿到宝绶后，前来向皇上跪拜谢恩，而后打道回后宫，但到了殿里，武则天却拉着李治的手，向老公提了个要求："阿治，我想上肃义门接受文武百官、外国使臣和百姓的朝拜。"

"这不太好吧,就算是一般官宦家的女子也不能随便见异性,何况是皇家呢?"李治被搞愣了。他忘了,武则天的口号一向是:不走寻常路。

她攀着李治的肩膀撒娇说:"正因为是母仪天下的皇后,才要会见文武百官和外国使臣,不然,躲在后宫里,就连长得什么样人们都不知道,还谈什么母仪天下?再说,好多人都不了解臣妾,甚至许多人都有误解,臣妾出去见见他们,也让人知道我武皇后不是一个青面獠牙的母夜叉。"

"这——"李治皱起了眉头。

"皇上——"武则天撅起了樱桃小口。

"好,好,让朕给李爱卿、于爱卿说一声。"

李治走下殿来,到李勣和于志宁的面前,咕哝了一阵,说了说武皇后接受朝臣和外面使臣朝拜的重要性。李勣歪着头不吱声,于志宁是极力反对,说什么也不同意,"皇上,这确实不行,搞不好让天下人笑话。连臣和李司空都会被人笑话,连个懂礼节的人都没有。"

李治转而问李勣:"李爱卿,你看这事怎么办,皇后非要会见文武百官和使臣们,朕也拿她没办法。"

"行。皇上请先过去吧,臣和于大人商量商量,等会再过去通知武皇后。"

等李治一走,于志宁抓住李勣的胳膊,急切地说:"李大人,您三朝元老,又是大典的住持,怎么随便答应了这事。皇上年轻不懂事,难道您一大把年纪了也不懂事?"

"于大人,这先皇的才人都让他封作皇后了,咱还管这事干啥?他想让皇后会见群臣让他会去。你能说他年纪轻吗?他三十多岁了,什么事不懂?给你说吧,于大人,这天下的一草一木都是大唐李家的,包括你我的小命。"

听了李勣的这番感慨,于志宁顿时无语。

第四十二回 终登大宝高宗遂心愿 百鸟朝凤武后显威仪

当下，于志宁赶到偏殿，宣布新皇后将在肃义门的城楼上接受百官和外国使节朝拜的消息。文武百官无不惊愕万分，不知究竟，老母鸡变鸭，这唱的是哪出戏？长孙无忌脸阴沉得像要下雨。

"太尉，如今不是忧郁的时候，替圣上办事要紧。你率文武百官在肃义门下等候，我去旁殿通知外邦使臣去。"

"我看你还是叫礼部的人去吧。你堂堂的大唐宰相，张口说这事，岂不有辱体统。"

"还是我亲自去吧。丢人也不是一次二次的了。再说，我去还可以委婉地解释解释。实际上，这些番族外邦才不在乎这些呢，说了以后他们说不定还拍手欢迎呢。搁咱这是丑事，搁人家那里说不定是好事。"

长孙无忌歪着头，无力地往外摆摆手，意思是你于志宁快走吧，别烦我了。

肃义门的前面，早已人头簇动，赞礼官好不容易把文武百官的位次排好，外国使臣又涌来了。

册立的当天，武则天就在肃义门接受文武百官和四夷酋长的朝拜。这在中国历史上是第一次。以往的皇后只能接受内外命妇的朝拜，也就是那些有职衔的妇女的朝拜。武则天不仅要接受她们的朝拜，她还要接受百官的朝拜。那伸出宫墙翻云覆雨的手，已经不愿意再轻易收回。

肃义门的城楼上已有了动静，两边的垛口上，彩旗猎猎，所有的垛口均用黄绸铺上，装饰得富贵华美。靠右边的地方，站着两排乐队，此刻正奏着曲。城楼下的人们翘首以待。等了老长时间，正等得心焦犯急，只听得皇宫四下里钟声齐鸣。随之乐队队员一齐拉开了架子，变换了姿势，奏起了大乐，一时间，沉雄浑厚的音乐在周围响起一片，给人一种神圣而庄严威武的感觉。

音乐声中，武则天身着皇后大礼服，在一群花团锦绣宫娥美姬的拥护下，出现在肃义门的城楼上。

在灿烂秋阳的照耀下，武则天毫无保留地把她那明艳照人的形象展露在众人面前。只见她乌云巧迭盘龙髻，绣带轻飘彩凤翔，碧玉金纽黄罗袍，绵绒襟斜身单红绡。眉如悬月，眼似双星，玉面天生威，朱唇一点红。身后宫妃掌扇，内侍拿拂尘，旁边曲柄伞，御炉香，辉光相射，霭霭堂堂。俗话说，见皇帝难，见皇后更难，除了戏影里面的，有谁一辈子能见一次真皇后。众人都不眨眼珠地看。那些外国使臣们，更是毫不掩饰自己的感觉，好多人口水都流下来了，都浑然不觉。这时候，更令人兴奋的事情发生了，武则天面对鸦雀无声的人群，靓丽地启齿一笑，这是纯粹女人的灿烂的微笑，并从她的双眼里放射出一种鼓励人的神气，在丰茂中投下一道猩红的光辉……

　　武皇后同李治一道站在肃义门楼。她兴奋激动，脸色红润。她仪态万千地站在城门楼上，使万民终于得以亲眼目睹皇后的风采。文武百官发出一片惊呼之声。许多官吏第一次亲睹武则天美丽的仪容风采，依稀泪痕只是使那个妇人平添几分沧桑。许多官吏发现秋日朝阳像一只巨大的红冕戴在武皇后的凤髻头饰之上。已故的荆州都督武士彠倘若地下有知，他会感激武姓一族光宗耀祖的夙愿在次女媚娘身上成为事实。

　　立即，文武百官和使臣们情不自禁地爆发出欢呼声："皇后娘娘千岁千千岁——！"

　　紧接着，随赞礼官一声"参拜——"的口令，全体都跪下了，个别不想跪的，看人都跪下了，怕当出头鸟，让高高在上的武则天瞄上，也跪下了。而这黑压压跪拜的人，正是武大皇后所期盼、所需要的。

　　武皇后远远地看见肃义门下的文武百官，紫袍玉带或者绯袍金带，抵制她的人或者谄媚她的人，他们现在恰似五彩的蚁群拜伏在她的脚下。

　　人们震惊异常，但随后便爆发出"皇后万岁万万岁"的欢呼声。那声浪排山倒海，在长安古城的上空阵阵滚过。其热烈的程度，超越了他们以往任何一次朝拜皇上时的盛况。

第四十二回　终登大宝高宗遂心愿　百鸟朝凤武后显威仪

对此高宗李治很吃惊，于吃惊之中他慢慢地感到了某种欣慰。他有生以来从未看到过如此热烈的场面，现在他目睹了人们对皇后的热爱。

而武皇后则带着满心的感动频频向城门下的那些为她而欢呼雀跃的人们挥手致意。一股股热血不停地涌向她的大脑，她意识到，这就是权力，这就是那种万人之上的可以主宰和超越一切的皇权的力量。

她知道，这只是开始，她将开始新的征程。有些人天生就有一种不服输的劲头，永不退缩，永不满足，永无止境。

立后大典，肃穆而堂皇。成为皇后，是古中国每个女人梦想中荣耀的极致，却非武则天人生道路上的巅峰。接过李勣呈上来的皇后的玉玺，如此晶莹而温美，折射出它所代表的无上荣光。从宫妃到皇后，这决定命运的关键一步，她终究是走过来了。轻吁一口气，她极目远眺，看夕阳将血倾泻在长安城巍峨的宫墙上，华丽而森然。现在她是这里的主人。

第四十三回　寒冬探望李治念旧情　阴阳两隔王萧赴鬼门

她是那种永远不会失去目标的人。完成了盛况空前的现场直播后，她的利剑首先指向了后宫。在后宫里，她要对付的主要敌人是已经被废黜的王皇后和萧淑妃。她要把她们置于死地，让她们永远失去翻身的机会。

武则天的这个决定，不知道是早已有之，还是源于一次探望。

二人被废之后，就被安排到一个清冷的院落里软禁起来，关押她们的小屋门窗紧锁，只在墙上凿了一个洞，每天把饭从小洞里递进去，再把空碗从洞口拿出来。

这天，意外发生了。不知道是不是武则天露出了利爪，忤逆了李治，他的感情世界又起了波澜。

生性仁弱的李治突然良心发现，在永徽六年（655年）十一月的一天，唐高宗在后宫中散步，不知不觉就到了关押王皇后和萧淑妃的院落里。

据《资治通鉴》记载，唐高宗到了看守所。时值严冬，石室四壁，满缀冰凌。他看到洞口架着一盘残羹剩饭，显然变质多时，多情的那一面又表现出来。他不由得心酸落泪，对着洞口喊道："皇后、淑妃安在？"

不一会儿，从洞里传来废后呜咽的声音："妾等得罪为宫婢，何得更有尊称！"我们既已沦为罪囚，陛下为何仍以旧衔相称？马上，王

皇后的心头涌起了一丝希望和光明，她又改了口气，哀求道："至尊若念畴昔，使妾等再见日月，乞名此院为回心院！"皇上如果您还念及昔日的恩情，把我们放出去重见天日，我们一定改过自新，重新做人，服侍陛下，并请您把这个院子改名为"回心院"。

高宗垂泪不止，大为震动。他真的会有什么安排吗？

不会，因为武则天不会给她们这个机会。

武则天一生重视情报工作，在唐高宗身边没少安插眼线，所以很快就知道了这件事。她深知高宗心软重情，怕与她们旧情未断，节外生枝。

但要将王、萧二人处死不是一件小事，按规定必须要征得皇上李治的同意。她是怎么巧舌如簧说服李治的？

其实很简单，她说有大臣一直为废后说情，对皇上颇有怨愤之心，甚至图谋不轨。李治为了证明自己的决定正确，为了杜绝朝臣们借机生事，默许了处死两位曾经的爱人。武则天得到这个执行权后会怎么做呢？

根据《资治通鉴》的记载，王、萧二人死得很惨，先各打了一百大板，打得皮开肉绽；这还不算，还要截去她们的手足；这还不够，她又把这两人置于酿瓮中，就是扔到酒缸里去了，历经数日才被折磨死。为什么要扔到酒缸里去呢？她说这叫"令二妪骨醉"。王皇后和萧淑妃当时都只有二十多岁，两个风华正茂、风姿卓绝的美少妇就这样无比凄惨地香销玉殒了。

其实，武则天这个故事也是有蓝本的，这个事情像极了汉高祖刘邦的皇后吕雉的故事。

刘邦活着的时候比较宠爱戚夫人，刘邦死后，吕后掌权了，她是怎么对待刘邦生前的宠姬戚夫人的呢？她把戚夫人的眼睛给挖了，然后把耳朵给熏聋了，再把胳膊、腿给砍下来。她说，这叫人彘，也就是人猪。之后她把这怪物扔到厕所里，儿子惠帝都被吓疯了，年纪轻轻就死了。

正因为这两个故事太像了，史学家认为这段记载过于夸张，《资治通鉴》的作者司马光是个搞文学的"守旧男",他对武则天这个离经叛道的女人一直持否定态度,于是就在书中虚构了很多负面情节。

第一,从武则天的行为习惯来分析,她从来不做多余的事情,是个冷酷理智的人。

当她终于忍受不了她的姐姐韩国夫人和李治的眉来眼去,并且还在背后诋毁她时,她让姐姐人间蒸发了。然而,她仍然对姐姐的子女很宽容,还让姐姐的儿子贺兰敏之承袭了她父亲武士彟的爵位。直到后来,她发现两个孩子都在以自己独特的方式伤害她,才逼她又下了毒手。

其二,从武则天的心理处境来分析,她一直注重给丈夫留下好印象。

例如,从她当昭仪的时候开始,尽管心里恨透了王皇后和萧淑妃,天天想着怎么扳倒她们,可她从来不在李治面前说她们的坏话,而是体谅她们,以退为进,顶多说:"眼看着我为陛下接二连三地生儿育女,哪个看着不眼红呢?大概又要说我专宠了。"

这么恐怖的事如果被李治和自己的孩子知道了,留下心理阴影,多么不值得。这不是把自己往火坑里推吗?

其三,她一直很注重自己的政治形象。

她熟知历史,知道这件事让吕雉承受了千载骂名。她一直很注重培养自己政治家的形象,例如,她"剔除"了帮助李治写废掉皇后的诏书的上官仪,但是这并不妨碍她让上官仪的孙女成为自己的秘书。

在追逐权力的过程中,她大肆杀戮是不假,可当皇帝后,一直模仿先帝李世民。她有着政治家的狠辣,也有政治家的眼光和胸襟。在她心里,清除对手和虐杀是两个概念。

其四,也是最客观的一点,从生物的演化角度讲,这是个不可能完成的任务。

且不说以王、萧二人的身体,是不是经得起这一百杖。就算打了一百杖还没有当堂打死,也肯定身受重伤,再加上截去四肢(或者说是剔去手足)、泡酒缸,居然还可以数日而卒?

女性的血液流量每秒约十二毫升左右，而人体的总血量约三千到四千五百毫升，一个人如果一次失血超过百分之三十就有生命危险，如果一次失血二千五百毫升的话必死无疑。战场上的许多士兵只失去了一只手或一只脚如果来不及救治，很快会因为失血过多而死，何况两个贵妇。

既然《资治通鉴》的说法不可信，那么王皇后和萧淑妃到底是怎么死的？

其实唐人已经告诉了我们，那就是：鸩杀！用毒酒赐死！

唐人骆宾王在《讨武曌檄》中谴责武则天，揭露武则天罪行的时候是这样说的：杀姊屠兄，弑君鸩母！弑君指的是武则天的长子李弘，这个鸩母指的就是王皇后这位国母。唐人的说法当然要比宋人说法要可靠得多，再加上这篇文章是揭露武则天罪行的文章，只能从重不可能从轻，所说自当可信。

不过，不管怎么说，让人死亡毕竟是种罪孽。面对如此残酷的死亡结局，王皇后和萧淑妃是怎么反应的呢？

两个人表现出不同的性格和素质来。

先说王皇后，她拜了两拜，然后说："愿大家万岁，昭仪承恩，死自吾分。"说希望皇帝长命百岁，万寿无疆，现在武昭仪正承恩泽，所以死是我分内的事情。这句话说得平静之极，但也骄傲之极。王皇后至死也不承认武则天是皇后。

萧淑妃就没那么平静了，她破口大骂："阿武妖猾，乃至于此，愿他生我为猫，阿武为鼠，生生扼其喉。"说阿武这个狐狸精把我害到了这步田地，希望来世我变成一只猫，阿武变成一只老鼠，我要活活把它给掐死。

把这两人杀了之后，武则天觉得还是难解心头之恨。怎么办？她给这两个家族改姓。

你不是世家大族吗？你不是"五姓七望"吗？我让你旺！王皇后的

家族本姓王，被改姓蟒，说她是蛇，心如蛇蝎（这得看和谁比了，"成者王侯败者寇"，诚也）。萧淑妃呢？让她的家族改姓枭，这是一种肉食动物，像鹰一样，现在经常把倒卖毒品的叫大毒枭。就这样，武则天既消灭了这两个人的肉体，又从精神上侮辱了她们。

为了宣扬礼教，《资治通鉴》中记载，因为萧淑妃临死的那句话，武则天从此对猫十分惧怕，宫中从来不养猫。

这个说法，其实是史书的作者一厢情愿。武则天的心理远比他们想象的坚强，她还是继续养猫的。

第二个传言和鬼魂有关。说她整天做噩梦，所以不敢继续住在太极宫，后来搬到了大明宫，再后来吓得连长安都不敢住了，就搬到东都洛阳去了。

如果她敬畏鬼神，就不会伤害他人了。而事实上，通往皇后的路只是一小步，通向帝王的路，真是一步一个血脚印。如果她害怕，恐怕早就疯了。换句话讲，她们活着的时候武则天都没怕过，死了就更不怕了。

那她为什么搬走了？李唐皇室有风疾的遗传病吗？太极宫地势低洼，所以皇帝们都不喜欢住。换个环境，通常是能让人心情舒畅的。

武则天认为长安破败，又偏在北方，不如洛阳的形势地位优越，想到洛阳去驻驾。于显庆二年驾幸洛阳，把洛阳定为东都。她一住进洛阳宫就很喜欢，她也相信真正的新生活会从这里开始。

第四十三回 寒冬探望李治念旧情 阴阳两隔王萧赴鬼门

第四十四回　明哲保身上书请辞
　　　　　催逼利诱更换太子

武则天是个永远不会失去目标的人，后宫清扫干净后，她的目标转向了东宫。

彻底清除王、萧并自己成为皇后之后，她并没有高枕无忧。因为她的儿子还不是太子，这让她感到不安。王、萧二人的例子告诉她：作为皇后，这辈子最痛苦的事情就是没有儿子，第二痛苦的事情就是有儿子却不能将其立为太子。必须要把现任太子拉下来，再把自己的儿子推上去，否则后位还是不稳。

上文提到，永徽三年，武则天专宠的态势刚刚明显的时候，王皇后在舅父柳奭的帮助之下，敦促高宗立了普通宫女所生的李忠为太子。李忠生于贞观十七年（643年），是高宗李治的长子。他的生母出身很低，所以王皇后收他做了养子，希望靠他来稳定自己的位置。

现任太子李忠在太子位上干了整整四年了。别看他是王皇后用来对付武则天的一枚棋子，别看他是个老实巴交的人物，但他一点儿也不傻。这四年来，李忠亲眼目睹了武则天的宫廷斗争经历，知道她是一个什么样的人物，也明白自己有几斤几两。所以，他一直在装孙子，并且洁身自好，从不沾染任何政治势力。

到永徽六年，李忠已经十四岁了。十四岁的孩子已经明白好多事情，更何况生在帝王家，比一般孩子在政治方面更加早熟。看到养母王皇后被废，随后又惨死，李忠感到很惶恐。于是主动向他老爸递交了辞呈。这不能不说是个明智的选择。

儿子的主动辞职，是李治没想到的。要知道，太子是何等荣耀，是多少人梦寐以求的地位。现在，自己儿子如此懂事，他反倒深觉惭愧，不忍心马上答应。

批准了吧，显得自己薄情寡义；不批准吧，儿子早晚都会有这么一天，这可怎么办呢？

思前想后，李治暂且没有批准李忠的辞职申请。他这样做有两个目的。其一，在李忠面前做个姿态，让他感觉到自己是个合格的父亲。其二，目前还不是让李忠辞职的时候，到了时候，自然会有人跳出来逼其辞职的，到那时他再顺水推舟一下，李忠也就不会怪他，他在心里也就不会太责怪自己了。

事情正如李治所料，真的马上就有人跳出来逼李忠辞职。

武则天的徒子徒孙们可没消停，他们上蹿下跳，忙得不亦乐乎。没过几天，礼部尚书许敬宗上疏，请求皇帝改立太子。

平心而论，许敬宗的这个上奏是符合中国传统社会立皇太子的规范的，就是立嫡长子，皇后的第一个儿子当太子。

就这样，在武则天的操纵下，在许敬宗的撺掇下，李治终于批准了李忠的辞职申请。

就在当天，唐高宗废掉太子李忠，改封他为梁王，让他担任梁州（今陕西汉中一带）都督。本来，远离政治斗争的中心未必不是件好事。可惜，日后武则天还是没有放过他。

有道是树倒一大片，人走茶就凉。在李忠和母亲刘氏离开东宫时，原太子属官吓得连送一送也不敢，唯太子右庶子李安仁与他泣涕告别。武则天得知，在百官中传颂李安仁的忠心美德，并请高宗提拔这样的忠心之士。这正是当年唐太宗的政治器度，比如著名的谏臣魏徵就是原来太子李建成的属官。

— 187 —

她的胸襟，让大臣们甚为赞誉，高宗更加佩服武后，不禁私下里向她说："卿太像先皇了！"

当然，也有人认为，她这是作秀。但作秀不能作一辈子，从她日后的各种政治举措来看，除了打击政敌之外，为江山社稷也没少出力。如果把此举单纯地看成作秀，可是太低估武则天了。

这次重立太子，武则天又积极发挥自己的才智，大办特办。

显庆元年（656年）正月，高宗下诏立长子李弘为太子，于志宁为太子大师，中书令崔敦礼为太子少师，许敬宗、韩瑗、来济为太子宾客（东宫的高级属官），李义府兼太子左庶子。大赦天下。

立太子不久，高宗又旨尊武士彟为司徒，赐爵周国公，母亲杨氏晋封代国夫人。次子是在即皇后位前生下的，取名李贤，被封潞王。这年十一月，武后又生一子，取名显，受封周王。一家人的身份和地位都提高了，皇后之位也就更加牢固了。这下，她就更能放开手脚了。

武则天的愿望终于实现了。武皇后怀着欣慰将李弘送往东宫。她坚信她已为儿子杀出了一条通向未来皇位的血路。她尽了一个母亲的责任。

但她还不满足，她想给儿子搞一场盛大的庆典，并接受朝臣礼拜。就像自己升任皇后时那样，她想让儿子在朝臣们面前树立威信，让天下人皆知：我的儿子李弘是太子，我以子为贵，我是大唐真正的皇后！

武则天的想法得到了李治的大力支持。正月二十三日，信奉佛教的她，在大慈恩寺为儿子李弘举办了一场由五千僧侣和满朝文武参加的盛大会议。

在满朝文武面前，五岁的李弘受到了最高礼待，武则天也趁着这个机会为自己宣传造势了一把，母子俩真正实现了名利双赢。

善于舞文弄墨的她，建议李治改元"显庆"并大赦天下，以公元656年为显庆元年。她对变换文字符号的迷信由此可见一斑。从此大唐的年号因为频繁的更换而变得紊乱不堪。

改立太子，让武则天又松了一口气。她知道，王皇后失败的一个最重要的原因就是没有儿子。现在李弘立为太子，武则天的皇后之位就更加稳固了。

第四十四回　明哲保身上书请辞　催逼利诱更换太子

第四十五回 矛盾重重评说废后
　　　　　　另有乾坤盘点争端

至此，轰轰烈烈的废后事件算是告一段落了。永徽六年（655年）的皇后废立事件，影响深远，因此历代史家多有论述，大致有以下几个观点：

皇上绝对被下药了，为情所困，为色所扰。

还是那句话，男人的错误都是女人勾引的。红颜祸水，高宗昏庸无能，为武昭仪美色所惑，完全是她摆布的棋子，在其操纵下杀了对大唐忠心耿耿的顾命大臣长孙无忌等人，从而种下亡国祸根。世易时移，很少有人再用这样带有明显歧视性的词语，代之以颇具浪漫色彩的"爱情说"，讲一个胆小没用的男人，为了给爱人一个正室的名分，如何在爱情力量的激励之下，鼓起了堂吉诃德挑战大风车似的勇气，把对他有大恩的叔叔伯伯们一口气宰了个精光，从而成全了他和爱人的一段倾国姻缘。

然而对于一个君王（非昏君）来说，政治利益才是其首先考虑的问题，所谓因武媚姿色惑人而被其操纵，不过皮相之论，不足深究。

从客观社会环境看，这是士族与庶族之争。不过，这个结果应该是"有心栽花花不发，无心插柳柳成荫"的意外产物。

长孙无忌自然是士族高门的代表，而武氏则是庶族寒门的保护神，被历史的大潮流推到了前台。

而占据份额最大的原因,就是李治想摆脱以长孙无忌为首的老臣的束缚。大概这也正是武则天当初抓住的李治的弱点:作为皇帝,他的实权太少了。这场重量级的卧底战,实为历史上屡见不鲜的君权与相权之争。

这是一场大权旁落的年轻皇帝与威名震主的顾命重臣的权力之战。斗争的主角,既非狐媚惑主急于上位的武昭仪与忠于先帝遗诏誓保王皇后的辅弼重臣的忠奸之争,也非山东庶族军方代表李勣对阵关陇贵胄文官领袖长孙无忌,而是当今大唐皇帝李治,如何对待权倾朝野的三朝老臣长孙无忌,他的舅父,他的恩人。

说来高宗朝的文治武功也算清明,而且大部分是显庆之后长孙失势而武后尚未独掌朝政之际高宗自己取得的,其治国能力较历代守成之君不遑多让。太宗晚年,曾让当时还是太子的李治监国,对他处理政务的能力也表示满意,只是担心他的性格容易被人操纵,知子莫若父,太宗对于李治的评估的确是很准的。可惜他老人家不能从地底下遥助儿子。

试想,这样一个有理想有操守的皇上,能心甘情愿被操纵吗?

权力交接过程中羽翼未丰的年轻君主被顾命大臣压制之事历代均不少见,而李治的情况,尤为特殊,因太宗一开始并没有把他视为太子人选,很长时间内他没有属于自己的强硬班底,他的太子之位,是当年承乾与李泰争位两败俱伤之后才得来的。而长孙无忌在其中起到的作用,极其关键,可以说没有亲舅舅的力挺,便不会有李治的登基。

长孙无忌和褚遂良确实执政经验丰富,而李治的表现也可圈可点,他继承了父亲善于纳谏、赏罚分明的作风,对于吏治,特别是地方吏治,尤为看重,一定程度上纠正了贞观末期重中央而轻地方的弊端。

登基伊始便下令禁绝各州县贡奉,召集各地朝集使,称:"朕初即位,如有政令让百姓生活感到不便的但说无妨,如果时间不够,可以回去写奏折呈上。"之后每天召集刺史十人入阁,询问当地民生状况及政令执行情况。另外还值得一赞的是李治的勤政，永徽年间日日上朝，想想年复一年天天四五点钟就起床，还真要点毅力和干劲。可是，渐渐地，李治发现，尽管他勤政如故，自己能做出的决定却似乎越来越少——权力已经不知不觉地转移到了长孙无忌的手上。

可能有人很不理解，封建专制制度下不是君主绝对集权吗？怎么还会发生大权旁落这种事？

诚然，名义上所有决定都由皇帝下达，然而拟定各项政策的主要还是大臣，宰相为百僚之首，其职权范围涵盖甚广。唐代的中央集权，比秦汉又有加强，由独相制变成了群相制，军国政事要全体宰相商议通过后上奏，皇帝要做的往往只剩下批准与否，倒是和现代西方的议会制颇有相似之处。

而首席宰相，唐代称为"秉笔宰相"，辅弼天子，实乃一人之下、万人之上。单以用人而言，宰相有权升迁黜免三品以下官员。虽然要奏报皇帝批准，但应允的可能性极大。

由此也可以理解为何王皇后舅父柳奭罢相之后，接下来提拔的仍然是反对废后的韩瑗和来济，因为名单本来就是由宰相提交的，皇帝也就是画圈和不画圈的份儿。如果不同意，宰相又提交另外两个估计皇帝可以接受的人选而已。也有皇帝自己选官的，称为"诏选"，但并不常见。马周白衣入仕的故事之所以出名，也是因为太过稀少的缘故。

具体国策基本也是由宰相集体讨论通过后中书省拟定圣旨，转交门下省审议复核，再上呈皇帝批准，转交尚书省执行，即所谓"中书出令，门下封驳，尚书执行"。经中书门下呈上来的奏章基本已代表全体大臣的意见，如要反对会感到很大压力，使自己在众目睽睽之下很尴尬地站在整个官僚机器的对立面。

不仅如此，皇帝的命令也同样需要政事堂宰相商决附署，中书省草拟诏书，门下审议通过后才能生效。唐代政治较为开明，屡屡有皇帝诏令被驳回之事，门下省官员甚至直接在诏令上涂改而奏还，称为"涂归"。敢于封驳的官员被视为"劲节"而广泛受到称赞，唐代颇有些干这种事出名的人物，要升官这也是政绩之一，而不敢封驳的则被视为碌碌无为迎奉阿旨的庸人。后来武后废中宗，软禁睿宗，正一门心思想当皇帝，知道诏旨在中书门下会遇到麻烦，索性绕过去直接下旨，引发大臣不满，宰相刘祎之即道："不经凤阁鸾台（中书门下），何名为敕？"你这圣旨都没有经过中书门下审阅，算什么圣旨？可见当日之规矩流程，不经中书门下的诏旨极为少见。

长孙无忌既为检校中书令，执掌中书省，同时又知门下省事，集两省大权于一身，而他还是天子舅父，顾命大臣，权势之盛，可想而知，用"炙手可热势绝伦"来形容，绝不过分。在贞观时期一直谨言慎行，也渐渐抛开了居安思危的顾忌，行事慢慢张扬起来。某日宴会朝贵，酒酣耳热之际环顾同僚："无忌不才，幸遇休明之运，因缘宠私，致位上公，人臣之贵，可谓极矣。"其志满意得、富贵傲人的骄态，跃然纸上，隐隐已有侵凌主上之威。

就像《红楼梦》里说的，"身后有余忘缩手，眼前无路想回头"，长孙无忌出身高门贵族，政治嗅觉很高，贞观年间一直以立身谨慎出名，多次辞去高位，从不敢以外戚骄人，对于敏感话题多是侧身回避，因此才能得到太宗的最终信任，称他为"善避嫌疑，应对敏速，求之古人，亦当无比"。

然而对于年少的新任天子，却难免有轻视之心，仍是难改舅父看待小外甥的心态，就算开始还有些警觉性，也慢慢被仕途上的一帆风顺所磨灭，却没有想到光亮越强，阴影越浓。

永徽三年末，在争位斗争中失败的李泰在郁郁寡欢中死于均州。行事越来越没有顾忌的长孙无忌乘机借高阳公主唆使房遗爱与房遗直争夺爵位一案大做文章，将魏王旧党，不满当权者及自己政敌一网打尽，最后处死两名王爷，两名公主，三位驸马，大批皇亲国戚牵连被贬，结案之惨烈，举世皆惊。这就是初唐轰动一时的高阳公主谋反案。

第四十六回　高阳公主倾吐怨中怨
　　　　　长孙太尉牵扯案中案

　　高阳公主谋反案是在废后事件之前，即永徽三年（652年）发生的一个大案，这个案子的处理者正是当时权倾朝野的太尉长孙无忌。

　　先来说说公主其人。她所有的罪行都来自无事生非，用句流传了千年的名言就是：吃饱了撑的。

　　说起这位"高阳姐姐"，绝对是大名鼎鼎、家喻户晓、恶名昭著的离奇女人。她是唐太宗李世民庶出的女儿，人长得漂亮，又聪明活泼，也非常任性。小时候，她深得唐太宗的宠爱。唐太宗为了笼络大臣，把她嫁给了担任首席宰相和太子太傅的房玄龄的次子房遗爱。在唐朝，娶公主可不是常人能够"消受"的。果然，自从高阳公主嫁进房家，房家就一天也没有消停过。受宠的高阳公主结婚之后，处处刁钻好胜，调唆丈夫房遗爱和大哥房遗直分家。

　　房遗直被逼无奈，告到唐太宗那里。唐太宗不是护短的人，他主持公道，狠狠地责骂了高阳公主一番，才把这件事摆平。从此就不大喜欢这个惹是生非的女儿了。

　　这回该安分守己了吧，没过多久，高阳公主又出事了，这回斗争已经上了档次：跟和尚辩机私通。

　　有一次，高阳公主打猎，巧遇和尚辩机，两人一见钟情，高阳公主从此就包养了这个清秀的和尚。这完全可以理解，一个物质生活丰富、精神生活空虚的贵妇，遇上一个精神需求圆满、生理需求饥渴的高僧，正好天雷勾动地火，损有余以补不足。

为了安慰老公房遗爱，她还送给他两个绝色的婢女。房遗爱只能忍气吞声，不敢有什么意见。然而，纸包不住火，这个事情终究还是败露了。不久，因为追踪一起盗窃案件；不巧，发现了宫中之物金宝神枕；不巧，顺藤摸瓜又抓获了小偷一名；不巧，小偷道出了在某某处偷得此物；不巧，搜查某某处发现是和尚辩机所在的寺院；不巧，辩机就被抓了个正着。审判官顺藤摸瓜，找到了公主。唐太宗觉得很没有面子，盛怒之下，腰斩了辩机。

太宗嫌有高阳这样的女儿丢了他的脸，高阳也恼恨太宗杀了她的情郎。贞观二十三年（649年）唐太宗去世，高阳公主一滴眼泪都没有流。

没有了父亲的管束后，高阳公主更加肆无忌惮，无法无天，包养了更多的情人。也许因为她的初恋是个和尚，所以她对这一类人总是情有独钟。和尚、道士这些方外人士在她的情人中占了相当大的比重。

不过，她一生中犯的最大错误不是给丈夫戴绿帽子，而是掉进了政治的旋涡。

起因是永徽三年十一月，被流放到均州的前魏王李泰死了。

高阳公主的丈夫房遗爱在贞观朝属于魏王李泰一党。前文讲过，贞观十七年，魏王李泰和太子李承乾因为争位双双被废，不久李治被立为太子。所以，到高宗时期，押错了宝的房遗爱在政治上属于失势派，被贬为房州刺史。房遗爱是公子哥儿出身，宰相的儿子，公主的丈夫，本来也是娇生惯养的，到了地方之后，他不大受得了艰苦的生活，就满腹牢骚，和一群跟他一样失意的皇亲搅在一起，整天讲怪话。

这一伙人除高阳公主夫妇外，还有辈分较高、野心勃勃的荆王李元景、当年同属魏王阵营的巴陵公主驸马柴令武，被贬的丹阳公主驸马薛万彻等。

这样口没遮拦按律已是死罪，在小圈子里几个人议论一下倒也罢了，偏高阳公主又去惹是生非，对象还是她一直看不顺眼的大伯房遗直。

房遗直因为是房玄龄的长子，所以由他继承了房玄龄的爵位。而高阳公主的老公房遗爱是小儿子，当然没他的份。什么都要最好的高阳公主于是对他百般刁难攻击，从太宗时代起就开始告恶状，希望把他整倒让自己老公承袭爵位，次次告状，次次落空，反正她是公主，诬告大不了挨顿骂，久而久之，几乎成为这个无聊少妇乐此不疲的游戏。房遗直的一再忍耐不能收到任何效果。

这次，高阳公主又出新招，再一次诬告他"无礼"的时候，房遗直终于忍无可忍——你可以质疑我的道德观，但不能质疑我的审美观。

这年头，惹不起你也躲不起，忍无可忍无须再忍，他以其人之道还治其人之身，我也告密。

一来他担心自己总有一天会被这个比猪还蠢的妇人告倒，二来也是担心这对无法无天的小夫妻总有一天会捅出什么篓子连累整个房家，索性把房遗爱和高阳公主聚众"图谋不轨"一事揭发了出来。

这可不得了！皇亲国戚参与谋反，事关重大，李治像触了电门一样跳起来，立刻委托宰相长孙无忌调查。

这回高阳公主算撞枪口上了。长孙无忌给这对夫妻定了一个"谋反"罪，还将事态扩大，把所有的政治反对派一网打尽。

头一波打击对象主要针对魏王旧党和不满李治做皇帝的人。

其中当世名将丹阳公主驸马薛万彻、巴陵公主及驸马柴令武（柴绍和平阳公主之子）夫妇为李泰心腹，荆王元景一直觊觎李治皇位，太宗庶子吴王恪也被牵涉进来。此案审理结果，房遗爱、柴令武、薛万彻（当世三大名将之一，根据记载，薛万彻临刑前高声说："薛万彻大健儿，留为国家效力死岂不佳，乃坐房遗爱杀之乎！"我薛万彻堂堂男儿，留着我为国家效力而死难道不好吗？没想到竟然是因为房遗爱被斩！）三位驸马均被处斩，元景、李恪二王及高阳、巴陵二公主赐自尽。

其中吴王李恪之死，最是引得后人同情。他母亲是隋炀帝的女儿，血统非常高贵，李恪本人也英武果敢，有乃父之风。唐太宗曾经一度动念头要立他为太子，后来因为长孙无忌的反对才没有实现。所以在长孙无忌的心中，一直把他视为李治的潜在威胁；也因为当年自己曾经反对过立他为太子，当然对他非常防范。

吴王既因长孙无忌的反对而夺嫡梦破，复遭陷害横死，怨愤之情可想而知，临死大骂："长孙无忌窃弄威权，构害良善，宗社有灵，当族灭不久！"

如果说长孙无忌对这些人的处置还有维护政局稳定的考虑，那之后的进一步株连就有报私怨的嫌疑了。

把现任门下侍中兼太子詹事宇文节下狱致死；把李治的堂叔、江夏王、当世三大名将之一李道宗流放广西象州致死；把李治的姑祖父、左骁卫大将军、驸马都尉执失思力流放岭南；把李治的六哥、李恪的胞弟李愔废为庶人，并软禁于巴州（今四川奉节县）；把房遗直贬春州铜陵尉；万彻弟万备流交州；罢房玄龄配飨。

事情在这么短的时间内受牵连人数呈几何倍数增长，这是李治没有料到的。当他终于反应过来时，马上想到：救人。

当初他父亲选他，其中的一个原因就是他心慈，他老爸认为他能保全他那些兄弟们。他怎么会不知道父亲的愿望呢？于情于理，他当然是要求情的。

宣判前向长孙无忌求情："荆王（李元景），朕之叔父；吴王（李恪），朕兄，欲丐（免）其死，可乎？"

而长孙无忌串通兵部尚书崔敦礼等人一再上表："陛下虽欲申恩，究竟不可枉法，如或谋反不诛，如何惩后？"陛下虽然想慈悲为怀，放他们一马，但毕竟法不可徇私，如果连谋反都不判死刑，怎么惩戒后人呢？

当这场莫须有的谋反案落下帷幕，也许就注定了将来的很多故事。

永徽四年二月结束的这次大案，让天下人都见识了长孙的煊赫权势和铁血手段。在鲜血和白骨的映衬下，长孙无忌的声势，赫然已如日中天。然而月盈则亏，水满则溢，也让一直对他言听计从的李治，第一次切切实实地感受到了来自舅父的震主之威。

踌躇满志的长孙无忌再也想不到，一向温顺听话的小外甥，心头的阴云正在越聚越浓，只待一个女子的纤纤素手挑动，便将化为惊雷密雨，泼天富贵顷刻被雨打风吹尽。盈亏之间，祸福一发，又岂是凡夫俗子能够勘破的呢？风水轮流转，当年的翻云覆雨，如今全成了请君入瓮。高阳公主谋反案，却在日后变成了处理长孙无忌谋反一案的先例。

而此案发生的永徽三年（652年）到永徽四年（653年）之间，后宫中，武昭仪恩宠正浓。通过此案清楚地看出，长孙无忌貌似忠诚厚道，实为残忍徇私；而高宗软弱，眼瞪着长孙无忌等藐视君权，自作主张杀害忠良，杀害他的亲族而不能相救。武则天看出了其中的门道，这更坚定了她劝高宗树立天子威仪的信心。但她知道这事急不得，得慢慢来，先除掉长孙无忌的臂膀，才能瓦解他的权力。

第四十七回　事缓则圆武皇后施计
　　　　　　麻痹大意褚遂良翻船

　　武则天做事情向来力求干净、彻底。王、萧二人死了，李忠废了，儿子立了，她很满意。

　　但有一件事，她很不满意，那就是她在朝中的势力还很薄弱。虽然她有李勣、许敬宗、李义府等人的支持，但这些人的力量还不能和长孙无忌等一帮老臣抗衡，况且李勣处事圆滑；许敬宗和李义府资历太浅，职位不高。因此，她必须提拔亲信、培植势力。只有这样，她才能打倒长孙无忌等人，才能从根本上确保后位稳定。

　　她懂得各个击破的道理，事缓则圆，急不得，先来点舒服的，麻痹你，看你什么反应再说。于是，武则天在清除王、萧之前，放了一个政治烟雾弹。

　　永徽六年（655年）十月二十日，她上表李治说："陛下欲立我为后时，韩瑗和来济出面反对，他们这样做实在是难得。无论他们怎样伤害了我，到底是一片深深的爱国之心呀？陛下应该好好奖赏他们才是啊！至于长孙无忌嘛，他是你的舅父你的亲人，他老了，就让他留在你的身边又何妨呢？"

　　李治更是无言以对。他觉得无论是使用善解人意深明大义还是使用虚怀若谷宽容大度来形容眼前的这个女人都不过分。

　　然而，此后的一件事，让武则天觉得他们是百足之虫死而不僵，于是她下定了让他们"僵"死的决心。

因为反对立武则天为后，褚遂良被贬到潭州当都督。第二年，侍中韩瑗觉得废立皇后的风波已经过去了，武则天也没有什么进一步的举动，开始为褚遂良鸣不平，于是上奏说："遂良社稷忠臣，为谗谀所毁。昔微子去而殷国以亡，张华存而纲纪不乱。陛下无故弃逐旧臣，恐非国家之福！"

意思是说，褚遂良当年虽然言词过激，但确实是深情为国，现在他被小人离间，所以被贬到潭州当都督去了，希望陛下把他招回来，继续任用，否则，国家就要面临灾难。

李治听了勃然大怒，想起当年褚遂良口出恶言，玩命顶撞他的样子，更是气不打一处来——继续贬！

显庆二年（657年）三月，李治下诏把褚遂良贬往更偏远的地方——贬到桂州（今广西桂林）当都督去了。

马上，武则天就把她的心腹许敬宗召了，如此这般地指示了一番。

第二天，许敬宗上书高宗说，他觉得现在朝廷里有阴谋。什么阴谋呢？他说，您看，把褚遂良贬往桂州，看起来是慑于皇帝陛下的天威，其实这是中书令韩瑗的阴谋，这是明贬暗升。为什么呢？桂州是用武之地，可以养兵练兵最后出兵。韩瑗利用宰相的职务之便，安排褚遂良做桂州都督，是想和他里应外合。另外，来济和褚遂良也是朋党，实际上他们三个人勾结在一起谋逆。

这个说法有没有道理呢？真的非常牵强。因为桂州和长安相去遥远，即使今天从广西桂林起兵去打西安也是难度极大的，何况当年了。褚遂良怎么能和韩瑗策划这么一个愚蠢的谋反计划呢！

但是，李治不管这些。他马上认可了许敬宗的上奏。

下诏贬韩瑗做振州刺史，振州就是海南省的三亚市，韩瑗给贬到天涯海角去了，终生不得再返回京都，朝觐天子。

来济贬为台州刺史，台州是现在浙江省的临海市。浙江现在是个好地方，可是当年南方还没有得到充分开发，特别是沿海地区，还是非常落后的。

在武则天的建议下，随后李治又把韩瑗的另一死党——王皇后的舅父柳奭，从荣州刺史再贬为象州刺史，象州是今广西象州县。

既然桂州是"用武之地"，那褚遂良也就不能在桂州待下去了，又被进一步贬到爱州担任刺史。爱州是今天越南的清化市。

远离朝廷的褚遂良，这才发现自己犯了多么大的错误，他终于服软了。不过，为时已晚。

有"唐楷第一人"之誉的褚遂良终于受不了了，他上表向李治求情。

据《新唐书》记载，显庆二年，褚遂良上表说："往者承乾废，岑文本、刘洎奏东宫不可少旷，宜遣濮王居之，臣引义固争。明日仗入，先帝留无忌、玄龄、勣及臣定册立陛下。当受遗诏，独臣与无忌二人在，陛下方草土号恸，臣即奏请即位大行柩前。当时陛下手抱臣颈，臣及无忌请即还京，发哀大告，内外宁谧。臣力小任重，动贻伊戚，蝼蚁余齿，乞陛下哀怜。"

当初，先帝欲立李泰为太子时，我坚决反对，是我和长孙无忌、房玄龄、李勣保您当上太子的。先帝临终时，委任我和长孙无忌为顾命大臣，当时您特别悲痛，六神无主，还抱着我的脖子哭，我却一个劲儿地安慰您。我和长孙无忌做了很多事，并拥立您即位，朝廷这才安宁。我的能力是有限，但我肩负的责任十分重大。我是做了错事，但我一定会改过。请看在过去的情分上，您就可怜可惜我，宽恕宽恕我吧。

这里他先提到了自己为高宗力争皇位的策立之功，回忆了太宗去世后他帮助高宗稳定局势的辛劳，恳请唐高宗念在往昔的功劳上，对他网开一面。这封信写得好不好呢？不好，非但不好，而且大错特错了。在唐高宗看来，正是因为他有拥立之功，又接受太宗遗命辅政，才会如此桀骜不驯，不把皇帝放在眼里。换句话说，褚遂良自以为可以向唐高宗求情的资本，正是唐高宗要置他于死地的真正理由。这封不识时务的求饶信当然得不到什么回复。

听听，褚遂良这哪里是求情啊，这分明是在向李治显功邀功嘛，而且还公然揭人家的短，这不是打人家的脸吗？李治能同情他才怪。

可以说，褚遂良在错误的时间、错误的地点，做了一件错误的事情，说了一番错误的话。他是错误到底了，没有回旋的可能，只好原地待命。

"独在异乡为异客"的老臣褚遂良，尽管毕生抱定一颗对李唐王朝无比忠诚的心，但却最终不能得到高宗李治的"明察"。他一而再、再而三地写信给高宗陈述他的一片忠心，但却如石沉大海，得不到朝廷只言片语的回音。结果他只能在那炎热难耐的地域终日翘首以待，空抱着一腔热血与热望，并在最后的希望中将垂危的生命耗尽。

第二年，一代名臣和书法家褚遂良病逝于爱州，享年六十三岁。

既然是忠臣，先尽量保护自己，才能为万民、为李唐江山做更多的事情，这不是比和一个女人过不去更有意义吗？虽然从日后的发展来看，他们的认知无比正确。然而历史从来不是只发生正确的事。为了不能改变的事，把自己搭进去，这是为自己负责吗？这是为百姓负责吗？

再看一下后期名臣狄仁杰，也没有因为当今皇帝是"女主武皇"就在大殿上一头碰死。那是贞洁烈妇的所为，不是大丈夫所为。他比谁都想恢复李唐江山，国泰民安。可他知道要是自己倒了，李唐江山就更没戏了，也许下一场宫廷的血腥杀戮正在酝酿。所以他凭借独特的人格魅力，巧舌如簧地说服了武则天，在武承嗣和中宗李显之间最终选择了李显；又说服武则天，任命张柬之为相。在他死后，张柬之发动了"神龙政变"，成功夺回了李唐江山。

至此，长孙无忌的关系网完全被拆散了，他的左膀右臂完全被砍断了，他彻底被孤立了，而武则天就要收拾他了。

第四十八回　恃宠而娇李义府猖狂
　　　　　　　位高权重中书令跌倒

　　韩瑗和来济这一被贬，他们原来所担任的中央领导职位就空出来了。谁去接替呢？许敬宗。礼部尚书许敬宗被提升为侍中，兼任度支尚书（即户部尚书），以度支尚书杜正伦兼中书令。武则天的另一个心腹李义府，在此之前已经当了中书令。这两个人都进入了宰相集团。唐朝的中央政府实行程序分工，中书省负责起草诏书，门下省负责审核诏书，一个文件，只有经过中书省、门下省两个程序，才能真正成为敕旨，形成一个"红头文件"。武则天任用这两人，那可是司马昭之心，路人皆知——她想让她的政令畅通无阻。这两人肯定会为武则天卖命，因为他们是武则天的心腹和亲信，也是武则天对付敌人强有力的武器。

　　在李治的恩宠下，两人有些无法无天，特别是李义府，尾巴都翘到天上去了，不停地惹是生非。

　　按说，他这样的高官是不缺女人的，可他偏偏看中了一个有特殊身份的神秘女人——女犯人。

　　显庆元年（656年）八月，李义府有一次视察监狱，看上了一个姓淳于的女犯人，竟然指使大理寺丞毕正义把她放出来，自己纳之为妾。

　　这简直就是色胆包天！大理寺卿段宝玄得知后，立即将此事奏报李治，李治随即安排给事中刘仁轨（后来也是一位出将入相的大唐名人）调查此案。李义府深知刘仁轨是个正直而无私的人，干脆设法逼死了那个帮他放人的大理寺丞毕正义。

大理寺丞一自杀，可就是人命案了，还是一名朝廷官员。然而，秉公办案的刘仁轨却没有证据，拿他没辙。

李治本来想原谅他，不想追究，但是青天白日，朗朗乾坤，岂能人人都这么没有良知？御史王义方看不下去了。他回家禀报母亲，说现在朝廷里出了这么一件事，而我是一个监察官员，如果不管呢，良心不安；如果管了，又怕皇上怪罪，连累母亲。他的母亲深明大义，对他说：自古忠孝不两全，你既然当了这个官，就要舍孝全忠，报效国家。另外，你这样做，还可以成就一生的大名。如果你因此获罪，我死而无恨！王义方受了母亲一番鼓舞，马上上书朝廷，要求严惩李义府，还死者一个公道。

可是唐高宗没有惩办李义府，反倒责怪王义方出言不逊、毁辱大臣，马上贬他为莱州（今山东莱州市）司户（掌管居民户籍的官员）。这样一来，大臣们一下子就知道了李义府在皇上心目中的分量，再也不敢轻易和他叫板了。

大概人性总是"不见棺材不掉泪"的，这家伙一看没事，拍拍屁股又站起来了，从此更加无法无天。

不过常在河边走哪有不湿鞋，显庆三年（658年），李义府犯事被贬了。

后来他竟然纵容自己的儿子和女婿公然卖官，搞得家里门庭若市，在朝廷上影响极坏，却无人敢管。可是偏偏有一个大臣不信邪，又和李义府拼上了。谁呢？杜正伦。

新晋宰相杜正伦看不下去了，两人经常在殿堂上大吵大闹，互相指控。因为两个人都是高宗提拔的，所以高宗以大臣之间不能和睦为名，各打五十大板，把他们二人也同时赶走。杜正伦贬为横州（今广西横县）刺史，贬李义府为普州（今四川安岳县）刺史。

即便这样，李义府还是技高一筹。不久之后，他又在武则天的庇护下复出，担任吏部尚书兼同中书门下三品，还是一个宰相；而杜正伦最终死在了被贬的地方。

李义府回到朝廷后，恶习不改，马上又耀武扬威，把一个出身赵郡李氏的五品官李崇德逼死了。

上文说过，李义府原本门第很低，当了大官之后，他就和赵郡李氏攀亲戚。李崇德虽然心里充满了鄙夷，可是胳膊拧不过大腿，只好把李义府写到家谱上。

后来，李义府一被贬官，李崇德也就不客气地把李义府又从家谱中除名了。李义府那个气呀！官复原职之后，立刻给李崇德安了一个罪名抓起来。李崇德关进监狱之后便自行了断，撞墙死了。李义府逼死五品官，这可是他害的第二条人命。可皇帝还是没有治罪。

李义府自己冒充不成，就想给儿子找个贵族媳妇，没想到所谓的"五姓七望"都婉言拒绝了。正好当时唐高宗和武则天修《姓氏录》，想要压制旧贵族。李义府就趁势要求皇帝下诏严禁"五姓七望"互相通婚。

还有个间接因他而死的，某县令"过劳死"也和他脱不了关系。

龙朔三年（663年），李义府改葬祖父，大肆张扬，让附近七个县都派人参加义务劳动。有一个县令不知是想巴结李义府，还是不忍心去抓劳工，特意想恶心一下李义府，反正是亲自上阵了，没想到劳累过度，死在工地上了。这县令一死，又闹出一条人命来。

面对种种指责，连庇护他的高宗也坐不住了。可是，这家伙毕竟立下汗马功劳。思来想去，李治决定私下里找其谈心。没想到李义府受宠不知自爱，反而愈加恃宠骄恣。

在同一年，他任右相典选（即选拔官员），专干买官卖官的事。升降褒否不看实绩，只看金钱关系，弄得怨声载道。

高宗见他闹得太不像话，又找他来谈心，说："卿子及婿颇不谨慎，多为非法，我尚为卿掩覆，卿宜戒之！"听闻卿的儿子、女婿皆不谨慎，贪赃枉法，是我为你多加掩覆，没把这事抖搂出来。从今往后你可要谨言慎行，整顿一下家庭内部风气，别再这么干了！

李义府猖狂惯了，听了之后不但不认错，反而勃然变色，伸长了细脖子追问："谁向陛下道此？"高宗不禁也动了怒，说："但我言如是，何须问我所从得耶！"我都这么说了，你又何必追是谁告诉我的呢？

一般人到这个时候就会赶紧谢罪，可是李义府被惯坏了，一句话没说，转身扬长而去，把李治给晾那儿了。他没想到李义府竟然如此狂妄，气得七窍生烟。此时，对于高宗来说，李义府的历史使命已经完成，他再也没有必要容忍下去了。如果皇帝想要除去大臣，找到理由是相当容易的，何况李义府又是这样一个爱惹是生非的人。

很快，李义府就出事了。他这叫"多行不义必自毙"。

李义府的母亲去世了，高宗根据规定给他守丧的假，初一、十五让他去为母亲祭祀。李义府是个迷信的人，便利用这些假日穿上便服，找到风水先生杜元纪为自己望气，看看自己还有多少富贵可享。此人一看，煞有介事地说李义府宅第之上有不祥之气，屋主必有牢狱之灾，必须积财二十万缗才压得住。到哪儿筹款呢？当然得争分夺秒贪污受贿。

他想到了那时候已经过世的长孙无忌。

长孙无忌已经在显庆四年（659年）自杀了，他的儿子也死了，孙子都流放岭南。现在有一个孙子长孙延好不容易九死一生才又回到长安，已经是一个普通百姓，没有任何官职。

李义府把长孙延找来，跟他索要七百缗的贿赂，帮他谋得一个从六品的司津监之职。这个事情立刻被人弹劾了，说李义府和罪犯家属勾结。

本来，和之前他犯的事相比，这件事也没什么大不了的。可是，皇帝的心已经变了，高宗马上派有司审查此案，并命李勣监审。

审讯结果下来，数罪并罚，李义府被流放巂州（今四川省西昌市）；其子李津流放振州；其他诸子女婿全部流放庭州。此次流放后，李义府一直未得赦回，死在流所。高宗惩处了李义府，朝野相庆，对高宗和武则天"内惩所亲"甚是称赞。

李义府是武则天的人，虽然惹是生非，但是对武则天一直忠心耿耿，所以武则天未必不想保他。但是，武则天是个聪明人，她能够看清形势。她明白，现在是唐高宗下定决心要除掉李义府，而且李义府劣迹斑斑，官怒民怨，如果自己再去保他，可能就会引火烧身。

第四十八回 恃宠而骄李义府猖狂 位高权重中书令跌倒

第四十九回　莫名其妙长孙谋反
　　　　　　　惊天动地孙武大战

不过李义府倒霉是后话了，在当时，李义府和许敬宗等政坛新星正熠熠生辉。武则天不会忘，养狗是为了抓猎物，这个猎物，就是最强敌人——长孙无忌。

自从武则天立为皇后，长孙无忌好像就销声匿迹了，他干什么呢？

他可能是想韬光养晦，便开始干起了兼职——修国史去了。

武则天整顿朝臣的日子，也是长孙无忌潜心修国史的日子。从武则天当上皇后到显庆四年（659年）四月，他一共编写了武德、贞观《两朝国史》八十卷，梁、陈、周、齐、隋《五代史志》三十卷和《显庆新礼》一百三十卷。唐朝建立了史馆，开创了宰相领衔修史的传统。有唐一朝一共修了八部正史，占二十四史的三分之一。

需要说明一下，李治和武则天去洛阳巡游这一年，长孙无忌也在埋头修国史，因为他们压根就没带他出去玩。

武则天从洛阳回京后，一直在寻找机会除掉长孙无忌。

显庆四年（659年）四月，她终于找到了机会。但在机会来临之前，她建议李治对宰相班子进行了重组，重组的宰相班子一共有六位：太尉长孙无忌（仍是首席宰相）、司空李勣、太子太师于志宁、侍中辛茂将、中书令许敬宗和黄门侍郎许圉师。

但是，长孙无忌毕竟是皇帝的舅父，又做了三十年的宰相，权倾朝野，威震天下。要扳倒他，需要慎之又慎。武则天是一个果断的人，但是她并不急躁。在需要耐心的时候，她非常有耐心。

动手整治当朝宰相，这得需要一个充分的理由。以这个理由为突破口，武则天的行动才名正言顺，动起手来才会又快又准又狠。那么，突破口在哪里呢？

长孙无忌老谋深算老奸巨猾，他的把柄可不是那么好抓的。不用急，当初王皇后怎么倒的？欲加之罪何患无辞，不久，韦季方案发生了。

显庆四年（659年）四月，洛阳人李奉节控告太子洗马（太子宫掌管文件图书资料的官）韦季方、监察御吏李巢有搞朋党之嫌，搞朋党就是意欲谋反。高宗令许敬宗和辛茂将审理此案。

这本来是一个很小的案子，可许敬宗是怎么审案的呢？他大搞逼供，严刑拷打韦季方和李巢，让他们招供自己结交的权贵是谁。另一方面，许敬宗暗示这两个人，只要他们供出长孙无忌，事情就好办了。可是韦季方是个老实人，他哪里敢诬告国舅啊，坚决不承认。最后，韦季方受不了刑讯逼供，想去撞墙一死了之。

但是，他连死的权利都没有，又被救活了。而且自杀可帮了许敬宗的大忙，他解释道：韦季方是长孙无忌的门生，他们一起陷害忠臣，伺机谋反。韦季方是怕把背后的人挖出来，才选择自杀的。韦季方叫天天不应叫地地不灵，百口难辩，只好任由许敬宗摆布。

搞定了韦季方，许敬宗马上向唐高宗汇报案情进展。他说，案子已经调查出眉目来了，韦季方的问题不是简单的结党营私，这里面涉及一个阴谋，他是想和长孙无忌合谋，上下勾结，陷害忠臣和贵戚，试图谋反。现在，韦季方看到阴谋败露，只好畏罪自杀。

许敬宗在台前蹦得欢，其实他体现的是武则天的心愿。因为在做这件事情之前，他肯定和武则天通过气，武则天也会教他如此这般。

试想，如果没有武则天的打气，他许敬宗敢向三朝元老、国舅、太尉长孙无忌下手吗？看看这迅猛的手段，完全可以揭露一个问题：长

孙无忌被整治的过程，史书中一次未涉及武则天，就是说她和高宗、长孙氏的特殊关系，她绝不能让高宗知悉她的参与。长孙氏的最后倒台，是因其阴谋作乱，要夺取唐朝皇权，只能是这个大罪才能让他倒台。而长孙氏也用这个莫须有的罪名诬谄过多起大臣"谋反"，武则天是在以牙还牙。

长孙无忌是如何在武则天幕后指挥下，被一步步推上断头台的，唐高宗是如何一步步被逼着同意处置他的舅父长孙无忌的？

唐高宗听了汇报之后，他怎么反应的呢？

据《资治通鉴》记载，他说了这么一句话，非常有意思："舅为小人所间，小生疑阻则有之，何至于反？"唐高宗并没有质疑长孙无忌是否应该被牵扯进这个案子里，甚至也没有深究长孙无忌怎么会脑子进水，和几个小小的文官谋反。他只是说：舅父被小人挑拨离间，心里对我有猜疑是可能的，怎么至于到谋反这一步呢？

许敬宗马上就说："臣始末推究，反状已露，陛下犹以为疑，恐非社稷之福。"他说陛下您怎么可以再怀疑呢，这就是谋反啊！

唐高宗听了以后长叹一声，眼泪随之滚滚而下，说："真是家门不幸啊，亲戚间屡有异志。往年高阳公主与房遗爱谋反，现在连老舅也谋反了，我还有什么脸面见天下之人啊！如果舅父谋反之事是真的，让我怎么办啊？"

许敬宗见高宗思想动摇了，马上顺着他的思路上奏："房遗爱只是个乳臭小儿，与一个女子谋反，成得气候吗？长孙无忌就不同了，以前他与先帝谋取天下，天下人都佩服他的谋略智慧。他做宰相三十年，天下人都惧怕他的威势。如果他哪一天阴谋发动造了反，陛下派谁去能抵挡得了呢？今天幸亏老天有眼，天上老君显灵，因为审理一个小案子，却审出了大奸大恶之人的阴谋来，这真是天下之大幸啊！臣害怕长孙无忌知道韦季方自杀的事，狗急跳墙，铤而走险发动叛乱。他举手一呼，众恶云集，那可就成了宗庙社稷的大祸患了！臣昔年未见宇文化及和他的父亲宇文述为隋炀帝信任，结成儿女姻亲，委以朝政。宇文述死后，禁军归宇文化及统领。一夜之间在江都作乱，先杀死不附和他的人，臣的家就是那时被他毁了的。于是，连大臣苏威、裴矩等都急忙服从。等天黎明时分，隋朝江山就垮了。这是不久前才发生的事，望陛下快快决定啊！"

高宗听说后，心里慌乱无主意了，只得令他再细致查一查。

许敬宗明白好饭要趁热吃的道理，第二天，马上又来回奏。

他说，我昨天连夜审理这个案子，发现比我想的还要严重。原来以为只涉及长孙无忌一个人，现在才发现，这是一个牵连若干大臣的大阴谋。他上下翻飞三寸不烂之舌，侃侃而谈：

"我昨天回去提审韦季方，我问他，说长孙无忌是当朝国舅，皇帝与先皇都对他那么信任，他为什么要谋反呢？韦季方说，这事开始也不是长孙无忌的意思，是韩瑗在挑拨他。韩瑗曾经对长孙无忌说，当年您和王皇后的舅父柳奭以及褚遂良三人合谋立李忠做太子，现在李忠已经被废，皇上也不信任您了，您还不早做打算啊？长孙无忌一听，有道理啊，于是就日夜和这些大臣策划谋反。都和谁策划呢？韩瑗、褚遂良、来济、柳奭，还有于志宁。看来，这不是长孙无忌一个人的事情，几乎所有的元老大臣都和这个案子有牵连。"

许敬宗见高宗相信长孙无忌谋反，只是因为他是国舅而不忍心处治。赶紧又奏："薄昭，是文帝的舅父，文帝由代王做了皇帝，薄昭立有大功。后来他犯罪，只是由于杀了人，文帝让百官穿上素服，哭着杀了他。到今天下人无不赞颂汉文帝是明君。而长孙无忌不念两朝对他的大恩，竟然谋夺社稷，他的罪恶怎么能同薄昭同日而语呢。所幸其奸恶之状自己暴露了出来，逆贼自然而然地服刑，陛下还疑虑什么呢？还不早做决断！"

听了这话，李治长叹一声，又一次潸然泪下，说："舅若果尔，朕决不忍杀之。若杀之，天下将谓朕何！后世将谓朕何！"我舅父就算

— 211 —

谋反，我也绝对不能杀他。我要是杀了他，天下人会怎么议论我？子孙万代将怎么议论我啊？会说我和亲戚不能和睦相处啊！这事就到此为止吧。

很多史学家说，这是李治在假意表演，属于得了便宜卖乖。不过，如果你站在他那个位置，高处不胜寒，孤苦伶仃，你也会不知所措的，因为别人都在演戏。尽管他不傻，但很多时候他根本分不清什么是真，什么是假。他又不是没被忽悠过，看看他身边的皇后就知道了。

一看李治已经初步接受了谋反这个"事实"，许敬宗赶紧搜肠刮肚，再加把力、再添点柴，劝他大义灭亲，不能存妇人之仁："古人都说了：'当断不断，反受其乱。'安危之机，间不容发。长孙无忌是当今的奸雄，是王莽、司马懿之类的坏人啊！陛下稍有一点耽搁，臣怕变乱马上在陛下身边发生！后悔可就来不及了啊！"

许敬宗的苦口良药非常见效，李治终于咬咬牙，下决心处置这件事。

不知道这个许敬宗是不是特别有演讲天赋，反正李治在他的逼真生动、声色俱厉的口水中，已经七魂没了六魄，竟然没有亲自审问长孙无忌，就下诏削去他太尉的官职，夺了他的封邑，将其贬为扬州都督，外放到黔州（今四川彭水县）安置。不过，唐高宗说了，长孙无忌毕竟是他的亲舅父，不忍心看他受苦，仍享受正一品官员待遇。

本来，这个莫名其妙、捕风捉影的案子到这儿就该结了，可是历史发生了更扑朔迷离的变化：李治一反常态，要深度挖掘。也许他短路的大脑终于反应过来，感觉到有哪里不对劲了。

三个月之后，唐高宗下令让李勣、许敬宗等宰相进一步追查长孙无忌谋反案。许敬宗接旨后，派中书舍人袁公瑜到黔州去录长孙无忌的口供。

袁公瑜是怎样"录"口供的呢？他完全歪曲了高宗想探明真相的意思，直接对长孙无忌说，皇上对您不放心，您还是自我了断吧，省得我再费一把力气。长孙无忌见大势已去，长叹一声，就地自杀了，享年六十二岁。然后他再回去复命,说长孙无忌自感罪孽深重,对不起皇上,自我了断了。

一代名臣,大唐凌烟阁二十四功臣之首,两朝首席宰相,就这样憋憋屈屈地死了。他死得很不甘心,但他无力回天。

长孙无忌是否是贤臣,后世一直在争论。

关于这个问题,应该一分为二地看待。李世民当皇帝时,他是李世民的左膀右臂,不仅帮李世民打下江山,还竭力辅佐朝政,搞好建设,大力举贤纳才,把贞观之治推向了历史顶峰。可是,李治当皇帝时,他位高权重,干涉朝政,架空皇帝,结党大臣,排除异己,陷害忠良,贪污纳贿,谋取私利。

长孙无忌一死,他的亲属也受到牵连。随后,在武则天的指挥下,唐高宗又对他们进行了彻底的清扫。

儿子长孙冲和长孙诠先被除名,后被杖杀。这两人的妻子分别是长乐公主和新城公主,她们都是李世民和长孙皇后的嫡亲女儿,也就是李治的亲妹妹。其中长乐公主被贬放到岭南,新城公主被贬放到巂(xī)州(今四川越西县)。

长孙诠被杀时,他的外甥——也是韩瑗的姨侄——赵持满担任凉州(今甘肃武威市)刺史,他文韬武略,勇武过人,许敬宗担心他起兵造反,竟然诬陷他是长孙无忌的同谋,将他召至京师处斩,并暴尸于城外。

表弟、太常卿高履行(长孙无忌的舅父高士廉之子,东阳公主的丈夫)先被贬为洪州都督,后又被贬为永州(今湖南零陵县)刺史。当年,长孙无忌的父亲去世,年幼的无忌兄妹被同父异母的哥哥赶出家门,是舅父高士廉收留了他们。因此,高履行和长孙无忌名分上虽然是表兄弟,但实际比亲兄弟还亲。

他的堂兄、工部尚书长孙祥被贬为荆州都督府长史。另一位堂弟长孙恩被流放到岭南,后下令处死,但他侥幸逃命,又流放到檀州(今北京密云县)。长孙祥流放后,曾经给长孙无忌写过一封信,事情告发后，他当即被绞死。

长孙无忌谋反既然是因为前太子李忠被废引起的，梁王李忠也就顺带着被牵连进来。显庆四年七月，李忠被废为庶人，安置在黔州原来废太子李承乾的故宅里。

办完了这一切，李治又下诏将韩瑗和柳奭处斩，但韩瑗已死，行刑者开棺验尸后才作罢。除此之外，长孙、韩、柳三家近亲都被流放到岭南为奴。

与此同时，李治还将中立派于志宁贬为荣州刺史，他被贬时已是七十二岁高龄了。

死去一年的褚遂良也未幸免于难，他被削掉了死后追封的官爵，两个儿子彦甫、彦冲被流放爱州，在流放途中被杀死。

对了，这里还漏掉了一个人，他就是两年前被贬为台州刺史的来济，虽然他未被牵扯到长孙无忌谋反案中来，但因为他反对过武则天，第二年照样被贬了，他被贬为庭州（今新疆吉木萨尔一带）刺史。两年之后，突厥来犯时，他战死沙场，以身殉国。最后，他灵柩还乡，被朝廷追封为楚州（今江苏淮安市）都督。在所有反对武则天的前朝旧臣中，他的下场算是好的了。

第五十回 审时度势再看长孙谋反 雷厉风行重塑政治格局

看着这长长的名单，想想它背后的故事，简直就是触目惊心，这包含了多少忠臣良将的多少血泪啊。

这些史实反映出，关陇集团是宗族、亲戚盘根错节的政治和社会集团。由隋朝至唐初数十年，形成庞大的士族关系网。唐太宗一朝，因太宗英明果决，这个集团虽已形成，但难以垄断朝政，只能起到影响作用。至高宗临朝后，以长孙无忌为首，借着太宗的临终顾命，欺高宗懦弱，很快便把持朝纲，垄断了朝政。朝中高官和中层实职，几乎尽被占有。长孙无忌在他的府第中，就可以决定朝中事务，唐高宗形同虚设，成了傀儡。

永徽六年开始，这个宗族官僚集团便屡遭打击，短短四年就被彻底打垮了。"秋风吹渭水，落叶满长安。"这场惊心动魄的歼灭战，便是一个女人、一个崛起的女政治家武则天策划和领导的。

该死的都死了，该贬的都贬了，这既是历史规律，也是皇权手段。纵观长孙无忌谋反案，我们不难发现，这是一起莫须有的冤案。从始至终，都是李治和许敬宗在表演，都是他们在唱双簧，一个唱白脸，一个唱红脸。但我们又不难发现，在他们两人背后，在这起冤案背后，始终站着一个人：武则天。

只有她，才有十足的理由除掉长孙无忌和那帮反对过她的前朝旧臣。只有她，才会不露声色地站在幕后，遥控指挥李治和许敬宗，替她消灭一切敌人。

但是事情并不是这么简单。显庆年间全部事情的症结并不在武则天。从废王立武到清洗后宫，从改立太子到外廷换血，唐高宗李治才是真正的幕后策划者，并发挥着主导作用。

简而言之，唐高宗是统帅，而武则天只是他的亲密战友，是积极的推动者。唐高宗早就想洗牌了。他的前半生一直是受人控制的。当太子时，他生活在父亲的阴影之中，好不容易当上了皇帝，还要受制于父亲任命的元老重臣。一个皇帝如果没有权力会是何等郁闷啊，他要重树皇权。他的这种突破限制、伸张皇权的欲望才是左右整个事情的关键。武则天之所以能够轻而易举地消灭掉长孙无忌等敌对势力，还是因为她和李治利益一致。

从永徽六年到显庆四年，人们逐步认识了新皇后的厉害。现在，不仅仅后宫是她的天下，外廷也在她的匕首前面战栗。长孙无忌、褚遂良、于志宁，一个个曾经气焰熏天的大臣不过就是当年的狮子骢。这个时代真切地让人们见识了什么是顺我者昌、逆我者亡。

武则天，一个新上任的皇后，能把宰相班子来个大换血，这需要怎样的能量啊！她的成功，原因是很多的。她总结了一下成功消灭敌对势力的心得和法则：

第一点，心胸要宽广。千万别误会，这个宽广可能不是你想象的那样。不是从佛学角度看，只是从政治角度看。作为一个政客，在面对敌对势力时不能一味地杀杀杀。能策反的就策反，能拉拢的就拉拢，如果对方仍执意要和自己为敌，那就不好意思了，因为政治斗争本身就是你死我活的事。武则天是这么想的，也是这么做的。

第二点，给对手留后路就是对自己的不负责。决心清除一个或一群敌人，就要将其彻底清除，以防止其复苏或残余势力反扑。这就好比打蛇一样，打蛇就要打七寸，防止它反咬你一口。武则天的狠也就在于此。

第三点，不要孤军奋战。对于那些难以消灭的强大敌人，一定要寻求战友的帮助。谁是武则天的战友？李治啊！她的敌人，也是李治的敌人，李治想摆脱长孙无忌等人的控制，就把他们当作敌人来收拾。如果没有李治的帮助和打头阵，武则天是很难消灭敌对势力的。

就在血腥的清洗之中，一种全新的政治格局诞生了。

什么新格局呢？首先，贵族官僚逐步丧失了权力，甚至丧失了生命，受到了巨大的不可逆转的打击。关陇集团是一个地方武力集团，人员本来有限。长孙无忌等人以及他们的亲属，死的死，贬的贬，使这个集团受到了重创。朝廷的很多位置空了出来，新兴的势力就可以补充进去了。原来的一般官僚实力和地位有所提高。许敬宗、李义府、袁公瑜这些新提拔起来的中下层官员在废王立武事件中崭露头角，在清除长孙无忌集团的过程中大显身手，此后，他们还会发挥更大的作用。

经由这样一番变化，皇权得到了空前的提高。自魏晋南北朝以来，皇帝一直和贵族官僚联合治理天下，正因为如此，皇帝才需要在废立皇后的问题上征求大臣的意见，处处受制于大臣。但是随着元老大臣的下台和新生力量的补充，皇帝面对的将再不是贵族，而是一般官僚，皇帝和大臣之间的距离拉大了，皇权的伸张有了充分的余地。

看着这么复杂和变幻莫测的事情，被皇后三下五除二，轻轻松松搞定，李治尽管还有些发蒙，不过他开始更加佩服自己的老婆大人。他从来不认为自己是因为自私才诛杀大臣，他觉得娇妻保护了自己，为自己的江山保驾护航。不用说，二人的关系更亲密了，李治更依赖皇后了。

被整肃过的朝廷可谓是面目一新。在这样的一种崭新的背景下，高宗李治本可以振奋精神，大干一场。但天不作美，就在此刻，李治突然患了一种使他头晕目眩的病症。他已根本无法独自治理朝政。

于是，阴差阳错，天降大任于斯人，斯人即是武皇后。很快，武则

第五十回　审时度势再看长孙谋反　雷厉风行重塑政治格局

— 217 —

天在处理政务方面显出了非凡的才华。她手握权柄，得心应手。她天性聪敏，才智过人。她不仅对事情判断准确，而且办事迅速果断，一来二去，很快在朝中建立了威望。朝臣们对帘帷后的那个女人既敬且畏。

　　武则天第一次看到了她自己的能力。

　　经过四年的内外整肃，此时的武则天，上有唐高宗的专宠和信任，中有太子李弘作为依托，外有李义府、许敬宗作为心腹，皇后的地位，可以说坚如磐石。那么，武皇后心满意足了吗？她的下一个目标又是什么呢？

第五十一回　施援手武娘娘统帅后宫
　　　　　　伴佳婿两璧人衣锦还乡

显然，武则天所以苦斗关陇集团，不惜向朝中重臣开刀问斩，直至把他们一个个清除。

每一出手皆达目标，使那群貌似强大的腐儒一个个瞠目结舌。

李治心里很舒畅。妻子稍加指弄，朝中大势改变，她的能力、权谋和手段都让他敬服，无不言听计从。朝中大计，自己懒得决断，百事归妻子裁决，坐朝而不决政，成了高宗的习惯，非常自然，心里从不多想。

这也不是没有原因的，近年来李治的身体越来越让人忧虑。李治正当盛年（显庆元年，李治只有二十九岁，武则天三十三岁），就发现了多种疾病，如史上说的"多苦风疾""头重，目不能视"，关节疼、背疼等，在朝堂上坐久了根本受不了。

高宗患的究竟是什么病？后世看法不一。有说高血压的，有说近视的，有说神经衰弱的，有说心血管疾病的，不能定论。有人根据后来他的遗诏内容推断，可能是中风。

有时被大臣们围着争吵不休时，会头晕目眩，甚至一时看不见东西。皇帝身体不好，更让武则天想为之分忧，为之排难解纷，辅佐皇帝就成为她义不容辞的责任。

武则天决定让李治率领百官到东都洛阳住一段时间，目的也有让他改变一下环境，以期身体好转。因为长安宫的地势低，潮气太重，不利于李治的寒湿病，皇帝心绪不佳，换个环境会好一点。

显庆四年十月车驾从长安起程，月底抵达。皇帝住在洛阳宫，身体果然好多了。如今她是皇后，统领六宫，对后宫制度，她决定要改动改动。她认为后宫中皇帝的妻妾太多，后宫女人成堆，外戚成群，女色也会糟踏身子。

首先她决定把人数减少，四妃变为二妃，九嫔变成四嫔。其他的女官、宫女要安排各自的实职工作。其次，就是皇后以下的两个妃子和四个嫔妾，也要想到如何帮助工作。因此，武则天把皇妃改名为"襄德"，四嫔改为"劝义"，都有协理、帮助之意。她所以取此名称一点也不奇怪，因为她就在全力襄理皇帝工作，她也要妃嫔共同协助。

俗话说，"富贵不还乡，如锦衣夜行"，经过了多少日日夜夜的煎熬终了一场凤愿，武则天当然要衣锦还乡。

显庆五年（660年）正月，因对辽东用兵，高宗率领百官离开东都洛阳，前往北方就近指挥，拟于山西并州驻驾。洛阳到并州计八百多里，正月由洛阳出发北上，至二月已到达并州。

并州是当时的四大都督府之一，是唐初北部的重镇。车驾达并州后，设朝堂、内殿，统之曰"行在"，即朝廷的临时宫殿。高宗在此处理朝政、指挥战事。

武则天是并州文水人，但她一辈子只回过两次文水，一次是她父亲病故，由于无依无靠，和母亲、妹妹们受尽同父异母的哥哥白眼；一次身为皇后返乡，伴随金龟婿高宗李治驻驾并州，显露着衣锦荣归的煊赫。

跟她一块儿去的，不光是皇帝丈夫，还有随驾的五品以上官员。但见车骑如云，枪戟映日，大队人马耀武扬威，浩浩荡荡行走在官道上。

通往并州的大道，早让沿途官员驱使老百姓重新铺过，干净平整。御车的车轮上裹着一层层软牛皮，车行道上，仅仅有些轻微的抖动，李治和武则天坐在上面很舒服。武则天一双美丽的大眼睛，眺望着远处的村庄和原野，只见远远的麦地里，有一簇簇老百姓跪着，朝这里顶礼膜拜。唐开国迄今已有四十一年，据说，这里的百姓还从来没见过这么大的场面。

离别二十年，今日回并州！离开的时候，是在葬父之后，那时武则天还是一个怀着无尽凄惶的小女子。今日回来，身份已翻作万姓之上的国母。这巨变，不啻沧海桑田！

我们还能记得她当年的一句话么——"见天子安知非福！"

她的座右铭是：没有做不到，只有想不到。看来，成功的第一前提，就是敢想。

武则天天生就是个爱出风头的人，在并州的各项活动中忙前忙后。她今非昔比，自然感到荣光。先祭高祖李渊的旧宅，以武士彟、殷开山、刘政会三位已故功臣配享，武家的荣耀，可说已达到顶点了。

二月十五日，宴请随从官员及亲属等，对官员、父老各给赏赐。佐命功臣子孙及原大将军府官员，活着的赐官，死亡的给以祭祀。就连监狱内的人犯也沾了光，获得赦免。

二月二十三日，祭祀太原旧宅，以武士彟、殷开山、刘政会配食享祭。

三月初五，武则天以皇后的身份在并州行宫宴请亲族、邻里、故旧；皇室亲族赐以金帛；姑爷李治也很知趣，给并州的地方主官——并州长史、司马各加勋级，又各赐以布绢帛物品。

按旧时规矩，应由皇帝接见群臣和百姓，皇后在内殿接代女宾。这次因高宗体力不支，他也故意让皇后显示身份，则让武则天代表皇帝内外接见，全权处理。《资治通鉴》载，武则天满面春风，向宴会上的群臣和百姓致意，并以高宗的名义宣诏：

并州妇女年八十以上，皆版授郡君。

郡君，是古代妇女的封号，四品以上官员的妻、母才有资格获得，相当于四品到五品的官衔。

第五十一回 施援手武娘娘统帅后宫 伴佳婿两壁人衣锦还乡

接着，皇上皇后又在并州城西郊观看大都督府操练军队，进行了阅兵。

据说，女人能笼住老公的心，其中的一个原因就是她经常把丈夫拉入自己工作的圈子，从而让对方认识自己的价值，欣赏自己的另一面。女人，不一定要强大到刀枪不入，只是最好能在某个领域远远超过自己的丈夫。在自己的空间有了用武之地，在丈夫的眼中便有了魅力。

如此闹腾了两个月，直到麦子抽穗的四月，省亲队伍才打道返回东都洛阳。

这一闹，文水武氏名噪一时，哄传天下。武则天本人的声望，在官民之中也急剧地提高了。

但是她，不会仅仅满足于此。

每辅佐高宗做成一件事，她就感到有趣，让她兴奋，慢慢就有点着迷。自己感到有能力辅佐高宗做个好皇帝。本来她只想做个有地位的女人，那地位大约也来自男人，但长孙无忌这些阴狠的男人偏不给她一点机会。那就斗一斗吧，稍一出手才知道对方不过如此。由此她才改变了想法。

在回京四个月后，高宗突然发病，"风眩头重"，连眼睛都看不清东西了。显庆五年十月，高宗的病情加重。

这时，对辽东的战事正处紧张阶段，朝纲政事、战争军务都要处理，重病的皇帝无法视朝。于是，百司奏事，就只有委托武后来裁决。史载，"百司奏事，上或使皇后决之。后性明敏，涉猎文史，处理皆称旨。由是始委以政事，权与人主侔矣"。就是说，武则天就是从这时开始正式辅政的，权力与皇帝相当，迈出了她作为最高统治者的关键一步。

李治当时这么决定，只是个权宜之计，因为没别人可以依靠。太子李弘年仅八岁，只有让武后来参与管理。没想到，武后辅政之后，高宗身体迟迟不能复元，他虽然想勤政但力不从心，权宜之计也就演变成常例了。

但是，在表面高宗仍要装装样子，实行隔日上朝，仍是他一人坐殿，唱好独角戏。武则天只是在台后指挥，制片人兼策划。她的能力、经验和才智也已为满朝文武所认可。如果武则天不做女皇，一直这样做下去，后世的史官们可能不会骂她，至少不会那么凶地骂。

武则天辅政，遭宋人欧阳修等人的诋毁，原因不在于她处理得是否恰当、参政工作做得好不好，而是在"儒家政治"的框架里，女人就不能干政。只要你参与了政务，不管是情非得已还是早有预谋，不管是善政还是恶政，都是母鸡司晨，没得说。

女人干政就是罪。

第五十一回 施援手武娘娘统帅后宫 伴佳婿两璧人衣锦还乡

第五十二回 无心插柳光耀门楣显新贵
笼络庶族革除门阀得人心

显庆四年（659年）彻底拔除长孙无忌的这场大戏，台面上互斗的人物命运迥异。所有的纷争，其"表"是元老与新贵之争，其"里"却是阶层利益的碰撞。

斗争的根源在于魏晋以来有名的"门阀"制度。

门阀，又称"阀阅""世族"或"士族"。总之就是好出身。"阀阅"的词源，就很说明问题，古代的官宦人家，门外都有两根大柱，左为"阀"，右为"阅"，是用来张贴功状的。后来人们就以"阀阅"来指代显赫人家。

门阀制度最初形成于东汉，到魏晋南北朝时期达到鼎盛。

西汉的汉武帝时"罢黜百家独尊儒术"，由于当局十分崇尚儒学，所以当官的多以读经起家。他们的官做大了，就喜欢授徒讲学，把"学而优则仕"的诀窍往下传，以至门生故吏遍天下，渐成势力。其子孙也由于家学渊源，而能够继续做官。这么延续下去，到了东汉中期，就有了世代为官的"大姓"。

东汉的缔造者刘秀，在开国后大封功臣，造就了汉以来的第一批真正意义上的豪门。到了三国时期，魏文帝曹丕正式确立"九品中正制"，把门阀制度以立法形式加以确认。这个选官的办法，实际上是典型的暗箱操作，即由各郡推选出有声望的人作为"中正"，并按照才干分为九等，以备朝廷分配职务。那么，选谁不选谁，被推选者才干、人品如何，全由主持选拔的"大中正"说了算。

要是大中正既"中"且"正"，那倒还行，可以保证人才的质量。可惜天下没私心的人太少，因此推举上去的人不仅全是豪门子弟，而且难免有品行不端的阿猫阿狗，混杂着一大批无能而又骄奢的废物。

在汉代，被举荐的叫做"秀才""孝廉"，结果老百姓编了顺口溜大加讽刺："举秀才，不知书；举孝廉，父别居。"

南北朝时期，豪门士族控制了国家政治、经济、文化的大部分资源。晋南渡以后，琅邪大姓王导、王敦拥立司马睿为帝，世间就有"王与马，共天下"的说法，可见其势力之大。

那时候，山东（泛指黄河中下游）有崔、卢、李、郑；侨姓（南渡人士）有王、谢、袁、萧；吴郡有顾、陆、朱、张，都是"金枝玉叶"。

士族不但掌控国家资源，享受各种特权，而且严重鄙视庶族，眼睛都长在脑门上。

士族可免徭役，婚姻还要讲门第。在日常生活中，士族一般不与庶族往来。想要钻空子，门都没有。

豪门大姓把天下的好处占尽，这就不说了，关键是这一窝窝的"水葫芦"繁殖得太旺盛，会侵害到两大力量的利益。

一个是侵害了皇权。朝中尽是豪门大姓的人，名义上的最高执政者的号令，只要是不符合士族利益的，就可能出不了宫门。

另一个是堵塞了寒族子弟的上进之途——豪门手中的铁饭碗、金饭碗、编制、名额、好部门、好位置，凭什么让给你们这帮穷小子？

豪门士族，就这样上欺皇帝，下压寒门，成了谁也碰不得的"精英阶层"。

长孙集团所代表的，是创建李唐王朝的关陇贵族群体。只要是他们的子弟，条条大路通长安。仅以长孙无忌为例，家族中有多人官居四品以上，儿子皆任要职，族中子弟乃至族孙也都荫袭不断。一门高官数十人，遍布长安与各地。

这个集团中的头面人物，彼此又都是亲家，长孙与韩瑗、来济、于志宁、柳奭都有联姻。亲戚之外，还有门生故旧，枝叶蔓连，拔起萝卜带着泥。在当朝得意者，只要查一查背景，都有谱系，都有渊源。一荣俱荣，一损俱损。

皇帝当然也能认识到这群特权阶级的危害，第一个真正有意识地削减特权的是隋文帝。他大刀一挥，宣布消灭这万恶的"九品中正制"，同时开始实行"科举制"，把门阀制度砍开了一个大口子。

可是万事开头难，直到唐初，科举制取官的人数还是非常少，一科只有几十人，晋升速度也极为缓慢。而勋贵子弟上升极快，官都做得很大。

以上就是长孙无忌集团之所以专横于朝的一个大背景。武则天就是屁股坐在"庶族"位子上的"贵族"，所以她当然不能允许"士族"作威作福。

庶族地主是中小地主，他们在国家政权的底层，与社会基础、人民群众有较多的联系。

武则天自然还不懂社会分析。但从保护自己的社会地位和身家性命这一实际的目标出发，她不清除这个势力集团，自己就难以翻身。武则天要把这个老牛用连环腿踹死，第一脚是修改《氏族志》。

要说这个修改《氏族志》的创意可不是她首发。

当年，由于建唐的功臣主要是关陇士族，因此太宗李世民一向对山东士族不太感冒，对他们在衰败之后靠门第卖婚而趋炎附势尤为不齿。为了打击一下他们的臭架子，太宗特指派吏部尚书高士廉领衔编撰《氏族志》。他明令，编写时要把以皇族为首的关陇士族的地位拔高，起码要与山东、吴郡士族坐上一条板凳。

这个高士廉是哪条板凳上的人呢？人家坐的是沙发。

他名俭，字士廉，渤海蓨（今河北景县）人，是典型的山东士族；同时，也是当朝贵族，他是长孙皇后和长孙无忌的亲舅父；而且家族渊源深厚，爷爷高岳是北齐神武帝高欢的堂弟，封清河王，官至左仆射、太尉。父亲高劢，北齐乐安王，也曾任左仆射。隋朝初年，高士廉的妹妹嫁给了右骁卫将军长孙晟，生了一子一女，其中的男孩就是长孙无忌，女孩就是历史上有名的贤后，李世民的老婆长孙皇后。当时，妹夫长孙晟死得早，高士廉就把外甥和外甥女接到自己家中抚养，视若己出。高士廉很早就对李世民极为看好，主动将外甥女长孙氏许配给了李世民。

高士廉长于行政，精于文学。在"玄武门之变"中，他和外甥长孙无忌一块儿参与了密谋。事变当天，老头儿还亲率吏卒从监牢里放出囚犯，授以兵甲，组成临时队伍援助李世民，胆量也是不小。因而在贞观年间，他的官运也就极为亨通，历任侍中、安州都督、益州大都督府长史、吏部尚书、尚书右仆射、同中书门下三品，封申国公。

由此可见，这是个货真价实的贵族，一家三代仆射（宰相），儿子高履行为尚书、驸马（娶东阳公主），外甥长孙无忌为太尉，外甥女长孙氏为皇后。家门风光，一时无双。

他不知道是没领会皇上的精神，还是心中那份身为山东士族的骄傲让他放不开手。《氏族志》写好后，太宗翻开一看，差点儿气晕，发脾气说："汉高祖与萧、曹、樊、灌（指萧何、曹参、樊哙、灌婴）在当时都是出身贫贱的布衣，你们现在还推重他们，难道是因为他们出身高贵吗？还不是因为他平定了天下，才主尊臣贵。那些衰微的旧门第，有什么值得仰慕的啊！真让人想不通。难道卿等看不起我给各位的高官厚禄？"好家伙，这句已经是软硬兼施连吓唬带威胁了。末了，他干脆做出明确指示："不论数世以前，只取今日官爵高下作等级。"

高士廉虽然听懂了，但感情仍拗不过来，修改后的《氏族志》成了个折中的产物。他把皇族李姓列为一等，外戚为二等，终究照顾了士族把博陵崔氏列为第三等。

而武则天则做得更加彻底，她干脆就是打击士族（甭管是哪里的），抬高寒门庶族，让门阀制度见鬼去。

彻底颠覆门阀制度的导火索还是由许敬宗来点燃，他在显庆四年（659年）三月以《氏族志》不叙武氏郡望为由，奏请修改。李义府也耻其家族榜上无名，立刻予以附和。

于是高宗下诏，命礼部郎中孔志约等庶族出身的中级官员主持修订，不让任何士族人士介入。首先，改《氏族志》为《姓氏录》，淡化门第的观念。

《姓氏录》的编写原则是，以在朝任职高低为标准，"皇朝得五品官者书入族谱"，凡五品以上的官员，不论门第，一概进入士流，不问你是豪门还是寒门，就算是打仗有功而当了官的军卒，也算数。此举一出，天下寒士尽欢颜。

第二脚就是禁止大族彼此通婚。

就在《姓氏录》新标准颁布的当年十月，新蹿上来的李义府自认为身份不错了，就向山东望族崔氏求联姻。他们不屑与李义府这样的庶族官员通婚，也不齿于李义府的品德。李大宰相气歪了鼻子，当即奏请：不许山东崔、卢、郑、王、李诸大姓彼此通婚。

高宗又同意了。他还特别限制了天下官民嫁女接受彩礼的数目，并严格禁止夫家接受"陪门财"，让旧贵族们休想靠嫁闺女、娶媳妇发大财。

高宗下诏后，这些门阀显贵们不听禁令，有的不再张扬，暗通了婚姻，有的宁可把女儿老在家里，也不与寒门异姓通婚。但是大姓在联姻上的优势毕竟随风而去。

第五十三回　改革官名推陈出新　破格用人赏罚分明

长孙无忌这匹烈马被武则天三下五除二搞定后，她开始驯马——驾驭百官。

武则天把朝中的关陇集团扫地已尽，又在观念上突破门阀的桎梏。此后便开始破格用人，采取科举、选举、荐举等各种形式网罗可用之才。像许敬宗、李义府、辛茂将、任雅相、卢承庆等，都是出身中小地主阶级，被武则天任为朝中要职。她让高宗亲见参加面试举子，从民间选拔人才。郭待封等人便是由高宗当面策试选出的知识分子，以后都成为朝廷中的重要官员。

武则天以皇后身份辅政、主政乃至最后大权独揽，这些行为触犯了正统的儒家礼法，必然会遭到士大夫阶层的"制度性抵制"。以致她手中无将无兵，势单力薄，"正人君子"不会主动依附她、支持她。因此任用了一批被关陇集团排挤的庶族官员，为她开路。由于"饥不择食"，未免鱼龙混杂，一些像李义府那样的贪侵、奸诈小人，也被她用作冲锋陷阵的干将。小人们的角色，不过是揣摩她的政治意图，充当一个工具而已。

以她的聪明睿智，对朝中官员她了如指掌，谁有什么特点、有什么弱点、用在何处、如何使用，她都驾轻就熟。

对她来说，"小人如衣服，利益如手足"。当政权稳操在武则天手中以后，这些小人、酷吏便失去了作用，她就会顺应人心将他们毫不留情地抛弃。这样的例子不止一个。当后来她登上权力顶峰并巩固了体制之后，所用之人就基本都是"正人"了。武则天有一个使用"小人——酷吏——良臣"的曲线变化，但这并不意味着她先糊涂、后清醒，而完全是由政治情势所决定的。

武则天很有纳谏的政治风度和胸襟，她和大臣们的关系比一般皇帝要宽松多了，有时简直很随便、很随和。但是她更有一种整肃百官、威慑君臣的本领和意图。她的这种政治手腕源自童年生活环境的熏陶，也源自她多年做唐太宗秘书的经历。李治曾说过她很像太宗，李治从心底崇拜她、信服她，其原因之一也在此处。

武则天驭下，注重的是量才录用。但对于所器重的大臣，也绝不是无原则地袒护纵容。干得好的，她就赏；犯了法，她也不会轻饶。认为国家大事"唯在赏罚分明"。

宰相卢承庆是显庆四年（659年）由武则天提拔上来的，是个博学多才的干员，原是度支部尚书。卢承庆是个经济学奇才，在贞观年间做户部侍郎时，太宗向他询问历代户口的数目，他竟一口气从夏、商一直讲到隋朝，滚瓜烂熟，有凭有据，太宗顿时目瞪口呆，叹为奇人。后为褚遂良排挤，郁郁不得志。武则天听说他有才干，把他先用为度支尚书，再提为宰相。

不久，显庆五年七月，他竟在度支问题上出了问题，御史台官员弹劾他"科调失所"。因未能征足赋税受到御史台官员弹劾。看到劾表后，高宗很为难，因为这个人是武则天提拔的，而且提升很快，出任宰相还不到一年。

武则天闻知，请高宗按章办事，对大臣要功过两清，不要看她的面子。于是，下诏将卢承庆免职以示惩罚，后又考虑其才干起用为润州（今江苏镇江）刺史。

当时的左相许圉（yǔ）师，位高权重，才干卓越。其父许绍是高祖李渊的儿时伙伴，在高祖、太宗朝都是重臣。武后对许圉师相当尊重，曾屡次登门求教。

然而，龙朔二年（662年）十月，他的儿子出了问题。

其子许自然，是一个七品奉辇直长的殿内司事官。一次出外游猎践踏了别人的庄稼，愤怒的田主要同他理论。许自然是个仰仗父亲是宰相的纨袴子弟，他不向人家赔礼道歉，还放响箭威胁（一说射死了人）。许圉师知道后很生气，但又不想丢丑，只想打儿子一顿给田主泄气，遮掩了事。

岂知田主也不是省油之灯，竟直达司宪台告状（中央监察机关）。官官相护，司宪大夫杨德裔也想为他遮掩。

谁料西台舍人袁公瑜却派人用假名字写了一封信，直接向皇帝告状。

武则天权衡此事后，建议高宗下旨治他的罪。高宗本来想训斥一顿从轻处罚，便召见许圉师，责他身为宰相，欺凌百姓，不是作威作福吗？许圉师竟然死不认账，说："臣身为宰相，以忠直事陛下，不能讨得众人的欢心，所以有人背后攻击我。至于作威作福者，是那些手握兵权，或身居重镇的人。臣本是一个文吏，奉事皇上皇后，只知闭门自守，哪敢作威作福啊！"

高宗和武后听他还抵赖，更生气了。高宗说："你还恨无兵权吗！"不过还是考虑到他是位新用的官员，又罪不至诛，就下令免了他的宰相之职，贬为虔州（今江西赣州）刺史，他的两个儿子都被免官。司宪杨德裔因徇私枉法被流放庭州。

这里顺便提一句，大唐"诗仙"李白的妻子许氏，就是许圉师的孙女。

武则天有着高超的想象力和创造力，操纵心又很强，看到那些官名都是固定的，她又开始觉得不过瘾，她要重命名。

武则天建议高宗改革官名，只改其名而不变职责并非大的政治改革。但是，这反映了武则天的创造意识，她本质就是一个讨厌固步自封，喜爱创造、变化的女性。她一生曾多次把官职改名。

唐朝的中央政权机构是因袭隋朝的,总称为三省六部制。三省即中书省、门下省、尚书省。中书省是决策机构,职掌军国政令、拟定诏书等;门下省是审议、监察机构,职掌政令的审查、议论、驳辨和纠正朝政偏失;尚书省掌管行政,即把中书、门下两省制定好的政令具体执行、落实。

武则天将三省的名称全部改称:尚书省改为中台、中书省改为西台、门下省改为东台。主要是因三省府衙地点而定的,唐代的尚书省府衙设在皇城的正中,所以才改称中台。中书、门下两省在皇城的偏西和偏东部,自然就有了西台和东台的称谓。

为了配套,武则天还把三省的长官也改了名字。如门下侍中改为左相,中书令改为右相,这两个官职是宰相,就直接叫左右相,不比"侍中""中书令"清楚明白多了吗?尚书省长官"仆射"的名字最麻烦,武则天就把它改为"匡政",就是帮助政府中枢部门做事之意。

史官们见武则天把那么严肃的官名改来改去很不高兴。他们不知道,以后,武则天戏法还多着呢。

第五十四回　千钧一发解决废后风波
　　　　　　临危不乱尽显风流人物

就在她闹腾正欢的时候，突然飞来横祸，五指山压顶，说起来祸起厌胜。

麟德元年（664年）十二月，宦官王伏胜举报，说武后常召道士郭行真进入宫禁，行"蛊祝""厌胜"之术。

事情到底是怎么回事？那么，先假设是真的，武后要咒谁，还煞有介事地请了专家来？史上不载。后世有人做了各种推测。

第一种可能，厌胜的对象是唐高宗。说武则天此时已经产生了更大的野心，想用这种方法来诅咒高宗，提前接班。

武则天是否愿意诅咒她的丈夫早死呢？拿现在的话来说，李治是什么？是长期饭票和护身符啊，只有唐高宗活着，她才有享受荣华的机会。换言之，此刻她离皇位还很遥远，唐高宗还是她的参天大树。

第二种可能，武则天厌胜的对象是王皇后和萧淑妃的鬼魂，因为她们阴魂不散，一直让她的心灵不得安宁，所以只好乞灵于超自然力量。

别忘了，武则天心理素质超好，往事随风，她没有必要现在才感到不安。

第三种可能，厌胜的对象是武则天自己的外甥女。前面说过，武则天亲生的姐妹还有两个。老三早死，剩下的就是一个姐姐。武则天长得很漂亮，史书记载她"龙睛凤颈"，"方额广颐"。她的姐姐想来也不错,可惜丈夫贺兰越石早早就死了。武则天得志后,就把姐姐留在宫里,姐姐还带来了一双儿女。没想到,姐姐和高宗很快就打得火热。幸好姐姐很快就死了。可是,唐高宗对倾国倾城的小外甥女宠爱有加,甚至还想把她纳进宫来,做一个妃子。可以想象,武则天的心里挺添堵。所以,她要诅咒小外甥女贺兰氏。

不妨想一想,武则天的哪个敌人是被她"咒"死的?一个也没有。以她的手腕,会用这种毫无用处且陷自己于危险的方法吗?很难想象她会冒着这么大的风险,神神叨叨地在宫里作法。说实话,这可比阴谋暗害的罪过大多了,危险性极高而且效果还不好。事实上,乾封元年(666年)这个不知天高地厚、妄图和武则天斗法的小姑娘才死于非命。武则天是个说干就干的人,如果此时,她就看出这个"小妖精"别有企图,恐怕不可能拖到两年以后。

"厌胜"只是李治怒发冲冠的一个理由,再看看让李治勃然大怒的第二个原因:道士郭行真再怎么是专家,也是个男人,居然可以在武后庇护下私自出入宫禁,这又怎么能忍?

那么,这个道士是何方神圣?武则天和郭行真到底干了什么呢?

其实,高宗本人和他也有交往。他曾奉唐高宗和武皇后之命,到泰山立鸳鸯碑,为帝后祈福。所以,这个人出入宫廷不是一天两天的了,武则天和他有交往很正常。

其次,一个宦官胆敢告当朝皇后,这个事情本身就让人琢磨。武则天在后宫早就建立了发达的情报网,没想到螳螂捕蝉黄雀在后,还有人在监督她!这个人是谁派出的呢?换句话说,谁才敢派人监督皇后,甚至告发皇后?只有皇帝!

按照《资治通鉴》的记载,就是武则天"及得志,专作威福,上欲有所为,动为后所制,上不胜其忿"。武则天此时揽权过多,皇帝处处受掣肘,必然有所反应。于是安排宦官,来了个卧底。

不过,怀疑和不满,始终会让外人钻空子的。尤其是亲密的人之间。

而王伏胜，就是利用了李治对武后的怀疑，想要兴风作浪。

不过有人猜测，还有另一种可能——高宗李治不仅派王伏胜监视武则天，而且一手策划了这次诬告。

想想就明白这种可能性不是很大。更可能是李治无意间流露出对皇后专权的不满，让王伏胜利用了。

在有些小人物看来，领导的不满就是一种授意。最明显的一个证据就是此事的结局——武则天三言两语就把六神无主的李治给摆平了。如果这一切都是李治处心积虑事先策划好的，应该态度相当坚决。就像他当年废除王皇后一样，那么多阻碍，不是照样废了吗？真的下决心了，又怎么能让武则天那么轻易挽回呢？

当时，李治对武则天有不满是肯定的，这也难怪，感情再好的夫妻，当初多么山盟海誓的夫妻，也有拌嘴的时候，这和感情无关，只是环境变迁下思绪的自然动荡。

本来心情就不好，又听到这么劲爆的消息：厌胜！和男道士单独"作法"！盛怒之下，软弱的高宗也来了蛮劲儿：他想要再次废后！

不过，一向分不清东南西北的李治打算找个人商量商量，这个人就是上官仪。

上官仪时任西台侍郎、同东西台三品，是宰相。据史载，太宗和他算是文友了，每逢写文章，都要让他改稿；写了满意的文章，还要让他也写一篇相和。因此，皇家的盛宴，他顿顿都落不下。

上官仪幼年成长于南方寺院中，受南朝文风熏陶，"文并绮艳"，尤擅五言诗，他的五言诗句藻绮丽，很讲究格律。诗歌内容大多是歌功颂德。后来因为地位显赫，时人多仿效，世称"上官体"。

比方下面这首《咏雪应诏》：

禁园凝朔气，瑞雪掩晨曦。花明栖凤阁，珠散影娥池。
飘素迎歌上，翻光向舞移。幸因千里映，还绕万年枝。

高宗把他叫来后就是一顿牢骚，说自己实在忍受不了"妻管严"了，问他有什么主意。

这家伙想都没想，张口就道："皇后专恣，海内所不与，请废之。"他以为这是作诗哪？语不惊人死不休？

高宗心里憋屈，也就同意了。于是就叫上官仪起草废后诏书。

难道武则天头顶上的凤冠，就要摇摇欲坠了？

在这千钧一发之际，换了别人，早就跌下马来，但武后毕竟是武后，她的情报网在当昭仪时就遍布宫内。事情一出，按照《资治通鉴》的记载，"左右奔告于后"，皇帝身边的宫人以百米冲刺的速度跑到后宫，向武则天报警。

每个人都有主子，成功的前提之一，就是知道自己的主子或者伙伴是谁，为主子效劳是牵扯自己利益的事。

这消息不啻晴天霹雳！此时真是沧海横流，方显女英雄本色。她没有一分一秒的犹豫，风风火火地赶去见李治。

那上官仪可是著名的笔杆子，下笔千言，倚马可待。废后的诏书墨迹未干，武则天已经领着人从天而降，面带愠怒出现在他们面前！

人赃俱获！看来眼线报告的是事实。

面对气势汹汹的武后，本来就心虚的唐高宗吓傻了。

他们毕竟是十几年的夫妻了，武则天对唐高宗的性格拿捏得非常准确。她知道，唐高宗是一个多情而又懦弱的人，于是软硬兼施，当即跪在高宗面前自辩："妾与陛下年少相识，情真意笃，相守到如今。十余年间，几经大风大浪，无数个萧索的夜晚。天下之大，唯陛下与臣妾尔。妾日日为龙体忧心，寻访名医并无良策，太医之法亦不奏效。郭行真寻得去疾秘法，妾亲自服用，以验药效。倘若妾身有何不测，皇子尚幼，还望陛下垂顾！"说到动情处，已然泪如雨下。

唐高宗连自己为什么要废掉她都忘了，又是羞愧，又是惧怕，只好从实招来，说是王伏胜举报云云。武后则辩驳道，王伏胜并不在后宫值勤，何以知晓有"厌胜"的事？

高宗竟无言以对。上官仪见事不妙，已经悄悄退下了。

随后，武后不卑不亢地陈述了几年来辛苦辅政的事，软中带硬地问，为何不信妻子却信一个奴才，竟然不顾夫妻之情，妄弃无辜？

这一问，一下就把高宗给制服了，连忙收起诏书草稿，但仍是惊魂未定，生怕武则天怨恨，便说："朕初无此心，皆上官仪教我。"

武后听罢，恨道："好，好！"起身就回了后宫，高宗只得乖乖地跟在后面。

第五十四回 千钧一发解决废后风波 临危不乱尽显风流人物

第五十五回 重出江湖武后又现霹雳手
二圣临朝妇女能顶半边天

最冤的还是上官仪。他在这场风波中究竟扮演了什么角色？正史不载。如今不同立场的武则天传记，有不同的说法。甚至有人说，是他唆使宦官王伏胜坑害武后的，在事件里充当的是主谋。但大多数史家还是认为，他不过附和了高宗的意图罢了。就算他对武后辅政不满意，身为臣子，结交宦官，阴谋废后，这事件风险又大又没太多意义的事，以上官仪的文人风骨，恐怕还不屑于这么繁琐。

这场风波其实非常凶险，武则天之所以能举重若轻，一番言辞就把危机化解了，是因为她抓住了高宗的弱点。

但是事情不能这样就算完，发难者、附和者，是一定要付出代价的。

高宗被厉害老婆逼得无路可退，只好随她去了。

可惜了上官仪一肚子文才，还没等全倒出来就归天了。他是唐朝培养出来的第一代科举出身的宰相。

他的一首五言诗《入朝洛堤步月》，至今还令古典文学教授们拍案叫绝：

脉脉广川流，驱马历长洲。
鹊飞山月曙，蝉噪野风秋。

诗里的"广川"是指洛水,"长洲"是指洛堤。写的是他在东都洛阳皇城外等候上朝的情景。唐初时,百官上早朝没有室内场所可供歇脚,大家必须在破晓前赶到皇城外等候。洛阳的皇城紧挨着洛水,皇城门外就是横跨洛水的天津桥。

唐代宫禁森严,天津桥入夜要锁闭,天明时才开锁放行。因此百官一大早都得在桥下的洛堤上站着,隔着洛水等候放行入宫,就连宰相也不能免。

据刘𫗧《隋唐嘉话》载,上官仪当宰相那会儿,"尝凌晨入朝,巡洛水堤,步月徐辔",就是骑着马儿慢慢地走。某日大概心旷神怡,即兴吟咏了这首诗。当时一起等候入朝的官员们,听到远处上官大人的"音韵清亮",再一抬头:嗬,"望之犹神仙焉"!

到底是诗人出身的宰相,同是在洛堤等候,其超逸之气,在群僚中如鹤立鸡群。

这首诗写得仙风道骨,配上高头大马和马上长衫飘飘的上官仪,真是迷倒万千少女。李治是一位风流皇帝,文学艺术的造诣很深,这样的一个人物对他太有杀伤力了,所以上官仪的仕途非常顺利。

但是,既然是个文人,那就有文人性格,也就是我们通常所说的书呆子气。上官仪是什么性格呢?简单说,就是心地单纯,又恃才傲物,而且对某些原则还有点死心眼。对怎样处理和皇帝家庭的关系这样复杂的政治问题了解不深。

而唐高宗心里正憋着对武则天的怨气,换上这么一位不知轻重的高参,这火就给激发起来了。所以,上官仪这么一说,唐高宗本来还没有明确目标的心,一下子坚定起来了,立刻命令上官仪草拟废后诏书。

上官仪吃透了做诗的格律,却没吃透伺候上级、特别是伺候皇上的禁忌。他付出的代价是:从宰相变成了苦命的小白菜。

能把上官仪和王伏胜牵到一起的线索,很容易就给找到了:废太子李忠。

上官仪和王公公居然都跟废李忠有点儿瓜葛。在李忠为陈王时，上官仪是王府的谘议参军，王伏胜也曾是废太子忠的原东宫太监。

有这些就足够了。武则天授意许敬宗，诬告上官仪和王伏胜他们串通起来教唆故太子李忠"谋逆"，欺蒙皇帝，图谋不轨。

太子本来就容易被扣上谋逆的帽子，废太子，那就更是"举头望天色，低头看脸色"的角色了，至今还能活着已经是武则天"心太软"的结果了。这道奏表一上，高宗心里暗自叫苦：一面是老婆，一面是儿子。但是为了平息武后的怒气，他只好准了奏。

麟德元年（664年）十二月，上官仪被逮下狱，和他儿子上官庭芝，还有王伏胜，一并砍了脑袋，家属也被籍没。最可笑的是，当年正是上官仪起草了废李忠为庶人的诏书，现在，两个人倒莫名其妙地成了同党。上官仪死后，他家的女眷也一同获罪，被没入后宫成为奴婢。孙女上官婉儿，那时还在襁褓中，也跟着做了宫婢的妈妈入了宫。日后，武则天居然把昔日仇人的孙女培养为自己的心腹。这就是武则天的本事。

两天后，废太子李忠被赐自尽。

事情还牵连到刘祥道，他因"与上官仪交通"而被罢右相，留任礼部尚书——这已经算轻的了。他一直在往后躲，但秋后算账还是找上他了。受牵连的尚书左丞郑钦泰等朝臣，都被流贬。

鸡杀了，毛拔了，也就风平浪静了。至于为什么要杀鸡，连鸡自己也都明白，因而武后的目的也就达到了。

一场危机有惊无险地解决了，武则天算是险胜。虽然涉险过关，可是事后回想起来，武则天反倒更加困惑了。她原以为，当皇后已经是一个女人荣耀的顶点。现在看来，这个尊贵的身份仍然不能够给她足够的保障。身家性命原来只在皇帝的一念之间。这个顿悟让她不寒而栗。促使她进一步思考：怎样才能够有效地运用手中的权力来保护自己，从此不再受任何人的摆布呢？

事件平息后，武则天就找李治谈话了，而且谈得推心置腹。她说，您是个好皇帝，国家治理得井井有条，但是您有一个弱点，就是耳软心活，容易拿不定主意，听别人撺掇。您哪里是真的想废掉我呀，但是上官仪在您耳边一调唆，您就把握不住了，差一点就把我废掉。这事情如果真的发生了，您会造成多大的损失啊。为了不再出现这样的问题，以后我陪着您一块上朝，大臣无论是对你进忠言还是进谗言，我都帮您分析分析，这样您就不会鲁莽行事了。

这就明确提出了和唐高宗一起临朝听政的要求。唐高宗如何反应的呢？他此刻心里充满了悔恨和不安，正不知怎么向老婆大人赔罪呢，就同意了。

为不再给反对派可乘之机，她毅然从幕后走上前台。每次上朝，皇上坐在前面，武后垂帘在后，政无大小，都要由二人一起裁决。自此，群臣上朝，万方奏表，都称武后、高宗为"二圣"。

早朝时，百官惊异地发现，在高宗皇帝御榻的旁边，吊起了一扇翠帘。翠帘后，一个身着朝服的女人的身影若隐若现。据《资治通鉴》记载："自是上每视事，则后垂帘于后，政无大小，皆与闻之。天下大权，悉归中宫，黜陟杀生，决于其口，天子拱手而已，中外谓之二圣。"唐代人管皇帝叫"圣人"，现在帝后共同临朝掌政，人们就把他们合称"二圣"。这真是武则天一生中光彩夺目的一笔——她又升了一步，即使是在名义上，也成了真正的皇帝了。

而在实际上，她所获更多。经过夫妻俩的这一番较量，高宗彻底认输，把大权拱手让出，群臣上奏，要看的必须是武后的脸色了。

是时势造英雄？英雄造时势？还是两者互动？官僚们开始习惯于对一个女人俯首称臣，然后，心情复杂地注视着这个女人逐步走向权力的巅峰。

第五十六回　野蛮老婆花样翻新　泰山封禅普天同庆

此时的武则天可谓踌躇满志。环顾海内，再无对手；回首来路，步步升高。处在上升期的强者，其自信、其抱负，总要有个方式表现出来。她眼珠一转：去泰山封禅。

泰山封禅是中国古代一种规格最高的祭祀仪式。

具体地说，就是最高统治者登上泰山之顶，堆土筑圆坛而祭天，这叫"封"；在其南边的梁父等小山上筑方坛而祭地，这叫"禅"。两个坛的形状之所以不同，是因为古人相信"天圆地方"。

这个礼仪是先秦时代齐鲁地区的方士和儒生发明的，只有在天下一统、国泰民安的盛世才有资格举行，告功于天地，同时祈求天地进一步的保佑。他们认为泰山为天下最高的山，人间的最高统治者就应当到泰山上去祭祀至高无上的天帝，表示"功归于天"。秦始皇统一天下后，把这个礼仪纳入第一级的国家大典，秦始皇也就成了第一位到泰山封禅的皇帝。

之所以封禅的皇帝寥寥无几，原因很简单——这是烧钱的活动。耗资巨大，劳师动众，国力不强大根本就搞不了。

而自唐初以来，还一次也没有过。其实早在贞观六年（632年）时，就有文武官员力劝封禅。太宗当然很愿意，但那个有名的魏徵立刻站出来泼凉水，说国力尚弱，我们不能"崇虚名而受实害"。太宗明白这道理，叹了口气，算了。

现在，武后的家底要比太宗那时厚多了。据史书记载："米斗至五钱，麦、豆不列于市。议者以为古来帝王封禅，未有若斯之盛者也。"老百姓只吃大米了，杂粮都上不了台面了，而且一斗米才卖几文钱，也属于当时的"发达国家"了。

高宗继位时就有大臣不断上表提封禅的事情，现在武则天又积极撺掇他，高宗当下应允。

本来一切挺顺利的，可是意外又出现了，在推敲仪式方案的时候，武后发现了一个严重的问题：如果按照传统的程序，她这个"二圣"之一的皇后，将没有在礼仪中的位置。要是这个活动没有皇后的事，武则天这不白折腾了吗？

这真是太尴尬了！按照旧制，祭天，以皇帝为首献，也就是皇帝率先主持告天；亲王为亚献；德高望重之臣为终献。这个序列里，没有女人的位置。

祭地的时候倒是有女人的名分，是皇帝首献、皇太后亚献。不过，皇帝的老妈一般都老态龙钟了，上不去梁父山，通常由公卿替代，意思一下而已，实际上还是没有女人出现。

武则天是个高调的人，哪能容许这么热闹的场面少了自己？这个问题当然难不倒她！到十月，她正式提出：这次典礼，请允许我率内外有身份的妇女亚献，且一定要亲自登山致祭。

当天还诏告祭祀的乐曲也得改，不能用过去那种阴森的乐曲，要改为"功成庆善之乐"和"神功破阵之乐"。

高宗认为由老婆代替老妈没什么不妥，而且自己的亲妈早就去世了。于是下诏，决定这次祭地以皇后为亚献，以越王李贞（这家伙后面还有重头戏）之母、越国太妃燕氏为终献。妇女们也要在国家大典中抛头露面了。

形式定下来了，就开始各种准备。去泰山，不仅百官、六宫也要随

第五十六回　野蛮老婆花样翻新　泰山封禅普天同庆

行，各地的王爷、都督、刺史也都要参加，因此高宗给了大家一个很长的准备期。公告于麟德元年（664年）七月就发出，预定麟德三年（666年）正月举行仪式。

顺便说一句，也就是在这一年一月七日那天，开国功臣程知节去世，享年七十七岁。他就是小说中"程咬金"的原型人物。朝廷追封骠骑大将军，益州大都督，赐陪葬昭陵，爵卢国公不变。

麟德二年（665）十月，仪式安排妥当后，唐高宗和武则天率领大队人马出发了。队伍中有六宫妃嫔、文武百官、护卫士兵，还有突厥、于阗、波斯、天竺、罽宾、乌苌等诸蕃酋长和他们的随从，几万人的队伍，加上无数的穹庐帐篷和马牛羊驼，绵延几百里路。

从东方的新罗，到西方的波斯，各国都派了使臣参加。还有的部落酋长不肯错过机会，也亲自跑来参加，他们各带了不少部属，以至于毡帐驼马，拥塞于途。一到黄昏，这些弟兄们宿营的时候，只见穹庐遍野，犹如星斗。

车驾到达寿张（今河南台前县）时，听说当地的张公艺一家九代同居，齐、隋、唐三代官府都立有牌坊表彰，高宗和武后特地上门去拜访。

据说隋末时，太宗曾经单骑到农民起义首领徐圆朗军中刺探军情，被人认出，围攻捉拿。太宗在负伤逃跑时，被张公艺救下。太宗对他一直念念不忘。

此时的张公艺已是八十八岁老翁了，高宗问他：如何能做到家族和谐？张老爷子一口气写了一百多个"忍"字，并详细说明了"百忍"的内容，比方：父子不忍失慈孝，兄弟不忍外人欺，妯娌不忍闹分居，婆媳不忍失孝心等。高宗听后不禁潸然泪下，赏了老汉许多锦帛——他大概是觉得找到知音了——偷偷瞥了一眼自己的老婆：百忍成钢啊！

他又当场封张公艺为醉乡侯，封张公艺的长子张希达为司仪大夫，并亲书"百忍义门"四个大字予以表彰。顺便说一句，无巧不成书，玉皇大帝就叫"张百忍"。

麟德二年（665年）十二月，封禅队伍达泰山之下。有关部门做好了迎驾和封禅准备，只等封禅队伍休息准备好，即行封禅大典。武则天又悄悄地从幕后向前台挪了一步！

麟德三年（即乾封元年，666年）正月三十日，高宗在泰山的祭坛上祭祀了昊天上帝。祭毕登山，第二天在山顶的"登封坛"上再度祭天，把给上帝写的信（写在玉上，称玉牒，内容属国家机密），放在玉匣里，缠上金绳、封上金泥、印上玉玺，藏在坛下。第三天在社首山"降禅方坛"祭祀地神。

按照先前的规定，高宗首献完毕后，把在场的男性全部清走。由宦官执着帷幕，武则天率娘子军登坛亚献，越国太妃燕氏（越王李贞的母亲、太宗的后妃）为终献。帷幕以彩色锦绣制成，五彩缤纷，到处莺歌燕舞，一路花花绿绿，简直就是超女总决赛的现场，堪称中国古代祭祀史上的一大奇观。

封禅大典举行完毕，武则天又上了一个提案，推动唐高宗做了一件收买人心的大事：现在天下治理得好，那可不是我们两个人的功劳，所有的文武百官都发挥了作用，也得让他们享受一点恩惠。

怎么分享呢？武则天建议给所有的三品以上官员赐爵，四品以下的官员加阶！阶在唐朝代表一个人的品级，直接决定着一个人的政治经济待遇。比如，享受什么级别的待遇，拿多少俸禄，穿什么颜色的衣服，可以坐什么轿子等。根据制度，官员要加一阶，一般要四年的资历，而且这只是一个必要条件，许多人一辈子也混不上去。现在武则天一声令下，给每个人都加阶。成百上千的官僚因此受惠，自然对武后感恩戴德。

第四天，高宗、武后登上朝觐坛，接受朝贺。文武百官、中外使臣奉献贺礼。高宗登坛，接受百官和中外使臣的朝贺，宣布当年改元为乾封元年，大赦天下，百官统统加爵进阶。完事以后，就举行中国式的实质性大典——吃，连吃七天。直闹到正月十九，车驾才离开泰山返

第五十六回　野蛮老婆花样翻新　泰山封禅普天同庆

回。

　　封禅毕，车驾回京师。归途中来到曲阜，拜祭孔子家祠，追赠孔子为"太师"。又拜谒老君庙，尊老子为"太上玄元皇帝"。先返回东都洛阳，稍停再还京师。其间又八百余里，直到四月还京，将封禅事告谒太庙。这次历时一百多天的封禅大典终于宣告结束。

第五十七回　迷雾重重韩国夫人殒命　谁是谁非台前幕后解析

这次帝后交锋，可以说是武则天完胜，李治完败。设"二圣"，封泰山，武则天出尽了风头。不过，人生很难十全十美，武则天也不是没有烦心事。她的亲属都很让人崩溃。他们做的荒唐之事，造成了恶果，引起了人们的猜疑，引发了关于武则天的宫闱秘闻。

武则天出身寒族，亲属不多。但就那几个不多的亲属，同她的关系却很复杂。如前文所述，武士彠前妻之子武元庆、武元爽在武则天入宫之前，对她们孤儿寡母极为不好，武则天入宫十多年也没有他们的消息。母亲扬氏陪着武则天的姐姐和妹妹含辛茹苦，同样一无消息。

对于这些亲人，武则天对得起他们。

她在宫中苦熬十几年，又落发为尼，饱受内心的煎熬，忽下忽上，又成了高宗的爱妃，并生了皇子后，才有能力把母亲杨氏、姐姐贺兰夫人和她的女儿、儿子接入宫内相见。原来她的姐姐嫁给越王府法曹贺兰越石，生子贺兰敏之、女贺兰氏。贺兰越石去世，姐姐已经守寡。妹妹与妹夫郭孝慎早死，不见经传，未能相见。

当武则天被立为皇后，死了多年的父亲得赠司徒、周国公。母亲先封代国夫人，后来又封荣国夫人，再封鲁国忠烈夫人。姐姐被封为韩国夫人。

武则天并没有打击报复曾经对她们很恶劣的亲戚：族兄武惟良由始

州长史的小官被提升为司卫少卿（管武库兵器和朝廷大祭祀、大朝会的供应副长官，大有油水），另一族兄武怀运由瀛州长史迁升淄州刺史；异母兄武元庆由右卫郎将升为宗正少卿（掌宗室属籍，处理宗室事务的副长官，很清闲），武元爽由安州广曹迁升少府少监（掌管服饰、珍膳事务的副长官）。

这个事件，牵涉到武则天对武氏家族的态度问题。

武则天不管有多么英明，多么够资格管理大唐，但她能够从政的唯一资格，也不过就因为她是皇帝的老婆。一旦涉及皇后干政，就有一个依靠什么人的问题存在。皇后干政，先天就名不正、言不顺，在朝中支持者寡，所以只能引用外戚，也就是娘家的人。但是外戚介入得多了，又容易导致内乱。

武则天对自家的外戚，也就是武氏那一伙兄弟子侄，态度总有些摇摆。

一方面，她知道外戚势力如果坐大，将会遗害无穷，因此她在当皇后的第二年，就专门写了《外戚诫》一文。这明明白白是警告娘家人不要胡来。

但另一方面，古代最高权力的维系，往往离不开血缘，毕竟血浓于水。思前想后，便把当年的恩怨放下了，为了大局，还是把武氏兄弟从低级官员提拔成地方大员或中央的部门官员。

可是，有点讽刺的是——千算万算就是没算到，她前方和后方的"防范对象"联手给了她一击。

一个"防范对象"不用说是李治。斗败了的李治万分郁闷：是不是武后太专权了？我偶有过失，她就当面批评；我谈论朝政，她也敢跟我唱反调。后宫的女人，哪个不怕武后？哪个还敢跟我嬉闹？我这皇帝，不是成了个"惧内"的皇帝？

武则天以为上次和丈夫长谈后事情就解决了，对高宗的心理变化毫无察觉。她很忙，忙着处理政务，忙着学习贞观时期的奏疏诏敕，忙得上了瘾。如此把高宗撂在一边，高宗不免有些思想空虚。闲人容易

— 248 —

无事生非，苦闷的人必须找一个发泄渠道。这两点，武则天都给疏忽了，结果，就在她的眼皮底下，高宗的感情出轨了！

她们不是别人，就是武则天的亲姐姐和外甥女。今人有幸从李清照的丈夫赵明诚所著的金石录当中，意外发现她姐姐的名字叫武顺。被封为韩国夫人后，得以出入宫中，这就有了花前月下的机会。

韩国夫人不愧是武后的姐姐，虽已年过四十依然楚楚动人，风韵犹存。虽比高宗大六岁，但心思细密，善解人意，与武则天的严厉形成了鲜明对照。

而武顺的女儿小贺兰氏，正是花季年华，生得娇小风流，惹人怜爱。高宗无事，常找这对母女聊天，日行一善。总觉得可以在她们那里得到家庭的温暖。

当然，这种绯闻不久就传到了武则天耳中。

可是她不知出于什么原因隐忍未发。对姐姐和外甥女一如既往，热情有加，对高宗更是只字不提。逢到高宗上朝，她就垂帘于后，尽力照顾这位多病的丈夫。事情竟然就这么奇怪地延续了两三年之久。

就在人们都以为没事了的时候，韩国夫人突然死亡。

她死于何时、如何死的，史籍上都不载，真是消失得无声无息。

有人把这件事和废后事件联系起来：韩国夫人一死，高宗情绪很坏，听说是皇后害死了韩国夫人，心中恼恨武则天。恰在此时，太监王伏胜向高宗告密，说皇后私召道士郭行真出入宫禁，行厌胜术。高宗一听便气上心头，才起了废后之心。假设这是真的，那么武顺就可能死于麟德元年（664年）。

可是，根据《集古录目·唐郑国夫人武氏碑》记载，韩国夫人武顺的墓碑立于乾封三年（668年），也就是说武顺也有可能死于那一年。由于没有其他的资料相佐证，也就不好妄加断定。历史和现实一样，很多事情能去推测，却没办法肯定。

那她究竟是怎么死的？

既有男女苟且之事为背景，那韩国夫人的死因，就难免让人浮想联翩。骆宾王是当时之人，《讨武曌檄》文中有"杀姊屠兄、弑君鸩母"语，说明当时就有武则天害死其姐的传闻。

据说，她死于某个深冬，死前惊悸、发烧、说胡话。

姐姐死了，武则天悲痛欲绝。她去掉首饰、穿上素服，亲送灵柩于墓地，下葬时抚棺痛哭，还请高宗罢朝三日为之举哀。这一切做得无可挑剔。后世有人怀疑韩国夫人是被武则天毒死的。

这个传言是怎么产生的？

前文说过，徐敬业起兵讨伐她，《讨武曌檄》上明确地说"杀姊屠兄、弑君鸩母"，很显然，当时就有这样的传言。如果真是武则天下的手，她会让这种事情在当时就传得满天飞？很难想象她连参与内幕的几个人的嘴都封不住，很难想象她这么不谨慎。

至于"弑君"，可能性就更小了。无论这个"君"指的是李治还是李弘，他们于情于理都应该是病死的。

安葬了韩国夫人之后，李治又封韩国夫人十五岁的女儿为魏国夫人，这是他唯一能做的了。

从此，他开始对韩国夫人的女儿、武后年轻貌美的外甥女魏国夫人关怀备至。魏国夫人不知从哪里听到了那个传言，相信是姨母武则天害死了自己的母亲，于是存心报复，故意挑逗高宗，博取其欢心。魏国夫人迫切地要求高宗封她为贵妃，武后表面上不加阻止，大家都以为没事了，可这时候偏偏又有事了。

李治绝对没想到，年轻的魏国夫人会在豆蔻之年死于一次宫廷投毒事件。

这件事疑点更多，更扑朔迷离。武则天也许不介意丈夫有新宠，但威胁她权利的人，她一个也不会放过。那些受害者并非轻视了她们的对手，她们的错误在于把幻想寄托在李治身上。她们不知道能凌驾于皇帝之上的这个女子是唯一的、罕见的。

第五十八回　不明不白魏国夫人下水
　　　　　　接二连三历史推手众多

　　这件事发生的时间有明确记载，就是泰山封禅的时候。国事上武后解决了一件大事，家事上武后也解决了她的小情敌——魏国夫人，顺带把那几个曾经苛待她的堂兄弟也解决了，彻彻底底地出了一口气！

　　魏国夫人相信母亲就是被武后害死的，她要为母亲复仇。可是这位少女无权无势，只能把希望寄托在高宗身上，她天真地认为高宗能打倒武后，为母亲复仇！

　　魏国夫人没有别的武器，除了美貌！换句话说，她只能够用女人包括武后用的老法子，用美丽去征服一个有权力的男人，从而也给自己带来权力。可是这件事向来都是风险系数非常高的。

　　贺兰氏的错误就是把美貌看得太重要了，不知天高地厚，觉得自己有本事把唐高宗俘虏到自己的石榴裙下。男人，当然都欣赏美，但是，他们心里对"美"是有估价的。你想用这个"美"来换什么，大多数男人都看得出。

　　魏国夫人几乎是趁着一切机会求高宗正式封她一个封号。李治对这个小美人当然也很动心，打算正式纳她做妃子，但是碍于武则天的威严，一直没好意思开口。

　　其实武则天看穿小贺兰氏的画皮也不是一天两天了，只是一再容忍。她始终弄不明白，为什么她将姐姐从忧郁的寡妇变成了尊贵的贵妇，并且享受到世间罕有的荣华富贵,可是姐姐母女不但不感激她,反而先后伤害她。

小时候被异母兄虐待的往事又涌上心头,亲情到底是什么,亲情不是比一张纸都还不如吗?可以说两次被亲人伤害,武后从此将亲情看得很淡,对亲人的背叛做出的反应也非常强烈。她冷静了一会,决定控制住自己,直到控制不住自己。而机会说来就来了。

前回说到,武则天凭自己的枕边风让几个哥哥都升了官。武氏兄弟如果领情,未来大有前途。但他们非但不感激,甚至不认账。

一天,武后的母亲、已封为荣国夫人的杨氏置酒设宴招待他们。女儿有出息,晚年得享太平,老太太心情非常好。席间,看到武氏兄弟几个也都体面了,不禁问道:"你们今天富贵了,还记得以前的事吗?"

按照虚套,无论武家哥儿几个心里怎么想,都应该回答说:"托老太太的洪福,我们摊上个好妹妹,才能有今日的光景。"可是武家兄弟个个都是牛脾气,根本就不想承认。

武惟良等兄弟针锋相对地回答:"惟良等侥幸以功臣子弟很早就做了官,本来就不想再发达了。想不到因为皇后的原因,蒙皇帝恩典。为此我们日夜忧虑惶恐,并不感到光荣!"此话一出,老夫人立刻不乐意了:这叫什么话!我这是热脸贴了你们冷屁股。结果,原想冰释前嫌的一顿家宴,没说几句话就不欢而散。

杨老夫人干了这件很丢面子的事,忍不下这口气,就旁敲侧击地撺掇武后,去跟高宗说,把武家这几个小子赶去外地任职。

武后知道了原委,也不禁大怒:我现在是"二圣"之一,什么叫"圣"?就是我叫你死,你就活不成!你们既然不领情,那我也就不用再照顾面子了,统统滚!

于是便出现她的几个兄长被外放的事。同父异母的哥哥武元庆为龙州(今广西龙州县)刺史,武元爽为濠州(今安微凤阳县)刺史;堂哥武惟良则给踢到剑阁的大山里去了,为始州(今四川剑阁县)刺史,武怀运依然为淄州（今山东邹平）刺史。

他们终于尝到了"功臣之后"的牌子什么用也不顶的滋味，出了京，厄运就开始降临。他们知道，这个"铁娘子"妹妹不会放过他们，这不过是迫害的开始。武元庆到任后不久就忧愤而死，武元爽到任后又被牵连进一个案子里，改为流放振州（今海南三亚），不久也死了。

能把这三个人穿成一个糖葫芦，看来事先经过了相当周密的筹划。事情的过程有如侦探小说。

乾封元年（666年），皇帝要封禅，各地刺史都要去，被贬的武惟良和武怀运也都奉诏去了。封禅结束后，跟着回到了长安。俗话说吃一堑长一智，这哥儿俩经过这一番折腾，终于明白这个皇后惹不起，再也不敢又臭又硬了，想要讨好一下武皇后，缓和关系。

唐时官场，有官员向皇帝献食的习俗，就是打点一些土特产，山珍海味，送进宫里，请皇帝皇后品尝。据说，两位武兄也分别带了任职地的土特产，有柑、橙、白鱼、蟹等。

这是人之常情，说来他们还是外戚呢，与皇帝的关系怎么也比别人要亲一点儿。可就是这些瓜果海鲜，酿出了一场命案！

武则天是多么善于利用机会的人啊，接到献食之后，她灵机一动，正好用这两个人当替死鬼！心动不如行动，武则天马上吩咐要趁这次家人团聚的机会举办一场家宴，当然，也没忘了邀请魏国夫人贺兰氏。那边也有宦官去通报武惟良和武怀运，说皇后召他们去荣国夫人杨氏宅。

他们不知有何事，又不敢不从，只好匆忙赶去。进门一看，见皇上和魏国夫人贺兰氏居然也在。

二人大惊，连忙参拜。拜过，只听武后说："听说你等带来了瓜果鱼蟹，要献给圣上。闻听白鱼味甚美，何不取来烹几条？"

二人遵命，叫人将鱼送去庖厨烹了。

白鱼烹好，武后先夹出一块，让侍女放在贺兰氏面前，面带笑容说：

"记得你小时候最爱吃鱼,像个小馋猫。你尝尝这鱼可还鲜美啊?"

贺兰氏那时最多不过十五六岁,绮梦未醒,哪有武则天那份心计,况且长辈加皇后赐下的,也不能不吃。哪知几口鱼下肚后,贺兰氏突然七窍流血。

其乐融融的家宴,立刻乱了套。高宗吓坏了,扑在魏国夫人身上大哭不止。武家哥儿俩更是六神无主,跪在地上大呼:"何为?何为?"

武则天立刻拍案而起"欲毒死圣上乎!"随即下令拿下这两个逆贼!

高宗在神志恍惚中,也迁怒于武氏兄弟,下令将二人逮问。惟良和怀运两兄弟就是跳进黄河也洗不清。当夜经过突击审讯,两人都"招"了:是要毒死皇上。至于犯罪动机,武则天更是信手拈来。这两个人因为贬官一直嫉恨皇帝和皇后。可是,这动机毫无逻辑可言,仅仅因为被贬官就冒着必死的决心要毒死最高统治者?这不是犯傻吗?第二天,两人即被缢杀。可怜这兄弟俩,小心避祸多时,最终还是免不了一死。

临死前他们也曾哀叹:我们武家老哥俩,有何罪?没罪,是因为有了妹妹那个"武",就不容有我们这个"武"!

至于后续的举动呢?没有了。史书上连唐高宗是什么态度都没有记载,想来他最多洒了几点清泪,此外没有任何其他反应了。

大概就因为这句话,兄弟俩死后,武后还不解气,将他们改姓为"蝮"氏,开除属籍。武怀运的哥哥武怀亮死得早,算是善终的,但是他的妻子善氏当年对武后之母杨牡丹尤其不礼貌,这次也因这个案子被没入后宫为奴。善氏被人用束棘鞭打得肉尽见骨而死。三十年河东,三十年河西,杨老夫人终于可以出这口气了。

这个食物中毒事件,就是著名的武后"一计除三亲"事件。后来在骆宾王的《讨武曌檄》中,为了摇撼武氏统治的合法性,曾极力攻击武则天的人品,说武则天"杀姊屠兄"。

"杀姊"一说,史无记载,不能确认。但是"屠兄"却是两《唐书》均有记载的,《资治通鉴》也予以确认,武后十有八九脱不了干系。

第五十九回 贺兰敏之深陷泥沼 风流小生噩梦一场

武则天精心策划的移花接木之策成功后，文水武氏一脉，她从内心反感之。想要在血缘亲族内找到依靠力量，就只有考虑母亲杨氏这一脉。

早在两位同父异母的哥哥因忧惧而死之后，从父亲武士彟那里承袭下来的周国公一爵，现在空出来了，她决定不交给哥哥的儿子去继承，而是要交给姐姐的儿子、外甥贺兰敏之来做。

她决定让贺兰敏之改为母姓，也就是改叫武敏之，承袭武则天她爸武士彟的周国公爵位，加弘文馆学士、散骑常侍，正三品。

"贺兰"这个姓氏来自贺兰部落。据有人考证，"贺兰"一词可能出自突厥语，是指颜色驳杂的马。贺兰山的得名就与这个有关，因为山上草木颜色驳杂。

贺兰部落的历史源远流长，据说有匈奴的背景，后来为鲜卑之一部，是北魏早期的母后一族。因部落势力太强大，被北魏的创建者——魏道武帝拓跋珪所"离散"，其后人逐渐散入中原。

据近世出土的《贺兰敏之墓志》描述，此人"风情外朗，身材内融"，又说他"飞文染翰，为伯为雄"。抛去溢美的成分，总还是不会太离谱。他于弱冠之年当官，二十几岁就当了三品大员，偏重于做文字工作，曾奉命召集学士刊定经史、编写人物传记。

贺兰敏之仕途之所以顺利，据推测，与武后之母杨老太太喜爱这个外孙有关。武则天对他也颇为看好，想把他培养成政治新秀。

贺兰敏之对武则天的器重大为感激，竟叩头谢恩至流血。从此朝夕跟随，"坐为师友，入作腹心"，成了武后跟前的大红人。

不久，这个风雅俊秀的少年却在一件事上陷入谷底，这就是姐姐贺兰氏之死。

贺兰氏被离奇毒死，武敏之进宫来吊唁，泪流满面地问高宗："如何死得如此仓促？"

高宗不答，只是满脸泪痕。

有眼线立刻将此情况密报武则天，武则天思之再三，怒道："此儿疑我！"从此，武敏之就在武则天那里失宠了。但失宠并不等于就走向死亡，后来还有他自己的将错就错。

咸亨元年（670年），这一年，唐朝和武则天的个人危机差不多同时悄悄地出现了。这些危机间接影响到了贺兰敏之。

咸亨元年九月十四日，武后之母荣国夫人杨氏去世，终年九十二岁。朝廷加赠司徒周忠孝公武士彟为太尉、太原王，赠杨夫人为太原王妃。

唐朝派常胜将军薛仁贵讨伐吐蕃，结果全军覆没。这可是唐朝建国以来从未有过的军事惨败，吐蕃因此信心大增，领土扩张到今天的青海，让唐朝西线的军事压力骤增。

在内政方面，同年，天下大旱，关中饥馑，朝廷不得不下诏任由百姓往各州逐食，政府班子也准备东迁洛阳，解决吃饭问题。俗话说民以食为天，解决不了老百姓的米袋子和菜篮子问题，二圣都不免有焦头烂额之感。

中国古代是有天人感应的思想。国家发生水旱、地震等自然灾害，就意味着统治者失德，皇帝往往会通过减膳、撤乐来表示自责。现在天下大旱，引发了大饥荒，人心惶惶。不少人就攻击武则天，说灾难是因为皇后专权造成的，外廷议论纷纷。面对各种压力，武则天怎么处理呢？她做出了一个惊人之举——要求避位，以答天谴！

这是武则天的一招棋，叫以退为进。

此时，二圣政治已经持续了六年，若是从显庆五年（660年）唐高宗生病，武则天开始协理朝政算起，武则天的参政已经有十年之久，基本上已经是"老伴儿"级别了，唐高宗已经习惯她在身边出谋划策，他现在不想再废掉皇后了。已经老夫老妻了，一个战壕里战斗了这么多年，现在遇到问题，更应该风雨同舟啊。

于是，唐高宗拒绝了武后的避位请求，不仅如此，他还要安慰武则天，把杨夫人的葬礼办得风风光光，让天下人看看，我们有信心、有决心战胜困难！唐高宗辍朝三日，以显示内心的悲痛。他还亲手给杨夫人书写墓碑，并让文武百官和内外命妇都到杨夫人的宅子里去吊丧，而且把杨夫人的灵柩一直送到墓地。接着，又封杨夫人为鲁国太夫人，谥号忠烈。这可是不得了啊，"忠烈"这个谥号哪像给女人的？人们对女性的要求是贞洁、柔婉就足够了，忠烈是对大臣的要求。把这样的谥号给杨夫人，那就等于把杨夫人比成股肱大臣了。

就这样，武则天再一次化解了危机。而且通过杨夫人的高规格葬礼，她又进一步提高了自己的威望。现在，武则天成功地稳住了阵脚，二圣政治已经不容置疑。武则天又站到一个新的起点上了。

这时，贺兰敏之自己走向了人生的岔路口。他的自伤，是他自己的选择。

咸亨二年（671年），高宗和武后带着朝臣们逃离灾害横行的长安，到达洛阳，留太子李弘监国，并且准备为他选妃，他已经二十岁了，于是高宗和武后开始为他物色太子妃人选。

高宗和武后最先挑中的人是司卫少卿杨思俭的女儿。这位杨思俭可不是一般的人物，他是隋观德王杨雄之孙，而武则天之母杨氏的父亲杨达（字士达）为隋纳言，始安恭侯，他正是杨雄的亲弟弟！换句话说，杨氏是杨思俭的堂姑，而武后则是杨思俭的表姐妹。选杨思俭的女儿为太子妃，不仅仅是因为杨思俭的女儿是京城出了名的美女，这条关系也是原因之一。

杨思俭本人也是个很有文才的人物，早在龙朔元年，他就和上官仪、许敬宗、许圉师等人奉太子弘之命编纂《瑶山玉彩》五百卷，想来他的女儿也应该颇有文才，是个才貌双全的美女。

但是内定杨思俭女为太子妃，还来不及公布天下的时候，武后突然得到一个消息，说武敏之把这位杨氏女给逼奸了！武后简直忍无可忍！

再加上对贺兰敏之照顾有加的杨老夫人已去世，武则天也没什么顾忌的了。于是，她正式上表，提出了一份武敏之违法乱纪的罪状。其中有的罪行，简直骇人听闻！

武后提出的罪状书，首要的一条就吓人一跳，说武敏之"烝于荣国夫人"，什么叫"烝"，与长辈女性通奸谓之烝。杨老太太是武敏之的亲姥姥，都七老八十了，能与自己的亲外孙乱伦？真是匪夷所思！

罪名二，"逼淫"太子妃。但是，她家不是贫民小户，没有她的授意，贴身丫鬟敢离开吗？家丁能不在附近吗？门卫会让他进门吗？所以，很有可能是私通。而她父亲杨思俭知道后，很有可能是为了使女儿免受惩罚，才说是贺兰敏之强迫的。

罪名三，在荣国夫人府"逼淫"太平公主的贴身宫女。大概这又是一笔风流债。

罪名四，在荣国夫人的丧期内，擅自脱去孝服，在家载歌载舞。

单说说这无比雷人的第一条，这真的是武则天自己提出来的？

但这一条《旧唐书》言之凿凿，《资治通鉴》也予以采信。后世史家多有为此感到迷惑的。单是逼淫未来太子妃这件事就够武敏之上刑场十次了，还用得着给他加那么多匪夷所思的罪名？总之这是特大疑案一桩。没法确定是武则天自己说的，还是后世给她安上的。

再看看事情本身，真有这回事？

乾封元年（666年）杨氏已经八十八岁，贺兰敏之才二十四岁，年龄相差达六十四岁！外婆对外孙的呵护甚至亲近些的照顾在某些人眼里就成了荒唐的绯闻了？就算贺兰敏之认定自己的母亲和姐姐之死和武则天有关，想报复武则天，也犯不着用这种作践自己的法子吧。

随着贺兰敏之墓志铭的出土，或可窥见一二：贺兰敏之曾娶妻，并生嫡子贺兰琬，哪里有什么不允许贺兰敏之结婚之说？墓志上肯定贺兰敏之为人孝顺。

根据《全唐文·进封贺兰琬母杨氏宏农郡夫人制》记载，虽然进封贺兰琬母杨氏夫人（贺兰敏之的妻子也姓杨）的记录没有说明具体时间，但是可以大致推测应该在之后的中宗朝，或者就在景云三年前后，这个时候贺兰敏之的儿子贺兰琬已经当上太仆卿员外置同正员，改葬贺兰敏之，连带着封了这位杨氏为太夫人。

咸亨二年（671年）六月，废掉敏之的武姓，恢复本姓贺兰，并流放到岭南的雷州（在今广东）。八月六日，走到韶州，莫名其妙就在当地官府里死了，时年二十九岁。《旧唐书》说是用马缰自缢而死；《资治通鉴》说是被武后令人用马缰绞死的。朝士中的纨绔子弟，因与贺兰有交往而被流放岭南的，还有一大批。

贺兰敏之的死，关键的一点，是他将内心的怀疑（他母亲和姐姐的死）、悲痛，都转化成荒唐的行为。只要这种思维方式存在一天，他就还是一只扑火的飞蛾。

贺兰敏之一死，周国公这顶帽子就找不到人戴了。三年之后，武则天又想用武家的人了，别无选择，便奏请将二哥武元爽的儿子武承嗣从天涯海角召回，袭周国公，任了五品的尚衣奉御，第二个月又越级提为三品的宗正卿（掌皇族事务）。

第六十回　跃跃欲试西突厥成祸患
　　　　　　小试牛刀苏定方建奇功

　　唐朝虽然是盛世,但不等于太平无事,事实上,除了宫里宫外,战场上的事也够武则天和李治忙的。贞观年间,东突厥为太宗征服,贞观至高宗初年在塞内塞外分置六都督府和两都护府进行管辖。但是西突厥仍称霸西域。

　　自高宗显庆初年开始,西突厥侵扰西域,使西域部族人民不得安宁。东部与唐朝关系密切的新罗,受到高句丽和百济的包围,频频向唐朝求救。武后和高宗决定对突厥和高句丽用兵。自显庆元年(656年)至麟德元年(664年),以十年努力,使唐朝边事大为改观。

　　永徽二年(651年),西突厥首领阿史那贺鲁击破唐朝的射匮可汗,在碎叶自称沙钵罗可汗,设牙帐,侵扰大唐西部疆域,向唐朝示威。

　　显庆元年(656年),任葱山道行军大总管的老将程知节受命讨伐西突厥。程知节虽然年事已高,但勇武不减当年,他很快就攻克了西突厥的歌罗、处月二部,斩首千余。

　　同年十二月,也就是韩瑗上奏李治为褚遂良求情的那时候,程知节又率部达鹰娑州(今新疆焉耆县),与西突厥别部鼠尼施的四万精锐骑兵相遇。危急时刻,程知节的前军总管、一代名将苏定方率五百骑兵从正面迎击,结果西突厥大败。苏定方随后率部追敌二十余里,斩敌一千五百余人,此战大获全胜!

苏定方名叫苏烈，字定方。冀州武邑（今属河北）人，自十五岁随父亲行武，骁勇而有志。他是唐初头号名将李靖的部将和嫡传弟子，也是一位传世名将。贞观初年在唐朝名将李靖部征讨突厥，屡立战功。永徽年间晋升中郎将。

在这次战斗中，苏定方大显身手，大显大将、猛将风范。两军对阵，他敢和八十倍于自己的敌军精锐部队硬碰硬！并大获全胜，这足以说明他是一个大将之中的猛将，也足以令他传世。后来，他的战斗传奇不断上演，且愈加精彩。

可是这场胜仗后，却节外生枝，让这场战争潜伏着阴谋，导致程知节无奈卸兵权。

没想到，苏定方创造的奇迹，令副大总管王文度很不爽。他很妒忌，又惧怕敌人，于是对程知节说："我们现在虽然大获全胜，但官兵死伤也很多，千万不要再乘胜追击敌人了，谨慎前行才是万全之策啊。"程知节历经沙场，身经百战，在战场上怎样排兵布阵他是老行家，岂能采纳王文度的这个馊主意？

王文度看程知节不听他的，竟矫诏"以程知节恃勇轻敌，委王文度为之节制"，就是说，我有皇上密旨，你程知节及全军官兵都得归我指挥。从而篡夺了兵权，力主防守，延宕不进。部队不得深入追敌。程知节无奈，只好听从王文度的命令。

时值数九寒天，那里经常刮大风，劳师远征的唐军官兵身披重甲，整日骑行，且粮草不济，人马冻死饿死无数。

苏定方看不下去了，便劝程知节说："我们这次出征就是要歼灭敌人的，现在却坐以待毙，怎么可能立功呢？皇上任命您为主将，您怎能听任副手发号施令呢？这其中肯定有诈啊。请您下令把王文度抓起来，然后上奏皇上处置吧。"苏定方以为程知节能听从他的劝告，但令他费解的是，程知节只是摇头，没有听从他的意见。

不久，唐军行至恒笃城，有数千胡人归降。王文度说："我们离开

第六十回 跃跃欲试西突厥成祸患 小试牛刀苏定方建奇功

后，这些人肯定会反，不如把他们全部杀掉，还能得大笔财富。"苏定方极力劝阻，程知节却默许王文度胡作非为。结果，几千胡人被杀得一干二净，阿史那贺鲁跑了，王文度捞了一笔财产。造成将士离心，无功而返。

程知节班师回朝后，事情就败露了。王文度假传圣旨，按律当斩，却改判除名。程知节对此事负有领导责任，他被免职了，兵权也就这样被解除了。

这件事看起来有因有果，但有以下五点疑问值得深思：

第一，王文度作为副总管，他为何胆大妄为，假传圣旨指挥程知节？

第二，程知节作为唐朝一代名将，他为何任由王文度胡作非为？

第三，王文度按律当斩，李治为何只轻判除名？

第四，王文度既然被除名，为何在短短三年之后，便被任命为熊津（今韩国公州）都督（当时百济已被唐朝拿下，王文度到那里去当官）？

第五，不久之后，李治重新启用程知节，外调他为岐州（今陕西凤翔县）刺史，但程知节立即上表请求裸退，李治立即予以批准，这是为何？

以上五点疑问，恐怕只有一句话能合理解释——李治和王文度在唱双簧。他们在合伙算计、欺侮程知节，目的就是要彻底解除他的兵权，彻底解除他对皇权的威胁。

这是李治的帝王之术，恐怕也是武则天献出的一个计策。可是他们太小看程知节了，程知节是一代名将，两朝重臣，他身经百战，久经官场，绝对是个老江湖。李治和王文度玩的这套把戏，他能不明白吗？他明白得很！所以，他才揣着明白装糊涂。所以，他才会在那个愚蠢的把戏面前选择沉默。令人惋惜的是，他因此晚节不保，在历史上留下一大污点，但实属政治迫害。不过，他至少落了一个善终。

麟德二年（665年），也就是李治带着老婆孩儿浩浩荡荡去泰山祭祀那年，一代名将程知节走完了他的传奇一生，享年七十七岁。程知节去世后，李治追封他为骠骑大将军，并陪葬昭陵，他的三个儿子都做了大官。

战场上西突厥尚未平定，武后与高宗则大胆起用苏定方为伊丽道行军总管，率燕然都护府任雅相等将领，再讨西突厥。

苏定方果然不负所望，以他的勇气、谋略和智慧，取得了讨伐西突厥的重大军事胜利。显庆二年（657年），当他率领一万唐军长途奔袭，逼近西突厥时，沙钵罗倾其全军而迎，拥有十万军队。

大兵在今天的额尔齐斯河的西岸列阵，绵亘十里。苏定方自为前驱，只率精兵万余靠近了敌营。沙钵罗自以为兵超苏定方十倍之数，乃长驰直进，企图围歼唐军。苏定方令步兵据南原，枪刺尽向外，待敌深入而击，自率骑兵在北原列阵候敌。

沙钵罗欺定方兵寡，挥军攻南原的步兵阵地。而几次冲击，苏定方布置的步兵阵地坚如磐石。苏定方看见敌军气馁了，便率骑兵向敌阵冲锋。其军队无不奋勇争先，敌军挡不住唐军的攻势，大溃而逃。苏定方挥师全力追击，赶了三十里，斩获数万人。

第二天继续进攻，西突厥军队和群众纷纷投降，沙钵罗仅率残部西窜。

苏定方兵进伊犁河西部的邪罗斯川，千里追击沙钵罗。

此时北风疾吹，大雪纷飞，很快平地积雪二尺。诸将请求雪晴再继续追击，苏定方则说："敌人正恃大雪相阻，必以为我军不能前时，一定会在附近休整。我军正好借机猛进，必要擒拿敌首。如等待天晴，敌人也会远窜，想擒获就困难了。吃些苦头，建立大功的时候到了！"

于是挥军踏雪速进，所到之处，突厥军民纷纷投降。到了双河，离沙钵罗牙帐二百里时，苏定方命部队列阵推进。追不多久，正好遇见沙钵罗与残部射猎寻食。苏定方乘其不备，纵兵攻击，再斩获沙钵罗部众，沙钵罗再次脚底抹油，溜之大吉。

可惜这次就没那么好的运气了。不久，即被投降唐军的土人执送唐

营，西突厥宣告灭亡。沙钵罗可汗被押送长安，刚好赶上李治心情好，为显示我中华地大物博，战争赔款也不要了，直接免死封官，病死于长安。

苏定方迅猛而神奇般地灭掉了十倍于自己军力的西突厥，沙钵罗可汗阿史那贺鲁终于被俘，苏定方的传奇人生序幕由此展开。

高宗、武后命于西突厥故地天山北路建北庭都护府，统辖昆陵、濛池二都护和二十三个都督府。龙朔二年（661年）在天山南路分置十六个都督府，及八十州，一百一十个县，军府一百二十六个，皆隶属安西都护府。

这次对西突厥的用兵，是贞观以后，高宗朝取得的首次军事胜利。从而解除了西突厥在唐朝西境的威胁，恢复了唐朝在西域的统治地位。

第六十一回　三将齐发勇争锋
　　　　　　出其不意巧夺胜

　　前文讲过，唐太宗晚年曾亲征高句丽，但却无功而返，结果又气又病，一命呜呼。

　　永徽六年（655年），也就是武则天当上皇后那一年，休整了近十年的高句丽、百济气焰复张，又联手压迫新罗。形势危急，新罗上表向高宗求救。一开始，高宗不想大动干戈，只发动小规模的牵制性战役。

　　显庆五年（660年）三月，百济又攻陷新罗的独山、桐岑二城，新罗王金春秋向唐告急。

　　高宗与武后当时正在并州，武后忙着衣锦还乡。此前，唐朝一直在重点对付西突厥，现在西域稍定，可以聚精会神来认真对付高句丽、百济了。

　　这时，大将刘仁轨建议说："欲吞灭高句丽，必先诛百济，留兵镇守，制其心腹。"

　　这是一套非常完整的战略构想：要拯救新罗，只有海陆同时作战才能避开高句丽的地利优势。唐水陆大军船队从山东沿海出发，横渡黄海，在半岛登陆后直捣百济都城泗沘。新罗王则亲率五万新罗军，从陆路由东向西夹击泗沘城。如果一味从陆路由北向南推，后勤将越来越匮乏，攻击势头也会越来越弱。而登陆沿海，中心开花，对方就很容易呈瓦解之势。

高宗和武后对这个建议极为赞赏，立即接纳，任命在征战西突厥时大显神威的老将苏定方为神丘道行军大总管，统帅精锐水陆军十三万渡海，进行登陆作战。又委任新罗王金春秋为嵎夷道行军总管，率新罗军夹击百济。

显庆五年八月，苏定方根据武则天的作战意图，率唐朝大军出山东半岛，渡黄海。远征军船队从城山（今山东荣成）启航，至熊津江口（今韩国锦江）。百济军据熊津江口拒守。唐军先锋抢滩登陆，上山结阵，与百济守军展开激战。后续唐军船队正逢涨潮，源源开到，一时扬帆盖海，无比壮观。百济军根本抵挡不住，迅即被击溃，死伤数千。唐军顺利攻下了熊津江口，取得了稳固的立足点。

但是从陆路助攻的新罗军，进展却不大顺利，遭遇百济名将阶伯所率的五千士卒殊死抵抗，最后勉强惨胜。

老将苏定方一向是个穷追猛打的高手，唐军水陆大军刚一站稳，就齐头并进，沿江而上，直抵百济都城泗沘城外二十里。百济这时是到了生死存亡关头，倾国来战，但已无济于事了。唐军再次大破百济军，斩首万余，又穷追残敌直抵泗沘城下。

百济亡国已成定局！

百济王义慈与太子扶余隆仓皇出逃，次子扶余泰自立为王，试图守城，但义慈王嫡孙文思认为这是找死，便率众跳下城墙投降，百姓也纷纷跟随。扶余泰制止不了，只好竖起降旗。

苏定方当然不能放过义慈，一个字——追！追其五部、三十七郡部众全部投降。不久百济王义慈、王后思古、太子隆等也一起来降。百济宣告灭亡。

从唐军出征，到此刻，还没出一个月。

显庆五年（660年）十一月献俘则天门，高宗一看打了胜仗，顿时笑逐颜开，精神抖擞，不顾病体，亲登则天门，接受献俘，并饶去百济众俘的死罪，留在长安。这是中国历代的传统，杀你不过捏死一只蚂蚁，没有什么用处，恕你可见我中华的大度。

百济亡后，下一个目标就是高句丽。

苏定方率唐军主力约十万，分道北上进击。攻下的百济当然要派人留守，大将刘仁愿留守百济都城泗沘城，被重新起用的王文度（就是上回说假传圣旨诓骗程咬金那位，又大摇大摆地回来了）留守熊津江口。唐廷还在百济故地设立了熊津等五个都督府，委派当地的酋长分任都督、刺史。

第二年（661年）二月份，改元龙朔，为龙朔元年。高宗忙着养病的时候，武后则全力负责筹划，显然武后完成得很好。他看到武后每天无比干练地处理国家大事，小心眼又蠢蠢欲动了。

这一心动不要紧，李治找到正在案上看作战地图的武则天，叫道："皇后，传旨下去，朕要御驾亲征。"

武则天立刻明白全国对英雄的崇拜刺激了可怜的皇帝，她微笑着，徐徐发问："陛下准备带多少兵去东征呢？调何处军队？派哪位将领同往？授予何职？战略部署是什么？"

"这个……"李治一句话也答不上来。

武则天温婉地扶皇帝坐下，轻声说："现在和当年不同，先皇曾辅佐高祖皇帝打天下，所以自己上战场。如今天下一统，皇帝不必亲征，派一员大将就够了。"

其实高宗只是想摆一下男子汉的威风而已，所以在面子工程见效后，立即打了退堂鼓。

此时，百济虽亡，但各地的地方势力和守备军并未受到打击。亡国一个月后，百济各地就掀起了抵抗运动，蔓延全境。刘仁愿兵少力单，竟被困于泗沘城。熊津江口方面，王文度到任后就死了，部众无人管带。

武后连忙派检校刘仁轨率部入朝，火速前往百济救援刘仁愿。

刘仁轨是唐初宿儒名将，博学多才。战前他发出誓言："此去扫平东夷，颁大唐正朔于海表！"

十月下旬，唐援军赶到，会合先前王文度的部众和新罗军，大败百济叛众，成功地解了泗沘之围。两位刘将军会了师，经过商议，他们一致认为熊津江口是进退要地，就在熊津江口结阵，等候前方主战场上的消息。

我们再来看正面战场。武后在大臣们的建议下，派任雅相为浿江道行军总管，苏定方为平壤道行军总管，率领萧嗣业及一部分胡兵，分水陆两路进攻高句丽。

龙朔元年（661年），高句丽的渊盖苏文（为了避讳唐高祖李渊的名字，也叫泉盖苏文，他们一家子同理）遣子渊男生带精兵数万守鸭绿江。

北面陆路增援的任雅相一部，在鸭绿江受阻。后来，契苾（bì）何力带领另一支援军赶到，两军会合。契苾何力趁鸭绿江江面结冰，带领唐军突破鸭绿江防线，大败高句丽军。渊男生只落得独身将军，一人逃命，其余残兵败将全部投降。从此高句丽便只能处于守势，再也无力组织起真正的进攻。

七月，唐军进抵平壤城下。但唐军的攻坚能力似乎并没有多大提高，围住平壤后久攻不下。

就在这关键时刻，任雅相却在军中病死。平壤已成了吞不下的鸡肋，高宗和武后便于次年二月，下令撤围退兵。这次东征行动告一段落。

高宗审时度势，不死要面子，打不顺就撒手，这是对的。但这样一来，留在百济故地的刘仁轨、刘仁愿一军就处于险境了。可是，谁也没想到，恰恰是这一支孤军，在百济创造了一个大大的奇迹！并且更可称奇的是，两位唐将中的刘仁轨，年已六旬，原职务为刺史，这次来百济是他第一次带兵！

诏令中要刘仁轨便宜行事，或留镇友好国新罗（这次出兵本来就是为了救新罗），或乘船撤回，都可以。但刘仁轨心中自有主张。

此时北线即进攻高句丽的唐军已撤，百济余部满心以为南线唐军早晚也要走，防备上也就疏忽了。刘仁轨的意见是：要灭高句丽，必先彻底灭掉百济，如果放弃熊津府回国，百济马上就会死灰复燃。那么，不仅此次出兵前功尽弃，以后也再难得有这样的机会了，所以他不想走。

这个意见得到高宗的认可之后，刘仁轨趁百济余部不备，突然出击，先后攻克了支罗城及伊城、大山、沙井等地，又与新罗联兵攻克了险要之地真岘城，一举打通了通往新罗的粮道，保证了唐军的补给，牢牢站稳了脚跟！

第六十一回 三将齐发勇争锋 出其不意巧夺胜

第六十二回　三足鼎立中日韩混战　风云涌动白江口惊涛

龙朔三年（663年）发生了第一次中日大战。

上回说到，由于东征的任雅相"出师未捷身先死"，所以唐军选择撤退。而百济则被镇守在此的刘仁轨摆了一道。百济虽然基本上被唐军扫灭，但是还有一条漏网之鱼，就是百济王子丰璋他跑到了日本，不知道用什么法子说动了倭王齐明天皇，使她拍板决定派兵助百济与大唐为敌。

注意，是"她"，不是"他"，因为齐明天皇确实是位女皇，她本是舒明天皇的皇后，后来被立为女天皇，即皇极天皇，在宫廷政变中她让位于孝德天皇。孝德天皇在日本历史上可以说是个划时代的人物，正是他支持倡导了日本历史上赫赫有名的全盘唐化的"大化改新"，派了大量"留学僧"来大唐，让日本的发展上了一个新台阶。

等孝德天皇一咽气，皇极女天皇重新出山了。她以655年（即永徽六年，武后正式成为皇后的同年）为齐明元年，所以日本历史上叫她齐明天皇。

她接受了百济王子出兵对抗大唐的请求，甚至亲赴九州岛，决定亲征。

不过幸运的是她在龙朔元年（661年）七月病死，她的儿子中大兄皇子（后来的天智天皇）八月监国，战争准备并未停止。先令辎重及先遣部队渡海，九月，五千日军护送百济王子丰璋回国即位，摇身一变成了新的百济王。此后两年，日本向百济赠送了大量物资，第二年五月，以舟师一百七十艘前往增援。

到龙朔三年（663年）三月，天智天皇出于转移国内矛盾的考虑，同时也想在半岛上插一脚，便派毛野君稚子、间人连大盖等大将率军两万七千人，渡海登上半岛支援百济。占领了新罗的沙鼻歧、奴江两城，切断了唐军与新罗军的联系。

当月，武后和高宗派右威卫将军孙仁师为熊津道行军总管，率军支援百济，刘仁愿、刘仁轨为副，准备与百济倭国联军作战。

五月，唐威卫将军孙仁师率七千人的援军登陆，与刘仁轨、刘仁愿部合兵一处，唐军声势大振。

也不知怎么就这么寸，就在同月，百济王丰璋和福信发生内讧。福信是原百济王义慈（被抓回大唐颐养天年了）的堂弟，先前，他看到任雅相去世，唐军主力撤退，就召集百济顽民占据周留城（今韩国扶安）。最终，丰璋杀死福信，重掌大权，但是实力也受到了损失。

孙仁师和刘仁愿、刘仁轨商量之后，认为机会到了，联合新罗文武王（原太子金法敏）率新罗军，再次攻入百济。本年八月，由孙仁师、刘仁愿和文武王率步兵从陆路围攻百济的屯兵之地——周留城；由刘仁轨、杜爽率水军从水路经熊津江进入支流——白江，封锁白江的出海口，切断周留城与海上的联系。

这边刚谋划好，日本又向百济派出了万余援军。如此，日军在百济的总兵力就达到了四万二千余人，实力相当不小。

龙朔三年（663年）九月二十七日，两国水军在白江口狭路相逢，日军先向唐军发起了进攻。

这是历史上第一次中日大战。两军舰船数量相差悬殊，唐朝水军为七千余人，战船一百七十艘；日本水军万余人，由六个大将统率，有战船一千多艘。但唐朝国力强盛，经济发达，所造海船以形体高大、性能良好著称于世，因而唐军在战斗力上超过日军。

刘仁轨临敌不惧，指挥唐水军沉着接战，进退有序，将日军舰队全部包围。

唐军以两艘战船为一组，远则以火箭（不是今天的火箭炮）攻击，近则以船头撞击，充分显示了先进军事力量的素质。而日军则是由各地豪族的私人武装拼凑起来的乌合之众，只凭着一股蛮勇与唐军纠缠。日军将领盲目自信，以为靠勇气就能战胜一切，"率日本乱伍中军之卒，进打大唐坚阵之军"，结果可想而知。

唐军与日军互发火箭攻击，唐军的大型战船占了便宜，一旦着火，可以及时扑灭。而日船规模不大，着火后很快就会烧及全船。同时火势也会在自己舰队中蔓延。就这样，日军舰船接连被焚毁，日军大将朴市田来津也被唐军乱箭射毙。

白江口激战持续了两天，连战四阵，日军大败，战船近半被毁，士兵溺死者不计其数。史书上关于此战的记载也非常传神："仁轨遇倭兵于白江之口，四战皆捷。焚其舟四百艘。烟焰涨天，海水皆赤，贼众大溃。"

朝鲜史书《三国史记》如是说："倭船千艘，停在白沙。百济精骑，岸上守船。新罗骁骑，为汉前锋，先破岸阵。"唐军让新罗军队拖住百济陆军，自己腾出手来打击倭人水军，据说是唐军"左右夹船绕战"，以灵活多变的战术杀得倭军只有招架之功没有还手之力。

唐之国威，一战而成！

四战唐军皆胜，倭国海军几乎全军覆没。倭人剩下的不多人丁逃回日本，如惊弓之鸟，天智天皇深恐唐军进攻日本本土，自次年开始，在国内耗费巨资修筑了四道防线。

百济王丰璋从火中逃出性命，驾舟投奔高句丽。败报传到周留城，城中的百济余众与日军只得开城投降。百济全境归顺，复兴之梦彻底破灭。

白江口海战获胜后，唐军很快占领百济全境，与新罗一道，形成对高句丽的夹击态势。

这一战，对东亚格局也有着深远影响，打得日本八百年不敢再起贼心，中日之间和平了八百年。此后不久，日本"遣唐使"的派遣进入了高峰期，其"大化改新"也越加深入。

这一战的主要指挥官是六十的老将刘仁轨。人家本来可是咬笔杆子的，谁说百无一用是书生！

刘仁轨，字正则，汴州尉氏（今河南尉氏）人，自幼清贫，但"恭谨好学"，原为文臣，经此一战，成了大唐著名军事将领、水军统帅。

更令人感慨的是，此前在李义府逼死大理寺丞毕正义一案中，刘仁轨受命审理案件，因为秉公而断，得罪了李义府，屡遭打击。在东征之初，刘仁轨原负责监统水军输送物资，被李义府陷害，险些被处死。后被免职，白衣随军效命。所幸高宗、武后识人，在紧要时刻果断起用他为援军统帅，成就了一番大业。

战后，高宗召刘仁愿、孙仁师回朝，令刘仁轨领兵镇守百济。刘仁轨在百济做了大量的恢复工作，掩埋骸骨、统计户口、恢复生产、修路架桥、赡养孤老、立唐社稷。

此外，值得一提的是，百济有两位将领沙吒相如、黑齿常之，在苏定方撤军后，竭尽心力做大唐臣子。其中黑齿常之后来在边境战争中立下大功，还因功被封为燕国公，为一代名将。

第六十二回　三足鼎立中日韩混战　风云涌动白江口惊涛

第六十三回　天赐良机高句丽内乱
　　　　　　新旧交替薛仁贵单挑

　　自从百济被灭之后，一向不服软的高句丽也有点儿恐慌，老实了不少。高宗封禅泰山时，高句丽王高藏也派来了太子福男参加仪式。

　　就在封泰山这年，即乾封元年，东边的高句丽有了新情况，天赐给大唐一个良机！

　　乾封元年（666年）五月，高句丽的权臣、"莫离支"渊盖苏文终于伸腿瞪眼见了阎王。"莫离支"不是国王，是握有实权的渊盖苏文自设的一种最高官职，类似于曹操。他在接班人问题上没处理好，他一死，高句丽就发生了内乱。

　　按照嫡长子继承制，渊盖苏文的长子渊男生接任了莫离支。此人还比较敬业，为了显示实力，决定出巡实际控制区。把弟弟男建、男产留在都城代理朝政。

　　男生一走，有人就挑拨他们兄弟之间的关系，对留守都城的这两人说："你们哥哥怕你俩夺他的位，想找机会除掉你们。"两人还不太相信。于是又有人对渊男生说："你的两个兄弟想夺你的权，要趁你出外的机会让你变成丧家之犬。"

　　这个挑拨离间的人是谁呢？本着谁受益谁犯罪的原则，可能就是高句丽王高藏。

　　他的挑拨做哥哥的信了，渊男生马上遣亲信到平壤去打探虚实，疑心生暗鬼，于是乎顺理成章了，这就成了哥哥要收拾弟弟的证据！

留守的兄弟得知消息后想马上遣人召兄长回来，想解释清楚。渊男生哪敢回去自投罗网？渊男建被逼无奈，只好真的叛乱，自立为莫离支，派兵讨伐他哥哥。结果，正宗的莫离支渊男生反倒不敢回都城了，只能别走他城。做弟弟的咄咄逼人，做哥哥的也不能束手待毙，可是渊男生一没兵二没将，想打都打不成器。

可是哪能甘心呀！一咬牙，渊男生派儿子泉献诚（前文说过，为避讳李渊的名字，他们家的姓由"渊"变"泉"，只是习惯说法还叫"渊"。只不过这孩子此后大半生都在唐朝度过，所以习惯上叫泉献城）以超越马拉松长跑的毅力跑到长安，向唐高宗求救！

这机会千载难逢！高宗和武后经过商议，决定发大军征讨高句丽。这次的战略意图非常明确——平了这个东方宿敌。

乾封元年（666年）六月七日，武则天命令右骁卫大将军契苾何力为辽东道安抚大使，右金吾卫将军庞同善、营州都督高侃为行军总管，以渊献诚为右武卫将军，做唐军的向导。

唐军一入境，被夺了位的渊男生见救星来了，立刻来了精神，准备率部汇合。唐廷让他做了辽东大都督。

到了十二月，高宗、武后觉得战事进展还不够快，便又任命老将军李勣为辽东道行军大总管，郝处俊（此人在男宠一节中还有重头戏）为副大总管，带领薛仁贵等将领率援军投入战场。先前的各军，也都全归李勣节制。

李勣已是七十六岁的老将，他也决定在有生之年为国立最后一功。

唐军渡过辽水后，庞同善、高侃分两路并进，薛仁贵带着一支人马专打游动战，策应各军。

他率部直抵高句丽新城，此城乃高句丽西部重要据点。他命军队登上城厢高山，俯瞰发箭，城守军官惧怕，开城投降。李勣留下契苾何力（契苾何力是铁勒人，后附唐朝。因为是唐朝的女婿，且一直战功卓著，

所以唐人对他是绝对信任）驻守新城。他本人催军急进。这次唐军气势相当凶猛。仗打了一年，一连拿下了高句丽十六城。

薛仁贵在攻占城镇时尤为骁勇，战功卓著。

渊男建不服输，企图派兵偷袭，结果被薛仁贵一部中途伏击，大败之。高侃率军行至金山，遇到高句丽兵据险防守，打得不顺手，随后向北撤退。高句丽士兵离开险地，纵兵穷追，结果又被薛仁贵拦腰截杀。

另外一路郭待封率领水军开赴平壤，李勣派别将冯师本载着粮草辎重去支援他，没想到冯师本没能在约定时间赶到，郭待封的军队缺乏食物。他想给李勣写信催粮，又怕被高句丽人截获得知虚实，于是写了一首藏头诗给李勣。李勣是个武人，哪看得懂，骂道："军事如此之急，居然还有心情写诗？我定要军法从事！"幸亏行军管记通事舍人元万顷向李勣解释了这首诗的意思，李勣才另行派人给郭待封送去粮草。

这位会猜谜的元万顷也算是个活宝，他为了做好部队的政治宣传工作，写了一篇《檄高句丽文》，中间有一句："不知守鸭绿之险。"渊男建回书说："谨受命！"于是命军队守住鸭绿江，唐兵因此不得渡。高宗听说后大怒，把元万顷流放到岭南。

另一边高侃的军队就打得不怎么样了，他中了渊男建的袭击，被打败，逃到金山，又打了败仗。

高句丽军队继续追击，薛仁贵引兵伏击，打得高句丽军队大败而逃。唐军趁热打铁，攻下南苏、木底、苍岩三城，与渊男生合兵一处。

金山得胜之后，总章元年（668年）年初，薛仁贵又统兵三千，直扑扶余城。

诸将认为这点儿兵不够用，都不主张打。薛仁贵来了蛮勇的劲儿，说："兵不在多，而在使用合度，何患少焉？"说完引兵前冲，正与赶来拦截的高句丽大军迎头相撞。一仗下来，三千猛士果然以一当十，斩俘万余人，顺势拿下了扶余城。周围四十余城闻薛仁贵之名，尽开城请降。

这次战争，唐军打得实在漂亮。高句丽方面本应该步步据守，还像过去那样打守城战、持久战。但是几次大的战斗，他们都是倚仗人多，与唐军展开野战，当然没有好果子吃。

李勣见取得了决定性的胜利，捋着胡子笑了，派随军侍御史贾言忠回京告捷。

高宗见了贾言忠，问他进展如何。贾言忠说："高句丽必平。"

高宗大喜，问道："卿何以知之？"

贾言忠便不慌不忙说出一番道理来："隋炀帝东征而不克者，人心离散也；先帝东征而不克者，高句丽未乱，无隙可乘也。今高句丽王微弱，权臣擅命，盖苏文一死，男建兄弟相攻，男生内附大唐，为我向导，彼方情形，无不知之。以陛下圣明，国家富强，将士尽力，以乘高句丽之乱，其势必克，无须费力矣。且高句丽连年饥馑，人心危骇，其亡可跷足待也。"

高宗一听此话当然大喜，又问他对诸将的评价，贾言忠一一道来："薛仁贵勇冠三军；庞同善虽不善斗，而将军严整；高侃勤俭自处，忠果有谋；契苾何力沉毅能断，虽颇忌前，而有统御之才；然夙夜小心，忘身忧国，皆莫及李勣也。"

高宗、武后对贾言忠的分析评价大为满意，深以为然。

总章元年（668年）七月底，唐军拿下扶余后，高句丽方面又犯昏，西拼东凑派了五万兵来，企图夺回扶余。

又是一场野战！李勣奋力迎击，大破之，狂追二百里，汇合诸路军，直抵平壤城下。围困了一个月后，渊男产率各部首领举白幡投降，李勣以礼相待。

但是死硬派渊男建仍是不降，闭门拒守，还派兵出战。他把军事委托给一个和尚信诚来管，但这个和尚却暗中派人与李勣联络，以为内应。九月十二日，信诚和尚大开城门，李勣纵兵登城鼓噪，焚城四角。渊男建见大势已去，欲举刀自尽，恰好被唐军擒住，未遂。

就这样，立国七百余年的高句丽终于灭亡。高宗与武后完成了隋唐两朝两代天子的夙愿。

总章元年（668年）十月，李勣带领大军凯旋归来，军中奏起破阵乐，沿途百姓夹道欢迎，欢歌颂舞，其中包括十几万请求内附的原高句丽国民。

十二月，高宗、武后在龙首山的蓬莱宫含元殿举行了受降仪式，都按照政策做了处理：赦免了高句丽傀儡国王高藏，封为司平（龙朔二年，即662年，改工部为"司平"）太常伯员外，养老送终；先后归附的泉氏两个兄弟都封了大唐的官职；抵抗者渊男建按大唐罪臣待遇流放黔中；其余高句丽官员，分别派任为各地都督、刺史、县令等官员，正式成为唐朝的官吏。

平辽将领也各有封赏，尤以大功臣李勣为最，加封太子太师。

整个高句丽，也都已收入大唐版图。统属安东都护府管辖。

安东都护，由大名鼎鼎的薛仁贵担任，领兵二万镇抚之。并封为济右威卫大将军，平阳郡公。据说，当时高句丽人只要说一声"薛礼（名礼，字仁贵）来了"，家中小儿马上就会止住啼哭。将军的赫赫威名，甚至流传千年不衰。

以七十六岁高龄统率征东大军的李勣，总章二年（669年）十二月一病不起，高宗把他所有在外当官的子侄都召了回来侍疾。高宗和太子赐的药物，李勣只是随便吃了一点，对于子弟们请来的医药，李勣都不服用。他知道自己的病已经不能够好，便对弟弟司卫少卿李弼说："我今天感觉好些了，把所有的家人叫来，喝酒为乐。"

等子侄们都到了，李勣当着他们对李弼说："我今天与你们诀别了。你们不需要伤心，听我约束。我看到房玄龄、杜如晦平生勤苦，一旦出了个不肖之子，家族就会倾覆。我现在把我的子孙们托付给你，如果他们当中有不肖子孙，你可以先把他们杀掉，以免后患。"说完这些话没几天，李勣就去世了，终年七十九岁。

李勣是从武德年间就开始建功立业的，从江洋大盗，做到了堂堂宰相，堪称传奇。

他回首早年经历时，曾颇为风趣地说："我十余岁作贼，是逢人必杀的无赖贼；十四五岁是难当贼，不高兴就杀人；十七八岁是佳贼，临阵才杀人；二十岁时为大将，用兵救人不死。"这个瓦岗寨的好汉徐懋功，终于修成了正果！

老将军去世后，高宗、武后异常悲痛，诏令以特殊功勋陪葬太宗昭陵，封其坟丘如阴山、铁山、乌德鞬山的模样，纪念他挂帅远征的大战役。追赠李勣为太尉，由于李勣的长子李震早已经去世，让他的孙子徐敬业（听着耳熟吧，后文还有故事）袭承英国公爵位。

第六十四回 烽烟四起吐蕃发难　将帅失和大唐惨败

在平高句丽之后的七八年间，大唐四境的局势又有了新变化。新的强敌崛起，老的对手复苏，情况不是很乐观。

高句丽余众不断有反叛。高句丽酋长剑牟岑反，立高藏的外孙安舜为王，朝廷只好又以左监门大将军高侃为东州道行军总管，发兵征伐。安舜杀了剑牟岑，然后迈开兔子腿，逃到新罗去了。

新罗已经忘了当年的救命之恩，派兵助高句丽余众与唐军作战，同时还公然占据已归唐朝管辖的百济旧地。

此时西境的吐蕃逐渐强大起来，它把手伸到了西域，接连攻陷各州。

高宗一面准备和吐蕃作战，一面又准备对新罗开刀，这种想同时打赢两场战争的想法非常危险。侍中张文瓘不顾病重，让人抬着晋见高宗，劝他说："现在我们全力对付吐蕃尚且感到吃力，何必再去打新罗。何况新罗并未侵犯大唐本土，师出无名。"高宗于是收回成命。

吐蕃族源于羌族，繁衍于今西藏及四川西部一带，在北周时兴起，隋唐之际已是群雄并踞。到唐初，松赞干布统一吐蕃各部，定都于逻些城（今拉萨市），建立了统一的奴隶制政权。

贞观八年（634年），松赞干布遣使向唐求婚，唐太宗同意和亲，这才有了贞观十五年（641年）文成公主入蕃的佳话。并带去了大量汉家文化书籍及先进生产工具和熟练工匠，对吐蕃迅速走向文明时代立下不朽之功。

吐蕃也是"向唐朝学习"的诸国之一，和亲之后，派了不少贵族子弟到唐求学，两方关系转为密切。唐太宗死后，关系也还不错，松赞干布还给唐廷写了信表示忠心。永徽年间，文成公主派人向唐"请蚕种及造酒、碾、纸墨之匠"，高宗都欣然应允。

刚开始时，双方还相安无事。可惜平地一声惊雷，永徽初，松赞干布死了，其子早亡，由孙子芒松芒赞即位，受制于禄东赞父子。

吐蕃亲唐的局面是在龙朔之后开始逆转的。吐蕃这次对唐的挑衅，上下一心，攻势凌厉。

这一时期，它的邻居吐谷浑早在太宗时就被平定，内附大唐，成为大唐防范吐蕃的屏障。禄东赞对其久有图谋。龙朔三年（663年）时，便趁大唐正在东边与百济打得不可开交之机，悍然率精兵进攻吐谷浑。吐谷浑可汗顶不住，狼狈奔入唐地凉州（今甘肃武威）。

西境局势骤然恶化，为防不测，唐也屯兵于凉州、鄯州（今青海乐都），双方兵锋相对。

吐蕃透露出，与吐谷浑还有讲和的余地，高宗也准备调停，可惜，禄东赞这个时候死了。他的四个儿子同时当国，雄心更甚，完全没有了节制，开始大举进攻西域。

次年因为旱灾，高宗大赦天下，改元咸亨。到咸亨元年（670年）四月，吐蕃大军已连陷西域十八个州，唐的安西四镇顿时烽烟遍起。安西四镇为龟兹（qiūcí）、疏勒、于阗、焉耆，其中的龟兹就是大唐安西都护府的治所。

吐蕃这次胃口甚大，和于阗部落联手，竟然拿下了安西大本营龟兹的拨换城（今新疆阿克苏）。

"二圣"决定用兵。朝廷命右威卫大将军薛仁贵为逻娑道行军大总管，右卫员外大将军阿史那道真、左卫将军郭待封为副大总管，讨伐吐蕃。

这几位将领各有特色，不过，日后的战争结果证明李治和武后这种安排是个错误。先看看家喻户晓的薛仁贵。

薛仁贵跨海征东的故事被编成小说和戏剧，千年来一直流传，为人欣赏。他是绛州龙门（今山西河津）人，家贫。太宗李世民征辽东时，他只身投军于张士贵营。在征辽东的战争中，薛仁贵曾身穿白衣，首先登上城门，所向披靡，大军乘势进攻，乃获大胜。

永徽五年（660年）闰四月，高宗宿在万年宫，下大雨，午夜山洪暴发，冲撞玄武门。守城士兵被滔滔洪水惊吓，丢下城门不管，四处奔逃。薛仁贵登上城门一边高呼宫内避水，一边说："如今皇上都危急了，臣子还能怕死吗？"高宗从梦中惊醒，登高避水，方得平安无事。高宗、武昭仪称赞薛仁贵忠勇，更加推重他。

龙朔元年（661年），铁勒酋长伙同其他部落起兵犯境，唐高宗任命郑仁泰为铁勒道行军大总管，薛仁贵为铁勒道行军副总管，出兵讨伐思结、拔也固、仆骨、同罗四部。临行前，唐高宗设宴饯行，他有意考考薛仁贵的神射技艺，"古人说，一个神箭手能射穿七层铠甲，今天你来试试五层铠甲"。薛仁贵泰然自若，一箭洞穿五层铠甲，赢得满座喝彩，皇帝高兴之下，当场赐予坚甲，以示鼓励。

不久唐军与铁勒交战于天山，薛仁贵单挑数员突厥大将，连发三箭，敌三员大将应声落马。铁勒混乱，唐军见状趁势掩杀，敌遂败。后纵身擒铁勒九部的首领，从此回纥九姓突厥衰落，世间皆流传："将军三箭定天山，战士长歌入汉关。"

这阿史那道真，名字像个外国人。不错，是个混血儿，乃突厥王子阿史那社尔与衡阳长公主所生。

阿史那社尔也是唐初相当有名的一位传奇人物。贞观十年（636年），阿史那社尔在突厥内乱中战败，率部归唐。太宗视他为兄弟，任命他负责守卫皇宫北门（玄武门）。一年后，他迎娶了太宗的亲妹妹衡阳长公主，成为大唐驸马。贞观二十一年（647年），太宗任命他为昆丘道行军大总管，带兵西征天山一带的西突厥。

此战大获全胜，唐军连破处月、处密二部，攻占龟兹的都城——拨换城等五座城，于碎叶川西大败西突厥军，俘龟兹国王和公卿。

这一战，震动了整个中亚，西域有七百余城慑于大唐声威，争先请降。唐的疆界，一下就推进到了帕米尔高原和中亚。

唐太宗死后，阿史那社尔悲痛欲绝，请求殉葬，但高宗没批准。永徽四年（公元655年），阿史那社尔死，赠辅国大将军，陪葬昭陵。

其父如此，其子也必不差。

另一位将领郭待封，就是在高句丽战场上写藏头诗向李勣求援的那位。

这次征吐蕃，派出的将领阵容不弱。从薛仁贵的领军头衔来看，唐对拉萨也是志在必得。但是，问题就出在将领不和上。

仗开始打得很顺手。

十万唐军行至大非川（今青海共和县），准备奔袭乌海（今青海兴海县），薛仁贵拿出了作战方案。他对两位副将说："乌海险远，军行甚难，辎重跟随，恐难成功。今宜筑两栅于大非岭上，辎重悉置于栅内，留二万人守卫，我等兼程前往，乘其不备，必能破敌。"让郭待封用二万人立两栅在大非岭上，辎重全部放置栅内，自己先率精锐之师，以迅雷不及掩耳的速度攻其不备，必破吐蕃。

随后，薛仁贵即率所部先行一步，阿史那道真为后援，兼程疾行。郭待封率两万人暂屯大非岭，保护辎重。

这个部署，非常得当。唐军一路冲去，在积石河口遭遇吐蕃军，果然一战而胜，又进军至乌海驻扎。然后，薛仁贵便派兵一支去接应郭待封的辎重队。

哪知道派去的兵到了地方一看，郭待封已将辎重全部弄丢了！大军远行，这不是要了命么！

辎重怎么会丢？原来，都是这个郭待封惹的祸！他原先的官职与薛仁贵平级，这次居薛后深以为耻，于是屡次抗命，闹开了情绪。薛仁贵让他原地坚守，他偏不听，非要押着辎重缓缓前行。

这一着实在是险棋！果然，半途上突遇埋伏好的吐蕃二十万大军。唐军就是再神勇，又怎能护得住一大堆粮草器械？

郭待封情知不妙，硬着头皮迎战。结果不用问，东西给丢了个一干二净。

薛仁贵听到败报，差点儿没气晕了，没了后勤保障也不敢擅进，只好急速退兵至大非川，等候朝廷增援。

遗憾的是他碰上了老奸巨猾的对手。吐蕃方面的统帅，是宰相论钦陵。他老爸就是已故宰相禄东赞。吐蕃语称宰相为论。他也是一位打仗好手，为了不给唐军喘息之机，率吐蕃全部精锐来攻，号称四十万。唐军顶不住，再次大败，几乎全军覆没。薛仁贵见取胜无望，只得派人与论钦陵定了和约，而后带领少量残兵败将回国。

这一仗打得太窝囊，大唐开国以来还未遭此大败。"二圣"闻知后震怒，下令将三统帅装入囚车运进京师。但是考虑到千军易得一将难求，国家培养一个成熟的将领也不容易，看在他们过去立功的份上，免死除名。

第六十五回　一波三折大败吐蕃　海疆四合壮我河山

咸亨元年（670年），唐朝被迫罢战安西四镇，吐蕃的崛起更加势不可当。其势力所及，东接凉、松、茂、嶲等州，南邻天竺（今印度、尼泊尔），西至葱岭，北抵突厥，"地方万余里"，俨然一个超级大国了。仪凤元年（676年）前后，又频频侵扰唐境。

天皇、天后一心想要解决吐蕃这个心腹之患，这时契苾何力已经病故，便命宰相刘仁轨出镇洮河（今甘肃西南部）。没想到，这次又栽在将帅不和这个老问题上。

刘仁轨知兵，但是他与朝中另一宰相李敬玄不和，明知道他非将帅之才，还推荐李敬玄来替他，奏道："西边镇守，非敬玄莫可。"

两人闹别扭，据说是因为文人相轻；另外一个说法是，刘仁轨以前为李义府所不容，是反武派，而李敬玄是许敬宗提拔起来的，与拥武派渊源深厚。两人阵线不同。

其实这个李敬玄并不是个坏人，史书上没有关于他的劣迹，反而称他"风格高峻，有不可犯之色"。他博览群书，是个典型的文人。贞观末，高宗在东宫当太子时，马周就把李敬玄推荐给了他，后召入崇贤馆侍读，曾在吏部任职。这个人工作起来也很干练，博闻强记，史载他"典铨有序，选者岁万余人，每于街衢见之，无不知其姓名，时人服其强记"。万名候选干部，一见之下都能叫出名来，着实是个好记性，但是从来没有上阵的经验。

李敬玄听说刘仁轨推荐他去接任洮河道大总管，知道这是把他放在火上烤，就奏请改派他人。

据记载，那天正好高宗听朝，见李敬玄再辞，就说："仁轨须朕，朕亦自往，卿安得辞！"——老刘要是点名让我去，我都得去，你怎么能不干！皇帝都这么说了，李敬玄只好硬着头皮去领一回兵。因为刘仁轨本来也是文人，也在中日白江口之战中打了大胜仗，大概高宗就认准了有行政能力的人，也一定能带好兵。

仪凤三年（678年）九月，高宗任命李敬玄代替刘仁轨为洮河道大总管兼安抚大使，同时又命淮安王李神通的儿子李孝逸发剑南、山南之兵和李敬玄会合。李敬玄推辞不了，带着工部尚书、检校左卫大将军刘审礼等一班将领，率兵十八万，浩浩荡荡西去。

九月十二日，李敬玄率领十八万唐军与吐蕃宰相论钦陵战于青海。这李敬玄全不知兵，临阵心又怯弱，与他搭档的刘审礼却正好相反，勇莽无谋，就知道冲杀。这个搭配，令人悬心。果然，入了吐蕃境内，右卫大将军彭城公刘审礼率前军深入。吐蕃宰相论钦陵率十多万兵，看准战机，把刘审礼一支团团围住。刘审礼拼死抵挡，指望李敬玄来救。

偏偏李敬玄心跳加快，慌了，不敢去救，致使刘审礼力战不敌被俘。

听到刘审礼被俘的消息，李敬玄又狼狈不堪地带兵逃到承风岭，挖了长长的泥沟以阻止吐蕃兵将；而论钦陵则屯兵对面高山上，居高临下，逼住唐营，声势甚猛。这时候敌骑漫山遍野，蜂拥而来，灭顶之灾眼看要降临。

好在此时的唐军中还有一位有胆有谋的将领——唐左领军员外将军、中日白江口之战后归降的百济降将黑齿常之。

他不顾年将半百（时年四十九岁），乘着天黑，亲自带领敢死队五百人，悄悄偷袭。吐蕃压根没想到还有这等不要命的，一时大乱。论钦陵虽然还稳得住，怎奈他的右营部将跋地设不知唐军虚实，领兵就逃。军心一乱，论钦陵压不住，只好跟着也退了。

黑齿常之杀了个痛快，从容回营。李敬玄得此喘息之机，赶快收集余众逃回鄯州，唐军才解了围。虽未大败，锐气已失。监察御史娄师德在西征之时响应朝廷的"猛士诏"从军。等李敬玄败退时，又是娄师德受命收集散众，军队重振。没有此人就难有狄仁杰，此乃后话。

而那个因为李敬玄不敢去救而被俘的刘审礼就倒霉多了，他的儿子刘易从，听说父亲陷于敌手，便绑了自己，到朝门请求入吐蕃以身赎父。高宗还能说什么呢，只好同意了。结果等凑够赎金，刘易从赶到吐蕃时，刘审礼伤病加羞愧，已然身亡。易从悲痛号哭，哭得吐蕃人也动容了，把尸体还给了易从。

战后赏罚分明，把李敬玄贬为衡州（今湖南衡阳）刺史；黑齿常之力挽危局有功，封为左武卫将军；又派娄师德出使吐蕃，去宣谕吐蕃（去开导人家）。

吐蕃大将、论钦陵的兄弟赞婆（也是禄东赞的儿子），到赤岭欢迎他，以盛大的军容来迎这个说客。娄师德对他们一番开导，又说好话又说大话，哄得赞婆心神俱醉，口服心服，情愿讲和。此后大约有一年多，吐蕃兵不再入唐境。娄师德进封殿中侍御史，河源军司马。

光文的肯定不行，还得有武的，此后数年，唐对付吐蕃主要就靠黑齿常之了。

他先为河源（今青海西宁）军副使，永隆元年（680年）领兵击退吐蕃的再次袭扰，升为河源军经略使。

他认为河源为唐蕃双方力争的冲要之地，必须守住，但这里地处边远、运输不畅，粮食问题解决不好，于是就筑起了烽火台戍所七十余所，开屯田五千余顷，年收粮五百余万石。河源防线的军粮充足后，再无后顾之忧，牢牢挡住了吐蕃的进军脚步。

吐蕃将军赞婆不甘心就这么被黑齿常之制住，也率部三万人在良非川（今青海共和县恰卜恰河）屯田。两军搞起了生产大竞赛。

高宗审时度势，决意打一个主动仗。于开耀元年（681年）五月，命黑齿常之出击。

唐军精骑万余夜袭吐蕃兵营，大获全胜，斩首二千级，缴获羊、马数万。赞婆狼狈不堪，仅单骑逃走。

黑齿常之在河源前后共七年，吐蕃兵畏之如虎，多年不敢犯边。

在武则天辅佐高宗的时代，君臣一心，东西征战，军事上基本取得胜利。大唐的声威，远播欧亚。在四境建立四大都护府，并扩大了贞观年间所置的一个都护府的管辖范围。这个时期的疆域——

安西都护府：贞观十四年（640年）置。治所先在西州（今新疆吐鲁番东高昌故城），统安西四镇；显庆、龙朔年间（661—663年），唐军平定西突厥，辖区扩大至今阿尔泰山西至咸海及葱岭的东西各部的诸城邦国，移至龟兹（库车）；咸亨元年（670年），移至碎叶城（吉尔吉斯斯坦的托克马克市），所辖远至咸海。

安东都护府：总章元年（664年）置。初治在平壤，辖高句丽、靺鞨各部。西起辽水，东至朝鲜北部，南北抵海；后来，新罗忘恩负义，趁着唐朝和吐蕃互掐，屡屡犯边，治所移至辽东的新城。

单于都护府：麟德元年（664年）由云中都护府改置。治所在云中城（今内蒙和林格尔西北），统辖区突厥数部，相当今天的内蒙古的阴山、河套地区。

安北都护府：总章二年（670年）置。治所在蒙古杭爱山东部，所辖今蒙古、俄罗斯西伯利亚南部一带，统管碛北铁勒诸部。

安南都护府：调露元年（679年）置。即原来的交州都督府。治所在宋平（今越南河内），史载"统海南诸国及境内诸州"，辖今越南北部、中部。

再加上后来武则天称帝后，大周朝设立的北庭都护府，治所在庭州（今新疆吉木萨尔北破城子），辖天山以北包括阿尔泰山和巴尔喀什湖以西。

此为著名的唐"六大都护府"。

正如岑参的一首《轮台九月风夜》所写的——

　　君不见，走马川行雪海边，平沙莽莽黄入天。轮台九月风夜吼，一川碎石大如斗，随风满地石乱走。匈奴草黄马正肥，金山西见烟尘飞，汉家大将西出师。将军金甲夜不脱，半夜军行戈相拨，风头如刀面如割。马毛带雪汗气蒸，五花连钱旋作冰，幕中草檄砚水凝。虏骑闻之应胆慑，料知短兵不敢接，车师西门伫献捷。

真是壮哉！大唐！

第六十六回　任人唯贤武皇后不抓辫子
　　　　　抗击突厥裴行俭屡立战功

在这个前后，突厥的旧众先后复叛，好在都被唐军迅速平定。在平定东西突厥余部的战争中，涌现了一颗新的将星，也陨落了一颗老的将星。

陨落的老将就是薛仁贵。在永淳元年（682年），东突厥又有余众反唐，薛仁贵奉命前往云州（今山西大同）征讨，敌帅闻其大名而丧胆，不战而逃。薛仁贵斩获三万余人，大捷而归。回到代州（今山西代县），不久患病死去，终年七十岁。

新星就是早年因反对立武则天为皇后而被人告了密的裴行俭。这人文武兼备，被贬到西州（今新疆吐鲁番）后，很快又被高宗、武后起用，后来一直上升，曾当过安西都护。

裴行俭是隋朝名将之后，个人才艺兼优，名重一时。

贞观年举明经科，裴行俭任左屯卫仓曹军的小官。但是大将军苏定方很欣赏他，加意培养他。很快，他便才能显著，其谋略、战阵、远见都超出常人，被高宗升为长安令。自废立皇后的争斗开始，他经常与长孙无忌等秘谋，坚决反对立武则天为后。《新唐书》为裴行俭立传，首先突出他的也是他反对立后之事。传文中说："高宗将立武昭仪，行俭以为国家忧，从此始与长孙无忌、褚遂良秘议。"

一次，他们又开会研究如何才能阻挡武则天被立为皇后，裴行俭态度坚决，情绪激昂，不顾安危地大声说："如立武氏为后，国家从此不得安宁了啊！"谁料在场的袁公瑜把他的话向武则天的母亲叙述了一番。

武则天得知后大怒，向高宗说裴行俭悖旨。高宗马上下诏，把裴行俭贬为西州都督府长史。西州远在西域之吐鲁番，虽然官位级别没有变，都是五品以上，但长安令近在京城，是当时所谓"京县"六令之首（六令为长安、万年、河南、洛阳、太原、晋阳），被贬至西域极边，等于是被流放了。

由于他文武皆优，是金子在哪儿都发光。裴行俭去西域后，很快名传西域，京城也流传着他的故事。

麟德二年（665年），垂帘听政的武则天听说了裴行俭的才能，便升他为安西都护（都护府长官）。不久便又召入朝廷，升为吏部侍郎。任职期间，他与同僚所定的《铨注选人之法》《州县升降》《资拟高下》等，都称著朝廷，以其"能"被时人传颂。

调露元年（677年），西突厥十姓可汗阿史那都支和李遮匐诱西域各国联兵，叛唐附吐蕃，对安西都护府造成了威胁。

朝廷欲发兵讨伐。吏部侍郎裴行俭向二圣建议，西域连年用兵，国库空虚，如今突厥又与吐蕃联合，不可再度出师讨伐了。今天有个兵不血刃的办法——以护送波斯王子泥涅师回波斯为名，经过西突厥时顺便解决。

原来波斯（今伊朗，时称萨珊波斯）唐初已与唐修好，派使来唐。后因大食（今阿拉伯）连年向波斯侵扰，国王卑路斯亲来大唐求援，高宗封他为右武卫将军，但不久他便去世了，他的儿子泥涅师还留在唐朝京师。

二圣同意了裴行俭的意见后，裴行俭奏请肃州刺史王方翼为自己的副使，以送泥涅师归国为由，间取西突厥。

裴行俭曾贬为西州长史，对那里的情况相当熟悉。这次他们护送着波斯王子途经西州时，很多原来的属下都到郊外迎接，裴行俭召集了千余人随他走，并扬言："现在天气太热了，不可长途跋涉，等天气凉了再走。"

西突厥的间谍把这话报告了他们的首领阿史那都支，他听后麻痹大意，遂不设防备。

滑头裴行俭便趁机召集龟兹、毗沙、焉耆、疏勒四部首领，向他们说："昔在西州，骑马射猎真快活啊！今天还想再去游猎玩一玩，谁能陪我呢？"各部落的酋长、子弟都争着跟随，一下子集中了近万人。

于是，调露元年（679年）七月，裴行俭仍以狩猎为名，抓紧训练他们。几天后便率领这些训练好的战士快速西进，来到了离都支仅十余里的地方。还派人去敌营中问候阿史那都支，请他们一起打猎，阿史那都支以为他们真是来打猎，放心地率子弟五百余人，去见裴行俭。裴行俭佯表欢迎，暗中已安排停当。

等到阿史那都支率众入营后，伏兵四起，来了个瓮中捉鳖。紧跟着大兵压进，突袭阿史那都支别部将领李遮匐军营，李遮匐也毫无准备，只好束手就擒。大功告成后，便令泥涅师自回波斯，留王方翼守安西，修筑碎叶城（今吉尔吉斯斯坦北部的托克马克），自押两个俘虏返回京师。

武则天见他全胜而还，果然兵不血刃就擒住西突厥王，大喜过望！即使在先朝名将里也难找出这样智勇双全的大将来。于是，特设宴款待，嘉言褒奖："卿有文武兼资，今授卿职。"任他为礼部尚书兼检校右卫大将军，兼赋文武极品，在朝廷中已不多见了。

调露元年（679年），西突厥刚消停，东突厥又出事了。阿史那伏念自立为可汗，与阿史德温傅结盟，再犯唐边。纠集单于都护府二十四州的酋长，据说共计十万大军。

唐朝先遣都护府长史萧嗣业率兵迎战，起初唐军节节胜利，后来被突厥在一个雪夜里偷袭得手，唐军大败。

开耀元年（681年）初，裴行俭临危受命，被封为定襄道行军大部管，领太仆寺卿李思文（李勣之子）、营州都督周道务（唐高宗的姐夫）率兵十八万，同时又总领西军检校丰州都督程务挺、东军幽州都督李文暕，总共三十万大军讨突厥，史称"旗帜亘千里"，"唐出师之盛，未有之也"。

裴行俭率领大军行到朔州，听说萧嗣业出兵时，运粮车经常被突厥劫掠，致使唐军有的被饿死了。

裴行俭告诉大家："抚士贵诚，制敌贵诈。前日萧嗣业粮运为突厥所掠，士卒冻馁，故败。今突厥必复为此谋，宜有以诈之。"他想出一计：命令部下诈作粮车三百辆，每车内装进五位壮士，各执陌刀、劲弩。以老弱兵士当护送队，而暗伏精兵于险要之处。

突厥人当然又来劫粮，老弱兵士边打边退，将突厥人引到险要的地方，然后逃走。突厥人解鞍牧马，正准备到车中取粮时，伏在车内粮堆间的唐朝军士突然跃出杀敌，把这队突厥人几乎杀绝。从此，唐军的粮车行走，突厥人都远远避开，生怕遭到裴行俭设计伏杀。

七月，裴行俭率军在代州（治所在今山西代县）的陉口（即雁门关陉岭关口），按兵不动，仍多以谋制敌。他先遣使与阿史那伏念申立盟约，劝他与自己一同攻击阿史德温傅；再致书阿史德温傅，让他预防阿史那伏念的进攻。整得二人晕头胀脑，惊惶失措，都以为对方与裴行俭联合，各怀异心。

滑头裴行俭乘敌混乱之际，派遣轻骑掩击阿史那伏念的后路牙山，得其辎重和其家属妻、子人等。阿史那伏念遭袭退走细沙。裴行俭根本不给他喘息机会，率大兵追击。逼迫阿史那伏念派使讲和，以擒献阿史德温傅本人为条件。裴行俭承诺他缴枪不杀，限期令他缴献俘虏。果然在限期内，阿史那伏念执阿史德温傅来降。裴行俭再度得胜，把二人押往京师。

本来这是一次皆大欢喜的胜利，不过又出了点小插曲。

裴行俭劝降时曾许伏念不死，可是侍卫中裴炎妒忌他的功劳，力劝斩杀伏念及德温傅于市。裴行俭的功劳也不被表彰，仅封了个闻喜县公了事。裴行俭对自己的荣辱倒还看得挺淡，只是认为朝廷杀降不祥，心灰意冷，遂称疾不出。

永淳元年（682年），突厥又出事了。这回换了个个儿：东突厥刚消停，西突厥阿史那车薄又反叛唐朝。二圣复命裴行俭为金牙道行军大都督，挂帅西征。可还未出发，裴行俭就病故了，享年六十四，追赠为幽州大都督，谥曰"献"。"献"的意思是奉献。

裴行俭文武兼备，多才多艺。他的书法在当时极赋盛名，草书和隶书尤其佳绝。高宗和武则天都喜爱他的书法。高宗曾诏他书写《文选》，让他把文章书写在绫绢上，欣赏模仿，并赠送予许多贵重之物，以示奖励。武则天喜爱他的书法墨宝，裴行俭去世后，曾让人到他的府上去要字帖。

裴行俭不仅文武全才，而且深具知人之明。还在他刚当上吏部侍郎之时，后来名躁一时的王勮（jù，即初唐四杰之一的王勃的哥哥）、苏味道等人尚是无名小儿，裴行俭看出他们不凡，对他们说："二位将来必掌中枢，请二位多多照顾我的幼子。"

裴行俭还提拔了程务挺、张虔勖、李多祥、黑齿常之、王方翼等名将。他向朝廷推荐的官员，仅做到刺史的就有数十人之多。

他对士兵更是宽厚，正如他自己所言"抚士卒在心诚"。打败阿史那都支时，战利品中有一只二尺左右的玛瑙盘，十分珍贵。裴行俭不免存了炫耀之心，想让全营将士都来看看这件稀世之宝。一个叫王休烈的士兵奉命捧着玛瑙盘，走上台阶。可能是太紧张的缘故，竟然意外失足摔倒，玛瑙盘也摔碎了。王休烈非常害怕，跪倒叩头求饶，大家都替王休烈捏了把汗，可是裴行俭却只一笑置之："你又不是故意的，何必如此？"在场的将士们无不感动。

皇帝赐的名马、雕鞍，而部属竟想试驰一番，结果马倒了把雕鞍摔破,这两个人都害怕得躲了起来。行俭知道他们躲在哪里,让人找到他们,并说:"你们不过是无心弄出点事来,这算得了什么啊。"以后,对这两个人同往常一样。

朝廷把灭都支获得的战利品赏赐给他三千余件,他把这些赐物赠给偏将故旧,自己竟然不取一物。

裴大将军虽然去世,但朝廷对阿史那车薄的事儿也不能够等闲视之。没想到,还来不及发兵,就传来了胜利的消息。

原来,突厥阿史那车薄率军猛攻弓月城,安西都护王方翼引军救援,大破突厥于伊丽,斩首千余。车薄又拉了援兵合攻王方翼,战于热海,战事十分激烈,王方翼的手臂被弓箭贯穿,他用刀把箭杆砍断,继续作战,左右竟然不知他们的将军受了重伤。此战活捉酋长三百余人。就这样,朝廷派遣的阎怀旦还未出师,西突厥已平。

高宗封王方翼为夏州都督,亲自召见,见他衣上有血渍,问起他在热海的战况,对他的忠勇十分赞赏。可惜因为王方翼是王皇后一族,高宗鉴于武后的威严,不敢重用。

第六十七回　谦恭仁孝太子得人心　子少母壮武氏积人气

当初,武则天身怀六甲,为了给自己的孩子一个美好的未来,为了给自己一个保障,她千方百计挤走了王皇后,达成了自己的目标。这个孩子就是太子李弘。

乾封二年(667年),高宗病情加重,令太子监国。太子李弘已经十六岁了,具有一定的处理政事的能力。从记载上看,李弘是个不错的接班人。

李弘酷似高宗,性格忠厚仁儒,身体虚弱,多病多灾。但他生性好学,对儒家经典具有宗教信仰般狂热的信任。他幼年时学习《春秋左传》,师傅读到"楚世子商臣弑其君",他听不下去,觉得太血腥、太残酷,认为这不是人干得出来的事情,要求换别的书读。于是师傅们改教《礼》。

他早年就熟习政务,有主见,能"持正谏诤"(敢说真话),且体恤民情。平定高句丽后,"二圣"下令让逃亡的士卒限期自首,否则施以斩刑、妻子儿女没为奴。李弘知道后大为不忍,上表劝说取消罪涉妻子儿女这一条,表里有语:"与其杀不辜,宁失不经。"

咸亨三年(672年)冬,因夏季旱灾引起饥荒,高宗出幸东都洛阳,留太子在京师监国。李弘看见兵卒的粮食里掺杂着榆树皮和草籽,大为怜悯,马上吩咐把自己仓库里的粮食发给士兵们吃。同时上奏父皇,请将近畿闲地分给饥民耕种,以渡过难关。

高宗很喜欢李弘，认为太子能宾礼大臣，心存仁孝，正是他所希望的。

大臣们也很喜欢太子，他谦恭、仁慈，将来做了皇帝，臣子们才可以随意劝谏。武则天掌权，别的先不说，先是说话就不能太随便，她聪明睿智、明察秋毫、刚毅果敢，做她的臣子不怎么舒服。

李弘对母后的抓权行为不满，但是出于孝道，他又不能与母后冲突。但是有一天，他的正义感被一件事给打破了——咸亨二年（671年），他无意中得知，萧淑妃生的两个女儿义阳公主和宣城公主，被幽禁在掖庭中已经十几年了！

《资治通鉴》上说年逾三十不嫁，《新唐书》更夸张，竟说是四十不嫁，可是这一年高宗本人才四十四岁。根据义阳公主李下玉的丈夫权毅墓志铭推算，她当时的年龄应该在二十五岁左右；至于宣城公主，史书上明确记载她生于贞观二十三年，到咸亨二年是二十三岁，在当时确实算得上大龄女子，但并不是三四十不嫁。

李弘心里很难过，上奏请求为二位公主办理嫁事。高宗准奏，武后也答应了，立即给两位公主选择了驸马权毅和王勖——两位当值的翊（yì）卫。这两位驸马出生都不低，因为唐朝的翊卫是天子的近卫部队，规定必须由官员的子弟担任。

娶了二位公主之后，两人都被拜为驸马都尉，权毅被任命为袁州刺史，王勖则是颍州刺史，和其他驸马们相比，这两位驸马的仕途并未被刻意压制，婚姻上也都称得上恩爱和睦。二位公主随夫同行，过了几年清静的好日子。

在挑选驸马上武后并没有特别打压二位公主，但是命令二位公主必须随夫同行，则显出她的不满。因为在初唐时，大多数公主都不会随夫下到地方生活，首都的日子当然比地方上好过些。

过了两年，太子自己也到了谈婚论嫁的年龄。经过一番郑重的考察后，咸亨四年（673年）十月，高宗与武后纳左金吾将军裴居道的女儿

为太子妃（本来选中的是杨思俭的女儿，但大婚前夕传来她失贞的消息，只好取消，详情见贺兰敏之一节）。

按武则天意思，大灾之年，不宜铺张浪费，婚礼尽量从节俭的角度出发，也不通知外国使臣，也不允许四方州府上贡。只是简单地举行个仪式，在宫里小范围地摆几十桌酒宴。高宗觉得有些寒酸，但耐不过武则天的据礼相争，只得同意了礼部一切从俭。

裴妃虽然不如杨氏漂亮，但更温柔娴淑，进入东宫后，裴氏以礼服侍太子，把太子宫治理得井井有条，太子弘也渐渐地喜欢、信任这位端庄贤明的女人，两人的关系日益融洽，高宗对太子妃十分满意。

太子的进步无疑是可喜的；可是另一方面，他的母亲武则天的精力和权力也在迅速增长。

上元元年（674年），李治自封天皇，尊武则天为天后。据记载，武则天是显庆五年（660年）十月正式参与朝政的，由开初的权宜之计渐变为常例，至上元元年（674年），已经有十五个年头。高宗手里的权力，像沙漏一样，一点一滴"滑落"到武后手中。

这一年，武则天正好五十岁。

一个长于理政、沉稳多谋的女政治家，已在大唐政坛上锻打成型。

这一年，为了纪念武则天的五十寿辰，高宗下诏，追尊父亲李世民、母亲长孙氏以上四代双亲以显赫的皇帝皇后名号。文皇帝李世民为太宗文武圣皇帝，文德皇后长孙氏为文德圣皇后。因为李世民与长孙氏的新名号中都有一个"圣"字，为避讳其称号，才把先前的"二圣"改尊为"天皇"和"天后"的。这极有可能是出于武则天的主意，它是进一步确认武则天参政合法性的重大宣示。

高调褒扬自己的同时，她也出人意料地使出了怀柔政策，试图消除部分朝臣心中的敌对情绪。

昨日之冤案，她要亲手来翻。本年九月，她请高宗追复长孙无忌官爵，令其曾孙长孙翼袭爵赵国公。并准许将长孙无忌的灵柩迎回长安，陪葬昭陵（李世民陵墓）。这在唐代，是大臣死后无上的荣耀。就让他们君臣在地下好好叙旧吧。

武则天是冉冉升起了，她丈夫李治的身体却是越来越坏。实际上，朝中大小政务都是武后处理。后宫的改革，也使高宗不被女色侵害，自从立了武后，高宗只同皇后生过五个孩子，和以前的加起来共八子三女。武则天进宫后，除了和韩国夫人、魏国夫人的绯闻，他几乎过着一夫一妻的生活。

然而，儒家传统、男权观念和王朝正朔观念是十分顽固的。

朝中拥护武则天的重臣许敬宗已于咸亨三年（672年）逝世，享年八十一岁。

许敬宗虽不像李义府那样公开卖官鬻爵，但是也是个非常贪财的人物，为了钱他两次将女儿嫁给番邦族长为妻，换来巨额结婚费，为了色欲，他将一位非常卑贱的女子收为填房，赐姓虞氏。可是虞氏早就与他的儿子许昂情根深种。

得知这事后，许敬宗又醋心大发，赶走虞氏，上奏自己的儿子不孝，许昂被流放岭南。后来，突然开窍的许敬宗又上奏召回许昂，但许昂不久就病死了。许昂的儿子许彦伯因为受到婢女的谗言，也被许敬宗奏请流放，在被召回之后不久也病死了。

他死后太常博士袁思古曾提出为他谥"缪"号，这显然是对许敬宗的极大侮辱。高宗下诏让五品以上的官都参加议论，最后才改为"恭"。《谥法》说"既过能改也曰恭"。

许敬宗死后，武则天失去了一个坚定的支持者，依然要寻找"外援"。其实她早有准备，早在废后事件发生后，武后对宰相等大臣就不再信任，她另有一套自己的班底，那就是"北门学士"，不但能闲聊解闷，而且能出谋划策，行使职权。

几年前，武后就亲自召集一批文人学士进入禁中，从事著述。命令他们编了不少书，共千余卷，如《列女传》《臣轨》《百僚新戒》《乐书》等，以武后的名义发表，为她争取政治资本。

武则天还让他们参与朝政，起草诏令，分宰相的权力。他们出入北门，与政府办公的"南衙"无涉，形同武则天的私人秘书。

当时知名的北门学士有元万顷、范履冰、苗神客、周思茂、胡楚宾等人。领衔人物就是刘祎之和元万顷（此人写讨伐高句丽檄文时，讥讽他们"不知守鸭绿之险"。渊男建大受启发，移兵固守鸭绿江，使唐军不得渡江）。

起初这些人没有名号，人员也不固定，到乾封元年（666年），武则天特许一批文士从北门（玄武门）出入禁中，朝中大臣讥之为"北门学士"，这才算有了个称号。

武则天升为"天后"之后的第四个月，北门学士就拿出了"建言十二事"，抛出了一整套政治新概念。

第六十八回 帝范十二章尽著王者风范
建言十二事彰显政治才华

上元元年（674年），天后提出了十二条政治主张，史称《建言十二事》，后人也把它看成武则天的施政纲领，从中可以看出武后的政治素质。

当年，唐太宗曾制定过一个文件，叫《帝范十二章》，共说了十二件治国的大事。其内容为：一、君体；二、建亲；三、求贤；四、审官；五、纳谏；六、去谗；七、戒猛；八、崇俭；九、赏罚；十、务农；十一、阅武；十二、崇文。

经过她的反复思考，把前朝与当今相比照，总结唐太宗的经验和教训，总结自己辅佐高宗二十年的经验教训。终于制定出了自己的施政大纲十二条，请高宗定夺和实行。因为自己不是皇帝，仍然以"建言"方式提出。

第一条：劝农桑，薄赋徭。

一方面大力鼓励农民加重耕织，发展农副两业，一方面减轻农民的赋税和徭役。这是历代明君的富国强民之策，如西汉初期、"贞观"前期皆实行此策。

第二条：给复三辅地。

即免除三辅——京畿长安附近地区京兆、冯翊、扶风——的徭役。关中地区向来地狭人众，徭役又比较重，稍遇饥荒就会造成重大灾难。

武后和高宗经常因为关中饥荒问题往东都洛阳逐食，因此被民间讥讽为"逐食天子"。提出这条纲领，是出于安定民心、稳定京都附近的形势的目的。

第三条：息兵戈，以道德化天下。

当时唐军几乎是四面出击，周围都不太平，军费的开支已经成了国家的重大负担。武后建议暂时慎重用兵。

第四条：南北中尚禁浮巧。

浮巧是指一些华而不实的工艺奢侈品。杜绝朝廷各部门的奢侈浮华风气。南北中尚泛指中央各机构。

为倡节俭，武则天带头捐出自己的脂粉钱救灾，把按皇后服饰制度规定的十二道褶的罗裙，改为七道褶。在她的号召和带动下，宫中嫔妃也不再使用高档奢侈品。这种节约所减轻的开支虽然有限，但对勤俭风气的兴起是有作用的。可惜，到了武则天执政后期，这成了完成得最不好的一条纲领。

第五条：省工费力役。

意思是精减土木建设，各种不必要建设能少建就少建，节约开支，减轻百姓劳役。先时对东都的营建，已造成开支和劳力负重，臣民已有怨言。

第六条：广开言路。

鼓励臣民议政，对国家大事提出自己的意见。在大多数朝代，除了官员，百姓们不允许私下议论朝政，否则就是大罪。清朝时规定除三品以上官员，不准允参议国事。

第七条：杜谗口。

这条实在有些难以实施。谗言到底是什么？有个什么标准？谁来证明这是谗言？如何处分？

谗言这东西，统治者也知道它不好，可为何没有好法子禁绝？因为在政治运作中，有一条定律就是"谗言绝对有效"律，有效的东西人们当然要用。再透明的政治，也总有一部分必须是黑箱操作，谗言的生存空间，就在这黑箱中。

谗言之所以有效，是因为在上者不可能隔三差五到第一线找人了解情况，他要靠听汇报来掌握下情。而谗言就与真实情况具有平等身份，上面怎么能一下就察觉？等到真相大白时，为时已晚。

统治者名义上反谗言，但实际上并不痛恨，他们知道谗言对所有的官员都有威慑力，有了这个东西，大家就会老实点儿吧。谗言有利于控制官员，这就是皇权制度下谗言不绝的最根本原因。武则天虽然是比较善于纳谏的，但是也免不了要听信谗言。

第八条：王公以下皆习《老子》。

不可否认，《老子》一书中确实有许多至理名言及博大精深之处，但武后的目的很明显，她知道高祖建唐时曾附会老子李聃是李家鼻祖，因此投其所好。

第九条：父在为母服缞三年。

本来，如父亲已去了，寡母去世时，儿子为母亲守孝三年；不过如果父亲还在世，而母亲先去世，只需要为母亲服丧一年。这明显就是区别对待女性，所以现在有新规定：父亲在，也得为母亲守孝三年。

第十条：上元前勋官已给告身者无追覆。

是说在上元年以前，就是说今年以前已经取得勋官身份的人，不再审查追缴勋官的身份（包括证件）了。所谓"勋官"就是战斗功臣，他们可以获得一定的"勋田"。

唐初时规定：对取得勋官资格的要进行特别审查，有问题的要取消勋官资格。武则天取消审查，是对荣誉军人的照顾。

第十一条：京官八品以上者增加俸禄。

这一条也是在笼络官心，稳定官僚队伍，获取他们支持。

第十二条：百官任事久，才高位下者皆得进阶。

第六十八回 帝范十二章尽著王者风范 建言十二事彰显政治才华

意思是对那些有了些资历的人进行升官，总之，对那些老是难以出头的官员进行安抚。后面这三条显然是武后在对官僚队伍进行整顿，以便得到更多的支持者，巩固自己的地位。

这十二条建言涉及政治、经济、文化、风俗、制度等等方面。看看后来，武后称帝时很少有官员百姓反对她的行为，显然是因为许多措施都得到了实际效果。

这十二条，归纳起来是四大政策：一是富国强民，二是善用人才，三是笼络百官，四是提高妇女地位。

武则天纵有千条错误，但唯有国之根本她看得准，抓得也很牢。

历代君王，自夸英明的比比皆是，没有几个人肯承认自己是无能的。但是，英明不英明，只有一条检验标准——民是否富，国是否强。用这条来检验武则天，她起码是心系百姓的执政者。

高宗见后非常高兴，史书称"诏书褒美"，批准立即执行。

上元二年（675年）春天，高宗的病情加重，头晕目眩，浑身疼痛。他撑不住了，打算把国家大事直接交给武后去办，让她正式摄政！

有的史料上更记载说，他想逊位，把皇位让给武后，让她直接当女皇帝！高宗的这个思想在当时简直惊世骇俗。

可惜就算皇帝想逊位给皇后也不行，阻力太大了，当时的宰相之一同中书门下三品郝处俊就强烈抗议："自古以来，天子理外，后理内，天之道也，从前魏文帝说，就算有幼主也不许皇后临朝，这是为了阻断社稷乱于萌芽之中。李唐天下是高祖太宗建立起来的，陛下怎么能不传给子孙而传给皇后呢？"中书侍郎李义琰也附和郝处俊的意见，他抢着说："处俊之言至忠，陛下宜听之！"

当时不是在背后征求意见，而是"朝议"，"天后"武则天也在。

完全可以想象武则天是多么气愤和委屈。政权只能交由李家的子孙，如今夫病子弱，二十年来不正是她苦力支撑、辅佐高宗，才出现如今的大唐盛世吗？如今这些腐儒又跑出来指手画脚。

自古以来，女人只能做男人的附属物，沾上点祸事就是红颜祸水。这些年她干出了那么多男人也做不到的事，让丈夫唐太宗都不得不服气，仍然被人瞧不起。女人优秀就是错吗？这是谁规定的？

第六十八回
帝范十二章尽著王者风范
建言十二事彰显政治才华

第六十九回 众说纷纭合璧宫夜宴
穿越古今窦娥冤陈情

让人万万没想到的是，在这个节骨眼上，上元二年（675年）四月二十五，太子弘突然死于合璧宫，时年二十四岁。

《新唐书·孝敬皇帝弘传》云："上元二年，从幸合璧宫，遇鸩薨，年二十四，天下莫不痛之"。《高宗纪》里也说："己亥，天后杀皇太子。"

这就是扑朔迷离的"合璧宫命案"。

那么，持毒杀观点的学者们，有什么理由呢？

一大证据就是太子挖出了武则天囚禁两公主的猛料，让武则天难堪。

太子请嫁两公主之事，两《唐书》都说有，只是多有夸张之词。可是，《新唐书》也记载，武则天后来曾经上表高宗，请求为义阳、宣城二公主的丈夫升官。不管是不是作秀，起码能证明，太子即使请嫁公主，也不至招来杀身之祸。

况且武则天并未反对，而是加以赞扬和肯定，也认同了儿子的提议。显然母子俩没有因为此事产生嫌隙。如果武后真的毒杀李弘，或者说，李弘死得非常蹊跷，突然暴毙，再软弱的男人、再畏服的百官都不会对此一声不吭。

那么《新唐书》的作者宋人欧阳修先生，是从哪里挖到"武后怒而鸩杀李弘"的猛料呢？

据与他同时代的司马光考证，此说有两个来源。一是根据唐人柳芳编著的《唐历》上的一句话，即李弘"不以寿终"而来。但是，不以寿终，是短命的意思，和毒杀不是一个概念。

二是根据李泌和唐肃宗的一段对话而来。

这又是一个有趣故事了，涉及一首"黄瓜歌"。在《新唐书》里，有这样一个记载，说是李泌对饱受皇嗣问题困扰的唐肃宗说到前朝事，讲了一个故事——

高宗时，李弘仁孝，而"（武）后方图临朝，鸩杀之"。李弘死后，李贤代立为太子，每日恐惧，不敢多言，就作了一首歌，叫《黄台瓜》。歌词曰：

种瓜黄台下，瓜熟子离离。
一摘使瓜好，再摘令瓜稀。
三摘犹尚可，四摘抱蔓归。

李贤叫乐工在宫中唱这首曲子，以期感悟父母双亲：可不要一再残害儿子们了。

李泌讲完了这个故事后，正色告诫唐肃宗说：你现在已经一摘了，可不要再摘了！肃宗愕然曰："公安得是言？"您怎么说这样的话？

以皇子比瓜，不可一摘再摘，免得最后闹个没有接班人。这典故十分动人，歌词也写得好。可是，唐肃宗和李泌是什么时候人？

唐肃宗李亨，是大名鼎鼎的唐玄宗的第三子。"安史之乱"爆发，玄宗在马嵬驿兵变后西逃入蜀，李亨就在灵武即位。他登基之日，正是安史叛军攻陷两京之后，后来他病死于长安之时，"安史之乱"仍未荡平，在位共六年。

李泌则是个江湖异人，曾在衡山学道，后入朝为官，当到了宰相高位，算是肃宗的朋友兼军师。他对平叛战争极富战略眼光，出过不少好主意。

算一算，两人上面的那段对话，发生于李弘死后八十年。

就在上面的那段对话后，《资治通鉴》中还记了肃宗的一句话，是说："你把歌词录下来，我要写给大臣们看。"

也就是说，肃宗对这首歌一无所知！他身为皇子都不知道的多年前的宫廷秘事，外人是怎么知道的？从哪儿听说的？

另一部史书《资治通鉴》的作者司马光与《新唐书》撰者为同时代人，没有做出武断的结论，只以存疑态度作结："弘之死，其事难明，今但云时人以为天后鸩之，疑以传疑。"留给后人思考。

《唐会要》对武则天历史写得最为客观，其中作如是记录："孝敬皇帝讳弘，高宗第五子。永徽四年正月，封代王。显庆元年，册为皇太子。上元二年四月二十五日，薨于合璧宫倚云殿，五月五日，赠谥曰孝敬皇帝。"同样不言李弘遇鸩。

那么，太子李弘到底是怎么死的？想要搞清楚，也不难。

他很可能是得肺结核死的。

白纸黑字，记载无误，这根本就不是问题。

《旧唐书·孝敬皇帝传》里载有一篇高宗皇帝的悼念文，明明白白说太子李弘"自琰圭在手，沉瘵婴身"。

这是什么意思？

"琰圭"是古代一种上尖下方的玉器。"自琰圭在手"，是指李弘当太子。"沉瘵婴身"是说他得了一种"瘵"病。

瘵，痨病也，就是肺结核。直至距今六七十年前，抗生素尚未普及的时候，这还是一种很难治的疾病。

到太子弘十九岁的时候，据他自己讲"比日以来，风虚更积"，也就是病情更加严重了。

太子的身体状况，高宗是清楚的。《旧唐书》记载，太子死后高宗制诏曰："自琰圭在手，沉瘵婴身。顾惟耀掌之珍，特切钟心之念。

庶几痊复，以禅鸿名。及朕理微和，将逊于位。而弘天资仁厚，孝心纯确。既承朕命，掩欷不言。因兹感结旧疾，增甚亿兆。攸系方崇，下武之基，五福无微，俄迁上宾之驾……"

意思是说：自从李弘做了太子，严重的疾病一直缠身。朕盼着他康复后，就把皇位禅让给他。只要他病情减轻些，朕就让位了。但这孩子天生忠厚仁孝，听说朕要让位给他后，再也不说话了，日夜想着怎么能接这个重担子。因此使旧病复发，陡然加重了百倍，终于夭亡了！

儿子的身体、性格和心情，高宗太熟悉了，当年他做太子时，就感到担子重，终日苦恼，也让他虚弱的身子加了病。所以现在四十多岁就感到末日将到，和做太子、做皇帝的压力关系太大了。想当初李弘十余岁时就被留在京师监国，李弘的担子重，又想念远去洛阳的父母，经常哭泣，连那些急于求成的辅弼大臣也感到可怜，放他去洛阳父母身边轻松轻松。

由此可见，李弘自幼多病，长大了之后更严重，这是有他自述为凭的，他亲爸也是知道的。他亲妈就算想掌权，控制一个孱弱的儿子何其容易，何必毒杀亲子？

所以，李弘之死是疾病所致。如果非要找人为因素，也找不到他母亲头上去。

太子英年早逝，高宗悲痛欲绝，大病了一场，破例追赠李弘为"孝敬皇帝"。

高宗在《孝敬皇帝睿德记》里称他具有"九德"：至德、至孝、至仁、至明、至俭、至正、至博、至直、至睦、至通。

既然追谥了皇帝名号，这位没登过基的皇帝，就要有相应的陵墓，命名为恭陵。原本打算葬在长安昭陵附近，但武则天考虑节约民力，就安葬在了洛阳。选址就在洛州的缑氏县（今河南偃师）的景山，至今仍有遗址。

李弘的妻子裴妃没有多久也郁郁而终，死后被谥为哀皇后，与李弘

第六十九回 众说纷纭合璧宫夜宴 穿越古今窦娥冤陈情

— 309 —

合葬一处。因此现在当地人把这里称为"太子坟"和"娘娘坟"。陵前神道十分开阔，翁仲、天马、望柱两两相对，气势不凡。神道一侧，有高宗亲撰的《孝敬皇帝睿德记》石碑，高约六米。

　　历经千年，恭陵至今完好无损。而娘娘坟却在当代遭了厄运。1998年1月末，太子妃墓被一伙盗墓贼用炸药炸开，盗走国宝级珍贵瓷器等六十余件。此事惊动了国务院，所幸案件很快破获，国宝追回，为首的几名盗墓贼也在恭陵前被就地正法。

第七十回　则天无犬子李贤聪明伶俐
　　　　　　少年有叛逆太子误入歧途

　　按照规定，李弘一死，太子位置自然就落到了武则天的第二个儿子——李贤的头上。

　　上元二年（675年）六月，册立雍王李贤为皇太子。李贤时年二十二岁，遥领幽州（今北京一带）都督。

　　李贤与哥哥李弘的性格大不一样，李弘像父亲高宗，而李贤却很像母亲武则天。

　　李贤性格刚强猛烈，热衷户外活动，处事果断有胆识。此外他天性活泼、不拘礼法，也很好学，但要比哥哥更聪明。而且他身体倍棒，长于骑射，喜欢狩猎和马球，是个文武双全的人才。

　　他少为人父，此时已是三男一女的父亲，他的长子光顺生年不详，次子即日后的邠王守礼（即远嫁吐蕃的金城公主的亲爹），是他在十八岁时所纳良娣南阳张氏所生，另有一子名守义，还有一个女儿长信公主。

　　少年时，李贤的确是个好皇子，他聪明好学，举止端雅。尤其通晓《诗经》《尚书》《礼记》《论语》等儒家经典，也喜爱古诗古文。他的聪明极像母亲，诗书文章读过了就记得很清楚，师傅们便向高宗称扬他"过目成诵"，老臣李勣称赞他"夙敏"，高宗和武后都很喜爱他，史书也一直称颂他"容止端重""读书一览辄不忘"，是个颇赋天资的少年。

新旧《唐书》还引一个他少年读书的例子：当他读到《论语》中"贤贤易色"一句话时，就反来复去地咏诵。这句话出自《论语》的《学而》篇，全文是子夏说的话："贤贤易色，事父母，能竭其力；事君，能致其身；与朋友交，言而有信。虽曰未学，吾必谓之学矣。"这是儒家教人孝父母、事君主、交朋友的原则，如果做到了，就是贤臣孝子信友了。而贤者见到贤，就格外地敬佩、亲切。所以，开头一语领题，曰："贤贤易色。"

李贤被立为太子后，因多年来帝后多在东都洛阳处理军国大事，同李弘一样，被留在长安监国。武则天对二儿子期望很大，认为他有这种能力、气魄和资质。

当然，他还需历练。太子监国等于当皇帝的实习历练。实习就得有好的指导老师。

武则天和高宗对朝中要员和监国属官作了统一安排，朝中的顶尖要员兼任监国太子的师傅和属官。当时的重位安排是：戴至德为右仆射，同时任太子宾客；张文瓘为侍中，也兼太子宾客；郝处俊为中书令，同为太子左庶子；李义琰为同中书省门下三品，兼太子右庶子；薛元超为同中书省门下三品，兼太子左庶子；高至周为同中书省门下三品，兼太子左庶子。同时还为太子配备了一大批下层属官，如太子洗马刘纳言、司议郎韦承庆、太子典膳丞高政等，及当时的两馆学士来教导、陪伴太子读书者，要么是唐初名臣之后，要么是学富五车的宏儒。

总之，辅助他监国的人多是朝中宰辅重臣，他们对唐室忠心耿耿，同时德才兼备，伴他读书的人也皆具德才学识。

如果武则天视权力为生命，完全可以冷落太子，不可能把朝中重臣同时派给太子，让太子执住牛耳、培植支柱的。

她这么做，是要自然地、稳妥地做到"和平过渡"。

李贤有了这群高级顾问，又觉得清新有趣，开始监国时颇具皇帝风范，在众臣的帮助下也做出了成绩，众大臣也很捧场，都说他处事审明、礼敬大臣。高宗、武后都很满意。

次年，高宗还对他褒扬道："家国所寄，深副所怀！"李贤受到表扬甚为高兴，又召集身边的辅官如太子左庶子张大安、洗马刘讷言、洛州司户格希元和学士许叔牙、成元一、周室宁等一班学士，注释范晔的《后汉书》。这个注释本子，到今天仍为史家所重视。注书成功后交给天皇、天后过目。二老很高兴，就像赏赐当年修撰《瑶山玉彩》的李弘一样，又赐物三万件，让他奖励那些辅官，使他们尽心辅佐。武则天见李贤这么努力，甚为满意，以为高宗继位有人、唐朝继续有人了。

照这样发展下去看，可以想见结局会皆大欢喜。可惜事情并没有善始善终。后来发生的三件事，导致李贤与母后的关系骤然紧张。

第一个情况就是——李贤开始跑偏。

李贤其人本性好动，他耐不住这种循规蹈矩的生活。有了一点成绩，又得到了父母的褒奖，便开始放浪起来。他或率身边的武士跑到长安四郊飞鹰走马，整日游猎。或与东宫倡优、奴仆们吹吹打打，当音乐发烧友。或纵欲无度，热衷于泡妞。更要命的是他还颇好男风，宠爱一名娈童赵道生，搞同性恋，动不动就赏赐给金钱贵物。自从那位同性恋人入宫之后，太子贤就再也没有子女出生了。

李贤正值青春期，有点躁动也是难免的。骑个马，泡个男，涉足非主流时尚圈。他好学和好玩的这两面，是汇聚在一个矛盾体中，并不为怪。如果他仅仅是个富家公子哥，这根本没什么大不了的，但是他身为太子，系国家政治于一身，不走正道，生活作风尤其不检点，对政局和对他自己的影响就太大了。他一胡来，周围的大臣就比较难办。

太子属官多为正人，内心都不大赞成武后专权，对李贤的太子地位十分在乎。可是，太子这个样子，让他们既失望，又恐惧。他们看在眼里，却不敢劝谏，因为一旦写出谏议报告来，太子的名声就完了，武则天又有理由干涉朝政。

后来，韦承庆实在是看不下去了，只好上书劝谏。这次上书是在仪凤四年（679年）五月。这个月，是风流太子李贤的多事之秋。

韦承庆过去就是李贤的幕僚，为人恭谨，现在的职务太子司议郎又是专掌规谏的，他站出来说话，是理所当然的。他劝告李贤"居处服玩必循节俭，畋猎游娱不为纵逸"，这也让人无话可说。

太子倒是赏了他不少财物，可赏赐归赏赐，酒色如故。他手下那一班乐户、奴仆见主子这般潇洒，都挖空心思捧着他玩，"亲左右，承颜色"，一派乌烟瘴气。东宫一些下级臣属不谏，反而迎合太子的恶行，讨其欢心。如太子洗马刘讷言，本是儒学大师，注《后汉书》的骨干。他不再规范太子的礼仪行为，反而撰写《俳谐集》等下流文章，供太子读阅调趣。弄得太子府乌烟瘴气，监国太子成了恶行昭著的无赖。

此时高宗和武则天都在东都洛阳，武则天大致知道了情况，就命北门学士写了《孝子传》和《少阳正范》，赐给太子阅读，还写信对李贤提出严厉批评。

李贤平时被他那些阿谀奉承的手下惯坏了，对母亲的干涉大为不满，干脆不理不睬。

这个事情，武则天没做错什么。李贤长出了权，她身为母亲当然要修剪修剪。哪个家长不望子成龙望女成凤？平时不溺爱、不放纵，只希望在他们中出一个像太宗那样的经天纬地之才，大概就是她最大的愿望。

如果武则天能耐心地和儿子沟通，走进他的心里，慢慢影响儿子的生存状态，帮助他成长成熟，李贤也许会平稳度过叛逆期。可惜武则天以高高在上的姿态来要求孩子，李贤当然会觉得反感束缚。他就像大多数孩子一样，体会不到父母对自己的爱。一句空洞的"我是为你好"不具备任何说服力，当然也换不来儿子的理解。因此，母子关系就此恶化。

事情如果到此为止，问题还不大。谁家的孩子不犯错，多加教育就是了。然而，接下来的"预言"让李贤走上了极端。

第七十一回　仇怨酿敌意太子贤疑身世
　　　　　　疑心生暗鬼明崇俨传偈语

　　就在这敏感的当口，又发生了让母子之间产生巨大裂痕的第二件事——俗话说"因怨成仇，因仇生嫌"，就在李贤与母亲有了嫌隙时，流言开始横生，各种不利于武则天的舆论又深深击中了李贤。

　　本来宫中的一些秘密，李贤不太愿听，听了也不相信，尤其关于他母亲的那些谣言。但是，如今他对母亲衔有恨意后，他便从头去寻思、去打听关于他母亲的那些传言了。因为他是监国太子，想打听点他母亲的事不太困难，因为前来辅佐他的大臣中，对他母亲有成见的大有人在，只因他的态度不明朗，他们不敢向他透露罢了。如今，监国太子明显在怨恨她母亲了。于是，那些搬弄是非的长舌便开始摇动。

　　一个人物非常及时地出现了：他就是太子宫中的典膳丞高政。高政是长孙无忌的外甥，那么也就成了太子的远亲。所以，高政本就对武则天心怀仇恨，如今察觉到太子对他母亲相当不满意，他正好从中点拨。

　　这个高政还有个常人莫及的本事——讲故事。他当然不能浪费这个才华，于是，有的没有的，统统绘声绘色，婉婉道来：长孙一系当年如何被整肃，武则天如何害死太子的大姨韩国夫人、害死他表姐魏国夫人、害死他哥哥前太子李弘等，点点滴滴，慢慢透露给一叶障目的监国太子。还说，天后把持朝政，控制高宗，目的就是夺李家天下。对李贤的震动很大。一番拨弄之后，李贤再回头想想这些年母亲的严

厉态度，一点当母亲的亲情也觉不到，更觉愤怒。

从来谣言就是这样，它像长翅膀的地魔，一旦你信了，再伏地侧耳，就如魔咒一样往你耳朵里钻。

最后，还有致命一击——传说：李贤并非武后的亲儿子，而是武后的姐姐韩国夫人所生！这个谣言太可怕了，武后能亲自杀害自己的亲生儿子和亲姐姐韩国夫人（李贤是深信不疑），再杀一个不是亲生的太子还有什么可以顾忌的？

于是，李贤开始疑神疑鬼，越来越相信自己是韩国夫人武顺和唐高宗的儿子，不是武则天所生！那么李贤究竟是不是武则天所生？这，又是一个千古之谜。

这种说法太不可思议了，在这个问题上，所有史书没有任何二言，都异口同声地说是李贤自己相信流言，李贤绝对是武后的亲生子。

起码从时间上看没有破绽，长子李弘生于永徽三年（652年），安定公主（就是传说为武则天闷死的那个）生于永徽四年底或永徽五年初，李贤生于永徽五年（654年）十二月。这三个孩子，一年生一个，虽然生产有点频繁，但并不是不可能的事。再说，韩国夫人怎么能做到怀胎而又不被任何人注意？十月怀胎不是件可以掩饰的事情。

另外也有持怀疑态度的一派，他们分析如下：

据《旧唐书·高宗纪上》记载，永徽五年（654年）十二月十七日，武则天生李贤于去昭陵的路上，是早产。这一派推测，这个数九寒天在拜谒昭陵的路上所生的早产儿，很可能并没活下来。韩国夫人把自己刚生的儿子拿来顶缸。

他们提出的证据是，李贤降生仅一个月，高宗就给他封王，如此匆忙地要确立这个孩子的地位，似乎是有什么隐情。至于武则天，出于对巩固自己在后宫地位的考虑，也不会反对这么干——多一个儿子，就多一分权力保障。

这种说法，推测多于论证。

退一万步说，武则天自己怀的那个孩子因为早产死了，所以她就接受了这个姐姐的孩子，当时由于王皇后和萧淑妃还在，她为了巩固地位不得不接受了这个孩子。

但是这以后的时间长达二十多年，按照武则天的性格来说，要除掉这个私生子，她的机会多的是，看看魏国夫人和她两个族兄的死就不会怀疑她的手段，她完全有本事要一个孩子合情合理地夭折！何必把李贤当宝贝般的养大，武后又不是没有亲生儿子，为了斩草除根，可以除掉姐姐一家，难道就不能把这个仇人的儿子顺手除掉吗？

武后对李贤一家看起来残酷无情，不能够解释为李贤不是武后的亲生子，而是"爱之深，责之切"，一个女人千辛万苦，受尽痛苦生下的亲生骨肉竟然将自己看作仇人，那对母亲来说是何等难以忍受的痛苦。就像泰戈尔说的："世界上最遥远的距离不是生与死，而是我就站在你面前，你却不知道我爱你。"武后最痛恨李贤，正是因为她对李贤太过重视，太喜欢，所以对他的背叛更是不能容忍。这是武后性格上的特点决定的。

面对母亲严峻的目光，这种疑心在李贤心里扎了根。他信了，更感到恐惧。他联想到母亲的种种严苛手段，认定了这位非血缘的母亲将来一定会对自己下狠手。

就在这流言四起、各怀鬼胎的时刻，第三件事发生了——一向装神弄鬼的正谏大夫明崇俨的一番话成了导火索！

明崇俨是洛州偃师人（今河南偃师市），梁国子祭酒明山宾五世孙。据说从小学到了召鬼神术。据说高宗盛夏时想见雪，明崇俨居然真的很快就给他取来了。

但是，这个明崇俨凭着他正谏大夫的五品官衔，打着医道的幌子混进后宫，每次谒见高宗，多托名鬼神。皇上身体太坏，病重乱投医，御医治不了皇上的病，便把治愈瘤疾的希望寄托在这个类似气功大师的巫士身上，才让这个骗子得以呼风唤雨，得到皇上入阁供奉的旨意。

如果他仅止于为皇上治病，骗财偏色倒也无伤大雅，但是他却出了格。不知这人是出于什么动机，借着相面，对诸皇子做了一番品评和预言。

有一次谒见皇后时，他突然煞有介事地要对皇后所生的三个儿子作出判断和预测。他说："太子福薄，不堪继体；唯英王（李显，武则天第三子）貌类太宗，相王（李旦，武则天第四子）貌当大贵，两子中择立一人，方可无虞。"明崇俨说完之后，便大摇大摆走出后宫，把一个极为费解的谜团丢给了武则天。

谁都无法否认，武则天是一个极有主见的女人。对明崇俨虽然很信赖，对太子也有些失望，可她并没有对明崇俨的胡说八道深信不疑。更认为他这种人自作聪明，竟敢在如此重大问题上乱下断语。据后世史家分析，明崇俨敢于这么胡说八道，可能是打探到了武后对太子有所不满。他这么说了，也没受什么斥责，说明他的观点与武后的态度暗合。

虽然武则天的确对太子有点失望，但并没有认定明崇俨的结论，她是三个儿子的母亲，谁能比母亲对儿子了解得更清楚呢？

太子也不是吃素的，关键是，宫中有些人就是靠传播这些情报活着的，他们深知这样才能讨主子欢心。有需求就有市场，所以很快，明崇俨在武则天那里大放厥辞的事便传到了东宫太子李贤的耳朵中。

只是不知道，传到李贤耳中时，已经增加了多少枝蔓，掺进了多少阴谋论和血腥气。

李贤听了又恨又怕，开始神经过敏，认为明崇俨的预言就是武则天的决定，甚至认为明崇俨和武则天是一个鼻孔出气，他们在密谋废太子，自己会像哥哥一样被武则天杀掉（他这么认为）。

如果李贤同母亲多一些沟通，了解母亲的心愿就好了。但李贤没有，他只是把自己封闭起来，偏听偏信，一意孤行，把事情弄得愈来愈糟，弄到明崇俨胡说的结论之中，最终把自己毁掉，反而应了明崇俨的话。

李贤把自己套在思维的怪圈里，接下来发生的事情就不奇怪了：调露元年（679年）五月，明崇俨从东都洛阳到京师办事，途中"为盗所杀"。

　　皇帝的座上宾，竟然就这么稀里糊涂地死了，天皇、天后不禁又惊又怒，令三司追查凶手。抓了不少嫌疑人，就是查不出真凶。当时就有人猜测，是太子李贤恼怒明崇俨多嘴，暗中派人杀了他。武后也有些怀疑是太子干的，但拿不到证据。

　　明崇俨事件已经查了一年了，几乎所有的人都怀疑凶手就藏在太子宫中，可是武后却没有反应，也许，直到此刻，她还是希望这个自己深爱的孩子能改过自新吧。如果此刻太子能够放下一切心理负担，踏踏实实稳稳当当做好太子，他的父母应该会放他一马。可没想到，太子沉不住气了，在忍耐功夫惊人的武后面前，他实在是差得太远。

第七十二回　梦里恩情谁人雪上加霜
　　　　　登高跌重方显众生百态

　　明崇俨事件的第二年春，太子李贤随二圣游少室山，一家三口看起来其乐融融。可是，一回到东都洛阳，武则天就开始"摘瓜"了。

　　太子本来在长安监国，武后命他随驾洛阳，李贤以为武则天要害死他，因此迟迟不肯动身，整天胡思乱想。果然，这次他前往东都真就出了大事。他这副心中有鬼神情不宁的样子，当然逃不过武则天的眼睛。她又伤心又怨恨：我的亲生儿子竟然怀疑我！竟然对我有这么深的敌意！你怎么不想想你的太子之位是谁给你的？一旦登基翅膀硬了，那还得了！

　　其间，太子做了什么史书上没有记载，但是永隆元年（680 年）八月，武后却突然使人告太子贤谋反。高宗只好命令中书侍郎薛元超、黄门侍郎裴炎与御史大夫高智周等详查太子贤谋反事件。

　　这场东宫大搜捕，令太子贤和东宫学者们猝不及防。

　　不多时，众人在东宫马坊里搜出了惊人的物证——"甲胄数百领"！

　　藏这几百套甲胄干什么？难道李贤要谋反？

　　这时候，娈童赵道生在审讯中招认：是太子让他带人去杀的明崇俨！

　　这也许是事实，也许是酷刑之下的"自白"。这个疑点，永远也搞不清了。但这个罪，对太子来说并不太严重，不过就是唆使杀人。

比较严重的——几百领甲胄从何而来？

如果藏盔甲是事实，那武则天就不是小题大做。按照唐律，严禁个人与单位私藏武器，甲胄也在禁止之列。包括府兵，平时都不能存有武器，武器全部存于兵器库，出征打仗时再发给。冷兵器时代，谁要是藏个大刀长矛什么的，犹如现在民间私藏飞机大炮，那是相当危险的。《擅兴律》规定，百姓私藏盔甲一领，判徒刑一年半；若私藏三领，就处死。

这次在东宫一下搜出几百领盔甲，李贤是无论如何也洗不清的。

后世有人怀疑这些盔甲是武则天栽赃陷害，毕竟这种事武则天也不是没干过。但栽赃多半是偷偷塞入龙袍、印玺、文告这类小玩意儿。而现在的这几百领盔甲，用一队兵卒也得搬一阵子，这种大张旗鼓的栽赃如何掩人耳目？

当然，藏盔甲不等于就是谋逆，但说你谋逆，你是无法辩解的，不谋逆你藏盔甲干什么？

杀人、谋反，人证、物证全在。按照大唐法律和宫中的家法，"太子不德与庶子谋嫡并弃之"。

病重的高宗得知李贤杀人、谋反的事，几乎承不住这个打击。他偏爱这个聪明机智、身体强壮的儿子，由李贤接替他的皇位，他死也能瞑目了。他怎么也想不明白，好好的孩子怎么会出了这种事？

武后看着重病的李治，也有些迟虑，但还是坚定地说："作为人子竟然想暗害父母，这种事情天地都不能容得！大义灭亲，古有明训，怎么能够赦免！"高宗以为皇后要处死太子，激动地说："但，贤儿是你的儿子啊！"武后知道了丈夫的意思后说："诏书我已派人起草了，他不再是太子……"武后说到这里几乎哽咽，"从小咱们那么爱他，赚了个谋反的结果，现在不加惩罚，以后会怎么样？后世又怎样看待我们？"

永隆元年（680年）八月，李贤被废为庶人，幽禁于宫中。又把从太子贤宫中搜出来的盔甲在洛阳天津桥南公开焚毁，向天下证明太子贤并没有受冤屈。

武则天对李贤的这个处理，被后世有些史家激烈抨击，说是"居心狠忍"。从人伦之常来看，当然可以这样说，但此事涉及的是古代的"政治正确"，武则天这样做，不仅在那个时代有她的法理依据，而且与今日很时髦的"程序正义"也很吻合。况且，接班人不合格就搞掉，这种事情还罕见吗？如果他很傻很天真，那么后果就会很严重。

李贤的那些狐群狗党，一个也没跑得了，全部伏诛。最先被拉出问斩的，是李贤曾非常宠爱的赵道生，东宫的相关官员们也受到不等的处分。

前面说到的那个只知哄太子开心的刘讷言，他的《俳谐集》在这次查抄中被搜出，高宗翻阅过后，大怒。这个不尽责的刘老师，因此被打发到振州（今海南三亚）面朝大海反省去了。

负责注释《后汉书》的左庶子张大安，以阿附太子罪被贬为普州（今四川安岳县）刺史。

高政，也就是给李贤痛说长孙家史的那个。他向李贤散布谣言，鼓动他仇视皇后，罪不容诛，但造谣蛊惑毕竟不犯死罪；而且他是长孙无忌的外甥，还是高士廉的孙子。高宗念及这双重的亲戚关系，就饶了他，把他交给他父亲高真行去教育。然而，这事的结果让李治大吃一惊。在政治高压之下，有的臣僚为了避祸，实在是反应过度。

高政他老爸高真行是负责保卫宫禁的左卫将军，很受信任。现在家中出了这么个逆子，真是又恨又怕，竟然和几个亲族一起，动用家法把高政给杀死了！而且杀得特别惨烈：高政刚进门，高真行把早已准备好的佩刀刺进喉咙，因他在左卫将军，刀法一定很好；高政的伯父、户部侍郎高审行又把佩刀刺入他的腹部；高政痛得哀号不止，堂兄高璇便用佩刀砍下他的头，然后把尸首抛到路上。只能说，极端的专制足以泯灭人性！

这应该不是高宗的本意，高宗听了这件事很生气，认为做得太过分，把高真行贬为睦州（今浙江淳安县）刺史，高审行贬为渝州（今重庆市）刺史。

其他的东宫属官，可能是由于罪责不大，皆免罪，各复本职。中书侍郎兼太子左庶子薛元超反戈一击，及时投靠了武后，留住了乌纱冠帽。

因为太子谋反之事受牵连的大概十多人。那些未获罪的太子宫属官们，个个高兴得手舞足蹈，唯有李义琰心情不好，因自责而泫然泣下。他深悔未能引导太子走正道，又没能瞒得住武后，以致李贤垮台，武后专权的局面仍将继续下去。

为缓和一下气氛，也是安慰病重的高宗，武后上表免除了杞王李上金和鄱阳王李素节的罪行，以上金为沔州刺史，素节为岳州史。（李上金是后宫杨氏所生，封杞王，后因犯罪被免官，禁于澧州。李素节是萧淑妃生，幼时为高宗喜爱封雍王，后淑妃失宠，被贬为申州刺史，降封鄱阳郡王，软禁于袁州。）义阳、宣城二公主曾被武后指婚给翊卫，也被放于外地。武后也请高宗下诏召回，封给官职。如此一做，议论稍为平息。

后来在永淳二年（683年），也就是高宗去世的那年，李贤又被迁至遥远的巴州（今四川巴中市）幽禁。

走的时候，太子妃和三个儿子也随行，一家人行装简陋，衣衫破旧，仆人们的装束就更狼狈了。以至于新太子李显心中不忍，上表请求，每年春秋由官府发一点儿衣服给他们一家，以示照顾。昨日鲜衣怒马，望之若仙；今日鹑衣百结，不及匹夫。

从此，这个聪明机智、满可继位的李贤，再也没能离开那闷热潮湿的地方。直到他三十二岁死在那里。

嗣圣元年（684年），武后三易年号，嗣圣元年改为文明元年，文明元年又改号为光宅元年。这一年，高宗驾崩，中宗李显继位不久就被武后废黜，另立幼子睿宗李旦。睿宗柔弱形同傀儡，武后自此完全把持朝政。

睿宗即位初，武后派左金吾将军丘神勋前去校检废太子李贤的宅第，李贤在流放地自尽。武则天得知后，大为惊骇，斥责丘神勋误会了自己的意思。于是，贬丘神勋为叠州刺史。但根据两《唐书》记载，李贤之死很可能出于武后的懿旨，这又成了一桩扯不清的官司。李贤死后，武后下旨以亲王礼在流放地下葬。

几天后，在宫城南侧的显福门进行了李贤的举哀仪式，文武百官排列于显福门左右两侧，以三声低泣和三声大哭抚慰死者的在天之灵。朝臣们遥想当年太子贤英武的仪态和不羁的微笑，已经是模糊不清了。仪式只是仪式而已，死者不在洛阳宫城，被葬埋于巴州荒凉的黄土之下，与追悼者本来就各处一界了。

神龙元年（705年），武后驾崩，中宗李显重新继位。唐中宗念及兄弟之情，第二年重开墓室，将李贤的遗体迁回长安，以亲王礼陪葬于高宗和武则天合葬的乾陵。经历了这么多年的分别，这对父子、母子，该是怎样的惆怅呢？如果真能地下有知，大概双方都会后悔曾经的举动吧。公元712年，李贤遗孀房氏病故，唐睿宗下旨追赠李贤为"章怀太子"，房氏为"章怀太子妃"，合葬于太子墓。

第七十三回 任人摆布李显失王妃
重出江湖武后弄朝纲

李贤被废的次日,即永隆元年(680年)八月二十三日,英王李显被册立为新太子。为庆贺大唐有了新的接班人,高宗宣布改调露年号为永隆,大赦天下。

在李弘暴卒、李贤被废的前后,舆论之所以汹汹,也不是没有原因的。这是在李弘病危之前发生的事了:武则天曾把英王李显的妃子赵氏幽禁致死。这是两《唐书》和《资治通鉴》都予以确定的事,没有疑义。

赵氏之死是无辜的,她本人并没犯什么大错儿,主要是受她母亲牵连。赵氏姑娘的来头很大,祖父赵绰是唐开国功臣,父亲赵瑰是左千牛将军、皇帝的贴身侍卫,母亲就更厉害了,是高祖李渊的第七女——常乐公主,论辈分,这位老公主是高宗的姑姑,而赵氏姑娘则是高宗的表妹。

周王李显娶了赵氏,是与表姑母结婚,差了一辈。但这在当时,不成其为障碍。

据说,两人是很有一段姻缘的。赵氏姑娘小时常随母亲来宫中走动,与李显青梅竹马。成年后,二人又常在一起参加庆典、筵宴与游乐,有时还在一起读书,渐渐地就互生爱慕。太子李弘看在眼里,有心撮合,就在父亲面前为他们做了"大媒"。

高宗对这姑娘非常满意,当即向武后提起,敲定了这门婚事。

但是,武后的感觉又不同了。因为常乐长公主素为高宗所敬重,两人关系很密切,武则天对此十分忌惮。只是此番亲事高宗本人看好,武后不便反对。

没想到,一件事让她的态度大变。

由于李治和常乐公主是姑侄,所以她常来宫中走动。这天,常乐公主来访,高宗和她谈起好儿子太子弘。高宗说:"弘儿比朕强,比朕有魄力,办事不像朕瞻前顾后拖泥带水的,这次给舅父长孙无忌平反的事,他办得很漂亮,我原以为皇后会阻挠哩。"

"她只是皇后,统领后宫便罢了,朝政大事,本该你做主的。"常乐公主说。

高宗摇摇头,不置可否,继续谈他的弘儿:"弘儿现在在朝廷中的威望越来越高了。此儿仁孝英果,敬礼大臣鸿儒之士,前次请嫁义阳、宣城,今次又亲自操办长孙家族平反,深得人心……"

武则天听说后,当然不能容忍高宗和自己儿子身边有如此鲜明的异己力量,马上就采取了反制措施。她处理这事的手段非常狠毒。

在周王婚后三天,周王妃按例去向婆婆请安。当时武后还没起床,周王妃并不知道,就直接进了内寝。武后借故怒斥周王妃"失仪"。周王妃吓蒙了,下意识地辩解了两句。武后大怒,以忤逆为名将她软禁在内侍省,不准出屋,不准与外界接触,只给她生的米菜和柴盐,让她自己做饭。可是这位高贵无比的小姑娘,从小衣来伸手、饭来张口,哪里会做饭?几天后,卫士发现周王妃住的地方烟囱不冒烟了,开门一看,她已经被活活饿死。之后,武后下令把周王妃匆匆埋了,埋到了什么地方也不见记载。

周王妃的父亲赵瑰受女儿之累,被贬为寿州(今安徽寿县)刺史,常乐长公主也被勒令随行。这股危险的势力,就这样被武则天果断地击垮了。

周王妃被人发现死亡，是在四月七日。十八天后，太子李弘死于合璧宫。两件事隔得实在太近，无怪乎要引起诸多关于太子被害的流言。

武则天的这种狠，一方面是缘于她的性格；另一方面，也是她在皇权专制下出于自我保护的反应。你不狠，人家就要狠，史上的教训已经有成千上万。这事之后不久太子李弘就死了，想必当时已经重病缠身，武则天肯定心情极度糟糕，而这对倒霉的母女正好撞到了枪眼上。

一场惨烈的风波过去，"三瓜"的命运又将会如何？实在令人悬心。

李显本人对此事倒不在乎，很快喜欢上韦氏（她就是日后引起大乱的韦后）。韦氏出身京兆韦氏，名门望族，据说小名叫香儿，自幼聪明美貌，性格刚强，她被选入李显宫中，凭着美貌和聪明很快获得了李显的宠爱。成为太子后，李显正式纳韦氏为太子妃。

十一月，改元开耀。这个年号只用了几个月，次年二月，太子李显的长子诞生于东宫，生母就是太子妃韦氏，他是太子的嫡长子。这个孩子名重照，就是后来的懿德太子重润。二月十八日，册立为皇太孙，并改元永淳元年。

这个新太子李显，也是一位性情中人，比二哥李贤还要喜好玩乐。他和李贤原本都没受过当太子的教育，养成放逸享乐的性格是必然的。而且据说他在做亲王的时候，性格中还有十分"勇烈"的一面。

如何把这个公子哥儿扶起来，高宗、武后也是动了一番脑筋的。他们之所以没有因李贤案惩罚原来的宰相兼东宫班子，而是让他们继续留任，就是想用一班老成之臣来辅佐新太子。高宗夫妇到东都去，留李显监国，就专门指令薛元超辅佐。高宗还殷切叮嘱道："吾子未娴庶务，关西之事悉以委卿。所寄既深，不得不讲！"

所幸，李显因为有了哥哥的教训，也有前妻的教训，对母后还比较恭顺，在当太子期间，与武则天的关系也还算融洽。

一年后，当年激烈反对天后摄政的中书令兼左庶子郝处俊被罢相，中书侍郎兼右庶子李义琰也因故受到高宗谴责，托病辞位。当初郝处俊对高宗说：高祖太宗之天下，只该"传之子孙，诚不可持国与人，有私于后！"中书侍郎兼右庶子李义琰也曾大力附和，一时形成强大舆论，致使武后摄政之议流产。

第七十四回　李家有女聪敏灵秀
　　　　　　　人间盛事太平大婚

　　关于太平公主的名字和生日，具体推断是这样的：有人根据《全唐文·代皇太子上食表》中"伏见臣妹太平公主李令月嘉辰，降嫔公族，诗人之作，下嫁于诸侯"这一句，认为她名令月。

　　但是，也有人认为"令月嘉辰"是一个词组，不是太平的名字。在太平公主之后加一个名字不合符当时表奏风格。根据《全唐文》和《唐大诏令集》中的表奏对比，唐人上书皇帝都不会称姓，而是直称臣某或者妾某，金城公主上书唐玄宗时就在表文中直称自己的名字奴奴。不过"令月"二字是太平公主的名字的可能性是相当大的，原因之一在于那个多出来的李字，则很可能是妾字之误，因为把李字放在这里和上下文明显是不符合的。

　　原因之二：太平公主小哥哥睿宗叫李旦，原名旭轮，正是日的意思，而给太平公主取名月，是极有可能的，武后给她和高宗的前几个孩子取名都有道教和佛教的教义在内，而给小儿子却取名为日，日后她又自造曌字为自己的名字，而曌字却是日月凌空合成的，她自负之大可想而知，给儿子取名日、女儿取名月是极其符合武后当时的心理的。

　　再说公主的生日，有人据唐人文集记载"景云二年（711年）二月十一日，以公主生日，幸太平公主第"，也就是说太平的生日是二月十一日。

是哪一年呢？太平的同母兄李旦生于龙朔二年（662年）六月一日，所以太平应生于麟德元年（664年）或稍后，而以麟德元年的可能最大。因为《旧唐书》记载，麟德元年"三月丁卯（十九日），长女追封安定公主，谥曰思"。既称长女，定有次女。所以，太平的生日是麟德元年（664年）二月十一日。

如果太平公主生于麟德元年（664年），到开耀元年（681年）七月嫁人时，她是十七周岁。太平公主自幼聪明敏锐，学习经史过目成诵，年龄稍长就多谋善断。她活泼开朗、大大方方，敢想敢为，不愿受人约束。

因唐朝风气开放，加上武则天的关系，太平公主幼年便得到了与王子们相同的受教育权利。她的封邑也不菲，与她的四哥相王李旦相同。她是武则天唯一的女儿，在子女中年又最小，女孩子在母亲身边的机会多，受母亲的影响大，而对母亲也就更体贴、理解和慰藉。

永隆元年（680年），刚刚处理完太子李贤谋反一案，武则天又要应对吐蕃赞普向太平公主求婚之事。文成公主在吐蕃逝世，吐蕃仍想与唐续亲，不远万里派来使者。

和亲原本很容易，随便挑一个宗室之女就是了，可是这次吐蕃指名道姓要娶太平公主，高宗就犯难了。

当时太平公主才十四岁，是父母的掌上明珠。对唐高宗来说，虽然他有四个女儿，但是义阳、宣城早已出嫁，安定公主早已夭折，太平公主几乎就等于是他的独生女了，爱得像心肝宝贝一样，怎能舍得将公主嫁到天边？

可是，直接拒绝和亲的请求也不好。

武后心生一计，让太平公主出家当道士，借口要为已经去世的外祖母杨氏祈福，然后赶快让公主搬进道观，堵住吐蕃的嘴。

为让吐蕃使者相信，武后下令把公主府改为太平观，让公主道号"太平"。吐蕃使者见此，也无可奈何，只好告辞，回国复命。

本来，让太平出家，不过是权宜之计，一旦吐蕃彻底死心，便让女儿还俗的。可是，当时高宗身体每况愈下，武则天忙着积聚势力夺权，都没心思管她。道观中的小公主，眼看着大好的青春从自己身边悄悄溜走，心里难免有些着急。

不过，乖巧灵动的小太平充分继承了武则天万事难不倒的气魄，自然有她的妙计。有一天，唐高宗在宫中设宴，宴请亲族，太平公主忽然从天而降，她身穿紫袍，腰围玉带，头戴黑巾，手持弓箭，走到唐高宗和武则天面前，深施一礼说："父皇母后，我给你们跳舞助兴吧。"说罢，载歌载舞起来。看着女儿英姿飒爽，一副青年武官的打扮，唐高宗和武则天哈哈大笑，说："你一个女孩家，又不是武官，怎么打扮成这样？"太平公主马上说："既然我不适合这样打扮，那把这身行头赐给我的驸马好吗？"看着女儿企盼的神情，李治和武则天相视一笑：女大不中留啊。

就这样，给太平公主选驸马提上了议事日程。这天，武则天正坐在殿里寻思这事，千金公主来访。这千金公主乃是高祖李渊的第十八女。论辈份，是武则天的长辈，论年龄，和武则天差不多。诺大的一个皇室，只有她最能和武则天谈得来，最善于讨武则天的喜欢。

趁着她来，武则天正好把心事跟她讲明。千金公主忙递上好话："太平公主才貌双全，颇随娘娘您，堪称天下第一公主。这天下能配得上她的也无有几人。臣妾想在皇亲贵戚望族中一一排查，选出前十名品貌俱佳的小伙子，然后给他们附上档案，包括父母情况、才学官职，再呈给娘娘您，以备甄选，不知娘娘意下如何？"武则天一听，当然喜上眉梢，当即拍板。

千金公主在宫中女官的协助下，不到一个月，就搞出了洋洋三卷本的档案。呈给武则天过目，闻讯赶来的太平公主，却撇着嘴，不屑一顾地翻看着。

写得都不错，可惜没有附上写真集，让武则天颇为踌躇。

"这有何难？"小太平摆摆手，然后说："母后可以在前宫设置鞠

— 331 —

场,让这些人和宫中的女子比赛蹴鞠(足球)。我们在一旁观看,既可以观看各人的相貌,又可以观察这些人的品行。母后,此计如何?"没等武则天表态,千金公主就在一旁拍手叫好,连连夸奖道:"哎呀呀!太平公主太聪明了,太像皇后娘娘您了。她想的这个选婿的办法再恰当不过。男女同场蹴鞠竞赛,最能看出一个人品行!"

武则天也认为小女儿的这个办法有趣又新奇,马上差人着手准备。

这天,宫中绿茵场上,彩旗招展,人群涌动。十个宫女中的蹴鞠高手与十位皇室贵族的青年男子同场踢球,这本身就是非常吸引人的事。于是,官员和宫女都纷纷赶来,聚集球场周围看热闹。远处台子上,武则天与太平、千金凭案而坐,瞪大眼睛观望着。

上半场过半,千金公主站在太平的身后,指着球场上一个奋力奔跑的漂亮男子,对太平说:"那个不错,球技不高,但积极拼抢,不甘落后,也没见他摸一次女球员。"

太平公主也注视着那个男子,他奔跑的姿态果然英俊潇洒,偶尔回眸一笑还露出两个可爱的酒窝,不禁芳心暗许。

这小子叫薛绍,出身河东大族薛氏,是李治的亲外甥,是他的同母妹妹城阳公主和驸马薛瓘的小儿子,年龄与太平公主相仿,尚未娶妻。

这本该是场金玉良缘,可是,议婚时却出了个波折。

薛绍的哥哥薛顗知道太平公主是武后最爱的独生女,宠得厉害,怕不能与她和睦相处。薛绍也有此感,便同户部郎中克构商量这件婚事。

这件事传到了武则天的耳朵里,心说:我就这么个宝贝女儿,下嫁你薛家,还挑三拣四,真是不知好歹!可是武则天也不希望女儿初次结婚就有什么不愉快的事,还是希望对方能心甘情愿地接纳太平公主。便心生一计,也传出话去:"薛顗之妻萧氏和他弟弟薛顼之妻成氏都是平民百姓,我的女儿怎能与田舍女做妯娌!"此话一出,薛家就紧张起来了,赶紧如背家谱一样,找到媒人向武则天小心说:"皇后应该知道啊:萧氏是萧瑀的侄孙,萧瑀子萧锐娶的前皇太宗女襄城公主啊！成氏祖也是前朝的贵族呢，太平公主怎么会同平民百姓结亲呢。"武则天听了微笑着说："我怎么会不知道，只要他薛顗不挑我就成了。他就真是个田舍郎，只要人好，我也不去管他们的，祖宗八代再高贵又有何用啊！"

婚事既定，吉日成礼。开耀元年（681年）七月，高宗夫妇为太平公主举行了盛大而隆重的婚礼。

皇帝的女儿、皇后的独生女儿出嫁，婚礼自是盛况空前，武则天自从颁行《建言十二事》之后，生活起居刻意节俭，但女儿出嫁，又想慰籍病中的高宗，因此婚礼特盛。当时的风俗是晚间成婚，盛装的公主打扮得像仙女一般，乘上黄色的婚车，从长安城最东北的大明宫含元殿的兴安门出发，一直到城东南宣阳坊的薛宅，一路上张灯结彩，火炬不断，据说有不少行道的槐树被火烤焦而死。

可是到达宣阳坊薛宅时，公主的婚车实在太豪华太庞大了，大门太小，根本进不去。高宗和武则天当即决定，拆墙！

一路火炮与鼓乐喧天，花灯夹道，宛若云汉之星回；仙乐频吹，俨然箫韶之递奏。一时富贵，端的是占尽人间之盛。

文武百官见天后如此宠眷，谁敢不来庆贺。都备有金帛表礼，前去祝贺。一时间，京城中大街小巷，衣冠车马，填门塞户。大家小户，尽来争看。

总的来说，太平公主和薛绍的夫妻关系还是美满的，他们共孕育了二男二女，两个男孩叫崇胤、崇简，两个女孩一个嫁给唐氏，另一个嫁给豆卢氏。

第七十五回　几次三番老小孩欲封嵩山　贴近百姓唐高宗抱憾辞世

女儿出嫁之礼隆重,百官称贺,确让高宗兴奋一番。但婚礼上的几日应酬,也让他为之劳累。因此,婚礼过后,高宗又病倒了。武后亲自侍奉药物汤水。

武后陪着高宗,高宗精神稍好一点,就同他慢慢地聊天,对高宗的提议,她也尽量去做,满足丈夫的一切要求。

没想到,高宗突发奇想,让武后找大臣们商量,他要去遍封五岳,先封嵩山。

武则天温婉地劝他,说他的身体不允许,等病好了再去。但他就是不同意,即使身体如何不允许,他也要去嵩山。

武则天又把他的想法找大臣商量,大臣们感到愕然。还没等群臣上书反对,一个人义无反顾地抢先跳了出来。监察御史"里行"——所谓里行,是指还未曾正式任命的官员,相当于实习生——李善感上书劝谏:"陛下曾经封了泰山,祈求太平,各种祥瑞频现,功绩不比三皇五帝差。但是这几年来,天灾频繁,五谷不生,饿殍遍地,四夷入侵,兵祸连年。陛下应该慎言慎行以避天谴,怎么能在这个时候劳师动众,失天下之人望?臣既然担当了国家的口舌,不能不以此为忧。"

这是一道十分严厉、尖锐的奏折。在封建制度下,这样的奏折是少见的。奏折揭示了现实的灾害,并把灾害的发生归于朝廷的征战和劳役,直说天下都感到失望,让皇帝闭门思过,觉得遭到灾难的谴责。

《资治通鉴》说,自从褚遂良、韩瑗死后,众人都不敢犯颜直谏。这种尖锐的谏言,据说朝中已有二十年听不到了。群臣颇感振奋,谓之"凤鸣朝阳"。高宗虽然没听劝谏,但也没有惩罚他。

奏折说的严重灾害确实是存在的。上奏折时,正是暴雨连月,东都城外的洛水溢出,城内外的人家被冲陷千余家。而且当时连年灾害,全国普遍受灾,水、旱、虫、疫十分严重,病饿而死的人倒在路边、街头无人过问。那两年的史书记载,日蚀、彗星、地震现象频频发生,更让人心慌乱,四处不宁。

本来武则天担心李治的身体,就不赞同这时封禅嵩山,所以借坡下驴,把御史李善感的奏折拿来读给高宗听了。无奈高宗怀着病态心理,坚持要去。武后看着被病情折磨得不像样子的丈夫,轻轻抚摸着高宗的手,心里暗下决心:宁愿让大臣们再骂她一次,也要实现高宗的最后愿望。

于是,武则天不顾大臣们的反对,开始了嵩山封禅的筹备工作。她命令有司,在嵩山南麓建奉天宫,并命百官作嵩山封禅的准备。

永淳二年(683年),高宗正式启程,他封太子显的次子重福为唐昌王——这个重福大约只有一周岁左右——留守京师,让刘仁轨做他的副手,召太子至东都洛阳。自己到奉天宫疗养。

十月里正是秋高气爽,天子圣驾仿照多年前封禅泰山时的仪式和行列,浩浩荡荡地离开洛阳宫。到了奉天宫,高宗的病情恶化,头痛欲裂,几近失明,只得下诏将封禅大典推延至明年正月。

武后急召御医秦鸣鹤、正文仲前来诊视。

秦鸣鹤看了后认为,高宗的病症是"风上逆",请求给他刺头出血,或者可以治好。《资治通鉴》和《新唐书》这两本史书是这样描写的,天后在帘中,不欲上疾愈,怒曰:"此可斩也,乃欲于天子头刺血乎!"秦鸣鹤吓得要死,只顾叩头求饶。高宗的脑筋倒还清醒,也许是抱着死马权当活马医的心态吧,说:"御医议病,不可加罪。且我头重闷,殆不能忍,出血未必不佳,但刺之。"

有了最高指示,秦鸣鹤才小心翼翼地在高宗的百会、脑户二穴上各扎了几针。

不一会儿,奇迹出现了。高宗说:"吾目明矣!"

武则天大喜过望,再三向秦鸣鹤拜谢道:"天赐我师!"然后赏给了秦鸣鹤一百匹彩缎。

但没过多久,高宗还是进入了病危状态。在奉天宫躺了二十多天,眼看再待下去,皇帝就要死在外头了(这在历代都是大忌),于是到十一月下旬,车驾匆忙返回东都。

永淳二年(683年)十二月,北风呼啸之中人心浮动,当车驾返回洛阳时,百官都知道高宗的大限到了,踏着冰雪在洛阳宫前的街市上聚集或奔走,汇集在天津桥南拜迎。

为了祈祷天子染疾之体早日康复,就是民间所谓的"冲喜",在武则天建议下,下诏永淳二年改为弘道元年,并大赦天下。诏书还特别肯定了武后的政绩,说她"言近而意远,事少而功多"。虽然诏书是以李治的名义写的,但应该也在很大程度上体现了武则天的意图。

更加令人躁动的是一个史无前例的消息——高宗不顾自己的病情,要亲临洛阳宫的正门则天门,向洛阳百姓宣读大赦天下的诏书。唐高宗要是死后能够知道他老婆当了女皇帝,说不定会很开心的,因老婆而伟大也没什么不好的,每时每刻都要彰显自己作为男人的独裁,才是小男人的所作所为。

考虑到高宗的身体,大家当然都会反对,可老小孩高宗不听任何人的劝阻,包括武后,最后只好由他。

但是他被扶出宫门后就哈腰喘息,直不起身子,不能够骑马,登城楼那就更不可能了。只好召集则天门前的百姓,到殿前听敕。听着他那沙哑和上气不接下气的声音,也不知道老百姓听懂没。

宣读完毕，他问侍臣："百姓们都高兴么？"侍臣答道："百姓蒙赦，无不感悦！"

高宗叹道："苍生虽喜，吾命危笃！"稍后又说，"天地神祇若能延长我一两月之命，得还长安，死亦无憾！"

第七十五回　几次三番老小孩欲封嵩山　贴近百姓唐高宗抱憾辞世

第七十六回　斯人已逝真情流露
　　　　　　路途修远谁伴左右

不过，他好像注定要带着这小小的遗憾离开。在则天门宣读诏书的当晚，他自己也感觉到不久于人世了，陪伴在身边的是相伴多年的妻子武则天。此刻，一向雷厉风行的武则天百感交集。

三十年的夫妻，三十年的情深。三十年前，那玫瑰花下的喁喁私语，翠微殿中的纵情拥抱，还有那尼姑庵里的不了情，无不透露着这个男人对她的殷殷恋情。没有他的情义，就没有她的现在；没有他的赏识，就没有她的辉煌。

投之以桃，报之以李，从内心深处来讲，武则天最不愿辜负的就是高宗。

"显……显儿，显儿。"在武则天思绪万千的时候，高宗在床上动了动，口里叫道。武则天忙令在外殿等候的太子李显到高宗床前晋见。

李显的外表颇似太宗李世民，长得高大威猛，但他徒有其外表，却是个昏庸贪玩、无治国齐家能力的人。前段时间，高宗命他在长安监国时，他只知道骑马打猎，游山玩水，气得高宗特地把他召回东都训斥一顿。

"父皇。"太子显跪到了高宗的床前。

"显，显儿，朕……朕死后，你一定要……要听母后的话。你，治国齐家的本领远……远逊于你母后，你……你要多，多向你母后讨教……"

"父皇……"太子显已经不知道该说什么,只是泪流满面,不住地点头。

高宗脸上露出欣慰的神色,又努力地握着武则天的手说:"这些年来,朕身体多病,许……许多国家大事……全靠你支撑,你……你确实受累了。"

"这是臣妾应该做的。"武则天叹了一口气,又说:"臣妾的性子不好,为人严厉,这些年也做了不少让皇上生气的事,"

"过去……过去的事就不要……不要提了。你以后能……能把显儿带好,能……能让他守住这大唐……江山,朕……朕就能安息于九泉了。"

"陛下不要想太多,天佑大唐。"武则天给他打气说。

到了夜里,高宗时而昏迷,时而身体抽搐,武则天见状,忙召中书令裴炎入内。

高宗指了指圣旨,对裴炎说:"此……此乃朕的遗诏,待太子即……大位,可当朝……宣谕。"

做完这些,高宗累得喘不匀气,武则天忙撤去一个枕头,让高宗躺下。高宗好一会儿不说话,武则天忙凑过去,见他又昏迷了,情知不妙,于是不断地轻声叫着:"皇上,皇上……"

高宗睁开眼睛,嘴张了几张,喉咙里发出不连贯的声音,他已没有精力说话了,手却伸出来,武则天忙把太子李显叫过来。

随着蜡烛的光辉,可见高宗的眼神温和发亮。他的手努力地握住太子显的手,又尽力地往武则天手里塞,三人的手握在了一起。高宗沉思地看了武则天一眼,使尽最后一点力量点点头,然后头往枕边一滑,阖目而逝,享年五十六岁,庙号高宗。

这一年,武则天六十岁,太子李显二十八岁。

天亮了,接到紧急通知的文武群臣,也急急赶到乾元殿,首先听中

第七十六回 斯人已逝真情流露 路途修远谁伴左右

— 339 —

书令裴炎宣读高宗的遗诏："朕自登基以来，凡三十年……特遗诏立太子显为皇帝，裴炎为顾命中书令。军国大事有不决者，兼取天后进止。"也就是说，一旦国家大事有什么特别重要决定不下来的，还要听武则天的。

嗣圣元年（684年）五月（即高宗驾崩第二年五月），高宗灵驾西回长安。

武则天提出要亲护高宗灵柩西返长安。群臣不同意，纷纷谏阻。武则天于是让睿宗扶灵回去，并主持安葬事宜。灵柩离开东都的时候，睿宗率千骑缓缓而行，队伍两旁的送行者一片哀哭，气氛突然变得悲壮。武则天遥望灵车远去，忍不住泪流满面。

春华依稀宛在，秋叶实已零落。

六月，睿宗抵达长安。因为乾陵还在修建，灵柩停于太极殿西侧。到八月十日，才移灵于乾陵（在今陕西乾县）。乾陵位于今乾县城北六公里的梁山上，坐北朝南，以山为陵。

下葬之日，武则天戚戚惶惶、一字一句地亲自撰写了《高宗天皇大帝哀册文》其一段云：

瞻白云而茹泣，望苍野而摧心。怆游冠之日远，哀坠剑之年深。泪有变于湘竹，恨方缠于谷林。念兹孤幼，哽咽荒襟。肠与肝而共断，忧与痛而相寻。顾慕丹楹，回环紫掖。抚眇嗣而伤今，想宸颜而恸昔。寄柔情于简素，播天音于金石。

高宗走了，从她身边永久的远去了。虽然丈夫懦弱无能，但哪怕他一句话不说地躺着，她也感到心里踏实，因为丈夫毕竟是一国之主。如今，无论在朝堂，还是在后宫，她突然感到可怕的孤单。

她的几个孩子除女儿外，都对她没有温情，甚至没有感情，被皇宫制度隔得很遥远。如今，能体贴她的唯一女儿也住进了驸马府。这使她陷入孤独伤感的自怨自哀之中，无法自解。

文中字句，华美而忧伤。后世史家一般都认为，这文章的凄切，是真情流露，不是做官样文章能硬做出来的。

这是作为一个妻子对丈夫远去的真挚怀恋。高宗虽不是个特别有能力的皇帝，但很爱武则天，一生都爱她。这在皇帝制度下是很少见的。虽然高宗在韩国夫人母女方面做过令她伤心的事，也心血来潮闹过废后的事，但武则天谅解了他。

武则天还打破历代皇帝陵前不竖碑的惯例，为高宗竖立了一块巨型石碑。

据说碑石取自西域于阗，高七米多。碑身有七节，榫眼扣接，连为一体，俗称"七节碑"。碑文《述圣记》由武则天亲撰。在碑文中，她把永徽以来的政绩，统统都归于高宗。

斯人已逝，一个新的时代也就随之而来。她下了很大的决心，表示要"励精为政，克己化人，使宗社固北辰之安，区寓致南风之泰"，要上对得起高宗的顾托，下对得起天下的拥戴。然而她对自己剩下的这个刚登上皇位的儿子毫无信心。

中宗李显继位时虽然已经二十八岁，已近而立之年，但他在武则天所生的四子一女中，品行与学识是最差的一个。就连官撰的正史为他下的结论也是："廉士可律贪夫，贤臣不能辅孱主。诚以志昏近习，心无远图，不知创业之难，唯取当年之乐。"

他为皇子时就不学无术、不求上进，无德无才。晋为太子后，更只知玩乐，终日游猎戏耍，不知做太子的责任为何物，东宫的属官百般劝谏，他根本不听，我行我素。他愚昧、荒唐，懦弱无主见，根本无继位做皇帝的资格。他的品行、学识之差，高宗和武后心如明镜。但是，当李贤被废后，论资排辈也只能轮到他为太子。在高宗临终之前，明知这个不肖子难能担起社稷重任，才遗诏让皇太后决定军国大事，中书令裴炎为辅政大臣的。

第七十六回　斯人已逝真情流露　路途修远谁伴左右

第七十七回　紧锣密鼓裴炎出奇招
　　　　　顾虑重重太后露一手

侍中裴炎成了宰相中唯一的顾命大臣，也由此卷入了高层政治的旋涡。裴炎亲领的这道遗诏，为日后政坛的诸多波澜埋下了伏笔。

高宗之所以有"军国大事有不决者，兼取天后进止"这样的遗嘱，全是出于对储君李显的顾虑。李显是个资质平平的人，远不及李弘、李贤。

在李显监国期间，玩心不改，仍然大肆游猎。高宗与武后对他费尽了心思，除了加强东宫属官的力量之外，还特别立李显之子李重照为皇太孙，目的就是让李显安心，好好学习政务，多少要有个登大位的准备。可是李显对父母的这一番苦心并不领情，依然我行我素。在三年半的太子实习期，几无长进。

武则天此时，面临着人生的全新局面。事态进入了最微妙的状态。

太子李显应在十二月初六在灵柩前继位，七天后正式册立为新君。按照惯例，在这几天过渡期内，虽然还没正式册立，但只要嗣君是成年人，就可以发号施令。国家事务，一天也不能停转。可是谁也料不到，受到高宗高度信赖的侍中、唯一的顾命宰相裴炎在这时候忽然插上了一杠子，改写了历史。

他在嗣君即位的第二天忽然提出：嗣君既然还没正式受册，也没开始听政，那么就不宜发号施令。这几天国家有什么急事需要处分的，应该由宰相奏议，然后由武则天以"天后令"的形式，下达到门下省执行。

这个建议，石破天惊，鸭子游水，动作在下面。

此建议其实并没有前例可循，以前都是老皇帝一死，太子就成为实际上的新皇帝并开始执政，大臣们哪里会有异议？而且更为可怪之处是，他的建议与遗诏的关键点正好背道而驰。高宗遗诏说"军国大事不决"之时，才听取天后的意见，而裴炎的建议则是任何事情都由宰相议定，呈报天后，再由天后发话。而门下省又是负责审核政令的部门。裴炎这个门下侍中，恰是门下省的首长。同时宰相班子的"政事堂"也设在门下省。

至此，明眼人可该看出门道来了。本来高宗去世，最高权力者应为嗣君李显。现在裴炎无中生有，让宰相和天后瓜分了最高权力，嗣君竟完全被架空！

裴炎这个建议明显是和武则天暗度陈仓，难道他也像李义府和许敬宗一样，是武则天的拥护者？

裴炎，字子隆，绛州闻喜（山西闻喜县）人，史称他"寡言笑，有奇节"。他出身于当时的名门"洗马裴"家族，其父裴大同，曾任洛交府（今陕西省富县）折冲都尉，是个军官。裴炎幼时就勤奋好学，在被补为弘文馆（设在门下省的贵族子弟学校）学生后，每遇休假，其他同学大多出去游玩，他却苦读不辍。

弘文馆的学生谋官很容易，但他志向远大，在学馆发奋读书十年之久，精通《左氏春秋》和《汉书》。他的仕途也相当顺利，明经及第之后，最初任濮州（山东省鄄城）司仓参军，后历任御史、起居舍人、黄门侍郎，于调露二年（680年）入相。

很显然，他已经是位高权重，无需再溜须拍马讨好武则天；能够让李治临终托孤，也应该是个正直可靠的人。那他为什么提了这么个让武则天欣喜若狂有机可乘的建议？

第七十七回　紧锣密鼓裴炎出奇招　顾虑重重太后露一手

这个建议的确对武则天有利，但不等于支持武则天独树一帜，当时他哪知道这个大唐的皇太后会称帝呀！而且从这个人后来的言行看，有证据标明他是忠于李唐、反对武后专权的，并以此殉国，死得很壮烈，在徐敬业起兵一节会讲到。可是，为什么在这个关键的时刻出了这么一个大昏招？这不是给武则天送去了一个求之不得的机会？

他之所以这样做，有三种可能：一是对武后的参政已习以为常了，认为今后继续下去也无妨；二是裴炎自己想避专权的嫌疑，拉上武后来平衡一下；三是裴炎在利益上与武则天不谋而合，即都是想废掉嗣君。裴炎是想立李旦，而武则天是想夺回失去的权力。两方有所默契。

在人们还在对这条建议议论纷纷的时候，守丧七天很快就过去了，李显正式继承了皇位，是为中宗。那么此刻，武则天要不要还政？

她一旦失去权力，今后的生活会怎样？不懂事的新君一旦掌握了权力，会不会变成昏君？这么多年来，她为这个国家付出的一切努力，会不会付诸东流？她为这个国家殚精竭虑太多年，又岂能突然之间置它于不顾？不错，当初不惜一切代价要抓住权力，是为了自保，然而时间日久，不知不觉成了一种责任。

无论从情感上还是从道理上来讲，武则天都不会轻易放手。果然，七天之后，权力并没还给即位的新皇帝。大小政事仍取决于武则天的意见，"太后令"仍然是最高号令。

三十年的辅政及与高宗同朝执政，她对政局太熟悉了。在这段时间内，武则天很稳得住，马上着手做了三件事，做出了稳定大局的内外安排。

头一件事，是安抚地位尊崇的宗室诸王。

这些位尊权重的王爷是新旧交替时最不稳定的因素。他们都是重要地方的世袭刺史，拥有庞大的封邑。以往在历朝中，新皇登基时，反对力量多依重王爷，发动变乱。得先把他们按住，不使其生乱。

当时，唐室的王爷有高祖的庶子五人，是新皇帝爷爷辈的；还有新君叔叔辈的两位王爷。高宗去世后，对于新皇帝来说，他们辈分升了一轮，官衔自然应该提升。

所以，武后的第一道政令首先针对他们，代表国家朝廷，给他们送去春天般的温暖。政令以泽州刺史、韩王元嘉为太尉，霍王元轨为司徒，舒王元名为司空，滕王元婴为开府仪同三司，鲁王灵夔为太子太师，这是高祖的五位庶子。同时尊越王贞为太子太傅，纪王慎为太子太保，这是太宗的两个庶子，新君的两个叔叔。武皇太后尊他们为太尉、三司、太师、太傅、太保，这都是朝廷中极高的品级，使他们一时无话可说，挑不出什么毛病来。

第二件事，是调整宰相班子，确定新君的朝廷中枢。

此时朝中一批名相都已先后亡故，资格较老的只有刘仁轨和新提拔的辅政大臣、宰相裴炎，其余郭待举、岑长倩、郭正一、魏玄同、刘景先等，都是一拨新人，且都是低品级的宰相。

她首先把太子少傅刘仁轨改任左仆射，仍让他独当一面，留守西京。再把裴炎从门下省调到中书省来，转为中书令，让他掌握出旨权。裴炎一动，连宰相办公的地方都变了。以前宰相们都在门下省办公，因此门下省也叫"政事堂"，现在也都随着裴炎改在中书省议事——无疑，这是对裴炎白送她一块大饼的投桃报李。

其余新人各有提升或者改任，刘景先为侍中、岑长倩提为兵部尚书参知政事、魏玄同以黄门侍郎参知政事、左散骑常侍韦弘敏（中宗李显的皇后韦后的远亲）为同中书门下三品、北门学士刘祎之为中书侍郎。官帽子一加高，他们自会感恩效力。

最后一件事，是分遣左威卫将军王果、左监门将军令狐智通、右金吾将军杨玄俭、右千牛将军郭齐宗分往并州、益州、荆州、扬州四大都督府，与府司共同镇守。显然是因为国有大故，先控制住当时最主要的经济中心，以防万一。

这是武则天成为太后之后的三把火——干净、利落、周全。

新君即位，天下晏然。政治、军事、官员、宗室，都安排得明明白白。从这几手，能看得出武则天已是谋国老手了。

第七十八回　一句玩笑笑脸成哭脸
　　　　　　两头密议议政变乱政

上文说到，按照常规路线，高宗去世七天后，嗣君的服丧期满了，应该正式掌权。武则天本想平稳一个阶段，过了这个过渡期，再从长计议。但就在这时，朝政陡然起了一场大风波！

没错，能称得上大风波的只有一个原因——新皇中宗李显又出事了。

他原名李哲，后更名为李显。据民间传说，这是老子降临人间的另一个化名。在李显更名的问题上，可见武则天对他还是寄予厚望的。母子俩的冲突，是因李显后来的不慎而引发的。

《旧唐书》对李显评价不高，说他基本是烂泥扶不上墙："志昏近习，心无远图，不知创业之难，唯取当前之乐。"他既无突出的文艺，武艺也不咋的，相貌风度也比不上他的两个哥哥，甚至比不上他的弟弟李旦。光是平庸倒也罢了，温柔敦厚也是不错的性格，可是中宗有的是轻佻、暴躁、虚荣等不良品性。最擅长的就是顶着个大肚子到处找乐子。武后和大臣们看在眼里，急在心上，恨铁不成钢。

因此，裴炎和武后才一拍即合，把中宗给架空。面对这种敏感的局势，他居然不知收敛，反而自我感觉良好，当上皇帝后，高兴得手舞足蹈。

得意忘形的中宗不知道出于什么目的，或许是想在老婆面前展现一下"雄风"，又或许是对太后临朝不满，"性勇烈"的中宗大脑一热，做出了一个抗争举动——要封老岳父韦玄贞为侍中，成为宰相之一，来顶替裴炎调走后的缺（裴炎已调为中书令）。此外，还要把奶妈的儿子——一个卖油条的也封个五品官。

皇帝要下令，就要中书令来出旨，这就显出裴炎这个中书令的重要性了。裴炎马上劝谏：我的好皇帝，这个韦国丈，原先不过就是普州（今四川安岳县）的一个小小参军，开耀元年（681年）五月，因为荣任了太子岳父，已升任为豫州刺史了（豫州是中原要冲，管辖东都洛阳周围的州县），这已经够照顾的了。到现在三年尚未满，寸功未建，又无其他三品官的资历，怎么可能一下就提拔为宰相？

这个中宗，大概也和他老爸一样是个"妻管严"，有些惧内；可能也不太满意裴炎对太后的推崇，一气之下脱口而出："我以天下与韦玄贞何不可！而惜侍中邪？"

一言既出，驷马难追！更何况君无戏言，这话可不得了。

裴炎看到皇帝发火，害怕了：这笔账，将来要让我怎么还？思前想后，他没有别的办法，转身就把此事禀告了太后。

武则天闻报，也大吃一惊：这个李显，太没有城府！如此任性，如此荒唐没出息，将来让他掌握了朝中实权，天下不知道会乱成什么样子！怎能做一国之主？而且她是一个很警觉的人。在中宗的话里，有借外戚以自重的意思，这是一个极其危险的信号，她不能不认真对待。

其实，李显之所以要提拔老岳丈，不大像要扶植外戚与母后抗衡的意思，不过就是满足一下虚荣心。母后的权力有多大，裴炎的势力有多大，他还是基本有数的。别说一个老丈人，就是有十个老丈人也无济于事。他只是气裴炎不把自己放在眼里。

面对这么一个活宝皇帝，武则天该怎么办？

以前为了李弘和李贤的事，已经让朝野震动，舆论压力很大了。如今高宗刚逝，李显做皇帝没有几天，再次下手的话，宗室、朝野会怎么想？会不会借此发动兵变？

放到别人身上，也许会举棋不定。但武则天办事果决，从不拖泥带水。风险固然有,总比祸国殃民强。虽然武则天也会任用亲信,任用佞臣,但总体来讲她能控制他们。但中宗不一样,完全是被人控制,随心所欲。所以冲着中宗那句话,就不可一日为君。经过再三考虑,她决定——废帝!

恰好裴炎也有此意。接下来,武则天与裴炎一起商定具体措施,将所有部署逐一安排好,废黜中宗的"太后令"也由裴炎起草好了。双方密谋了近一个月之后,大幕拉开。

嗣圣元年(684年)二月初六,洛阳宫朝门外等候上朝的文武大臣突然得到通知,说太后口谕,本日早朝改在正殿乾元殿举行。

这个紧急会议,开得有些蹊跷:一是自打显庆二年(657年)五月起,因天下无虞,皇帝就是单日上朝、双日休息。初六是双日,如何要突然上朝议事?二是按照惯例,乾元殿是朝议大事的地方,只有在元旦、除夕,以及太子即位或立后等大事的时候,才在乾元殿朝会。

中宗觉得有点蹊跷,那天早晨中宗前往乾元殿之前曾对韦皇后嘀咕,不知太后葫芦里卖什么药?好好的怎么到乾元殿去早朝呢?中宗不知道乾元殿的早朝是专门为他安排的鸿门宴。

文武百官更加不明就里,都莫名其妙地来到乾元殿,却发觉这里的气氛也大为异常,殿周围三步一岗,五步一哨,大殿里刀光耀目、铠甲鲜明,一派肃杀气氛。羽林军提枪带刀地守在大殿四周,左、右羽林将军程务挺和张虔勖各率麾下的军士站在朝堂两侧,都虎视眈眈地看着前来上朝的大臣。这是要干吗?中宗和百官都在闷葫芦里,面面相觑。

程务挺按剑在手,站在殿门口喝道:"请各位大臣按班排好!"众文武慌忙各站各位,也不敢说话,都把眼光投向大殿的门口。

一会儿,中宗皇帝李显驾到。一看场面比平时隆重,李显不禁有些自得,大摇大摆地走上御台,一屁股坐在龙椅上,朝旁边的近侍点点头,意思是朝贺可以开始了。

近侍刚想指挥群臣磕头,只见宰相裴炎出班,当众高声宣读"太后令":中宗昏庸无德,不堪为一国之主,着废为庐陵王。命令宣罢,立命卫士扶中宗下殿。

中宗站在龙榻下,朝身后木然顾盼,他的脸上一半愤怒一半茫然:"我何罪?"

帘子后,传来武则天的威严之声:"汝欲以天下与韦玄贞,何得无罪?"

李显顿时就没了话说。可怜的中宗只做了四十四天的皇帝就被母亲给拉了下来。押下殿后,被幽禁在别殿。当他后来与韦氏在禁宫别苑相拥而泣,想起短暂的帝王生涯似乎是南柯之梦。中宗后来常常为那句轻狂之言后悔不迭,他认为那是所有灾祸的起源,而聪慧的韦氏则冷笑着告诉他,千万别那么想,那不过是你母亲的一个借口。大唐天下不会姓韦,却迟早会姓武的。

可怜的中宗,你既没有政权也没有军权,就想和母后争权,实在是痴人说梦,难道他以为一个皇帝的名号别人就怕了?更何况,他选择建立自己班底的对象也错了,不去想法子拉拢宰相裴炎、将军程务挺等人,却去捧一个没有任何支撑的岳父,把所有获取权力的道路都堵死了,还想获得权力?当年武则天扳倒长孙无忌和武则天之前可是极尽笼络之能事,直到最后一击。唉,快三十岁的人就这种水平?武后何以生此愚儿?

韦后和皇太孙、中宗的长子李重照也同时被废,韦玄贞被流放到钦州(今广西钦州),其余韦氏家属流配岭南。

李显被废得确实很冤,他的老丈人更冤,这个韦玄贞还真不是个热衷于权谋的人。据说,他为人淡泊,喜欢游山玩水,原先不过是个小小的文吏,估计性情跟陶渊明差不多。因为皇帝的一句话,韦玄贞一家也跟着倒了大霉,他后来就死在了流放地。老伴更惨,被当地首领杀死。韦氏的四个兄弟中,有两个弟弟禁不起折腾,也死在了钦州。

直挨到武则天执政后期，废帝梦游似的复辟了，才把老丈人的其余家属接了回来。

太后这次的成功，首先是笼络住了宰相集团。

具体参与其事的裴炎、刘祎之、程务挺、张虔勖等大臣都具有浓厚的李唐色彩，所以没人敢说这是武氏政变。其次是抓牢了近卫武装：左右羽林军都是成立时间不长的禁军，太后没忘了把这两支武装牢牢控制在手里，急需时，就能做到刀剑出鞘。

但是，政变之后只能是换一个皇帝，而不是由武则天直接坐天下，否则她将立刻失去最有力的支持，而陷入"大唐逆贼"的泥淖。

第七十八回 一句玩笑笑脸成哭脸
两头密议议政变乱政

第七十九回　宁静致远李旦稳做嗣君
　　　　　　聪明反误李贤自缢成谜

　　嗣圣元年（684年）二月，在废黜李显的第二天，出于合法性的考虑，武则天迅速宣布，她的幼子豫王李旦为新的嗣君，是为睿宗。

　　睿宗李旦生于龙朔二年（662年）八月，是武则天的第四子，被立为皇帝时二十二岁。原名旭轮，刚出生就被封为殷王、领冀州大都督单于大都护、右金吾卫大将军；乾封元年（666年）徙封豫王；总章二年（669年）徙封冀王，这时把初名旭字去掉，就叫李轮；上元二年（675年）徙封相王，拜右卫大将军；仪凤二年（677年）改名李旦，徙封豫王。

　　按照过去的惯例，立豫王妃刘氏为皇后，这个刘氏就是刘审礼的孙女。刘审礼就是那个在对吐蕃的征战中，因为李敬玄不敢出兵，因而被俘死在吐蕃的那位。刘氏生睿宗长子宁王李宪，长女寿昌公主，四女代国公主李华。根据立嫡长的原则，刘后所生的永平郡王李成器立为皇太子，大赦天下。刘氏成为皇后的同时，另一妃窦氏也被封为德妃，这位窦德妃就是后来的唐玄宗李隆基的生母，只是此时窦氏还未生子。

　　李旦的情况又如何呢？《旧唐书》说他"谦恭孝友，好学，工草隶，尤爱文学训诂之学"。

　　睿宗为人谦恭好友，温文儒雅，知书识礼，工于书法，真草隶书都写得很好。为人谦虚谨慎，且对母亲极为孝顺，终生不违其言，这一点显然比其他儿子强。他好学多才，只是缺少大哥二哥的胆略。这也难怪，他是武后的第四个儿子，从小就知道上面有三个哥哥，哪会想到皇位竟然会轮到自己？所以，对政治既没经验也没野心，是个典型的文人。

这么多年来宫廷发生的斗争，他不闻不问；后来又接连发生了三个哥哥和母亲之间的复杂纠葛，也没见他有任何动静。作为政治漩涡中的皇子，他竟然好像透明的。

他的谦恭，固然一是出于对母亲的惧怕，但最重要的，还是他置身事外的性格使然。他不是韬光养晦，不露锋芒，卧薪尝胆，而是根本对权谋没什么兴趣。这时候突然变成活道具被摆在金銮殿上，纯属造化弄人。

不过，也正像所有的历史所述说的那样，太后和皇子建立不起平常百姓家的那种温馨的母子亲情。史称："自则天初临朝及革命之际，王室屡有变故，帝每恭俭退让，竟免于祸。"如今，历史把她们母子推上政治舞台了，一个是不称职也不想称职的皇帝，一个是形势所迫再无后路的皇太后，他们被冷冰冰的政治隔离着。

才不过个把月，又立一个新君，上次那三把火还没熄灭，又得再烧三把火了。武则天这次的第一把火烧的是自己的二儿子，流放到巴州的废太子李贤。

李贤虽然被流放，但他的危险性远大于李显，不可轻忽。因为四个儿子中唯有他才是真正有点儿反骨的。李贤曾经有造反之心，也不认武则天是生身之母，对她极为怨恨。而且很多老臣还惦记着远在天边的李贤，颇有迎他回朝的意愿。

政变后，武则天马上派左金吾将军丘神勣赶赴巴州，检查软禁中的废太子李贤住宅，并令严加戒备，以防有人利用废太子贤闹事，或者他本人揭竿而起。

这位丘神勣将军跑得倒也快，不到二十天就到了巴州，不仅检查了住所，还把李贤"幽于别室"。没想到，二月二十日（雍王墓志记载他死于二月二十日，章怀太子李弘的墓志则记载说他死于二十七日，《资治通鉴》又说是在三月五日，此从雍王墓志）当晚，废太子贤就死了。

对于李贤的不幸横死，两《唐书》和《资治通鉴》都言之凿凿，说是武后"逼令自杀"，三者的资料来源都是《则天实录》。

究竟这是不是出于武后的意思呢？

这个所谓的金吾将军，不过是个管理首都治安的武将，高级警督而已，没有太后的同意，他怎么有胆量逼死故太子？后来武则天对他的处理恰也证明了这一点。丘将军三下五除二完成任务，还都复命，武则天却又宣称他擅杀，把他贬为叠州（今甘肃迭部县）刺史，然而很快，又官复原职了。如果真是擅杀，他丘大将军脑袋搬家恐怕都是轻的，哪里还会有什么刺史做？

李贤死后，他的灵柩就地埋葬，直到中宗再次即位后才令太子贤当时唯一尚存的儿子邠王李守礼接回灵柩，陪葬乾陵。后来，到李旦二度登基，睿宗景云二年，才追赠李贤为太子，谥号"章怀"。后世也就习惯把他称为"章怀太子"。

庄子的书里说过："山中之木，以不材得终其天年。"李贤是武则天四个儿子中最有才气的一个，风流倜傥，千年之后也可以想见。可是不仅皇帝没当成，且死得最冤。

圣贤说得对啊——有才犹如红颜，是福是祸真的太不好说了。

顺带说一下，1971年陕西省博物院在乾陵东南方挖掘了章怀太子夫妻的合葬墓，可惜墓已经被盗墓贼光顾过，陪葬损失了一些，章怀太子夫妇的骸骨也残缺不全。但仍保存有一批陶俑和三彩殉葬品，墓中的壁画也保存完好。

此次挖掘还出土了神龙二年（706年）的《雍王墓志》与景云二年（711年）《章怀太子墓志》。其中，《章怀太子墓志》以骊姬谗害太子申生、江充谗害太子据的典故，比喻李贤谋反案的冤情。

今人若读到《后汉书》中有"章怀注"的词条，即是李贤带领儒士们撰写的。这位在历史上电光一闪的人物，留给后人的似乎唯有伤感。

第二把火烧的还是自己的儿子：曾经的中宗李显，现在的庐陵王。

上文说过，李显被废后武则天将他软禁了起来，当年四月与老婆孩子一起被迁到房州（今湖北房县）。到了地方，屁股还没坐热，又改迁均州（今湖北丹江口），被幽禁在他已故伯父李泰的故宅里。

可以想象，当中宗得知二哥李贤的死讯时，会以怎样的心情度过每一天，说他惶惶不可终日怕是非常恰当的。这位心里只装着老婆的废帝，果然沮丧得很，几次想自杀。多亏他那漂亮而又富于心计的老婆韦氏给他鼓劲，说："祸福倚伏，何常之有？岂失一死，何遽如是也？"倒霉最多不过倒一阵子，不可能一辈子翻不了身。谁都免不了一死，你急什么？

经过数次开导，这位废帝稍有振作，随之立下毒誓："一朝见天日，势不相禁忌！"这是说，我若翻了身，你愿意怎么干就怎么干！看来他还没吸取教训，以至于日后为自己招来杀身之祸，他老婆可比他妈狠多了，此乃后话。

第三把火终于轮到外人了。

风波过后，军队中出了一点小骚乱，驻扎玄武门的禁军——曾经参与废帝行动的十多个飞骑（皇家卫队）军士十来人到坊间喝酒。喝得昏天黑地的时候，有人开始说牢骚话："我们参与了废立皇帝的大事，却没有得到特别赏赐，朝庭真不够意思。早知道没有封赏，还不如拥戴庐陵王（李显）当皇帝，说不定赏赐还多些。"其余的人有的默不作声，有的表示赞同。

正在此时，座中一人突然灵机一动——这是个飞黄腾达的好机会！趁人不备，找了个借口起身偷偷溜走，直奔玄武门把这个消息上报。太后立即令羽林军出动包围了那间坊曲。飞骑们还在喝酒，全没把这几句牢骚话当回事，在场者全被逮捕。次日，太后下诏，发牢骚的那位飞骑，立即处斩，其余知情未报者处以绞刑。那位出卖同伴者，则被封为五品官。《资治通鉴》上说：告密之端自此兴矣。

— 355 —

第八十回 初露端倪太后临轩称制
恩威并重老臣忠心为国

在这一系列如搬家似的折腾之后，武则天喘了口气，环顾四周，猛然发现：怎么没有敌手了？顿时浑身不舒服。实在无聊，这位女版独孤九剑又开始了一系列的改革。

独孤九剑第一式：光宅元年（684年）二月十二日，武太后御武成殿，临轩称制。

史书记载：洛阳宫有三个向南的正门：中曰应天门、左曰兴教门、右曰光政门。自光政门向里走，先过广运门，再过明福门。和明福门并列着的是东西的武成门，从武成门进去，一个大殿便是武成殿。

二月十二日这一天，武则天大驾光临武成殿，睿宗也率群臣到达，再次尊母后为皇太后。十五日，太后临轩称制，令礼部尚书武承嗣册立李旦为新皇帝，却一直没有举行即位仪式。

什么叫"临轩"呢？就是上朝处理政事；而"称制"，就是自称为"朕"，以皇帝制诏的名义发号施令。这是武则天要将自己代君执政的行为合法化。

她是"倚楼听风雨"了，那她儿子新皇帝李旦干嘛去？也只好"淡看江湖路"了。幸好李旦够聪明，自此"居于别殿"，不再主动过问政事。这点让母后对他很满意。

武则天的议事地点，就在乾元殿后面的内朝宫宇紫宸殿里，垂下一幅浅紫色的幔帐来，坐在后面视朝。自此武后真正圣衷独断。据《唐六典》记载，洛阳宫里有紫宸殿这个名字，也可能因武则天是女性临朝，以紫色帐幔为帘，故有其名吧。这一年，武则天六十一岁，开始了长达六年的垂帘听政。

独孤九剑第二式：改年号。这是她的拿手好戏，自从她当上皇后，大唐的年号几乎是一年一变，有时甚至是一年数变。

光宅元年（684年）九月六日，武则天宣布大赦天下，改元"光宅"。这样一来，这一年就有了"嗣圣""文明""光宅"三个年号。第一个，是表示中宗上台；第二个，是表示睿宗即位；最后一个，则代表武则天名正言顺地临轩称制。

一直以来，都有一个问题让大家疑惑——她是什么时候想当女皇帝的？或许就是这个时候，她真的想做女皇帝了，而且想到了以周代唐的执行方式，证据就在她改元光宅这件事上。

光宅是什么意思？值得注意的是，这个年号非同寻常。

《尚书·尧典》里有一个序，是说"昔在帝尧，聪明文思，光宅天下，将逊于位，让于虞舜，作《尧典》"；西晋著名才子左思的《魏都赋》里面，则有"暨圣武之龙飞，肇受命而光宅"之句；另外，在唐人苏颋的《武懿宗墓志铭》中，有这样一句："先后于彼新邑，造我旧周；光宅四表，权制六合。"

"光宅"的意思，大约是指"使所居住的地方光彩熠熠"。《尧典》里说的是尧禅位的事，而《魏都赋》说的那个"圣武"是指什么呢？是指"魏太祖武皇帝"。这人是谁呢？曹操！

看到这个词的渊源，就可以窥见，武则天想当皇帝的念头，在此时已经相当明确了！武则天要于彼新邑，造我旧周，她要光宅四表，权制天下，开创一个新的时代。

独孤九剑第三式：东都洛阳改称神都，洛阳宫改称太初宫。

这看起来没什么的，但其中有一个隐蔽的因素：

洛阳是周朝的都城——西周的陪都，东周的首都。武太后一直向天下宣称武氏出自姬姓，为周平王少子之后。虽然历史上洛阳先后在汉末和晋末两次遭受浩劫，被夷为平地，但是由于隋炀帝不惜空耗国力地大加营建，洛阳的基础建设一点儿不比长安差，再加上洛阳的地理位置比长安优越，气候条件、交通条件也要胜过长安，无论是从文化底蕴和经济政治角度考虑，把洛阳作为将来周朝的首都是再理想不过了。武则天已经在考虑如何"重造大周"了。

独孤九剑第四式：她临轩称制后，就把大唐的旗帜易为金黄色，改八品以下官员旧服青色为碧色，更加使人如坠云雾的是，朝廷衙门及官职的名称，又一次被更换一新。

更换后的名称充满诗情画意：中书省为凤阁，门下省为鸾台，尚书省为文昌台；中书令（中书省最高长官）为内史，门下侍中为纳言，左仆射为文昌左相，右仆射为文昌右相；吏部为天官，户部为地官，礼部为春官，兵部为夏官，刑部为秋官，工部为冬官；御史台为左肃政台，增加一个右肃政台。其余的省、寺、监、率名称，都按各部门的职权令改名称，表示一个新时代的开始。

独孤九剑第五式：自我炒作。临轩称制可是个大台阶，百官称贺，并争着献"符瑞"，即所谓"瑞禾""瑞鸟""瑞麟""瑞云"等一系列吉兆，表示对皇太后的拥戴。

嵩阳令樊文献"瑞石"，武则天让他把"瑞石"取来在朝堂上让百官观看。尚书左丞冯元常出班奏称："状涉谄诈不可诬罔天下。"武则天很不高兴，把冯元常调出去做陇州（今陕甘一带）刺史。

独孤九剑第六式：鸡犬升天。武氏的侄儿一辈，武三思、武攸暨、武攸宁、武攸归、武攸望等，也都统统加官晋爵。在此之前早已得势的武承嗣，在政变之后就已被授为礼部尚书。当年二月太后册立"嗣皇帝"睿宗时，就是由武承嗣主持的典礼。

独孤九剑第七式：稳定后方。虽说自己坐镇神都（东都洛阳），但是长安毕竟是首都，也不能不管。她委任太常卿、检校豫王府长史王德真为侍中；中书侍郎、检校豫王府司马刘祎之为同中书门下省三品；左仆射、同中书门下三品、抗倭英雄（详情见白江口之战）刘仁轨为西京留守。把整个大后方交给他，这足以表示武则天对刘仁轨是多么信任，可惜，刘大人居然不领情！

原来，太后临轩称制，朝中议论归议论，却都知道独孤老太的手段，无人敢于当面指斥或犯颜直谏。唯有刚被任命为西京长安留守、已八十三岁高龄的老臣刘仁轨上表直谏。以年老为由，请求辞官；还提到当年汉朝的吕太后临朝任用外戚，留下祸害，希望武后还政睿宗。

表中有言曰："吕后见嗤于后代，禄、产贻祸于汉朝"，说的是汉初发生的重大宫廷变故，武则天心里是很清楚的。那是刘邦死后，懦弱的汉惠帝刘盈即位，大权落在母后吕雉的手中。吕后控制朝政十五年，封侄子吕产、吕禄为王，形成诸吕一派，排挤功臣、迫害刘氏宗亲，搞得乌烟瘴气。待吕后一死，高祖的亲信大臣周勃、陈平等人把诸吕一网打尽，朝野无不称快。吕氏弄得汉初政潮翻滚，人心不宁；而吕后成了外戚专权的反面教材，为后人嗤笑。

独孤九剑第八式：收买臣心。武则天一生都很"独"，唯我独尊，但是她还得顾大局。她知道刘仁轨在一班老臣心中的分量，也知道他提这建议是大公无私，于是以出奇的温和态度予以劝解。

她委派秘书监、侄子武承嗣带去一封自己的亲笔信，专程去长安城安慰刘仁轨。并回答了对汉初吕后专权的认识。

信写得恳切感人，甚至把刘仁轨比作萧何，说："昔汉以关中之事委萧何，今托公亦犹是矣。"她特地解释：自己临朝，是因为皇帝还不懂事，所以只是"且代亲政"。至于提到的吕后事例，武则天也没恼火，反而说"引喻良深，愧慰交集。公忠贞之操，终始不渝，劲直之风，古今罕比。初闻此语，能不悯然？静而思之，是为龟镜！况公先朝旧德，遐迩具瞻，愿以匡救为怀，无以暮年致请"。也就是说，

第八十回 初露端倪太后临轩称制 恩威并重老臣忠心为国

你提的意见我一开始很茫然，但仔细一想，可以有则改之无则加勉啊！

此信文辞华美，情挚感人，足以显示武则天政治家的气度和胸襟，她认为刘仁轨用吕后的事来劝告自己，展现了刘仁轨的品质，忠贞、耿正、高风亮节，能敢于直谏，是"劲直之风，古今罕比"。她真诚地表示，"初闻此语，能不惘然"，但静下来思考，真是一面明镜啊！所以，表示感动、惭愧和快慰。最后，武则天披沥胆表明心迹，劝老爷子还是以匡救天下为怀，作为先朝的老臣，不要丢下我们孤儿寡母不管，就不要以年老的借口告老还乡了。

刘仁轨收到武则天这封信，大感意外！估计当初他是下了掉脑袋的决心给独孤老太写信的。

看到自己尖刻地拿吕后比武则天，竟受到了尊重，做臣子的怎能不感动。至尊者把话说到这个份上，刘仁轨也就不好意思再坚持，于是再无话，一如既往，忠心耿耿地为太后做事，守好西京，哄好孩子。

当时，即位月余的中宗被废，朝野又起议论之风。李氏宗室、百官人等，都攻击武则天图谋取而代之。刘仁轨德高望重，把他安抚住，舆论也就渐渐平息了。以一种无声的力量，堵住了许多官员之口。

刘仁轨这么做当然不是希望武则天当皇帝，归根结底，他还是为了李唐江山。古代的中国就是这样，君主的性格、能力和品质，决定了一个国家的兴衰。从大唐开国时起，到"贞观之治"，再到"开元盛世"，李渊、李世民、武则天、李隆基就是四座首尾相连的桥梁，一步步把国运推上去。

很难想象，在太宗之后，高宗抑或李贤、李显、李旦，哪一个人可以完成这个任务？因此，武则天的"横加干涉"，无疑迎合了历史的期待。说她夺权的动机是个人欲望也好、是帝王野心也好，只要是于国家有益，就不应受到那么多指责。她的罪过多半因为她是个女人，她犯过的错误是每个大家都承认的"明君"都会犯的。如果她是个男人，恐怕早就被称作"武周盛世"了。

如果她在揽权之后不思进取，甚至扰乱朝纲，民不聊生，那么她只不过是个阴谋家。但是，这位六十老妇在完全掌握政权之后，还是有一番作为的，上承"贞观之治"，下启"开元盛世"，大唐盛世的帷幕，就是由她亲手拉开。仅此一点，她就足以屹立于历代"英主"的群像之列。

独孤九剑第九式：她要立庙。

就在改元十天之后，武则天之侄武承嗣上表，请太后追尊武氏祖先，立武氏七庙。"七庙"是什么呢？在古代礼制中，这是天子才享有的权利，即建立四亲庙（父、祖、曾祖、高祖）、二祧庙（高祖的父亲和祖父）和始祖庙。也就是《礼记·王制》里说的"天子七庙，三昭三穆，与太祖之庙而七"。到后来，"七庙"也泛指帝王的宗庙。

武承嗣的意思很明显，他是想顺势而动，鼓动太后建立新的"领导核心"。武则天也恰有此念，她认为，自己贵为太后，按礼却只能立"三庙"，显然是男女不平等。但是，这里有个很严重的问题——如果建七庙，那就成了天子之礼，属于僭越，又容易授人以柄。

她把这个烫手的山芋抛给了大臣，让他们去讨论，顺便探探口风。

裴炎终于反应过味儿来了——大唐天下，危矣！这个提议他坚决反对！

武则天只好稍稍做了一点儿让步：下诏在故乡文水立"五庙"。按古制，"五庙"是诸侯之礼，逊于天子。立五庙这件事，成了裴炎与武则天决裂的导火索。其实武则天对他还算不错，虽有所疏远，但比较倚重。裴炎却不领情，他不再抱有任何幻想，认定：一个当代的吕后，已经出现了！

政治气压之低，已是山雨欲来。

果然，就在武则天兴致勃勃地导演托古改制大戏的时候，忽然有急报传来："徐敬业据扬州起兵，自称上将，以匡复为辞。"

第八十回 初露端倪太后临轩称制 恩威并重老臣忠心为国

第八十一回 郁郁不得志诸豪杰聚义
空手套白狼徐敬业施计

刘仁轨被武则天拿下了，可是有一个人拍桌子了——凭什么你们吃肉我喝粥！这个人就是徐敬业。他就是武则天的得力臂膀、已故英国公、一代名将李勣（本姓徐，李渊念其战功赐姓李）的孙子徐敬业。

史载，此次起兵，主谋者是徐敬业和骆宾王，还有唐之奇、杜求仁、徐敬猷等。

李勣因为长子早死，死后爵位由嫡孙徐敬业继承，续封英国公，担任眉州（四川眉州）刺史。这位功臣之孙，并不是个纨绔子弟，还是有一些真本事的。他自幼练武，射艺过人，能走马如飞。长成后曾随李勣南北征战，十分勇猛。

此人有一点儿胆气，但他爷爷认为他未免太过狂妄。

据说，高宗时，有"群蛮"聚众为寇，官军讨之不利，于是派了徐敬业去做刺史。州府专门派了兵卒在郊外迎接他，徐敬业却让这些士兵们统统回家，自己单骑到府衙报了到。城外的"贼"们听说新刺史到了，都很紧张，磨刀擦枪严阵以待。

但徐敬业对贼事却一无所问，待处理完其他公务，才抬头问："贼安在？"部下答道："在南岸。"于是徐大人就带着两名下属前去查看，观者莫不惊骇——这刺史胆也忒大了！

"贼"们手执兵器远望，只见官船里就这么一个光杆司令，船中没藏人，也没有武器，不知这刺史玩的是什么猫腻，于是把营门一关，都藏了起来。徐敬业直入其营内，告之曰："国家知汝等为贪吏所害，非有他恶，可悉归田里。不走的，那可就是贼了！"

然后他回到衙署，召其"大帅"来问话，责备他们为何不早降，各打了数十板子，都遣散回家了。从此以后境内肃然，再也没人闹"贼"了。

李勣闻之，大为赏识他胆略，谓之："吾不如也"，但同时叹道："然破我家者必此儿！"老功臣毕竟见多识广，早就看出苗头不对。

起义的第二号人物骆宾王，名气就更大了。他是初唐赫赫有名的大诗人，与王勃、杨炯、卢照邻合称"初唐四杰"。

骆宾王七岁能诗，有"神童"之称。据说，《咏鹅》就是他七岁时所作。"鹅，鹅，鹅，曲项向天歌，白毛浮绿水，红掌拨清波。"这首诗，脍炙人口，流传至今，几乎家家小儿都会背诵。在"四杰"中，属他的诗作最多，尤擅七言长诗，名作《帝京篇》为初唐罕有的长篇，当时以为绝唱。他还曾久戍边城，写有不少边塞诗，诸如"晚风连朔气，新瓜照边秋。灶火通军壁，烽烟上戍楼"之类，气魄浩大，意境辽阔。

然而才高不等于懂政治，他在仕途上颇不顺利。

他父亲曾是博昌（今山东博兴）县令，死在任上。父亲死后，他颠沛流离，日子比较困苦。仪凤三年（678年），好不容易当上了侍御史。又因上书讽刺武后而入狱。他在狱中写的《咏蝉》诗云："露重飞难进，风多响易沉。无人信高洁，谁为表予心？"就是抒发那时悲愤心情的。次年，因为大赦天下被释放。

调露二年（680年），骆宾王出任临海（在今浙江台州）县丞，世称"骆临海"。但这种高人，终不是县级官场中的人物，郁郁不得志，遂弃官游广陵。他的仕途坎坷，既是由于爱说真话，也跟他恃才傲物有关系。据说，他的上级一般都认为他华而不实，行为不检点，好与下九流的人勾搭。估计他与上司经常互相鄙视吧。

骆大才子率真的个性，并不适合混迹官场，就算他们政变成功了，他身居高位，恐怕也免不了上官仪的下场。人有志向没错，也该先看清局势。当时天下承平，造福百姓的事很多呀！就凭骆宾王的才气和人气，编个史学名著，谁说不能流传千古，惠泽一方？创立个书院，谁说又不能授人以渔，教化一方？让自己活得更开心的事也不少啊！干吗非跟自己较劲呢？若他起义是心系苍生，此刻并没有生灵涂炭，需要他解救；若他是为了掌握更高的权力，像武则天那样过着如履薄冰的生活真的能让他快乐吗？一生都追求不适合自己的东西，或者说，总想通过错误的途径去实现自己的价值，是在向错误的目标努力。方向错了，过程又怎么会正确？

这个自认为怀才不遇的文人，是怎么和徐敬业搅到一起的呢？还有其他几位活宝，又是因何缘故，都凑到扬州去举义旗的呢？

说来很富有戏剧性，这就是所谓的"无巧不成书"吧。

就在光宅元年（684年）年初，徐敬业因贪污受贿（不知是否为诬告）被贬为柳州司马；他的弟弟徐敬猷（yóu）原为盩厔（今陕西周至）县令，被贬为庶民；盩厔尉魏思温曾经担任御史，也丢了官职。于是，哥儿几个开始了"三人行"，一路南下。

此时，另外两个角色，原给事中唐之奇也因事被贬为括苍（在今浙江丽水）县令，原詹事府司直杜求仁被贬为黟县（在今安徽）县令，也正好在南行途中。

也许是命中注定，这几个官场失意的人，在赶赴贬所的途中，在扬州鬼使神差地碰到了一块儿。偏巧骆宾王不早不晚，从临海弃职后，四处游逛来到了扬州。

伤心人对伤心人，酒酣之余，个个壮怀激烈，"各以失职怨望"。大家都不是庸碌之辈，落到这个地步，完全是苍天无眼。眼下万里投荒，前途渺茫，倘或不去赴任，又有杀身之祸，体制内的生活真不好过啊！渐渐地，众人又说到了时势，都觉得大唐今日外疲于戎狄、内困于水旱。朝中又是武氏临朝，杀太子，废皇帝，李唐已是名存实亡了！这几个人一致认定,所有不幸都是武太后的错。

说到激愤处,有人提议:干脆反了算了!

眼下太后正在忙于皇帝的废立,无心他顾,只要打出"匡复"旗号,宗室旧臣必会响应,天下可传檄而定。只要李氏重新当政,他们就是第一批功臣,前途无量,青史留名,岂不快哉?

于是,几个人都不走了,滞留在扬州,日夜密谋起兵!

这些人不是揭竿而起的农民,也不是民间地下宗教团体,都是被降职的官员,所以策划水平还是可圈可点的。

魏思温官虽小,却是有真才实学的人,被公推为军师。经过他的谋划,决定先拉拢他的好友,担任监察御史的薛仲璋——当今宰相裴炎的外甥,如果能够通过他再拉拢裴炎,事情必定能够成功。

魏思温与薛仲璋过去曾经共过事,两人意气相投。薛仲璋久已对太后专权不满,愿意共举大业。可是,几个光杆儿文官,要想拉杆子起义,人在哪儿?刀枪、马匹、经费在哪儿?这是需要好好筹划的。

魏思温是怎么"空手套白狼"的呢?

魏思温申请到江都(今江苏镇江一带)巡察,监察御史的工作原本就是巡察四方,监察官员的风纪,所以一申请就得到批准。九月,薛仲璋到达江都后,魏思温就收买了一个雍州人韦超,让他诬告扬州都督长史陈敬之谋反。都督府是一方军政机构,都督一职一般由亲王在京遥领,真正掌权的就是副职长史。长史要造反,这还了得吗?

薛仲璋心领神会,立刻以中央御史的身份逮捕并处死陈敬之,如此就轻而易举地控制了军事重镇扬州。

徐敬业早已准备妥帖,几天后,在一队仪仗的簇拥下,堂而皇之来到扬州都督府门前,自称是"奉旨"前来担任扬州司马。薛仲璋闻讯,也装模作样前来迎接。于是开始骗吃骗喝骗酒席。

吃饱喝足后,当着众官的面在薛仲璋面前告急:"高州(广东高州)酋长冯子猷谋反,请立即发兵讨伐!"薛仲璋就势命令打开府库和监狱,招募了在押犯、民工、壮丁百余人，统统发给武器盔甲，同时招兵买马。

这谎越撒越大了，扬州官员也有闻出不对味儿的。一名叫孙处行的参军，坚持要见圣旨才发兵，竟然被当场杀死，这一下立即威震当场，再也没人敢反对了。于是，他们控制了扬州的军队，正式打出"匡复"旗号，改回嗣圣元年中宗的年号。

接下来，正如当初武则天所料，这批叛乱分子果然利用她儿子的名义起兵。他们一方面打起匡复中宗（李显）的旗号，一方面又找个貌似李贤的人，扬言"李贤未死"，已逃来扬州。

接着又说李贤委任徐敬业为匡复府上将军，领扬州大都督。接着在扬州同时开三府：匡复府、英公府、扬州大都督府。一帮同党也各有分工，让唐之奇、杜求仁为左、右长史；李宗臣、薛仲璋为左、右司马；魏思温为军师，骆宾王为记室（秘书长）。其余党羽也授了"伪职"，迅速搭起一个领导班子。

他这里义旗一举，临近的楚州（今江苏淮河以南）司马李崇福也大为激动，他率领所属山阳、盐城、安宜三县兵卒响应。

唐代史上著名的"扬楚事变"就此爆发。

光宅元年（684年）九月二十九日，正式宣布起兵，招兵买马，十几天就纠集了十余万兵马！这支军队的构成多是城市流民，所以战斗力远不如快要饿死的农民。

第八十二回　荡气回肠檄文一篇打头阵
　　　　　　分崩离析意见两种埋伏笔

　　官有了，兵也有了，徐敬业就要开始造舆论了，他决定搞出一篇檄文，传之各地，宣布武则天的罪恶，号召天下为匡复庐陵王共同叛变。这写檄文的任务，"唐初四杰"之一、任叛军记室的骆宾王自然是当仁不让。

　　骆宾王本来就是满腹华章，有了这万众瞩目的机会，更是挥毫如飞，倚马立就，下笔如有神助。这文章仅五百余字，却写得翻江倒海，狂舞龙蛇。文章为骈体文，词双句偶，字字金石。这篇檄文在历史上很有名，开篇一句，就大义凛然，大爆武则天的私生活。

　　"伪临朝者武氏，人非温顺，地实寒微"，出身难道是缺点？徐敬业不过运气好，投胎到了贵族有钱人家庭，有什么值得骄傲的呢？况且，李勣的荣耀是谁给的？"昔充太宗下陈，曾以更衣入侍"，你亲眼看见了？"洎乎晚节，秽乱春宫"，其内容写她两度入宫。接着就是一句批判武氏的千古名句："入门见嫉，蛾眉不肯让人；掩袖工谗，狐媚偏能惑主"，如果李治是柳下惠，谁都诱惑不了。没有买方何来卖方？

　　"杀姊屠兄"，不要说她的姐姐武顺至今死因不明，就算真是武则天杀的，也难以赢得多少同情。伤害对自己恩重如山的亲妹妹，与妹夫偷情，很可能还想取而代之；至于她的哥哥，他们伤害武则天在先，再说也不是没给过他们机会。换了男人说不定做得更绝，包括某些曾

经被吹上天的所谓英主也一样。至少武则天没有把侄儿们一网打尽，可是唐太宗把十个侄儿斩尽杀绝。并不是说她这么做就多么正确，只是略作比较。

"弑君鸩母"，几乎所有的正史，包括大骂武则天的正史，都写得明明白白，李弘是病重而死。要是实在不信，也只能等哪天开棺验尸了；至于陷害皇后，夺得后位，当然不能说用诬陷的手段剥夺他人的生命，是正当的，但假设被王皇后害死的人是武则天呢？人们也会同情她吗？就算会，这样廉价的"马后炮同情"有什么意义吗？从这也可以看出，武则天应该没有虐杀王、萧，而是"鸩杀"，否则骆大才子绝不会放过这个诋毁武则天的机会，关于详情参见废后一节。

随后，再来点煽情的，"虺蜴为心，豺狼成性"，"人神之所共嫉，天地之所不容"，堆积污秽，对她造谣陷害。几十年了，她都听厌了，就没点儿新花招？

第二部分，写她阴谋夺取帝位的罪行。

"犹复包藏祸心，窥窃神器"，从历史发展看，这是句大实话。不过，"在其位谋其政"，当时武则天已经在那个位置上了，试问谁不想更进一步？何况是一辈子不服输的武则天。如果骆宾王起义成功了，谁敢打保票他就不会起篡位之心？"君之爱子，幽之于别宫；贼之宗盟，委之以重任"是说武则天幽禁亲子，重用佞臣。作为母亲，对孩子做出这种事，确实让人气愤，显得无情无义。但是和其他伟大的政治家比较一下呢？幽禁亲子，逼死亲子，甚至直接处死亲子这种事，从秦朝到汉朝，到大金国，到清朝，哪朝哪代没有？只不过都是父亲出手。难道只有男人才有行使政权的权力吗？再说武则天用人，她用人的层面是很丰富的，有小人，有佞臣，有溜须拍马者，也有直言敢谏者，有口齿伶俐的狄仁杰，也有木讷呆板的娄师德，甚至还有上官婉儿这样的仇人之后。大部分情况下，她能够控制这些各色各样的人。

"呜呼！霍子孟之不作，朱虚侯之已亡。燕啄皇孙，知汉祚之将尽；

龙漦（lí，龙的口水）帝后，识夏庭之遽衰。"熟练运用典故，把武则天比作吕后、赵飞燕、褒姒等红颜祸水。还是那句话，看结果，看当时的政局与国家发展，她到底为了什么"祸"了？

第三部分，对自己的主子大吹大捧，给天下众生指条明路。

"敬业，皇唐旧臣，公侯冢子，奉先君之成业，荷本朝之厚恩。"就是说徐敬业世受皇恩，现在报效皇恩的时候到了。直接把武则天放到了李唐的对立面。

然后呼吁天下有识之士弃暗投明，气势磅礴，激荡人心，笔意生辉，气吞山河。

"班声动而北风起，剑气冲而南斗平，喑鸣则山岳崩颓，叱咤则风云变色。以此制敌，何敌不摧？以此图功，何功不克？公等或居汉地，或协周亲，或膺重寄于话言，或受顾命于宣室，言犹在耳，忠岂忘心？一抔之土未干，六尺之孤何托？"

读到此处，武则天禁不住称赞道："能够写出这样文章的人确实是个人才，宰相居然没有发现这样的人才，竟然使他失意造反，不是宰相的过失吗？"裴炎大宰相面红耳赤，只有匍匐在地请罪的份儿。武太后在如此紧急的情况下，竟然欣赏起敌人的檄文来了！其镇定自若，就算是仇恨她的人，恐怕也要为之叹服。哪怕是政治秀，也秀得有水平，换了别人恐怕哭都来不及，还有心情秀吗？

最后，骆大才子激情奔涌，气吞山河，以无比豪迈之句收篇："请看今日之域中，竟是谁家之天下！"

——这就是古今闻名的《讨武曌檄》。

一篇《讨武曌檄》盖过骆宾王的无数诗作，被人们击节赞叹。这一篇皇皇檄文，端的是人间极品！既文辞华丽，又气势磅礴；既晓以大义，又诱以大利，做足了讨逆先攻心的文章。

这文字，简直当得百万雄兵。徐敬业不由大喜，命抄写数千份，发往各地。

从文字上说，这的确是篇千古奇文。但是，这几位忘了关键的一点——吃瓜群众要的是实惠！拜托接点儿地气好吗？

全篇攻击的只是武后的私德，这对于贵族、八卦记者和无聊而好奇心旺盛的看客或许有吸引力。凭这个让日日为衣食奔波的普通百姓起来造反，却是太空洞了。当政者的私德再差，对老百姓的生活有什么影响吗？没有！老百姓看重的是安定的生活，没有特别严重的暴政就行了，至于执政者是什么人，是男是女，是青面獠牙还是三头六臂，老百姓根本不在意。只有让百姓得到了真实的好处，他们才会支持你，道理就这么简单。想用空洞的大义让百姓为你拼命，那简直是幻想。

檄文好与不好不是战争成败的关键，关键是——徐敬业虽是名将之后，不乏勇气，但是揭竿而起做扫荡天下的大事，才识显然不够。扬州起事，从一开始他就犯了三个方面的错误。

就像刚才说的，首先，造反也是要有条件的，他们缺乏群众基础。

通常来说，造反最易成功的情况有两种：一种是在皇朝末世，皇帝昏聩，民不聊生，老百姓为奔个活路都愿意跟着闹，这是有民众利益做基础。另一种是军阀坐大，拥兵夺天下，这是有军事实力作为基础。

而大唐此时正处于上升期，仅仅是上层的政治空气有些紧张，老百姓却已安居乐业几十年了，也没有吃不上饭的问题，不可能出现一哄而起、传檄而定的局面。

唯一可利用的条件，就是有的士族或地方豪族对武氏的打压强烈不满，但这种矛盾也没到让他们"舍命陪君子"的程度。发牢骚他们在行，但让他们加入造反队伍，拿自己和整个家族的性命作赌注，就会踌躇不前。

其次是起义的名义有问题。

徐敬业打的这张感情牌，是"匡复李唐"。从骆宾王的檄文看，需要"匡复"的那个主子是中宗，求其次是逼迫武则天归政于睿宗。徐敬业大约确实想把庐陵王李显这张王牌握在手里，可是要把李显劫到扬州确实办不到，他想了一个馊主意，找了一个貌似废太子李贤的人，骗天下人说李贤未死，在扬州起兵的人就是由他指挥的。匡复军把这个假李贤当成金字招牌，"因奉以号令"。

这个画蛇添足的假李贤，使义军的政治意图处于混乱状态。李贤、中宗李显、睿宗李旦，你到底要挺哪一个？还是只是把他们当作招牌，根本就是想自立为王，所以哪个都无所谓？如果真是这样，那这明明白白就是叛乱，谁还敢来蹚这道浑水？

第三个问题是最要命的，在战略上也犯了错误。在进军方向上，义军首脑人物陷入了激烈的争论。北上还是南下，争个不休。

军师魏思温不愧是小诸葛，头脑清晰，所图者大。他提出，义军应及早渡过淮河北上，纠集山东、河北豪杰，兵锋直指神都洛阳，在都门与政府军决战。

他的理论，就是趁着人心可用，速战速决。打下或者围住东都，逼迫武则天下台。特别要避免长期作战，以免起义军后劲不支。这是很有眼光的看法。这个设想，有较大的取胜把握。因为义军突起，想跟着闹事捞一把的，大有人在，只要大军向西北一动，声势就会越来越大。朝廷方面仓促应战，内部纷争，虽兵多但不一定占强势地位。短时间之内，义军或许可以凭着旺盛气势破敌。

但是魏军师的那位旧友、裴炎的外甥薛仲璋则反对。

他说："金陵（南京）有王气，且有长江天险，足以当我的稳固后方，不如先取常（今江苏常州）、润（今江苏镇江）二州，稳定基业，然后再进兵中原。这样进可以攻，退可以守，才是最上策。"

他这一策，是谨慎的打法。他的如意算盘是先占住一块地盘再说，打赢了就轻取天下，打输了就割据称王。这种战略，在历代末世都有枭雄采用过，有的还据此成了大事。这一战略的根据是，义军兵弱，以不硬碰硬为好，先经营一块地方，待天下形势进一步大乱，再伺机北上问鼎中原。

但是，这一战略若要取胜，需要有一个前提条件，就是天下已经大乱，朝廷无力顾及地方上层出不穷的叛乱。前提是，义军本身不是朝廷要打击的主要目标，在义军根据地和京都之间，有其他更强的割据势力给你做屏障。本朝的高祖李渊和六百多年后的明太祖朱元璋，就是以这种策略拿下了天下。

但是，匡复军现在面临的情况不同。造反者仅此一家，别无分店，因此扬州义军就成为朝廷要全力打击的唯一目标。朝廷方面，不会让你慢慢去经营什么根据地，在短暂的筹备之后，朝廷征剿大军就会以泰山压顶之势杀过来，到时候义军又靠什么来抵挡？还有，那些"有贼心没贼胆"的人也必然要观望观望再说，你徘徊不进，人家当然不会把宝压在你身上。到时候人心涣散，再不能成事了。

所以，这个主意，实质上是个坐等挨打的计划。

两种意见，摆在徐敬业的面前。这是检验王者抑或流寇的试金石。

徐敬业大概惑于所谓"金陵王气"，选择了薛仲璋的意见。此建议一采纳，武太后就可以高枕无忧了。

第八十三回　激流暗涌后院起火　攘外安内裴炎遭祸

光宅元年（684年）十月初，事变警报传至神都洛阳，朝野气氛骤然紧张，但武则天却镇静自若。若是像一般妇人一样惊慌失措，岂不辜负了敌人送她的"妖妇"的美名？很大程度上，实在是敌人造就了她。

和这次起兵相比，她认为真正的心腹之患是身边的宰相裴炎！

裴炎是山西闻喜人。裴氏家族是山西有名的名门大族，在前朝出了不少高官名将，前文说过的立有赫赫战功的裴行俭也出身于山西闻喜世家。裴炎受到过传统良好教育，熟读儒家经史，尤其精《左氏春秋》。明经及第后，历任监察御史、起居舍人（史官）、黄门侍郎等职。

他在朝中的地位非常重要。武则天垂帘听政后，一手提拔他为同中书门下三品，进拜侍中，成了宰相。高宗崩逝，受诏顾命。武则天临朝执政后，对他倚为股肱，重用不疑，以当朝首辅宰相，加爵河东县侯。中宗李显荒谬，说了句"我就算把天下都给了我老丈人韦玄素又有何不可！"他力争死谏，依靠武则天废黜了中宗，立睿宗李旦为帝。若用"春秋大义"的儒家思想来衡量这一切，都是符合礼义传统的。

当初他的如意算盘是：睿宗即位，他做辅弼大臣，武则天撤回后宫做她的皇太后。

谁曾想，这个六十多岁的女人竟把皇帝弄到其他宫殿读书写字，自己临朝做起皇帝的事来。他心里好一顿翻腾，眼前便升起西汉吕后专

— 373 —

权的图景来，也就是"母鸡司晨"的强烈感觉。

再回忆一下，他死活不同意武则天"立七庙"可能是两人闹掰的前兆。

这"立七庙"是天子才享有的权利，详情见太后临轩称制一节。此后，裴炎一则心中烦恼，生怕李家天下被武则天霸占了去；二则也害怕，他知道皇太后何等人物，一旦报复起来他难以抵挡。

在这之后不久，发生了徐敬业在扬州叛乱之事。

而裴炎的外甥、监察御史薛仲璋从中央跑去扬州一起策划，成了叛乱的主谋。是否裴炎在中央策动，扬州的叛乱只是裴炎倾覆武后计划的组成部分？

根据唐开元时期的文人张鷟所撰的《朝野佥载》和《新唐书·裴炎传》所载，裴炎确实被拉下了水。有的后世史家也认为，没有裴炎的默许，薛仲璋决无胆量参与造反密谋。据说这其中的故事情节非常曲折动人。

为了拉裴炎下水，徐敬业让骆宾王想办法鼓动裴炎反叛。这骆宾王不愧是当世才子，鬼主意也有一大堆。他沉思一顿饭的工夫，就炮制出一首童谣来："一片火，两片火，绯衣小儿当殿坐。""一片火，两片火"，这就是"炎"字，"绯衣小儿"，就是"裴"字。当殿坐，也就是当皇帝。歌谣编好后，徐敬业就派人去裴炎家乡，教小孩们唱。这歌谣朗朗上口，很快连洛阳的小孩也都满街唱开了。

裴炎有所耳闻，就想找学者来问问歌谣的玄奥。实际那首浅陋的童谣满腹经纶的裴炎哪能不会解？不知道他是为了让别人说出来坚定自己的信心，还是写这段历史的人为了把二人拉到一块去牵强附会。总之，因为骆宾王名气大，裴炎就把他召来，送了他不少礼物，请他解释歌谣之意。骆大才子却不吭气。裴炎知道这一问的分量，便又送了伎女和骏马，可骆大才子依然淡定。后来又拿出古代忠臣烈士图来，同骆宾王一起观赏。当翻到司马懿的画像后，骆宾王突然站起来，欣然道：

"这才是英雄啊！自古大臣执政，多能谋夺社稷。"裴炎听了大喜。骆宾王看看已经做足了前戏，这才开口，假装不知道似的，请裴炎把歌谣内容说一说。裴炎说了，骆宾王便急忙离座，伏地下拜，说道："此真人主也！"

就这么，把裴大人给套了进来。于是，裴炎以真命天子的设想与徐敬业等合谋起兵，他在朝中作内应。

《朝野佥载》又载：裴炎致书扬州的徐敬业，只写了"青鹅"两个字。谁料想竟让武则天得到了这封信，群臣都不能解释"青鹅"的含义。武则天想了想告诉大家："青"字拆开来是"十二月"；"鹅"字是"我自与"之意。合起来是他裴炎要同扬州叛贼十二月发动叛乱，于是认定裴炎操纵扬州叛乱。《朝野佥载》是一部稗史笔记，虽然总体上可信度很高，但这个段子却未免太像个文学故事。

《新唐书》上还介绍：裴炎还策划，乘武则天八月中秋出游龙门时劫持她，逼她交权，归政睿宗。龙门在洛阳之南，又名伊阙，是洛阳名胜。武则天喜爱名胜，常去龙门。这才是真正高明的逼宫计，可惜天不灭曹，那一段时间阴雨连绵，武则天顿时没了兴致，取消了游龙门的计划，因此兵谏计划泡汤。此说已有司马光的《通鉴考异》确定为不实。

此事细节真真假假，众说纷纭，但是裴炎外甥薛仲璋却的确是在裴炎的帮助下，才如愿以偿赴江都巡视，进而策划叛乱的，裴炎就有了难以摆脱的嫌疑。

不过，到各地巡查本来就是薛仲璋的职责之一，裴炎也有可能是在不知情的情况下帮了他们。裴炎不是热血青年，他考虑的肯定要稍微多一些。要说几句"绯衣小儿当殿坐"的话就把他哄得找不着北，当朝宰相、托孤首辅的智商应该没这么低。

当初他和程务挺帮助太后废中宗，目的是要挺李旦，现在眼见得睿宗只是个傀儡，他当然愿意促使太后早日归政。可是作为朝中大佬，与小儿辈徐敬业谋划这些事，不免要为天下笑。且徐敬业这个人桀骜不驯，一旦辅佐睿宗成功，这小子还不是要一人独大？

不管别人怎么认为他，这不会影响他的仕途和命运，关键是武则天的态度。偏偏这个时候，裴炎自己不知收敛，依然强硬，触怒武则天。

第一件事是，扬州兵变警报传来后，武承嗣和武三思几次劝太后，找个借口把威望很高的韩王李元嘉、鲁王李灵夔等人给杀掉算了，以绝宗室之念。武则天就此事征询宰相意见，刘祎之、韦思谦都不敢表态，独有裴炎力争不可，武则天对此相当恼火。

第二件事是，接到徐敬业起兵的消息之后，太后立刻让裴炎准备征伐事宜，裴炎却拒不执行。武则天问裴炎："兵贵神迅，为什么你还不发兵？"裴大宰相义正词严地说："这次扬州事件是因为皇帝年长却始终无法亲政才引起的。如果太后把权力还给皇上，兵乱就会自然平息，所以不必派兵。"

武太后被踩到了痛脚，根本没有话理来反驳裴炎，其愤怒可想而知。

说这话时，裴炎何尝不知会有什么后果？这就是诤臣的风骨吧。

据此，《资治通鉴》的作者司马光就认定"炎欲示闲暇，不汲汲议诛讨"，是在故意拖延时间，让叛乱者有机会从容行事，再扩大事态，逼太后归政。那么他对武则天的态度，已昭然若揭。因此，后世史家普遍认为，裴炎即使没有"暗通"徐敬业，内心也是有所期待的，希望扬州举事能给武则天带来巨大压力，他也好趁机有所动作。这种说法还比较靠谱。

就因为如此，武太后对裴炎动了杀机。她不能确定有多少人和裴炎一样的心思：虽然不是明刀明枪叛乱，但摇摆不定，等着看她下台的好戏。"攘外必先安内"，看来，只有借裴大宰相的脑袋杀鸡给猴看了。所以严格地说，裴炎不是死于勾结叛乱，而是死于他的立场。武则天不能容忍自己一直倚重的大臣竟存有逼宫之念。

监察御史崔察看出了武后的心事，在朝会时上奏说："裴炎服事先朝二十余载，受遗命顾托，大权在己，若无异图，何故请太后归政？"

太后当然就坡下驴，借此上奏命令左肃政大夫骞味道、御史鱼承晔将裴炎下狱，审理此案。

有人出于一片好心偷偷地劝他顺从武太后的意思，裴炎说："宰相下狱，安有全理！"他明白太后的心思，知道这一关是过不去了。反正难逃一死，不如硬气些，还可以留个美名在后世，所以在史书上留下了裴炎"辞气不屈"的记载。

对裴炎的最后处理下达之前，朝臣们就裴炎的命运进行了一次激烈的御前会议。武则天当然不能以"立场问题"来处死重臣，所以明面上，她坚持裴炎勾结谋反。

当初扬州叛乱的消息传来，朝士们尚能稳得住架势；而当裴炎被捕入狱，却都激动起来，在朝堂上与太后发生激辩。

凤阁（中书省）的一把手纳言刘景先、二把手侍郎胡元范，都以身家性命担保裴炎无罪，奏道："裴炎乃社稷忠臣，有功于国，悉心奉上，天下所知，臣明其不反。"

太后说："炎反有端，顾卿不知耳。"就是说，裴炎已有了谋反的迹象了，只是你们不知道罢了。

两人急了，急不择言地回答："若裴炎为反，则臣等亦反也！"如果连裴炎这种忠贞之士也可以说他"谋反"，那我们也都该划入"谋反"的行列了。

太后见他们二人如此着急，仍笑着说："朕知裴炎反，知卿等不反。"

一时间，文武大臣都自愿替裴炎作不反的身证，但是"太后皆不纳"。

当然，另外一种表现也有，凤阁舍人（正五品、掌起草诏令）李景谌就极言他的老长官裴炎必反。下级官员为利益所驱动，有时的疯狂表现会出人意料！

就在朝廷热火朝天讨论之时，两个外援同时出现了，一个是裴炎的外援大将军程务挺；一个是武则天的外援老宰相刘仁轨。

在边防对付突厥的左武卫大将军程务挺上密表，内容是为裴炎申冤。

第八十三回 激流暗涌后院起火 攘外安内裴炎遭祸

早年，程务挺作为裴行俭的副将，在平定漠北突厥叛乱中立下大功。当初他对武则天可有恩：废中宗的时候，专门调他来洛阳保驾，他曾领兵入宫助裴炎一臂之力，是拥护太后临朝的功臣之一。后来武则天觉得形势平稳了，就派他去灵武镇守，还给他升了一级官职。

程务挺是军界实力派人物，又素与裴炎友善，他的表态，给了武则天不小的压力，她不能不有所顾忌。为防不测，她决定争取老将刘仁轨的支持。

前文讲到，刘仁轨本是文官，早年在平定百济的征战中任前线总指挥，那可是能文能武。本来对武则天一再"摘瓜"的行为颇有微词，在武则天任命他为西京留守时，还想辞官不干，是武则天一番推心置腹的话让他留下来继续卖命，此时正留守西京长安。

由于有前次两人达成的"谅解备忘录"，因此，此次她寻求刘仁轨的支持，非常顺利。

要知道，长安乃是唐主力军——"府兵"的驻扎地，大唐的安危，就系于刘仁轨一身。有了老将军的支持，武则天心里便有了底。

第八十四回 逞凶斗狠高层大换血
重用小人武后也无奈

光宅元年（684年）十月十八日，武则天终于出手了。她力排众议，斩裴炎于洛阳都亭驿之前街，并籍没其家财。

令人无比慨叹的是，等到法司派人前去裴炎家登记财物时，才发现，首席宰相家中竟无一石米的存粮，穷得基本是家徒四壁！查抄之人莫不怜之敬之，暗自叹息。

裴炎被处死后，他的年仅十七岁的侄子、太仆寺丞裴伷先上表请见太后。武则天居然出人意料地召见了他。

太后对裴伷先说："你伯父谋反，你又有什么话说？"裴伷先说："小臣是为陛下献计的，不敢讼冤！陛下你是李氏之妇（唉，堂堂武则天，混到这个份上，仍然没有独立人格），先帝弃天下，你亲理朝政，疏斥李氏，分封自己家里人，原本就是没有道理的，臣的伯父忠于李氏，反而被诬告获罪。臣为太后的声望丧失感到可惜，陛下应该早早地把政权还给儿子，在后宫里养老才是，这样宗族才可保全；不然，万一天下大乱，就没有办法补救了！"

太后大怒，骂道："胡说八道，小子你懂得什么？"命令把他拖下去，裴伷先被人架着往外走，仍回首三次大呼："听臣的话，不算晚！"武则天命人将裴伷打一百板子，然后流放到瀼州（广西上思），永远不许回来。

— 379 —

令武则天万万没有想到的是：她死后，人家裴伷先又大摇大摆地回来了！而且过得非常的滋润。不仅官位年年升，寿数更高，活到天宝年间，享年八十五六岁才死！（武则天才活到八十二岁。）

至于裴炎的那些"党羽"，武则天当然也不能就这么算了。

担保裴炎不反的那两位，刘景先和胡元范都因为不识时务地为裴炎辩解，被双双贬谪。刘景先被贬为吉州（今江西吉安）长史，胡元范被贬为琼州（今海南海口）刺史，后来死在琼州了。其余"冥顽不灵"的比如郭待举、韦弘敏也都贬到外地做刺史。

如果说裴炎被斩，以及几个和他同气相求的宰相被贬，还算是事出有因，那么，单于道安抚大使、左武卫大将军程务挺被卷进此案，则完全是冤枉的了。

程务挺在那样一个时刻写密信给武则天，为裴炎说情，正显出他的坦荡和顾全大局。如果他真是裴炎的同党，那时候就应该避嫌，稳住阵脚，看看风向再说，但他却是直言不讳地表了态。此外，用密信的方式，也说明他不想给武则天添麻烦，并没有公开自己的态度，免得推波助澜。当然，这事他完全可以撒手不管。但是程大将军性格刚直，为国为己他都是非说不可的。

更洗不清的是，其他不利因素也都在身上集结。扬州叛军中的两位头领唐之奇、杜求仁，又恰好与他友善。本来他的密信，就使武则天内心感到不悦，此时便有人进谗言，说："程务挺与裴炎、徐敬业通谋！"

这一下，武则天不能不感到震惊。程务挺位高权重，手握重兵，于西北独当一面，在文武大臣中威望甚高，万一真的是也有"异图"，其能量远远超过一介文士。对这一说法，武则天并未去求证，因为她认为，如果是真，求证无异于逼程务挺速反。干脆宁信其有，一起收拾掉算了。

为避免引起更大的震荡，对程务挺的处置，拖后了一个多月。

到十二月二十六日，徐敬业叛乱已完全平息后，武则天方才秘密派遣左鹰扬将军裴绍业，在军中斩了程务挺，同时株连全家。可怜将军为国戎马一生，死得不明不白。

他在前线，一向威震敌胆。稀奇的是，程务挺死后，经常被他打得抱头鼠窜的突厥人竟然为他立了一座庙，每次出征前都去祭祀，希望得到他灵魂护佑能够打胜仗……程将军要是死而有知肯定哭笑不得。

《旧唐书》里对程务挺评价很高，而且对他的死因也有独到的分析，说是"务挺勇力骁果，固有父风，英概辅时，克继洪烈；然而苟预废立，竟陷谗构。古之言曰：'恶之来也，如火之燎于原，不可向迩。'其是之谓乎！"

要说此案中最为冤枉的一个，是夏州（今内蒙古白城子亦即"统万城"旧址）都督王方翼。

还记得前文提到的那个大败突厥后被李治召见，上朝时衣服上还有血迹的王皇后的亲属吗？他与程务挺素来亲善，单凭这点，武则天就不能对他放心。下狱之后，大约发现他年老多病，反正也没多少日子可活了，就将他流放到崖州（今海南岛凉山）。不久他天命自终，死在那儿，终年六十四岁。

程务挺、王方翼都是守卫西疆国土的大将，立有许多战功，不幸被杀、被贬，实是一大损失。武则天枉杀无辜，确实反应过度。

她心中也常因矛盾而痛苦——朝中有功劳、有才干的文臣武将，多不能容忍她。他们不能接受她一个女人执政。她打心眼里鄙视那些小人，但那些小人往往对她极表忠诚。在本案中因告密、审案有功的人，其结局也很有戏剧性。

揭发裴炎谋反的崔察，被提拔为同平章事，接近宰相了，事后很快被罢职。

那个狂咬旧上司、认定裴炎谋反的李景谌，则升为同凤阁鸾台平章事，位列宰相。可是，拜相不到半个月，就给罢了职，让他去做司宾（鸿胪寺）少卿，这只比他原来的职务高一品。

顺便说一句，武则天的侄子武承嗣在此期间任同凤阁鸾台平章事，当了宰相，觉得他才能不及，一个多月后也免了。

主审官骞味道以本官代理内史，取代裴炎的位置。到了第二年，即垂拱元年（685年）三月，有个官员因故被贬职，就到他那里去申诉，说明情况，骞味道不敢作主承担责任，说："此太后处分！"就是说，这是太后决定的，你去找太后吧。而当时在场的同中书门下三品的刘祎之却说："根据所犯的错误，改任官职，是我向太后奏请的。"言外之意，有事找我，有错我负责。

武则天知道了这件事，便把骞味道贬为青州（今山东潍坊一带）刺史，升刘祎之太中大夫。她把这个事讲给大臣们听，说："君臣同体，岂得归恶于君，行善自取也！"

还有个更戏剧化的人物，就是传说中"死都不知道自己怎么死的"那号人物。

还和传说中的人物刘仁轨有关。西京留守刘仁轨深知裴炎为人，内心一直为他的屈死抱不平。他这次虽然支持了武则天，更大的原因是希望保持朝廷的稳定，而不是对裴炎有什么私怨。

裴炎刚被捕入狱时，郎将姜嗣宗因公事出使西京。西京留守刘仁轨问他东都洛阳发生的事情。他夸夸其谈，说自己早就看出裴炎有谋反的企图。刘仁轨对这种趋炎附势、见风使舵的无耻之徒非常鄙视，心中顿觉恶心，就反复问他："你早就觉察到裴炎要谋反吗？"姜嗣宗仍点头称是。

当姜嗣宗办完公事要回东都的时候，刘仁轨说："我有一封奏表，请你带回东都交给太后。"姜嗣宗欣然同意。

他带回刘仁轨的奏表呈给太后，还未及退出，太后急命人把他拉了下去，绞死在都亭——原来奏表上说："姜嗣宗自己说，他早知裴炎反情。知而不告朝廷，当死。"

处理这个"冤"死的姜嗣宗，武则天是上当了还是给刘仁轨一个面子？十有八九，她是为了安抚这位留守西京的重臣，借姜嗣宗的脑袋平息他的愤怒。太后在盛怒之中还能不杀裴炎的侄儿，难道连刘仁轨这种小把戏也看不出，刘仁轨固然是借刀杀人，太后也只是顺水推舟而已。

不幸的是，这年正月底留守西京的老臣刘仁轨辞世，享年八十四岁。他是个忠厚、正直、勤勉的人。他出自贫寒，做了高官从不傲贫，与旧时故人仍交好如初。他因忠厚质朴受到了武则天的倚重。他死后，武则天为他废朝三日，令百官赴吊，册赠开府仪同三司、并州大都督，陪葬乾陵，赐其食邑三百户。

从武则天对刘仁轨等人的态度看，如果众臣接受武则天，抛除"牝鸡司晨"的成见，真诚待她，虚心服务，武则天也许不会成为大肆诛杀反对派的女皇帝，她执政中的悲剧也可能不会一再上演。

第八十四回 逞凶斗狠高层大换血 重用小人武后也无奈

第八十五回　犹豫不决李孝逸险失策　　大显身手魏元忠献巧计

处决裴炎后，武则天转过身来开始全力对付徐敬业。兵贵神速的道理她完全明白，这次叛乱如果不能迅速平息，会有后起之秀纷纷效法。

上文说到，武则天此时显出相当稳定的心理素质，指挥若定。徐敬业起兵在九月二十九日，她十月六日就令左玉铃卫大将军（此军职也为太后所改，原名领军卫）李孝逸为扬州道行军大总管，李知十、马敬臣为副帅，御史魏元忠为监军使，率领三十万大军讨伐徐敬业。

李孝逸是唐宗室淮安王李神通的儿子，说不上多么有能力，之所以要他带兵，是做给天下看的，毕竟李孝逸是正牌李唐宗室，可以堵住天下悠悠众口。为保险起见，还给李孝逸派了个非常了得的监军——魏元忠。

这边徐敬业也动起来了，他令左长史唐之奇驻守已经攻下来的扬州，自己亲率主力渡江，猛扑润州（今江苏镇江）。担任润州刺史的不是别人，正是他的叔叔、李勣之子李思文。

徐敬业曾几次企图拉他一起叛变，可惜，他叔叔不赞成叛乱，早就跟武则天告了密。得知叛军来攻，就和司马刘延嗣一起发动百姓修城墙，训练士卒。

此时润州的唐军只有五千人马，再看城池：自开国以来就没修过。

难道大唐根本就没有地方防务吗？

原来，唐代实行的是府兵制，征来的兵都集中在约三百八十个"折冲府"中，这些折冲府主要分布在三个道，即关内道（拱卫京师）、河东道（防守太原）和河南道（拱卫神都）。其他地方的兵，非常之少。这就是所谓"强干弱枝"部署，即：只要能保住朝廷的中枢和北边就好，其他地方等出了事再说。以扬州都督府为例，举全府七个州的兵力，还不及关内道兵力的三十分之一。所以，润州被困，还要靠本州军民的力量先扛上一阵子，等候朝廷发兵来救。

义军来到润州城下，先是侄劝叔降。但李思文决不降，徐敬业只好发起猛攻。光宅元年（684年）十月十四日，李思文、刘延嗣和领兵前来支援的曲阿（今江苏丹阳）县令尹元贞战到力竭，都当了俘虏。

魏思温请求杀了李思文，以表示徐敬业为唐室"大义灭亲"的忠勇；警告其他敢于顽抗的州官，减轻今后攻城的难度。但徐敬业没答应，只是嘲笑道："叔叔和武氏一党，这么忠于她，应改姓武，今后就叫武思文好了！"

徐敬业还非常诚恳地劝刘延嗣入伙，刘延嗣不干，徐敬业大怒，要把他当场斩了。这次轮到魏思温不答应了——这刘延嗣乃是他的故交。随后，李思文和刘延嗣一起被关进了狱中。至于县令尹元贞，又死不肯投降、又没人为他说好话，只好孤孤单单上了黄泉路。

眼见徐敬业旗开得胜，武则天哪是省油的灯。为给徐敬业心理打击，十月十九日，下诏削夺徐敬业已故祖父李勣和父亲李震等人的官爵；把这个忠心老臣的坟也给挖开了，砍烂棺木；撤销李氏赐姓，恢复徐姓。其余徐氏家属更是给杀个一干二净。有个别侥幸逃脱的，吓得跑到了吐蕃。

义军这边欢庆胜利的锣鼓还没敲响，情况又发生突变。就在润州被攻陷的同时，李孝逸率领的三十万征剿大军，已经逼近了叛乱的另一重镇——楚州。

魏思温担心的情况终于发生了：金陵的王气尚未借着，要杀草头王的政府军却已经开到!

徐敬业也知道不好,派韦超、尉迟昭守都梁山(今江苏盱眙县城及其周围山陵的统称);弟弟徐敬猷守淮阴;自己则来到前线,屯兵在高邮县的下阿溪(在江苏省盱眙和江都之间),来对付这个李孝逸。

李孝逸开始了闯关之旅,第一关——都梁山。李孝逸的大军这时已开到临淮,与盱眙隔河相望。两雄对决,必有一场恶战了!

首战,他派偏将雷仁智与义军交战,不利。义军气焰大盛,李孝逸心中害怕,于是按兵屯守不再进攻。两军在前线演开了"静坐战争"。

监军魏元忠,虽然是个文臣,却颇知兵。他见战况胶着,急了!对李孝逸说:"天下安危,在此一举!四方承平已久,听说有人起兵,都盼着尽快扑灭叛乱。你却率领大军在此逗留不进,远近都会失望。万一朝廷另外派人来代替将军你,你用什么言辞来辩解逗留之罪?最好是从速进兵,以立大功!否则祸患将至矣!"

这样一番连劝带吓唬,惊出了李孝逸一身冷汗!急忙下令继续进军,直奔都梁山,去找义军大将韦超交战。

征讨大军的副总管马敬臣奋勇当先,在阵前斩义军别将尉迟昭、夏侯瓒于马下。

大军千里而来,首次获胜!

这一仗,赢得很关键。从此,征讨军声威大震,义军渐有不支。

此时,正如魏元忠所言,武则天果然对前线施加压力,派左鹰杨大将军黑齿常之任江南道大总管(比李孝逸的扬州道大总管高了一个级别),统辖诸道援军,开赴前线。李孝逸闻讯,心里直发毛:黑齿将军此来,简直是杀鸡用牛刀么,是不是有取代前线主将的意思?必须得主动点儿了。于是李孝逸再发兵攻都梁山。无奈,义军大将韦超前面败了一阵,不敢贸然接招,就仗着山势险要,坚守不出。

这块顽石太难啃了,府兵又不是山地作战旅,还要不要再打下去?

李孝逸又犹豫了,他拿不定主意,便召集众将商议。

魏元忠力排众议："避坚攻瑕，是兵家之计。敌军的精锐，都在下阿溪，这种乌合之众，利在速战速决，只要一胜利他们就会有士气，但一旦失败就会想到如何自保逃命。而徐敬猷原是个赌徒，韦超等人也非宿将，兵又单弱，易为我克。徐敬业虽欲往援，势必赶不及。我军击败韦超等两贼，再乘胜进击叛军巢穴，彼方虽有韩信、白起，也恐不能抵挡。"

任何一种兵法，都必须是"应运而生"，根据当时的形势采取决策，而不是盲目看人家怎么做自己也怎么来。魏元忠分析了对方的士兵和将领，言辞十分恳切。

李孝逸采纳了魏元忠的建议——一位将军本身没有大本事不要紧，但是能够听取正确意见也足以成为名将。他当下敲定：从易到难，先灭韦超，再灭敬猷，最后击敬业。

于是引兵出击都梁山，激战一整日，终于荡平都梁山义军。韦超发挥"易容术"，乔装改扮，趁夜遁逃。

闯关第二关——淮阴。都梁山一战是自讨伐以来的第一个大捷，三军无不欢呼雀跃。李孝逸也来了精神，乘胜趋进，直击淮阴。

淮阴城在淮水之南（古人称山南水北为"阳"，山北水南为"阴"），城池险固，但守将徐敬猷只懂玩牌，哪里见过这阵势，吓得不知所措。李孝逸督军大举攻城，一鼓作气拿了下来。徐敬猷则发挥"遁地术"，从暗道溜出城去，仅以身脱逃，回到了徐敬业的军营。

闯关第三关——高邮的下阿溪。徐敬业连闻败报，懊恼不已，沿下阿溪布防，誓与李孝逸一决高下。那边厢，李孝逸也领兵进入扬州府地界，直抵下阿溪北岸驻下，两军隔溪相望。

生死决战，就在明朝！

不过，今晚月色朦胧，也不能浪费。

到了晚上，官军的后军总管苏孝祥率兵五千，乘小船悄悄渡河，偷袭徐敬业。

哪知，徐敬业毕竟也经历过沙场，早料到官军会有这一手，已布下天罗地网。等官军接近，一声号炮，伏兵铺天盖地杀出，将渡河官军杀得大败。其余残兵被逼至水边，投水而死者过半！

这一仗，打得太惨烈。义军一扫多日颓靡，士气陡然高涨！徐敬业终于露了一手，得意洋洋。

苏孝祥死在乱军中，左豹韬卫长上果毅都尉成三郎被俘，压送江都。义军统帅唐之奇为激励士气，指着他对部众说："此李孝逸也！"随后下令斩之。

哪知道这成三郎是个不怕死的，虽即将临刑，仍大呼："我果毅成三郎，非李将军也。官军今大至矣，尔曹破在朝夕。我死，妻子受荣；尔死，家口配没，终不及我！"

其凛然正气，威慑敌胆，最终不屈而死！

这位忠勇的成三郎，是幽州渔阳（今北京密云）人。光宅年，任"左豹韬卫长上果毅都尉"。这个所谓"左豹韬卫"，就是守卫皇城的十二卫之一。在唐代原来叫"左右威卫"，武则天在光宅元年改叫"左右豹韬卫"。而成三郎的官职"长上"是"卫"里的低级官员，在一个"卫"里就有二十五名，类似于现代的团级。

李孝逸闻前军败报，害怕起来，又想打退堂鼓，想退守石梁。

恰在此时，有探报来说，徐敬业的营地上空有许多乌鸦噪集。颇懂心理学又口才极佳的魏元忠等趁机再劝："这是贼势将败的预兆。乌鸟集幕，势必空营。然而徐敬业尚未退，鸟已先集，岂不是将覆灭么？现在正是顺风，芦苇干枯，用火攻有利，此时决不能退却！"

此时官军的位置，在义军西北方向，正好借冬天的西北风放火。李孝逸听了，极口称善，于是命军士各持火种，跨溪再战。

这边徐敬业正要挥军截击，不想对面官军强弓火箭接连射来。溪边芦苇甚多，正值冬天干燥，朔风猛厉，霎时四面延烧，卷入阵中。义军立足不住，纷纷后退。

徐敬业还想抵抗一阵，急命部下调整位置。这却是一着致命错棋：紧急中临时调动军阵，反而闹得自己营垒大乱。李孝逸见义军混乱，便督军疾进，一顿乱杀，斩义军七千余人。直杀得溪流皆赤，岸草尽红，为逃避火烧而跳水淹死的不计其数，真是水深火热呀！

这把火烧得义军的主力彻底崩溃。

徐敬业、徐敬猷、骆宾王等一干首脑人物带领少数士兵狼狈逃入江都。李孝逸哪里肯放过残贼，紧接着就追踪而至。

徐敬业料知江都不能再守，携了妻小，带着一队人马奔往润州，打算去镇守润州的义军刺史李宗臣那里落脚，以图东山再起。

此时，徐敬业可是头号通缉犯，他怕在途中被官军截击，就先潜入蒜山。写了信让李宗臣发兵来接应。可是，这一行人在慌乱中将原定的联系信物丢失，小卒只拿了信件跑去润州，李宗臣以为有诈——别是官军使的调虎离山之计！于是不理。徐敬业一行人见没有回音，以为李宗臣已经降了官军，大感绝望。

一行人不敢停留，连忙乘舟潜入长江，又意欲坐船出海到辽东避难。没想到，天不佑徐，航行至海陵（今江苏泰州），遇上大风，船只无法出海，而追兵将至。

穷途末路至此，就算再有信念的人也不免恐慌，况且众人造反，大多还不是为了谋个好前途，有几个真信了匡复大唐那一套？光宅元年（684年）十一月十八日，徐敬业的部将王那相，见大势已去，生了叛变之心，便鼓动兵士杀了徐敬业、徐敬猷兄弟，以及其家属，共砍下二十五个首级，拿到李孝逸军前投降。

而徐敬业的余党唐之奇、魏思温、韦超、薛仲璋等逃散之人，也分别被李孝逸部下捕获处斩，传首神都，扬、润、楚三州悉平。在海陵败亡的这一天，唯有骆宾王不知下落。

此刻，大将军黑齿常之带援军赶到江都，已是乱党肃清，不劳他老人家动手了。

武则天随后下令，尽杀徐氏宗族，只有那个不降叛贼的李思文没有被连坐，并且因功官拜司仆少卿，后来又升了春官尚书。

　　武则天还专门召见了他，揶揄道："敬业改卿姓武，卿可便姓武吧。"事情至此还没完，后来又有人举报说，这个李思文原本是与徐敬业同谋的。于是，"武思文"被免官，还恢复徐姓，总算是保住了性命。

第八十六回　抓吏治号称垂拱而治
　　　　　　　设铜匦掀起热身运动

　　尘埃落定后，武则天环顾海内，一则以喜，一则以怒。喜的是小试牛刀就把内外的敌对势力给翦除了；怒的是她深为倚重的权臣，居然就在眼皮底下公然与她为敌。据此，她采取了两个行动，来宣泄自己的这种复杂心情。

　　一是改年号。次年正月初一，改元垂拱，同时大赦天下。

　　武则天一向都奉行"我的地盘我做主"，她才不管会不会给纪年带来混乱，想改就改。"垂拱"一词，来自《尚书·武成》篇，即"惇信明义，崇德报功，垂拱而天下治"。就是无为而治，让衣襟垂着不飘不摇、拱着手什么也不干，天下就太平了。这一年，武则天六十二岁，从少女时代奋斗到执掌乾坤的太后，她既有睥睨当世的自信，也有不愿再起风波的愿望。"垂拱"这个年号，恰好代表了她此时的心情。

　　另一件事是，她要好好训斥一下群臣。

　　多年来，她信任和提拔有才有德的大臣，视如心腹。但是这些人里面，有不少是穿起官服做官、脱下官服骂娘的角色，就是不能一条心。她知道，问题的症结就在于"女主当国"。假如她是个男人，能做到今天这个地步，朝士早就会歌功颂德了，但可恨儒家礼法衡量明君的标准，有一个附加条款，肯定不是"女士优先"了，是"女人除外"。而这个"女驭马师"又偏偏是一个无比倔强的女人，她就是不信，以

— 391 —

她的才干不能让这些人服她，不服她也绝不会后退。

在镇压了徐敬业、杀了程务挺之后不久，她特地把群臣召集起来训话。

看着殿上一排排冠带朱紫的男人，她在那片紫色的薄薄的帘幕后面站了起来，故意让这一排排男人能清楚地看见她虽年过花甲，却依然硬挺的、女人的身躯。然后，突然严肃地发问："朕并没有辜负天下，也没有辜负诸位大臣，你们说是不是？"

群臣齐声回答："是。"

武则天这天似乎有万千思绪，激动地继续说："朕辅政先帝二十余年，忧天下至矣！公卿富贵，都是朕赐予的；天下安乐，乃出自朕的治理。先帝弃世时，将天下交付给朕，朕不敢爱己身而爱百姓。如今为首叛乱者，皆出于将相，辜负朕何等之深！你们中有受遗命的老臣、倔强难制胜过裴炎的么？有将门贵种、纠合亡命之徒的本领胜过徐敬业的么？有握兵宿将、攻战必胜胜过于程务挺的么？此三人在群臣中素有威望，因不利于朕，朕乃杀之！"

群臣听到这里，已是战战兢兢，大气不敢出：太后这一番疾言厉色是要干什么？

最后，武则天斩钉截铁地说："你们之中，有能超过裴炎、徐敬业、程务挺的，就请站出来反叛朕！不然就得好好服从，不要做出让天下笑话的事情来！"

武则天说完，压着怒火，缓缓坐了下来。群臣跪地，不敢仰视，异口同声地回答："唯太后所使！"任凭太后吩咐。

这是武则天对群臣的敲山震虎。在历史上，最高掌政者跟臣子这样叫板的情况，十分罕见。此段由《资治通鉴》注引《唐统纪》，而《考异》认为"恐武后亦不至轻浅如此。今不取"。实则，武后为情势所迫是能做到的，这倒很符合她的风格。

自从上次临轩称制，也就是自称"朕"以来，武则天当皇帝的想法越发清晰了。

她是被"三从四德"的儒家观念给逼的。只要她是个女人，就不能拥有权力，否则，"不从"就是"不德"。你是女人你就得听男人安排，如果想安排男人，就是"大逆不道"。说白了，女人被支配、被压迫男人才能满意。一旦她做了皇帝，就可以用儒家的"三纲五常"来压制"三从四德"。不要忘了，"三纲"的第一纲是君为臣纲！

几十年来，她辅佐丈夫、代表幼子，大家都骂她是吕后。自己当了皇帝，那就大不同了，只要自己的皇朝寿命足够长，后人总要承认开国皇帝是正统——哪怕是一只母鸡。她当皇帝的念头，差不多都是反对她的人教给她的。一个人本来不是贼，大家一次次哄说他是，说不定哪天一气之下便做了贼。

她做的就是男人的事、皇帝的事，事实证明她能做好。她治国的成果，好过古往今来不知多少皇帝，那为什么就不能当女皇呢？

做出了这样的决定之后，她在垂拱元年（685年）之后所做的一切，就都是为当皇帝而进行的预热了。

准备动作一：大开仕途。

武则天想做一只打鸣的母鸡，官僚集团基本不支持，那么，她就得有自己的队伍。而这个忠于自己的队伍从哪儿来？唯有破格聘用！所以，"大换血"不管名义上叫什么，实质上都是为了建立一支新的"嫡系班底"。

垂拱元年五月，她正式实施了太宗曾有过的打算，允许百姓和低级官员自荐，下诏对"内外九品以上及百姓，咸令自举"。这是中国历史上针对性最广泛的一份求贤令。

可是，那不是鱼鳖虾蟹都可以当官了，社会还成什么体统？

不怕，这一措施是有制约条款的。进来容易，当不好这个官儿，那就有可能掉脑袋，一点儿也不宽容。所以，报名前先摸摸自己的脖子。

准备动作二：抓吏治。

第八十六回　抓吏治号称垂拱而治　设铜匦掀起热身运动

一个政权，不管后代对它的合法性如何评价，如果吏治好，那么它的功绩是怎么也抹煞不了的。武则天抓吏治，就是普及她主编的《臣轨》。《臣轨》这部教材，还不完全是老生常谈，里面有点儿新东西，其中，"十大标准"可谓"官场宝典"。办公的，经商的，古今通用，老少咸宜。

一曰"同体"；为臣者要与君王同心同德，爱国恤人，尽职尽责。

二曰"至忠"；要以谦虚谨慎为本，功多而不言。要"推善于君"，把功劳记在君主的领导上；"引过在己"，勇于承担失误的责任。

三曰"守道"；做官要有"大道"在心，也就是辅佐君王、匡正时弊。要清心正身，做到"名不动心，利不动志"，勿以捞钱升官为第一要务。

四曰"公正"；其中包括三项基本原则，即"理官事，而不营私家""当公法，而不阿亲党""举贤才，而不避仇雠"。这三条，不太可能每个官员都做到，但提倡也是一种鲜明的态度。

五曰"匡谏"；要敢于矫正君主过失，以谏为忠，不避斧钺。其实，实行这一条还得分情况，有时候就算掉脑袋武则天也不会听。那又何必掉脑袋呢？

六曰"诚信"；对君主要以诚信作为忠的基础，对下属要以诚信作为笼络的手段。"上下通诚，信而不疑"，共建和谐社会。

七曰"慎密"；不泄露禁中之语，非所言者，勿言。

八曰"廉洁"；要"奉法以利人，不枉法以侵人"，不属于自己的，决不要拿。

九曰"良将"；这里的"将"，是指"将作"。也就是要多才多艺，机智果断，不能当只会吃喝享受的庸官。

十曰"利人"；其中包括"禁末作"，少修建没用的东西，少搞没用的庆典；"兴农功"，多关心百姓民生；"省徭轻赋"，不以征税多为荣；"务使家给人足"，要让百姓生活富足，不要有太多低保户。如果堂堂大国竟有百姓不能自给自足的，更有何夸耀？

这本《臣轨》，于垂拱元年写成，发给官员人手一册，据说功效很好。起码能让官僚们知道，上面喜欢什么、不喜欢什么。就算它是形式，好形式总比坏风气强，起码还有个引导人心的作用。

准备动作三：鼓励上访。

为了考查朝中大臣及地方官们的言行动态，并直接听取臣民谏言和冤抑之情，让下情顺利上达，垂拱元年（685年）二月七日，太后下令："朝堂所置登闻鼓及肺石，不须防守，凡是有挝鼓立石者，命御史受状以闻。"登闻鼓设于西朝堂外，肺石为红色，如肺，设于东朝堂外，让臣民百姓自由登石或击鼓，让御史接取状纸，直接呈给武则天本人。据说这就是后世升堂击鼓做法的雏形。

垂拱二年（686年）三月，她接受侍御史鱼承晔之子鱼保家的建议，让他制作了铜匦。这个器具很有特点：四面有四个小门，分为青、红、白、黑四色。从小洞口投进疏表后，别人就再也拿不出来了，只有负责官员开启机关才能取出，具有很高的保密功能。就是个内部结构复杂的意见箱。

她设"四匦"的目的是什么？有些学者说："整人！"不理解是因为不清楚事情的细节。真实的历史记录——

东面的青匦叫"延恩"匦，是个自荐匦，可以写你的自荐材料，包括个人的作品。是求才之路。

南面的红匦叫"招谏"匦，收集"论时政之得失"的各类意见。这是虚心纳谏，让官民畅所欲言，提供治国的正面建议和反面的教训。

西面的白匦叫"伸冤"匦，"有冤抑者投之"，百姓有要陈述冤屈的，可以往这里面投书，直接向中央申诉，免得州县官、或上下串通搞出冤狱，民不得申。

北面的黑匦叫"通玄"匦，有言天象灾变或要进献军机密计者投之。这个铜匦有点神秘色彩，在当时设此毫不奇怪，大家都有迷信思想。

为了不让四匦成为摆设，武则天不惜血本，规定：全国凡上京做那四件事的人，沿途都要提供驿马，按五品官的标准供给伙食，保证他们安全抵达，来京后安排在国家级宾馆里。接见后，武则天认为这人的办法好，就可以破格任用。有冤伸冤，有仇报仇，即使所言不实，也概不问罪。

是问：中国历史中哪朝哪代敢这么做呢？它不敢。所以，它说武则天是为了鼓励告密。

当然，作为一个皇帝，为巩固其统治地位，镇压、杀人在所难免。武则天用酷吏残杀李氏宗亲和反对她的官员，造成了许多冤狱，也是历史事实。但是，这和"四匦"治国是两回事。当时司法不健全，有些小人利用这个工具打击别人，也是副作用之一。

铜匦投入使用后，没想到它的发明者深受其害。

铜匦的发明者鱼保家的父亲鱼承晔，就是裴炎一案的主审官，深受太后信任。

鱼保家心灵手巧，据说他曾经教徐敬业制造刀剑弓弩，造出的东西十分精良，在战斗中给官军很大打击。徐敬业败亡后，因无人告发而免于追究。

结果铜匦刚一设置，就有人投书告发鱼保家"通贼"，他也因此掉了脑袋。估计告发者并不是拥护武则天的人，而是对临朝称制不满的人。过去之所以不告发，是因为念鱼保家赞助起义有功。而现在鱼保家帮助武则天，这些人也就坐不住了。

第八十七回　前仆后继反抗不断
　　　　　　　舆论造势河图洛书

在大张旗鼓地颁布《臣轨》之后，武则天又做了个让人都快不认识她的举动——为了缓和朝野对她执政的不满情绪，垂拱二年（686年）正月，武则天下诏"复政于皇帝"。

睿宗这一年已经二十四岁了，在古代这已经是非常成熟的年龄了，于是，他非但不喜，反而大为惊恐，上表坚决推辞。显然，这次下诏归政"效果不佳"，她还得继续临朝称制。

也许为了表达对李旦的感谢，她及时封了自己的孙子、睿宗的儿子为亲王：李成义封恒王、李隆基封楚王、李隆范封卫王、李隆业封赵王。

不过，当时朝廷内外的反对力量依然强大，她要顺利做女皇帝绝非易事。儒家那套思想毕竟控制中国千余年了，那些男人总想把她推回后宫，老老实实回去抱孙子。于是，双方开始新一轮的拉锯战。

垂拱二年十月，雍州新丰县（今陕西临潼）有山涌出，估计是地壳变迁。侍臣当然要说这是"祥瑞"。于是武则天大喜，改新丰县为庆山县。四方的官员也纷纷上贺表、拍马屁。

但民间有直率者，不信这一套。江陵人俞文俊上书说，地上冒出个土山来，那就跟人脸长痘痘一样，是地气不和所致。为何地气不和呢？是因为"今女主处阳位，反易于刚柔，故地气塞隔，而山变为灾。太后谓之庆山，臣以为非庆也！"

这话说得赤裸裸的，把武则天气了个半死，流放岭南。不过到后来还是没逃过一死，为"六道使"所杀。

不久，又发生了宰相刘祎之的案子。

刘祎之是武则天一手提拔的宰相，上文提到过他，就是有个官员被贬职，找上司申诉，骞味道不敢作主承担责任，说你贬官是太后的意思。而刘祎之却说有事找我，有错我负责。武则天知道这件事后，当然把他俩一个贬一个升。

先时，因为他姐姐是宫中的女官，武则天派他姐姐去看望荣国夫人，刘祎之当时年少轻狂也随去偷看，被流放。几年后武则天便把他召还，升为校检中书侍郎。

在上元元年（674年）他就被召入禁中，是赫赫有名的"北门学士"中的领衔人物。刘祎之笔头子快，倚马可待，那时朝廷的诏敕，几乎出自他一人之手。武则天对他也相当器重，令他参决时政，以分宰相权，临朝后又把他提为宰相。

垂拱三年（687年）五月，宰相刘祎之在与凤阁舍人贾大隐闲聊时，说了一句："太后既废昏立明，安用临朝称制？不如返政，以安天下之心。"

这个贾大隐随手就把自己的长官给卖了，向太后告了密。武则天很生气，恰在此时，有人告刘祎之（真怀疑这些人是从哪儿冒出来的？怎么武则天一看谁不顺眼，立马就有人出来告密）接受归诚州都督孙万荣的贿赂，并和许敬宗的小妾私通。武则天命肃州刺史王本立去拘捕刘祎之，审问此事。

王本立见到宰相大人，拿出武则天的敕令要宣读。刘祎之竟傲慢地说："不经凤阁鸾台，何名为敕？"凤阁就是中书省，是专门出旨的地方。刘祎之是凤阁侍郎，工作就是起草诏敕的，所以他根本就不承认太后敕令的权威性。

太后听说勃然大怒！李旦听说了这件事，便向太后求情。武则天更为恼怒，联想到刘祎之曾是李旦的老师，认为他们之间又有"别情"，于是下诏将刘祎之"赐死于家"。

反对她的人是长江后浪推前浪，依然没能实现武则天做皇帝的计划。

垂拱四年（688年）正月，她在神都洛阳立唐高祖、唐太宗、唐高宗三庙，同时又提出了那个老问题：为她武氏的先人立庙祭祀。

还记得她要"立七庙"结果被裴炎一脚踢回来的事吗？这回她可学乖了，犹抱琵琶半遮面地放话下去：你们讨论一下，要建的话，为武氏建几代几室的宗庙？

这显然是在试探。

司礼博士周惊嗅觉灵敏，马上就建议：这没问题，请立七室，减太庙（李唐宗庙）为五室。这绝对是不符合当时礼法的，这博士显然是看准了行情要投机。如果文武大臣都同意，就意味着武氏代李氏，武则天可能在立庙祭祀时就要宣布称帝了。

但是没想到，有人坚决反对。更没想到的是——这人不是别人，就是那个曾经向太后密告刘祎之的贾大隐，他说："按礼制，天子七庙，诸侯五庙，此乃百王不易之义。现在这个周博士胡说八道。太后功劳非常，光照天下，先庙当然可享诸侯之礼，国家宗庙则不应轻易改变。"

这番话，说得有理有据。武则天也无话可说，她想当皇帝不假，可是，很明显，她不想大动干戈，毁了国家的正常运转，于是否定了周博士的建议。她在登基的路途上费神缓冲小心过渡。

到了垂拱四年（688年）二月，这个总是让人目不暇接的女人又有了新名堂。她下令毁掉神都的乾元殿，在原地建一座"明堂"。

明堂是什么呢？相传为周公创制，是古代帝王做报告、祭祀、朝会的场所，在汉魏六朝多有建立，但是到了初唐，这明堂具体是什么样子，就无人可知了。不仅"巨儒硕学"说不上来，就是查遍典籍，也找不到线索。

— 399 —

高宗在世时，武则天就是建明堂的积极推动者。这次平定徐敬业之后，她发誓一定要建这东西了。建起这东西，不仅可以祭祖宗，还可以扬国威、镇邪气。此外还有一层意思她不能说，就是可以为她当皇帝制造气氛。

武则天是个执行力很强的人。她知道，这事要是交给儒士们去讨论，议来议去，又将一事无成，所以她不问诸儒，只与北门学士商议明堂的建法。

学士们都说，明堂应该建在皇宫三里之外、七里之内。武则天却嫌远，认为每次祭祀搬东西不方便，就"自我作古"——只要是我说的就是规矩——下令把乾元殿毁掉，就在皇宫里边建。建明堂的计划及蓝图很快在北门学士的共同策划下诞生了。

修建这个意识形态建筑，一共出动了万名役夫。总监工头儿，就是花和尚薛怀义。

垂拱四年（688年）四月，花样翻新，这回直奔主题了。有个名叫唐同泰的人，向朝廷进献了一块石头，上面刻有"圣母临人，永昌帝业"字样，据称是从洛水中打捞出来的。

她亲自给这块"人造石"起名为"宝图"。原来《周易·系辞》上有句话，叫"河出图，洛出书，圣人则之"。意思是古代黄河里曾发现图符，洛水里曾发现过文书，这是圣人出世、盛世到来的象征。

武则天得了这么个宝贝当然大悦，一高兴，赏！随手赏了唐同泰一个游击将军的官职。大臣们当然知道是怎么回事，不少人就上表祝贺，说生在这样一个好时代，真是无限荣幸啊。

武则天紧接着下诏，要亲拜洛水，举行接受"宝图"的仪式；还要在南郊祭天，以感谢上苍；礼毕，再移驾明堂，召见群臣。她要求各州的都督、刺史和宗室、外戚都要参加，在大典前十日就要齐集神都。

这又是一次盛大的庆典活动。到大典举行那一天，她亲率百官，浩浩荡荡到洛水举行拜洛受图大典。此刻，天光照耀，她就是眼前一切的主宰。武则天感慨万千，她知道那权杖已唾手可得。

在一系列大型活动之后，群臣心领神会，马上给武则天加了新的尊号——"圣母神皇"。这个称号，不伦不类，但是明显向皇位靠近了一大步。

七月，为此事又大赦天下。将"宝图"改称为"天授圣图"，洛水改称"永昌洛水"，封洛水之神为"显圣侯"，禁止在洛水打渔、垂钓，四时祭洛水。将宝图所出的小潭命名为"圣图泉"，把首先发现瑞石的"汜水"，改为广武。把出图的那个县改名"永昌县"。又改嵩山为"神岳"，封其山神为"天中王"，禁止在嵩山放牧、砍柴、采集野菜等。

这一系列意识形态花样，令人眼花缭乱，该明白的人也都明白了：中国马上就要出个女皇帝了！

第八十八回 信谣言正牌宗室起兵
定君心挂牌女皇动手

其实，在找到"宝图"、未封洛水之前，还有一段插曲。对武则天来说，也就是一曲《斗牛士》，对某些人来说，可能就是《安魂曲》了。

垂拱四年（688年），在武则天召集各地刺史和皇亲国戚齐聚洛水，准备拜洛神的时候，有一群人开始坐立不安，就是李唐宗室。

其实，武则天自从当了皇后，出于策略上的考虑，对高宗这一系的本家亲戚一直优礼有加，不像对自己的娘家亲戚那样约束得很严厉。这些亲王，一般又都兼任地方上的刺史，有封邑、有家奴、有官属、有实权，养尊处优，既富且贵。

武则天是个表现欲极佳，又爱凑热闹的人，这次她让皇亲国戚和官员都聚集到神都，无非也就是显摆一下自己，给自己拉点人气、赚点选票。可是，传到宗室耳朵里就变味了，什么"把我们都聚集到洛水是要赶尽杀绝"之类的谣言都出来了。

于是诸王开始串联，"密有匡复之志"。这里面最积极的，是越王李贞和琅琊王李冲父子俩。

越王李贞是太宗的第八子，为燕妃（当年曾随武后泰山封禅）所生，在贞观五年（631年）就封了王。武则天临朝后，还给他加了太子太傅衔，兼任豫州刺史。这个人比较有才，武能骑射，文通典籍，在宗室中也算是难得了。

李贞想作乱不是一天两天了。早在太后临朝称制时，他就联络诸王准备"拨乱反正"。但武则天当时防了他们一手，给他们加了官，另外高宗丧期也不便起兵，于是作罢。后来徐敬业反，诸王觉得徐是别有企图，再加上他们出身高贵，骨子里的骄傲不允许他们跟着外人造反，就没跟着干。而这次，连什么"河图""明堂"都出来了，他们不能再等了，决定联手起兵！

李冲率先招募了勇士，装备队伍，又串通好了几位驸马爷一块儿干。

范阳王李蔼向越王李贞建议，应该定一个统一的起义时间，届时四方一起发动，让太后顾不过来，则大事可成。李贞觉得这主意对，就定了一个时间，通告诸王，也要学黄巾徒众三十六方一起发动。

前面提到过的被武则天饿死的中宗前妻的生母常乐长公主，此时随丈夫被贬在寿州（今安徽淮南）。李贞要举兵，写了一封信给常乐公主的丈夫赵瑰，要求借道，常乐公主对送信的使者说："替我谢谢你们大王，与其进，不与其退，若诸王皆丈夫，不应拖延到今日。诸王乃国之懿亲、宗社所托，不舍生取义，尚何须邪！"

这话说得大义凛然，颇有丈夫气。说来奇怪，自唐太宗死了之后，唐皇室一直是阴盛阳衰，无论公主也好，皇后也好，都比男人更有主张。可能是大唐的社会风气形成了这个特点。

这次诸王连谋，来头确实不小。他们每个王差不多都拥有一州的行政和军事权，分布于各地，以皇族名义为号召，按理说应该比徐敬业闹的动静大。可是，再想想，这批人是什么素质？他们生来高贵，不谙民生，养尊处优，未经战阵。

果不其然，李贞的通知发出后，诸王就露了怯。平时说大话可以，一动真的，有的犹豫不决，有的仓促间募集不到士兵，还有的路远一时接不到通知。

这文齐武不齐的，时间一长，气可就泄了，也很容易走露风声。琅琊王李冲沉不住气，不等到父亲约好的时间，就抢先于垂拱四年（688年）

第八十八回 信谣言正牌宗室起兵 定君心挂牌女皇动手

— 403 —

八月十七日在博州（今山东聊城东北）发动了！

他想得好：一旦点火，还怕它不能燎原？

武则天在神都得到急报，莞尔一笑，马上命左金吾将军丘神勣（就是曾经在巴州逼死故太子李贤那位）为清平道行军大总管，率军讨伐这个不知好歹的宗室。

这个李冲的本领可真是不小：他募兵募了半天，仅募得五千人，比徐敬业的旬日之间招来十万人相差天地。但是开弓没有回头箭，五千兵卒也得打！不过在战略上他倒没犯徐敬业的错误，他打算渡过黄河去打济州（今山东聊城以西），然后直取神都！

但是在去济州的路上，有博州本境的武水县挡在道上。县令郭务悌名义上是李冲的下属，但是听说琅琊王兼刺史李冲造反了，他就不听这个上级的了，关起城门来拒守，赶紧向魏州刺史求援。

李冲叛军来到武水城下，记起当年朝廷就是用火攻灭了徐敬业的主力。于是依葫芦画瓢，决定用火攻。叛军用草车把县城南门塞住，趁风放火。

这一把火放起来，城里的两位县官都免不了要成"武水烤鸭"。拿下武水的话，攻济州也就多了几分把握。济州一下，天下就要震动，那局面也就活了！

这个计策本身没有什么错误，可谓是万无一失，但是，有句话叫"人算不如天算"，历史的细节由无数偶然所组成。离奇的是：火一放起来，天公不作美，南风一下就变为北风，火势倒转回来，烧着了叛军自己。李冲的人马只得急退，士气顿时大降。李冲手下的将领董玄寂偷着对人说："琅琊王与国家交战，此乃反也。故上天不佑，反致逆风。"

李冲听说，就下令杀了董玄寂。这一杀，出了大问题，本来兵卒就是裹胁来的，一见自己人杀自己人，就都一哄而散，窜入草泽之中。李冲吆喝也吆喝不住。

这一来，他身边只剩下左右家奴几十人了。

到八月二十三日，起事不过七天，李冲见大势已去，只好慌忙带着余众退回博州。哪知道，他刚一进城门，就被守城将士抓住，不由分说，砍下了脑袋，结局自然也是"传首神都"了。

李冲到死也不明白，平日在背后发牢骚时一呼百应，怎么一起兵就成了孤家寡人？

李贞在筹备发动时，曾派使者去串联东莞公李融，约定同时起事。但是，李融仓促间发动不了，在下属官员的逼迫下，只好把使者先逮起来，等待事态发展。这样的王爷，这样的能耐，栽到武则天手里也不算冤！

此刻，丘神勣刚带兵赶到博州，已无叛可平。这个丘大将军又来了蛮劲儿，认为自己不能白跑一趟，他对这些立了功的人不仅不加以抚慰，反而统统以通敌罪杀掉，借以邀功。

话说李冲的父亲李贞听说儿子抢先起兵，知道事情拖不得，于是八月二十五日也在豫州（今河南汝南）仓促起兵。这时，李冲的脑袋掉了已有两天了，但因为消息不通，李贞并不知道。

五天后，武则天听说越王李贞也发动了，知道叛乱闹大了。豫州离京城较近，且老王爷也有点儿韬略，一点没含糊，派大兵围剿，命左豹韬大将军麴崇裕为中军大总管，发兵十万讨之。她还担心战场上将军们协调不好，又派了凤阁侍郎张光辅为诸军节度。

越王李贞到底是经验丰富一些，一出兵，就拿下了上蔡（今属河南）。这个势头本来不错，但是恰在此时，他得知儿子已经掉了脑袋，心里大为恐慌，竟然想罢兵，打算把自己绑了，到皇宫去请罪。看来老王爷是白读了一肚皮的书，造反了居然还想活命？可巧在这时，他的下属、新蔡县令傅延庆率勇士两千人前来参加起义，李贞这才有了点儿胆量，决心继续干。

为了鼓舞士气，老王爷哄骗大家说："琅琊王（他儿子李冲）已破魏、相数州，有兵二十万，朝夕即到。"

第八十八回 信谣言正牌宗室起兵 定君心挂牌女皇动手

— 405 —

接着就在属县征兵，一下征得了七千人，这样子东拼西凑约有万把人。他把这些人分为五营，自领中营，其余各属县的僚佐都封了官，各带一部。又把这乌合之众中的五百余人封了九品以上的官职。

此刻时间就是生命，可是李贞只顾在豫州城里建府封官，没有扩大攻克上蔡的战果，没有继续攻城略地以引起全国响应。

十几天后，麴崇裕带领的讨伐军开到，在距豫州四十里外扎下大营，就等机会收拾这伙叛贼了。

老王爷是怎么应对的呢？他发动道士、僧侣诵经念咒，求大事成功；还给将士们都发了"避兵符"，说是戴上它就可以刀枪不入。估计要是武则天知道了能笑出声来。

跟着他起事的属官和士兵，大部分都是被胁迫的，本无斗志。只有他的女婿裴守德武艺高强，愿意为之卖命。李贞嘉许其忠勇，就让小儿子李规和这位裴大将军带兵出城迎战。

两边刚一交手，素质高下立见分晓。叛军一触即溃，裴守德浑身是血，狼狈逃回豫州城。李贞吓得魂飞魄散，不知如何是好，只能坚守城门不出。没等他想出办法，征讨大军已经到了城下，把豫州围了个水泄不通。

老王爷在城头一看，征讨大军铺天盖地、军容甚盛，知道今番是完了，不由得连声叹息。昔日诸王恨不得要吃了武则天的勇气，早跑得一干二净。哪有什么群雄并起？只有这孤城一座，无可奈何。

拖了几日，越王李贞手下的将领进言道："事既如此，王岂得坐等受戮之辱，当须自为计！"事已至此，还有何计呢？李贞想想，只得和小儿子李规服毒自尽。女婿裴守德也自缢而死。余下的家仆纷纷放下武器就擒。

越王的这次造反，比他儿子造反的时间长一点儿，但也不过十七天。武则天非常满意——一点没耽误她游洛水的时间。

越王李贞败亡不久，太后想把韩王、鲁王等人一网打尽，命令监察

— 406 —

御史苏珦审讯。苏珦找不到明确证据，太后很不满，对他说："你是大雅人士，不适合处理这类事情，朕另外给你派个职务。"把他派去当河西监军，转周兴处理。

周兴丝毫没有辜负太后的厚望。

霍王元轨已是七十高龄的老者，被装进囚笼之中，流放黔州，不到十天便死在陈仓；其子江都王绪被斩于江都。韩王元嘉与鲁王灵夔奉旨在家中自尽，财产没收，三个儿子都被斩首。高宗之弟纪王慎，为人拘谨勤慎，官居刺史之时，有善政，民为立石颂功德，从未参与起兵作乱，可以说他无时不极力避免涉及此事。但被控知情不报之罪，时年已六旬，被装入囚车，暴露在风尘中一个月之后，死于流放巴州途中，五个儿子全被杀。舒王元名发配利州，一年后改判死刑，被杀。

其他幸免于死的儿孙都被流放到亚热带，都得改姓"虺"。就连驸马都尉薛绍的家族，因曾与越王交通，也被株连在内。详情见后文太平公主一节。

第八十九回　为所欲为大人兴大狱
　　　　　　　流星一现恶人食恶果

　　从越王李贞和琅琊王李冲这对父子起兵后，武则天开始把诸位宗室划入"严打"行列，而酷吏也就走上了舞台。

　　波斯人索元礼是酷吏中的出色外援。他看准了时机，跑出来告密，受到太后的召见。因所告之事经查属实，武则天把他提拔为五品散官游击将军，让他负责审理钦定的"制狱"，就是非常规的监狱，体制外的监狱。

　　索元礼性格残忍，首次告密撞了大运之后，他总结出一个经验：靠"整人"也能发迹！于是，他每审一人，必牵出数十乃至上百人来，锻成大狱。因为索元礼逮获众多，效率极高，成绩优异，所以深受武后恩宠，常蒙召见，并予褒奖。

　　不过索元礼忘了一点——女人翻脸比翻书快。等到天授元年（690年）大周帝国建立后，他从喜洋洋变成了待宰羔羊。

　　风向开始不对劲是左金吾卫大将军丘神勣被人控告谋反。在酷吏当中，丘神勣是少有的贵族出身，但武则天毫不犹豫，将他处死了。唯一的解释似乎就只能是过河拆桥。

　　然后就简单了：风声越来越紧，不断有人密奏酷吏们的罪状，游击将军索元礼首当其冲。女皇笑起来，她说，那还不好办？让恶犬去咬疯狗吧，现在也该把笼子清扫一下了。于是，轻描淡写地，这位酷吏中的元老级人物灰飞烟灭。

再说另一朵奇葩——酷吏中少有的知识分子、刑狱"专家"周兴。

他是首都长安人，出生寒门，自幼聪慧，非常好学，入仕后先担任尚书都事，颇得上司赏识，升任孟州河阳县令。这个时候的周兴还称得上是名良吏，不久他的名声传到高宗耳朵里，高宗亲自召见，对他的才干学识赞赏有加，想要提拔。周兴高兴得几天几夜睡不着觉。没想到希望越高，失望越大，他硬生生被贵族官僚拱了下去，煮熟的鸭子飞了。

从此之后，周兴就像变了一个人，对整个官僚系统仇恨万分。看到索元礼高升的过程后，周兴下定决心，不顾官吏不准投书铜匦的禁令，把洋洋万言的评论刑狱的文章投进了铜匦。事遂人愿，周兴没有被治罪，反而被特赦加官，升至秋官尚书，管理刑狱。

周兴不愧是刑狱"专家"，连他的死都为中华成语做出了贡献。

周兴因为审问丘神勣有功，升为文昌右丞，从三品，他得意洋洋，自以为从此可以高升宰相了。可是没想到，他从距离天堂只一步之遥的地方坠落下来，摔得粉身碎骨。

有人向皇帝告密周兴与丘神勣同谋——很显然是"以其人之道还治其人之身"。武则天对周兴的才学还是比较欣赏的，因此在把周兴交给来俊臣审讯时，暗示他，如果有可能，放周兴一马。

来俊臣接旨，仔细思索对付周兴的办法，他认为只要他能够让周兴自愿认罪，武则天就怪不到他头上了。如何让周兴自愿认罪？来俊臣想出一个绝妙的办法。

这天晚上，来俊臣请周兴到家里赴宴。周兴与来俊臣私交甚笃，兴冲冲到他家去吃"最后的晚餐"。

席上的菜肴相当的丰盛，酒足饭饱之后，来俊臣毕恭毕敬地说："我手下有一个囚犯，明明有造反之嫌，却死不伏罪，周大人饱学博识，能否传授一条良计妙策让他伏罪？"周兴对来俊臣"不耻"下问的态度非常高兴，手一挥说："哈哈！来大人也有为难之时？先准备一只大瓮，用炭火在四周熏烤，让他蹲在里面，不消半个时辰，铜人铁汉也不得不招。"

来俊臣顿时大彻大悟，深施一礼，马上吩咐手下人照着周大人的说法准备大瓮。等架好了炭火，周教练伸着头朝瓮口望了望，傻鸭子似的问："囚犯呢？"来俊臣依然彬彬有礼，向周大人一拱手道："请君入瓮。"

周兴大惊！总算回过味儿来，差点大小便失禁，抱住来俊臣的大腿，惶恐不已地叩头伏罪——以他对来俊臣的了解，知道再挣扎也是徒劳的，还不如死个痛快。

本来，承认谋反就是死罪，可武则天不想让这条忠犬死得太惨，因此，开恩免其死罪流放岭南。

蹊跷的是，披枷带锁的周兴刚出洛阳地界便遭人伏击，几个蒙面者在山道上突然杀出，等押送的士卒回过神来，周大人已成无头尸躺在血泊之中。出了这种事，官吏们叫好还来不及，哪有人会替他追查凶手，此事也就不了了之。

"请君入瓮"的另一个主角来俊臣，是酷吏中草根出身的平民"英雄"。

他生在无赖家庭，长大后，每天靠偷窃、诈骗、绑票、滥赌、杀人。最后，在和州（安徽和县）被缉捕归案，判处死刑，关入死牢。

接下来的故事就比较富有传奇色彩了。他在牢里不知从何处知道太后鼓励上访，便告诉狱吏自己要告密，狱吏不敢阻止，只好让他去长安告密。来俊臣抓住这个求生的机会，奋力一搏。他准确地抓住了太后的心思，状告和州刺史——李唐宗室东平王李续，他是太宗第八子纪王李慎的长子，也是太后想重点打击的对象之一。所以，来俊臣的告密是告到点子上了，太后岂能不动心？

不久，来俊臣被太后封为从八品的司刑评事，暂时在索元礼手下"实习"，后来累迁至御史中丞。

本来对刑狱一无所知的来俊臣，一上任就表现出与众不同的"天才"。

他组织了一个专家组，编了一本旷世奇书，叫《罗织经》，使逼供升格成了专门学术。该书编排精良，携带方便，专供全国各地特务官员之用，以明显简短的提示，从告密、伪造反状到刑堂盘审，条分缕析、言简意赅。要什么口供就能得到什么口供，效果极佳。他还蓄养了几百个无赖，组建"标准化诬陷团队"。一旦想诬陷一人，便让团队成员从相距遥远的各州投来密告，各书函内所控告的详情完全一致，造成三人成虎之势，让人不得不信。

然而这些并未穷尽来大人的盖世才华，其在创造刑具、刑罚方面也有惊人的想象力。

被历代沿用的木枷，到了来俊臣手里已是各具风格、巧夺天工了。十大枷的古怪名称都带有他鲜明的风格：定百脉、喘不得、突地吼、着即承、失魂胆、实同反、反是实、死猪愁、求即死、求破家。

另外还有些属于"来氏专利"。

把犯人扣住手脚旋转，那叫做"凤凰晒翅"；用绳索捆住犯人的腰，将绳端固定在架上，然后驱使犯人前行，这样绳索会将腰部越勒越紧，甚至肚破肠流，这叫"驴驹拔橛"；命令犯人跪在碎砖瓦上，高举双手抬起重物，那些碎砖瓦片就会刺入胫骨，这叫"仙人献果"；还有"玉女登梯"，是在高处，放一根小木条，让犯人站在上面，用绳子捆在腰上往后拉。还有不知名的：用大石头拴在犯人头上倒悬；用醋来灌入犯人鼻中；像孙悟空的紧箍那样给犯人戴箍，甚至可以把犯人的脑浆勒出来。凡此种种，不一而足。

颇值得一提的是，他还是千古流传的"疲劳战术"的鼻祖。犯人被接连盘问，不许睡眠，一睡着，就被猛然推醒。数夜不眠之后，头脑便昏昏迷迷，问什么招什么。此法极其灵验，而被告并无受刑痕迹。

第八十九回 为所欲为大人兴大狱 流星一现恶人食恶果

在私生活方面，他以抢夺别人的老婆为乐。

洛阳百姓妻妾中有美色者，都被他用尽手段凌辱，对朝臣的妻妾也不例外。

他看中了投降大周的酋长阿史那斛瑟罗的一位能歌善舞的美婢，想要把她搞到手，于是命令手下人诬告阿史那斛瑟谋反，消息传开后，隐藏在各酋长心中的愤怒情绪一下子被这件事挑了起来，数十人一起到宫门，割掉耳朵、划伤脸面为阿史那斛瑟诉冤。来俊臣没想到引起了流血抗议，慌了手脚，只好收回诬告。

他又看上了著名高门太原王庆诜的女儿，不顾她已经嫁给段简，强迫段简把妻子让出来，娶为己妻。不久，他发现段简的妾也挺漂亮，就命令段简把妾也献出来。段简没法，送上妻子之后又送上妾。

这个为所欲为的人渣肯定没想到，有一天，他会栽在一个自己瞧不起的小人物手里。真是"身后有余忘缩手，眼前无路想回头"。

有一天，来俊臣在家里大宴妻族，他从前的好友卫遂忠带着美酒来拜见他。不过来俊臣是个"富易妻，贵易交"的典型代表，他让看门人骗卫遂忠说："来大人刚巧出去了。"偏偏卫遂忠听到了来家的笙歌之声。借着酒劲，卫遂忠闯入来府破口大骂。来俊臣命手下人将卫遂忠痛扁一顿，将他赶出家门。

来大人根本没把卫遂忠放在眼里，他此刻盯着的是监察御史李昭德。

李昭德先发现了来俊臣比以前更严重的索贿罪证，正欲告发时，来俊臣却先下手为强，拉拢曾经受过李昭德气的秋官侍郎皇甫丈备，联手诬告李昭德的反心，先把李昭德推入了大狱。

假如来俊臣就此收手，或许能避免与李昭德殊途同归之运，但随着武则天对他越来越信任，他的野心也越来越大。他与心腹们密谋以武承嗣逼抢民女为妾之事作突破口，一举告发武氏诸王的谋反企图。于是，卫遂忠不失时机地向诸武和太平公主上报了这一惊天猛料！

当然，诸武和太平公主也不是好惹的，"螳螂捕蝉黄雀在后"，一个连环计出炉了。

武氏诸王采取的同样是先发制人的手段。他们发动司刑卿杜景俭和内史王及善数名朝臣上奏女皇，请求对索贿受贿、民愤极大的来俊臣处以极刑。来俊臣终于被隆重下狱。群臣一看机不可失，痛打落水狗的机会到了，集体联名上书，请求处斩来俊臣。在吉顼的劝说下，武则天终于批准对来俊臣执行死刑。

最为戏剧性的是：来俊臣和被他诬陷的李昭德在同一天被处死。这时来俊臣四十七岁，李昭德的年龄可能比他大一些。

来俊臣被杀后，在刑场观刑的群众倾刻间就把尸体撕碎，并且挖出了他的眼睛，撕裂了他的心腹，践踏成烂泥——这就是弱者的无奈，只能依靠糟蹋死尸泄愤。

那天晚上，洛阳的居民在家里说："而今可以安心睡觉了。"武则天这才知道来俊臣是这么遭人恨。于是她又做了一个姿态：下诏把来俊臣全家灭门，以息民愤。结果，狗腿子来俊臣成了凶手，成了万世唾骂的杀人不眨眼的恶魔，武则天是执法如山的皇帝。

第八十九回 为所欲为大人兴大狱 流星一现恶人食恶果

第九十回　则天城楼万众瞩目
　　　　　　生命巅峰造我大周

　　前一阵子的河图洛书事件，都在宣扬武太后称帝是上天的旨意，她做皇帝是顺应天命。革命尚未成功，忽悠仍需努力，怎么证明太后以女主身份登基的合法性？

　　儒家那边是不用想了，他们的理论是"女人靠边站"，还好佛家"普渡众生"。

　　也难为了和尚法明，他居然在《大云经》里找到了女人可以当皇帝的根据。他和薛怀义等九名僧人遵照武太后的旨意，给《大云经》作的注疏上明确说明武太后就是弥勒佛转世，是当代天子。

　　武太后大喜，马上将经书颁布天下。还正式下令在两京和各州都修建一座大云寺，专门讲解《大云经》，甚至连边疆地区都没有逃过修寺的命运。包括一代大诗人李白的出生地碎业城（在吉尔吉斯境内）都建过大云寺。

　　各种舆论都准备好了，现在只差最后一步棋，用什么方式来提出？这也难不倒武太后。

　　载初元年（690年）九月三日，侍御史傅游艺带领关中百姓九百余人风尘仆仆地赶到神都宫门前，上表请武太后称帝，改国号为周！

　　武太后神色淡定，没有答应——当然不能马上答应，按照中国的传统，要三次推让。一面说我德行浅薄，不能接受天下神器，一面却封傅游艺为正五品给事中。

　　傅游艺榜样在前，很多人深受鼓舞，于是乎朝中的文武大臣、宗室外戚、远近百姓，四夷酋长包括道士、和尚等三教九流六万余人，集体请命，请太后称帝。

　　睿宗在这种形势下，赶紧上书请母后称帝，赐自己姓武。

　　九月五日，第三次劝进，又上演了一出《孔雀东南飞》：众臣上表说看到凤凰飞入上阳宫，聚集在左台梧桐之上，久之，才向东南飞去。

　　至此，水到渠成，则天武后在"上尊天示""顺从众议"的"万岁"声中，登临大宝，实现了梦寐以求的夙愿，改唐为"周"，自号"圣神皇帝"。这年，她正好六十六岁。

　　载初元年（即天授元年，690年）九月九日重阳节，举行登基大典。

　　万里无云，秋高气爽，则天门外，是汹涌的人的海洋。在万众欢腾中，六十六岁的武则天亲登则天楼。钟鼓长鸣万众欢呼！洛阳城四周百里之地都感受到了吉祥的氤氲紫气，女皇武曌横空出世，巍巍大唐忽成昨日颓垣，周朝之天重新庇护千里黄土和悠悠百姓。看着眼下的芸芸众生，武则天眼里溢满了泪水，感激父母给予的生命，感激上苍宽广博大。

　　她用激昂的声音向万民宣告：大周帝国成立！她就是大周王朝的圣神皇帝！

　　至此，她终于登上了权力的最高峰，也成了中国历史上唯一的女皇。

　　登基对于她来说是人生的巅峰。回首往事，一切缓缓地、循序渐进地浮现，生命中的每一个过程，都让她感慨万千……

　　为了这一天，她奋斗了整整五十年。从一个小小的才人到昭仪、皇后、天后、太后、圣母神皇、圣神皇帝，完成了前所未见的壮举。这前无古人，后无来者的行为，也让她成了争议最多的女人。有谁知道，在这无限荣光的背后，她经历了多少艰辛，多少血泪，多少痛苦。值得吗？她不知道，她不去衡量。她只确定，这就是她想要的，属于女人的尊严。

第九十回　则天城楼万众瞩目　生命巅峰造我大周

伸出手臂，呼唤苍穹。

她的心灵感应着上苍。

就在那个瞬间……

天授。

是的，在这个九月，改元天授。这便是武则天为自己的时代涂抹的第一道浓重色彩。

她离开则天门，气宇轩昂地回到政务大殿，有些极度兴奋之后的迟疑。她做的第一件事，就是当着众朝臣的面缓缓地、庄严地坐在那把雕刻着龙凤的皇帝宝座上。

头上沉重的帝王的冕冠，让人顿生一种尊严以外的感觉——是一种属于女人的魅力。她任凭皇冠上垂下的旒藻在她眼前轻轻晃动，碰出心旷神怡的响声。

她没有吩咐，没有言语，只是默默地坐在那里，看着朝官们是怎样把那个充满了象征意味的珠帘缓缓移走。不再有任何屏障，她的眼前一览无余。她已经是皇帝，堂堂大周帝国的皇帝，无论她是不是个女人，大周王朝是她的。

新朝成立，万象更新，酷吏被逐一拉下马，领导班子也有了新的特征。

那位上书请武则天正式登基的傅游艺，升为鸾台侍郎同凤阁鸾台平章事，成为宰相的一员。公元691年，也就是武则天登基的第二年，她将原为洛州司马的狄仁杰一举提拔为地官侍郎和凤阁鸾台平章事，使这个原为六品官位的小小地方官，一跃跻身宰相之列，狄仁杰既不是女皇的亲属，也不是阿谀逢迎之徒。女皇看中他，是因为无论是在大理寺丞任上，还是在洛州司马任上，他都曾留下值得百姓称道的赫赫政绩。

她的字典里不仅仅有"顺我者昌，逆我者亡"。作为一个最终能称帝的女政治家，多年垂帘听政的经验告诉她，朝廷要想稳定，就要平衡局面。

第九十一回　迷失自我薛师走投无路
　　　　　　生前身后二张远离仙境

无论她白天在朝堂上如何刚毅明断，可一回到宫中，寂静长夜，武则天难免生出老年人特有的孤愁感，她的脾气也变得喜怒无常。还是同龄女子最了解她的心情，唐高祖李渊的第十八女千金公主向太后贡献出了自己的枕边人，给太后安慰孤寂的心灵。这个人便是一代名男冯小宝。

在登基的五年前，垂拱元年（685年），她六十一岁的时候，有了第一个男宠。

冯小宝原在洛阳街头卖药，是个美男子。为了让冯小宝出入宫廷方便，太后重修白马寺，令冯小宝出家为僧，当白马寺的主持。为了提高他的地位，改名薛怀义，让他与太平公主的丈夫——驸马薛绍联宗，薛绍称他为叔父。但是得宠的薛怀义并不忠心于武则天，根据书中的爆料，薛怀义在外面包养了很多情妇，还生育了十几个子女。他为人高调，一个人当无赖还不够，还公开招聘，将众多无赖招进白马寺当和尚，经常聚众闹事。

由于业务的特殊性，朝臣们对"薛师"嗤之以鼻，难免"话不投机半句多"，这可叫武则天如何处置？

当时苏良嗣为尚书左仆射。某日，薛师与苏良嗣在宫门口狭路相逢，互相都不肯让路，他以为苏良嗣会像旁人一样对他谦让三分，但这个

— 417 —

隐忍了多时的高级知识分子终于忍不住了，竟然违背"君子动口不动手"的儒学经典，意气风发，动手推了薛怀义，旁边刚下早朝的朝臣于是一哄而起！拳打脚踢把他轰出了宫门。

薛师心里这个气呀！像个受了委曲的孩子一样在武则天面前一把鼻涕一把泪地哭诉。武则天又好气又好笑，爱怜地望着薛怀义，忙叫御医来看，随即话锋一转："你又何苦去招惹他呢？阿师当从北门出入，南门一向是宰相出入的地方，原本就不是你该去的啊。"

上官婉儿站在旁边掩袖窃笑。

薛师的职责，在朝臣中早已经成了不是秘密的秘密。不过机缘巧合，这段红杏出墙的宫闱秘闻，竟然暴露在群众好奇的目光下。

垂拱四年（688年）四月，太子通事舍人郝象贤的家奴告主人谋反。这个事情很不合乎常规，据说是因郝象贤反对给薛怀义拜大将、封国公，经常巴结薛怀义的武承嗣就一手策划了这个诬陷案。

武则天叫酷吏周兴审这个案。周兴查了一下——原来郝象贤的爷爷郝处俊在世时，曾坚决反对高宗让位给武后。

周兴就琢磨着，太后可能至今没忘记这笔老账，要我替她出气，于是就对郝象贤施以酷刑。最终，竟问成灭族之罪！如此冤案，简直天怒人怨。

果然，行刑的那一天，出了大问题！

临刑前，枷锁一去，郝象贤突然跳起来，当着围观的看客就骂开了："洛阳宫里的皇太后不是你们的国母，是个春心放荡的大淫妇！你们为什么看不见冯小宝在街上耍棒卖药了？他让皇太后召进后宫绣床上去啦！"

在郝象贤声嘶力竭的喊声中，群众一片哗然，场面一度不可控制。

郝象贤索性夺过围观者正在挑卖的木柴，殴打在场的行刑官。法场顿时一片混乱！

后来还是负责维持秩序的金吾卫一拥而上，把郝象贤乱枪捅死。

武则天闻报后大怒，下令肢解郝象贤的尸体，还把他父母和爷爷郝处俊的坟墓都挖开，毁棺焚尸。从那以后，法司每将杀人，必先以木丸塞其口，然后加刑。

薛师依然极尽恩宠。不过，这项业务毕竟是吃青春饭的，他的未来将何去何从，自己不是没有意识到，却不敢往下想。渐渐地，他迷失在自己的狂躁不安中，从巅峰滚了下来。

垂拱四年（688年）正月，武太后命令薛怀义修明堂。

明堂是古代建筑的一颗明珠，它有多高呢？高达二百九十四尺，合九十八米。周围三百尺，高三层。下层做成春夏秋冬四季的形式，中间一层为十二时辰的形式，上层则是圆盖，由九条龙柱支持，圆顶上有一只铁凤，高一丈，外表用黄金作修饰。

修成之后，太后看到明堂的雄伟壮丽，十分满意，下令改名为万象神宫。虽然明堂是儒家的东西，但"万象神宫"却是道教的名称。

她在明堂举行大宴，赏赐群臣，然后大赦天下，正式在明堂处理政务。还让老百姓进万象神宫来玩。

武太后对薛怀义的工作极其满意，封他为左威卫大将军、正三品，梁国公。还让他在万象神宫旁建天堂，安置一座大佛像。这座天堂共五层，比明堂还高，据说爬到第三层时就可以俯看明堂了。

然而，就是这辉煌一时的建筑，竟然起火了。

传说是因为薛怀义吃醋。武则天有了新的男宠——御医沈南璆（qiú）之后，薛怀义妒火中烧，一时头脑发热，放火烧了天堂，火势蔓延到了明堂。这场火烧得那个旺啊，照得整个洛阳城如同白昼，空前绝后的建筑就这么消失了。面对这么大的变故，武则天的做法却让人费解，她竟然不去追究，只说是工人用火失误所致，属于过失行为，不需要追究。历史书上说武则天"耻而讳之"。

不过冷处理不等于不处理，她一向擅长在别人都认为没事的时候反戈一击。让谁去处理呢？她想到了自己的爱女太平公主。

这日春光明媚，太平公主派人请薛怀义到瑶光殿相见。薛怀义兴冲冲地去了，就在瑶光殿前的树下，薛怀义被一大群早已埋伏好的宫婢活捉，宫人们一顿狂殴，将这位不可一世的男妃活活打死，尸体送回白马寺。按照佛教的规矩火化，造了一座塔保存骨灰。他手下的酒肉和尚全部流放岭南。

薛怀义死后，太平公主便将自己的情夫推荐给武则天。此人便是大名鼎鼎的张昌宗。张昌宗又向武则天推荐了自己同父异母的哥哥张易之。两兄弟默契配合，互相取长补短。

书中描写的二张兄弟可谓绝色美男，"年近弱冠，玉貌雪肤，眉目如画，身体是通体雪艳，毫无瑕疵，瘦不露骨，丰不垂腴"。既有薛怀义的伟岸，又有御医沈南璆的儒雅，同时更年轻，更有韵味。

这对兄弟双双承恩，分别掌管控鹤监和秘书监。另外，还赐宅一座，位于洛阳的黄金地段。其父张希臧追赠为襄州刺史；其母亲韦氏、臧氏亦封为太夫人。

"二张"得到女皇的宠爱后，大臣们纷纷献媚。武承嗣、武三思、武懿宗、宗楚客、宗晋卿等人都争相讨好张易之。为了表示亲切和尊敬，不再称二张的名字，只称五郎六郎。

武则天和二张的关系，因为小情敌的介入出现了风波。

这个小情敌就是上官婉儿。当年，她的爷爷上官仪因为替高宗起草废后诏书，被武则天找了个理由处死。当时，婉儿还在襁褓之中，母亲郑氏抱着她被没入宫中为奴。郑氏是太常少卿郑休远的姐姐，学识教养都很好，自然做了婉儿的启蒙老师。终于，婉儿的名声传到了武后耳朵里，命令她离开掖庭，在自己身边服侍。

一次，张昌宗与上官婉儿目光纠缠的时间长了一些，愤怒的女皇用一柄七宝镶金的小匕首掷向她的面部，进而决定免死改为黥刑。而上官婉儿却让作为惩罚的疤痕变成了一种独特的妆饰——在上面画了一朵红梅。从此宫婢们偷偷以胭脂在前额点红效仿，称红梅妆。

后来，武则天觉得这么偷偷摸摸的不过瘾，将控鹤监改名为奉宸府，广选美貌少年以充后宫。他们一个比一个英姿飒爽，一个比一个年轻俊美，一个比一个搔首弄姿。女皇要看的就是这些。他们敷粉施朱，一副妖娆姿态。在常人看来不可救药，在女皇心目中却是别有洞天。

奉宸府还豢养了一帮清客，随时随地吟诗作赋给女皇佐兴凑趣。他们的全部工作就是拍马屁。一干清客里最为出名的才子是宋之问，他的文采和人品一样声名远扬，才名多高，对他为人的评价就有多低。据说他曾经报名竞选武皇的男宠未果（武皇嫌他口臭），只好退而求其次地做了二张的枪手，替两位美男写诗应酬。宋之问照样敬业乐业。

花中王子自然是莲花六郎张昌宗。人们纷纷传说他是仙人王子乔（又称王子晋）的化身，那个十七岁骑鹤飞升的周灵王太子。武皇命人打造一只木鹤，张昌宗身披羽衣，乘坐其上，悠然吹笙。开动机关，木鹤满场游走，忽上忽下，而昌宗羽衣飘飘，越发像个仙童。时不时掉下一根半根羽毛，牵惹出无数相思情债。

对于这两个武则天捧在掌心的尤物，朝臣们倒像恶婆婆，一个个横挑鼻子竖挑眼，尤其是嫉恶如仇、个性张扬的魏元忠。

"二张"对魏元忠别提有多愤恨。在这层愤恨之下还有一层恐惧，因为当时武则天病了，一旦去世，他们怎么是魏元忠的对手？于是向武则天诬陷魏元忠与高戬，说他们私下议论：皇帝已经老了，不如拥戴太子，为将来作准备。这是二张的一箭双雕之计。武则天最忌讳的就是这个。

武则天听后大怒，马上把魏元忠、高戬下狱，但是想想又觉得不妥，就安排张氏兄弟与魏元忠在早朝上当堂辩论。

张昌宗自知不是满腹经纶的魏元忠的对手，决定找个污点证人，为自己帮腔。于是他去找凤阁舍人张说。张说不像宋之问那样对二张阿谀奉承，但也不像魏元忠那样横眉怒目。

张说一听很害怕：如果上了二张的贼船，将来武皇驾崩，二张倒台，自己也得被淹死；如果跟着魏元忠跑，万一招来二张的报复，他还不成了齑粉？但又没勇气当场拒绝。这可怎么办？

第二天，武则天召集太子显、相王旦及诸位宰相，让他们都来听魏元忠与张昌宗对质。

魏元忠白发皓首，理直气壮，侃侃而谈；张昌宗面如冠玉，口若悬河，不依不饶。辩论了半天，争不出个结果来。张昌宗决定使出杀手锏，对武则天说："当时张说听到了魏元忠让武皇归政的话，请把张说召来作证。"

张说怀着上坟的心情，走一步挪一步。

刚走到殿门口，凤阁舍人宋璟拉住了他，说："还请张公慎重，名义至重，鬼神难欺，万不可助邪臣诬陷忠良。就算因此获罪流放，也是一种荣耀。若有不幸，我愿与子同死！获万代瞻仰之圣名，在此一举！"殿中侍御史张廷珪也对他说："朝闻道，夕死可矣！"右史刘知几也围上来说："不可在青史上留下污名，有累子孙！"群臣都纷纷给他打气，他那颗彷徨的心终于拿定了主意，说了句"诸公放心"，便昂首阔步走进了大殿。

刚入大殿，张昌宗就在旁边催促他快说。张说理直气壮地回答："陛下亲眼看见了，在陛下面前，张昌宗都这样逼迫我，何况在私下呢！臣确实不曾听到魏元忠说过那样的话，都是张昌宗逼臣诬陷他的。"

"二张"恼羞成怒，连忙说："张说与魏元忠联合造反！"武则天便问他，张说到底说过什么谋反的言论。张氏兄弟才疏学浅，慌乱中竟然说："张说曾经说过魏元忠是伊尹、周公。伊尹流放商王太甲，周公暂摄周成王的王位，难道不是反贼吗？"此言一出，把群臣都逗乐了！连武则天自己也差点没忍住，紧张的气氛为之一解。

伊尹是商汤的顾命大臣，商汤死后，其孙太甲即位，太甲为政无道，伊尹便将他放逐于桐宫。三年之后，太甲悔过，伊尹重新迎回他。周公就是周武王的三弟姬旦，武王灭商不久即病逝，成王年幼，周公摄政。

待成王长大成人，周公返政于成王。张氏兄弟不知伊尹、周公都是历史上著名的贤相，反而把这句高度赞扬的话作为谋反罪证，怎能不闹得百官哄堂大笑？

此后，大臣们纷纷上疏，给魏元忠、张说辩冤。武则天最后将魏元忠贬为高要尉，高戬和张说流放岭南。

第九十一回
迷失自我薛师走投无路
生前身后二张远离仙境

第九十二回　饱受压榨契丹起事
　　　　　　　后方起火突厥倒戈

　　有时候，让别人开心是最大的本事。在朝廷上，女皇烦心的事太多了。武周政权建立后，她感到整个西域过于阔远，不易管辖，遂于长安二年（702年）把天山以北地区从安西都护府划出来，另置北庭都护府，治庭州（今新疆吉木萨尔北破城子）。安西四镇（即碎叶、龟兹、于阗、疏勒）自垂拱二年（686年）起为吐蕃所占。武则天深以为耻，于长寿元年（692年）遣王孝杰等大破吐蕃，恢复了四镇。

　　而北边也不太平，小小的契丹竟然掀起"营州之乱"。

　　契丹在唐代还是一个势薄力单的小部族。武周的封疆大吏个个两眼望天横着走路，从不把治下这些"野人"放在眼里，便宜一定占尽，死活不关他事。营州都督赵文翙就是其中的典型。

　　万岁通天年间（696年），天下大旱，契丹也遭遇饥荒，赵大都督不仅不赈济灾民，且骄慢刚愎，视酋长如奴仆随意打骂，契丹首领李尽忠不堪其辱，与妻兄孙万荣商量之后决定起兵反叛。李尽忠自称"无上可汗"。这是契丹历史上首位自称可汗的人。

　　他以孙万荣为将，杀赵文翙，攻占营州，旬日之内拥兵数万，进逼檀州，朝廷震动。如果说这些还不够刺激的话，他们拉起的造反旗帜算是把武皇彻底雷翻了："何不归我庐陵王？"俨然要为被武皇废黜的李显申冤出头的模样。

无论有多么正当的理由造反，都不能被当权者容忍。根据武则天的一贯作风，先文斗后武斗，第一步就是把李尽忠改名为"李尽灭"，孙万荣改为"孙万斩"。然后钦点曹仁师等二十八名将领发兵征讨，简直就是二十八星宿下凡，摆出了一幅不踩死你也要吓死你的架势。这二十八名将领中，有位现在还不太出名的靺鞨人李多祚，是裴行俭经略西疆时一手提拔起来的副将，后来做到上柱国的位置，成为第一位封王的异族将领。另一方面，以她最看好的武家子弟梁王武三思为榆关道安抚大使屯边，以备契丹。

当年八月二十八日，周军与契丹军在硖石谷交战，几乎全军覆没。史书上详细记录了这次败仗的前因后果。

在此之前，契丹破营州的时候，俘虏了周军士兵及其家属数百人，关在地牢里。听说周兵快要杀到，李尽忠便使了个奇谋，他派人对那些俘虏说："我们这次造反是因为饥寒交迫，不得不反。只要大军一到，我们就投降。"然后把那些俘虏放出来，让他们吃稀饭，又对他们说："如果再继续养着你们，我们自己的粮食都不够吃了。杀了你们又不忍，所以把你们放了。"

上了当的俘虏在逃回幽州（今北京一带）的途中遇上周军，把自己所见所闻一一上报，各位将军贪功，也不去核实一下，争先恐后地向营州进发。

到达黄獐谷（即河北省卢龙县之西硖石谷）时，遇上些主动来投降的老年的契丹人，又看到道旁被丢弃的老牛和瘦马。投降的契丹人还说：契丹军听说周兵大集，都要逃走。这下曹仁师和张玄遇完全掉进了圈套，把步兵留在后面，率轻骑兵冒进，赶赴硖石谷。很自然的，契丹人伏击了周军，活了曹仁师、张玄遇、麻仁节等人。周军大败，只有少数人逃回。

李尽忠还不满意，他从被俘的将军身上搜到印信，伪造命令：周军后军全速进军营州。然后强迫那些没骨气的将军亲笔署名，让人送给后军总管燕匪石。燕匪石带领后军昼夜行军，以疲惫之师迎战以逸待劳的契丹军。结果可想而知，后军也全军覆没。

消息传到洛阳，则天皇帝狂怒不已，当年九月下诏："天下系囚及庶士家奴骁勇者，官偿其值，发以击契丹。"命令将囚犯释放，奴隶们由政府赎身为自由人，将他们组织起来当兵打仗。同时命令建安王武攸宜为右武威卫大将军，担任清边道行军大总管。

一战而捷，契丹军心大振，士气高昂，于是北结突厥，约定共谋武周。契丹占崇州，突厥夺凉州，连战皆克，兵锋锐甚，势不可挡！

没想到突厥可汗默啜是个反复无常的小人，脸皮巨厚，想想还是大唐腰更粗，于是暗地里又联络大唐，说，不用怕，有了机会就看我的吧。

第一次机会很快就来了，这年十月，李尽忠病死了，孙万荣继承了他的部众。默啜趁机袭击松漠，把李尽忠和孙万荣的老婆一网打尽。武则天大喜，封默啜为颉跌利施大单于，立功报国可汗。

孙万荣丢了老婆，化悲痛为力量，誓言报复。他收集旧部，重振军力，派手下人骆务整、何阿小为前锋，攻陷冀州，宰了刺史陆宝积，屠杀官民数千。

神功元年（697年）三月，则天皇帝决定重新启用娄师德和王孝杰为将。封娄师德为凤阁侍郎、同平章事。又封王孝杰为清边道总管，苏宏晖为副总管，发兵十七万攻打契丹。

王孝杰很想一雪上次败于吐蕃之辱，不免贪功，进了敌人的圈套。

战场上，契丹军与大周军一接触，就开始败退。王孝杰穷追不舍，追到了东硖石谷。一边是悬崖，一边是险峻的山道，契丹回兵再战。王孝杰兵力单薄，被契丹人马迫上悬崖，坠谷而死，兵将几乎全军覆没。后军副总管苏宏晖见状，连忙引军撤退，还是先保全这支军队为上计。

则天皇帝得到王孝杰战死的消息，十分悲痛，追赠王孝杰为耿国公。又派出使者，准备对临阵脱逃的副总管苏宏晖军法从事，但在使者到达之前，苏宏晖已经打败了契丹，得以免死。

王孝杰死后，武则天重整旗鼓，这次"千挑万选"补充上去的是河内王右金吾卫大将军武懿宗。

武懿宗是武士彟三兄武士逸的孙子，身材矮小，面目可憎，无论多么尊贵的头衔都显不出相应的威风来。在他身上曾经发生过这么一件事。

有一天，他在朝堂前遇到了刚刚七岁的楚王李隆基（即后来的唐玄宗，睿宗李旦的第三子）也来入朝拜见武则天。武懿宗故意无礼，七岁的李隆基大声申斥他说："这是我家朝堂，你为何如此无礼？"武懿宗无话可答，只能匆匆退在一旁。武则天知道后，对李隆基十分赞赏，亲自召见他，并赐给这孩子很多东西。

像这么一个毫无威仪，对一个小孩子先无礼，后退避的人，武则天能指望他做什么呢？这一点武则天似乎看出来了，还是老规矩，她会派一个有能力的副手；同时任命娄师德为清边道副大总管，右武威道卫将军沙吒忠义为前军总管，领兵二十万击契丹。

勉勉强强地上路之后，武懿宗带领军队好不容易到了赵州。听说契丹将领骆务整带着几千名骑兵快到冀州了，武懿宗身为二十万大军的统帅居然怕得要逃命。有人实在看不下去了，劝他说："契丹人没有辎重，只靠抢东西来维持军队生计。如果我方先行拒守，契丹人缺少粮食，自然会退走。这时再出军追击，必获大胜。"

不过，武懿宗就连派出小股队伍出战的勇气都没有，主动撤到相州。这还不算，为了快速逃跑，把大量粮食、武器抛弃，这些东西都落入了契丹人手中。他们在不设防的赵州城里烧杀抢掠，无恶不作。

就在这时，那个暗中抱着大唐粗腿的突厥可汗的第二次机会出现了。

之前，孙万荣打败王孝杰之后不久，在柳城西北四百里的地方筑城，把老弱妇孺留在那里，抢来的粮食、武器也都留在那里，自己引精兵围攻幽州城。

第九十二回 饱受压榨契丹起事 后方起火突厥倒戈

他派使者去联系老搭档默啜。默啜听了很高兴，赐给三名先到的使者绯袍，以示奖励。这时另外两个使者到达，默啜认为他们两人迟到，很不高兴，命令处死他们。两名使者奋力求生，他们交换了一下眼色，达成默契之后，同时请求说："请让我们说一句话，再处死我们也不迟。"

　　这二位把契丹的高级军事机密倾囊而出——契丹后方空虚。默啜听后大喜，马上杀了先来的三位使者，转而赐给后两位使者绯袍，让这两位"契奸"为向导，发兵攻打契丹的新城，新城陷落。

　　此时，孙万荣正在与神兵道总管杨玄基对峙。后方陷落的消息传来，孙万荣军心大乱。默啜与杨玄基前后夹攻，契丹军大败。孙万荣只与一个仆人逃到潞水之东。他的仆人略一迟疑，拔出刀来，一刀砍下了他的首级，投降大周。

　　为时一年的营州之乱终告平定。为了庆祝这伤亡惨重、来之不易的胜利，武皇宣布大赦天下，改元神功。

　　战争结束后，六月二十七日，武则天命令武懿宗、娄师德及魏州刺史狄仁杰分道安抚河北。哪知，这个对契丹人畏之如虎的武懿宗，对比他更弱小的、以前被契丹协迫、现在重新来归的百姓却异常狠毒，竟然将他们活活剖腹取胆。更离谱的是，他还向武则天上奏，准备将跟随过契丹的河北百姓全部族诛。还好在左拾遗王求礼的坚决反对下，武则天没有接受武懿宗的提议。

第九十三回 惭愧不已狄公三省吾身
通达权变国老泽被后世

刚经历了神功元年那个多事之秋，满载盛誉归来的狄仁杰被任命为鸾台侍郎，并于次年拜相。狄仁杰字怀英，并州太原人，与武皇算是半个同乡。

他是一个有真本事的人。在唐高宗仪凤年间，狄仁杰升任大理丞，在任期间，他创造了一个不可思议的纪录：一年中判决了大量的积压案件，涉案者一万七千人，却无一人喊冤。一时间，狄仁杰成为世人推崇的神探。

因为在百姓中呼声太高，所以无论在当朝还是后世，无论是野史还是正史，他都举足轻重。在说他之前，先说说他的老师。

中国有个成语叫"唾面自干"，就是说，别人往自己脸上吐唾沫，不能擦掉而应该自然风干。人们往往用这个词来形容一个人受了污辱却极度隐忍，不加以报复。这个成语和一个人有关，就是娄师德。

娄师德字宗仁，留在史书中的最大的特点就是事事忍让。据《唐书》记载，娄师德的弟弟被任命为代州刺史，兴致勃勃地来向哥哥辞行。在兄弟二人就要分手的时候，弟弟问哥哥还有没有什么要交代的。娄师德语重心长地询问道："我坐在宰相的位置上，你现在又要去当州官，我们兄弟可算得上是这个时代的佼佼者了。但是，我们荣宠过盛，必定有人暗自忌恨，对此你有什么对策吗？"

弟弟当然对哥哥很了解，马上说："我是这样打算的，假如有人往我脸上吐唾沫，我一定会自己擦干，决不和人计较。请哥哥指点，不知这样做行不行？"按说这已经够耸人听闻的了，没想到，听完兄弟的话，娄师德神色忧虑地说："你的做法正是我所忧虑的！"

弟弟本想被哥哥表扬几句，没想到哥哥根本不以为然，弄得他有些不好意思，连忙请教："那应该怎么办呢？""怎么办？我的意思是不擦！你想啊，别人好不容易把唾沫吐在了你的脸上，你却一擦了之，别人的快感还从何而来？别人既然没有了快感，那他一定还会继续记恨你的。我的建议是，别人往你脸上吐唾沫，你不应该自己擦掉，而应该等待自然风干。在这个过程中，你还应该保持微笑！"弟弟顿时无语，暗忖道行尚浅。

娄师德到底做没做到"唾面自干"，我们不得而知，因为他贵为一朝宰相，敢往他脸上吐唾沫的人估计没有。但是娄师德的谦让的确是出了名的。除了谦让，他的肚量大也被广泛传颂，以至于后人经常说他是"宰相肚里能撑船"。

长寿二年时，娄师德已经六十四岁了，身材又比较胖，因此行动迟缓。与李昭德一起入朝，李昭德大步流星，而娄师德踽踽而行。李昭德几次停下来等他，终于等得不耐烦了，不禁骂骂咧咧："你真是个乡巴佬！"娄师德一点儿不生气，反而笑着说："我本来就是乡下人，如果我不是那谁是呢？"李昭德反而不好意思了。李昭德这个名字是不是看着眼熟呢？没错，他就是那个被来俊臣诬陷，和来俊臣同一天被处死的人，详情见酷吏一节。

娄师德与狄仁杰的关系，说来颇为感人，大有高山流水的君子之风。

娄师德和狄仁杰同为宰相，但两个人的能力却有差别。狄仁杰出类拔萃，娄师德却显得有些平庸。娄师德是个谦谦君子，从来不和任何人发生矛盾。盛气凌人的狄仁杰却看不惯娄师德，因此，平时挤兑起来不遗余力。

而娄师德是个"唾面自干"的人,任凭狄仁杰怎么欺负,他似乎都不放在心上,也没什么怨言。最后,连武则天也看不下去了,只好亲自出面做狄仁杰的工作。

有一天,散朝之后,武则天留下狄仁杰,闲聊一会儿之后,武则天单刀直入问狄仁杰:"我这么重用你,你知道是为什么吗?"狄仁杰答得很干脆:"我是一个从来不知道依靠别人的人,而皇上您重用我,一定是因为我的文章出色外加品行端方。"

武则天笑而不答,随即让侍从取来档案,对狄仁杰说:"那你就自己看一下里面的东西吧。"档案打开了,十几封写给皇上的推荐信呈现在狄仁杰面前,这些推荐信的主题只有一个,就是推荐狄仁杰担任重要职务;而且作者也只有一人,就是娄师德。狄仁杰看后半晌无语,无地自容:原来自己能有今天,全是娄师德的大力推荐。自己不领情也就罢了,还瞧不起他的懦弱,挤兑娄师德。而更令他惭愧的是,娄师德从来不居功自傲,向他示好,一直默默承受冷嘲热讽而不做任何解释!

这件事对狄仁杰是个不大不小的打击,让他反思自己走过的岁月。

随着人生经历的不断丰厚,智慧的不断累积,久经官场的狄仁杰慢慢变得老辣起来,连让人闻风丧胆、心狠手辣的来俊臣也不是他的对手。

狄仁杰官居宰相慢慢走红之时,也正是阴谋家武承嗣踌躇满志之日。

满朝之中,武承嗣谁也不放在眼内,唯一担心的就是狄仁杰。他认为狄仁杰将来一定会成为他被立为太子的最大障碍。因此,他指示酷吏来俊臣诬告狄仁杰等人谋反,并随即将狄仁杰逮捕下狱。

当时的法律中有一条是:"一问即承反者例得减死。"即一个人主动承认自己有谋反罪可以减轻罪行。来俊臣逼迫狄仁杰承认"谋反",狄仁杰马上予以承认:"谋反是事实!仁杰为唐室忠臣,情愿受死。"然而,连死都等闲视之的狄仁杰,面对要他牵连指控别人的威逼利诱,宁愿以头触柱也不屈从。

来俊臣知道这类人的德行，也就不再逼迫他咬别人，最关键的是他得到了狄仁杰的口供。来俊臣满心欢喜，也就放松了对他的警惕。

谁知，老练的狄仁杰只是用这招来麻痹来俊臣。随后，他偷偷写了上诉材料，放在自己的棉衣中。然后请狱吏送给自己的家人，并再三叮嘱一定要转告家人：现在天热了，将此棉衣改成单衣，再送来给我穿。由于他素有贤名，狱吏之中也有敬重他的，因此家人很快就收到了棉衣。

狄仁杰的儿子听了老爸托狱吏转告的话，觉得颇为蹊跷：现在虽然不是隆冬，但穿棉衣也不会热的，况且老人家更应该穿暖些；就算想穿单衣，直接让我们送去不就行了？何必把棉衣改成单衣呢？越想越不对，就按照老爸的话拆开棉衣来看，顿时恍然大悟。

他不敢耽搁，马上将上诉材料转到武则天手中。于是，武则天亲自召见狄仁杰等人当面询问他们："你当初为什么承认谋反？"狄仁杰平静地说道："假如我不承认，估计早就死在来俊臣的皮鞭之下了，怎么能再见到皇上呢？"

狄仁杰凭借自己的机智逃过了一劫，从此就和武承嗣成了死对头。

狄仁杰的招数和滑头，让敌人毫无办法。他既不像褚遂良那样哭天喊地，以死劝谏，也不会无耻无良做缩头乌龟；既能坚持原则，又能通达权变。当时，让武则天困扰不已的就是立储问题，江山要么姓武，要么姓李。狄仁杰依然没有"声嘶力竭"，而是"旁敲侧击"。

某日，武则天对狄公说："昨天我梦到一只羽毛丰丽但两翅俱折的鹦鹉，这又说明什么啊？"

"武是陛下的姓，这只鹦鹉就是陛下啊。摧折的两翼就是陛下的两位爱子。如果陛下起用两位皇子，就会双翼复振了。"学富五车的狄公信口胡诌几句，简直不要太容易。

旁边不善言谈的老宰相王及善一听，正中下怀，顿时笑得见牙不见眼，鸡啄米似的连连点头："对呀对呀，一定是这个意思，天意啊天意！"

武皇眨眨眼睛，似乎无奈地点了点头。其实，她心里何尝不知道人心向背，思前想后，已经决定还位给李唐皇室了，只不过怕伤了武家子弟的心，编了个梦境，让朝臣们说出来罢了。

狄仁杰还利用自己掌政的机会，尽量提拔一些忠于李唐的才学之士上位。他先后引荐了姚崇、桓彦范、敬晖等数十人，史称"天下桃李，悉在公门"。成语"桃李满天下"就是这么来的。后来策划神龙政变逼武皇让位的五位主谋，有三位是之前狄公推荐的，即张柬之、桓彦范、敬晖。

在狄仁杰为相的几年中，武则天对他的信任和敬重，已经到了其他人望尘莫及的程度。

譬如，武则天常称狄仁杰为"国老"而很少直呼其名；还曾多次告诫朝中官吏："非军国大事，勿以烦公。"他对狄仁杰可谓优渥有加；允许狄公觐见时免于跪拜，称见到狄公下拜她也会感到疼痛，"每见公拜，朕亦身痛"。

不过八卦爱好者们大可不必过于激动，唐朝皇帝说起这类话来一向不嫌肉麻。太宗皇帝就曾说过魏徵是他的镜子，李勣是他的长城；李靖好比他的兄长，无忌好比他的儿子；一日不见马周，就会想他想到骨头里……总之大家都很感性，甜言蜜语一箩筐，总要哄得人高高兴兴替自己卖命。武皇素来强横，这方面有所欠缺，大概狄仁杰确实比较有人格魅力。

然而年迈多病的狄公仍然不胜负荷，久视元年（700年）九月，一代名相狄仁杰溘然长逝，终年七十一岁。

女皇第一次难过得老泪纵横，她叹息一声："朝堂空矣！"

她对狄仁杰的了解与信任是长期建立起来的，一时之间，哪有如此得心应手的臣子可以代替？此后朝中有大事，群臣不能决时，还是要来烦她。每当此时，武则天不由得长叹："天何夺我国老如此之速！"

武则天为之废朝三日，追赠文昌左相，谥号文惠。后来中宗即位，又追赠狄仁杰为司空，睿宗时追赠梁国公。

狄仁杰两度拜相，加起来不过三年多时间，名气却超过武周朝任何一位宰相，身前身后都广受赞誉，配享太庙，可谓人臣之极。或许他唯一的遗憾就是不曾亲眼看见李唐复国成功吧！但作为武皇的头号宠臣，也许他同样不忍目睹武周的终结。

他没有辜负武皇，因为他只是因势利导地帮助她选择了一条最明智的道路；他也没有辜负李家，为他们做到了一个臣子所能做到的一切。既未负情，也未负义，俯仰无愧，善始善终，堪为人臣楷模。

第九十四回　摇摆不定母子离心离德　　　　　　　　竭忠侍主李旦逃过一劫

武周建立后,武则天一直在为一件事烦恼——这个皇冠接下来要戴在谁的脑袋上,武家还是李家?开始时,天平向武家倾斜,姓李的也就因此倒了霉。

长寿二年(693年)元旦,武则天亲享万象神宫,这本来没有什么值得大书特书的,但是,平常主持亚献的是李旦,这次主持亚献的却是魏王武承嗣,终献则是梁王武三思,李氏王族完全被抛在一边。李姓王族和忠于李唐的臣子们心理上的冲击可想而知。

更离奇的是,次日,李旦的两位妃子,正妃刘氏(曾被立为皇后,长子李隆器的生母)、侧妃窦氏(曾被封为德妃,第三子李隆基,即后来的唐玄宗的生母)朝见武则天于嘉豫殿。但是,等在宫门外接她们的人却迟迟不见她们出来,遣人去问,宫里回答早就出来了,但是却一直找不到她们。从此二人就失踪了,生不见人,死不见尸。

《资治通鉴》的说法是:有一名出身低微,但颇有几分姿色的户婢(看门的宫女)韦团儿爱上了李旦。可惜李旦对韦团儿一点儿兴趣都没有,韦团儿恼羞成怒,何况她是武则天安插在李旦身边的眼线。在仔细筹划后,她向武则天告发,李旦的两个妃子用巫术诅咒。

从动机上讲,刘、窦二妃因为皇嗣失去亚献的地位怨恨武则天。所以武则天相信了。

其实，在这之前，窦氏的父母就出事了，有家奴告窦氏母亲庞氏行巫蛊事，庞氏和她的三个儿子都被捕下狱，赖徐有功的救护才得免死流放岭南。窦氏的父亲窦孝谌原为润州刺史，庞氏出事时不在洛阳，也受牵连被贬为罗州（在广东省）司马。连徐有功都被免为庶人。

因为动机充分，这个时候有人再告她，武则天宁可信其有，痛下杀手。

得知这个不幸的消息，睿宗抑制着内心的痛苦，在人前表现得从容自如。如果他表现出丝毫伤悲，武则天就会认为他心生怨恨，那他的处境就会更危险。而韦团儿害死了情敌，依然什么也没得到，气得发了疯，竟然筹划害死睿宗！其她的户婢知道了，向皇帝告密，武则天才命令杀了韦团儿。

武则天心里的困惑使她在立子和立侄之间摇摆不定。为了帝国永存，她倾向将大周帝国传给侄子，因此群臣中对李唐皇室藕断丝连的人都成了她杀之立威的对象。

除了杀了睿宗的两个妃子外，长寿二年腊月七日，她又将睿宗的五个儿子的爵位一律从亲王贬为郡王。

前尚方监裴匪躬、内常侍范云仙因为私谒睿宗被腰斩。这下子把众臣吓坏了，再也没人敢去见李旦了。

史书中没有记载为什么裴匪躬和范云仙要在这个当口私谒皇嗣。不过，从一个"前"字可以看出，这两个人可能遇上了和徐敬业等人同样的问题，那就是因为某种原因被女皇撤职，把东山再起的希望寄托在李唐复兴上。还是那句话，亲人之间一旦有嫌隙，就会被人利用，从而瓦解。这时又有人告发皇嗣有异谋——时间拿捏得如此之准，地点拿捏得如此之好，非武承嗣的手笔不可。

武则天正在气头上，认定李旦有夺权的企图，即刻下令，要酷吏中最狠毒凶恶的来俊臣火速扫荡东宫，把李旦的左右抓来审讯。

门外是壁垒森严的禁军们，刀剑闪着刺眼的寒光。李旦也本能地觉察出，他这一次是在劫难逃。

来俊臣得意地看着大殿中跪在他脚下的人群，特别是那些细皮嫩肉的公主、王子们。大殿内的空气顿时充斥着血腥味。

他突然大声喝问："汝等知太子谋反乎？还不速速招来！"人们不知所措，只是不停地在地上磕头、乞求……

突然，从人群中跳出一个七尺汉子，高呼一声："你们糊涂呀！"然后便毅然直视着来俊臣，说："不，太子没有造反。"

来俊臣恼羞成怒，令人对他用大刑，全副武装的禁军逼上去。

那个英勇的青年骤然跳了起来，他躲过士兵，一直跑到墙角，猛地从墙上摘下一把佩刀，高喊道："你们如若不信，我只有剖出心来证明太子是清白的。他没有谋反，也绝没有谋反的企图！"

话音未落，手中的刀便已插进了他年轻的躯体，血溅当场，他也昏倒在地。

他叫安金藏，不过是东宫的一名工匠。

满堂无不为之震惊，大殿里鸦雀无声。

片刻惊慌之后，武则天派来询问案情进展的宫女回过神来，立即以最快的速度将此事上报。武皇也被震慑了！她不相信世间还有如此忠于主子的奴才。

她立即派出最高明的御医前往东宫，抢救那个奄奄一息的青年。御医们小心地处理伤口，用桑皮线缝好，敷上药物。过了一晚，他居然苏醒过来！

武则天亲自探视安金藏，安慰他说："我的儿子实在是太无能了，没法证明自己的清白。感谢你的忠诚，你为他证实了清白。"命令来俊臣立即停止追查此事，又对李旦说："你有如此忠诚可敬的工匠，是莫大的幸运，今后要好好对待此人！"李旦急忙跪倒答应。

东宫的扫荡不了了之，李旦终于逃脱了一劫。从此，武皇对儿子的疑虑才慢慢打消。一个青年就这样改变了历史。如果没有他气贯长虹的英雄壮举，恐怕东宫的所有人包括太子李旦都会惨遭厄运，无辜冤死在酷吏来俊臣的魔掌之下。

这件事情传出之后，朝中的士大夫都对安金藏齐声称赞，心里十分惭愧。

安金藏是长安人，父亲安菩的墓志铭中提到，他的祖先是安国人，以破匈奴有功归汉，他的母亲何氏是何大将军之女。

李旦从未忘记安金藏的救命之恩。复位后，他知恩报恩，即刻提拔安金藏为右武卫中郎将。而后，李旦的儿子李隆基继位，提升安金藏为右武卫将军，命令将他的事迹编著在史册中，大加表彰。开元二十一年，加封他为代国公，其子孙也一直受到唐廷优待。从此，安金藏可歌可泣的壮举被记载进史书的忠义列传中，得以青史留名。

第九十五回　多方营救庐陵王重见天日
尘埃落定武承嗣枉费心机

安金藏事件后，此事的幕后主谋武承嗣无疑成了官员公敌。

武承嗣是武则天的二哥武元爽的儿子。贺兰敏之被武则天诛杀后，武承嗣从岭南召回京城，继承武士彟周国公的爵位，官居礼部尚书。

看到武则天打击李家，武承嗣的心思活泛起来：是不是该找人提醒姑妈，太子的人选不用非得是李家人啊。

经过考虑，他找到了凤阁舍人张嘉福。张嘉福也是个贼精的人，一口答应下来，但自己绝不出面。而是找了个替身——武承嗣赢了，他是功臣；武承嗣输了，他也有机会脚底抹油，推得一干二净。

张嘉福把这个光荣而艰巨的任务交给了王庆之。

接受了张嘉福的任务后，王庆之鼓动洛阳百姓数百人，上表请立武承嗣为皇太子，把这个问题摆到了台面上来，武则天也该考虑考虑了吧？

这种重要决策，通常她都不会先表态的。武则天没吱声，倒是文昌右相同凤阁鸾台三品岑长倩坚决反对："现在皇嗣还在东宫，怎么可以无缘无故地想立魏王为太子呢？应该下令重责请愿者头领，其余人遣散。"

地官尚书同凤阁鸾台平章事格辅元更是把头摇得跟拨浪鼓一样，坚决不同意。武则天听到两位宰相的意见，没有作出任何表示。

其实，不管他们提不提，这事武则天一刻都没忘，只是暂时拿不定主意罢了。她想把事情冷处理，先放一放。

可武承嗣等诸武不干了，他们使出了杀手锏，先把岑长倩调离朝廷，令他为武威道行军大总管，率军讨伐吐蕃。接下来，武承嗣恭请酷吏来俊臣出马。来俊臣找到岑长倩的儿子岑灵原，大刑之下，岑灵原被迫按照来俊臣的意思，把司礼卿兼判纳言欧阳通等数十人牵连其中。于是星夜召还岑长倩，与格辅元、欧阳通等人一同下狱。

这格辅元端的是条硬汉！来俊臣无往不利的手段竟然失效，无论他用什么酷刑，欧阳通始终不承认有谋反企图。来俊臣只好伪造口供，把这三个人送上断头台。岑长倩的五个儿子同时被赐死，格辅元的儿子格遵脚底抹油逃走了。他在神龙时向朝廷述冤，被昭雪，才算是熬出了头。

除掉了碍事的岑长倩和格辅元等人，武承嗣继续锲而不舍地向皇太子的宝座进军。而满朝文武，也开始了新一轮的斗智斗勇。

看见了肉骨头的王庆之又多次求见武则天，武则天终于召见了他。并给了他一份手令，可以随时入宫请见。王庆之蹬鼻子上脸，自此屡屡前来，武则天终于不胜其烦。一日，她和凤阁侍郎李昭德正在议事，王庆之又来了，她随口让李昭德把王庆之杖打出宫。

李昭德得到命令之后心花怒放，三步并作两步跑出宫门，把王庆之拉到光政门外，对宫卫们说："这贼子竟想废掉皇嗣，立武承嗣，皇上命杖责之。"宫卫们心领神会，不一会儿，王庆之就被打死。

李昭德回宫，继续讨论。就是这番讨论，让武则天心中的天平第一次倾向李家。究其原因——女皇也怕死后挨饿。

李昭德劝谏道："臣知道圣上一直在为皇嗣的问题忧虑万端。以臣之见，先帝不是别人，而是圣上的夫君。太子也不是别人，而是圣上与先帝的亲生子。天子之位，本应由嫡子继承。而且以臣的孤陋寡闻，还从未听说过有内侄肯为姑母修建祭庙的。"

武则天沉吟了半晌，承认李昭德说得不错。

武承嗣当然恨得牙痒痒，但是他在武则天面前说李昭德的坏话，武则天只冷冷回了一句："自从我任用昭德，每晚都可安枕无忧，他的能力是你们赶不上的。"武承嗣拿李昭德没法。不过，后来他还是得了手，指使来俊臣诬陷李昭德，结果来俊臣和李昭德同一天赴死，详情见酷吏一节。

而另一个滑头吉顼（xū），甚至把主意都吹到"枕边风"上了。

吉顼对武则天的小情人"二张"说："你们兄弟二人贵宠如此，天下侧目切齿之人多矣。圣上春秋已高，一旦归去，你们将何以自全？"

张氏兄弟被人说中心事，不禁大为惶恐，忙问吉顼有什么办法？吉顼说："天下士人百姓还在怀念唐朝，希望庐陵王能继承帝位。现在皇帝陛下年纪大了，大业必须有所托付，你们二人为什么不趁机劝皇帝陛下立庐陵王为太子呢？如果你们立了这个大功，不但现在受宠，将来也可以长保富贵啊。"

两兄弟听了，觉得很有道理，于是找了个空子劝武则天立庐陵王为太子。武皇第一次从张氏兄弟口中听到这样的请求，真是吃惊不小，她立刻就知道背后有人指使，一问才知是吉顼，并没有怪他。

吉顼还和那个天下皆知的"狮子骢"事件有关。

吉顼原本被武皇视为心腹，颇受看重。某次，与河内王武懿宗（就是统帅二十万大军征伐契丹，结果掉头狂奔那位。详情见营州之乱一节）争功于殿前。吉顼身材高大、口齿伶俐，对付短小伛偻笨嘴拙舌的武懿宗，各方面都有压倒性优势，说到得意处不免声色俱厉，越战越勇。老实说这绝不是武懿宗被人欺负得最惨的一次。

武皇心想：当着我的面你们都敢这么明目张胆地欺负我武氏族人，私下里诸武还不一定受了你们多少气！于是厉声警告："你说的这一套我听多了，不用废话！告诉你，昔日太宗有马名狮子骢，狂烈无人能制。朕作为宫女侍侧，当即表示，只要给我铁鞭、铁挝、匕首三件

第九十五回 多方营救庐陵王重见天日 尘埃落定武承嗣枉费心机

东西，就能制服。铁鞭击之不服，就用铁挝打，还不服，则以匕首断其喉，连太宗听了都壮朕之志。难道你今日想用鲜血来弄脏朕的匕首么！"吉顼惶惧流汗，拜伏求生，女皇饶了他一马，贬为县尉。

临行前，他向武皇辞行，含泪进言："臣今远离阙庭，永无再见之期，愿陈一言以进！"

武皇赐坐问询，吉顼道："合水土为泥，会引发争执么？"

武皇答："不会。"

吉顼道："如果分一半塑为佛祖，另一半塑为道家的天尊呢？"

武皇答道："那就有麻烦了。"

"臣也认为如此。"吉顼再拜道，"宗室、外戚若能各守本分，则天下安。现在太子已立而外戚仍居王位，陛下若不处置任其发展，他日必有祸乱，臣担心的就是这件事。"话一出口，吉顼忍不住流下泪来。

吉顼和李昭德的话，总是在武皇脑中响起，群臣和诸武之间的一次次矛盾，让她意识到这事不能再拖了，她陷入了深深的思考。

她和诸武之间，有太多的恩怨情仇。她怎知眼前恭顺得像猫一样的侄儿，一旦得势又会怎样看待她？人总是轻易忘记别人的恩情，却对仇恨刻骨铭心。他日武承嗣若真的坐上大周皇帝的宝座，只怕会认为他多年以来忍辱负重终于有了效果，不会因武皇的善行而心生感激。多年以来，武则天早已对人性的丑恶洞悉透彻。

且不说自己死后的荣誉能不能得到保障，牌位能不能出现在太庙中，连母亲（武则天的母亲是她父亲的继室）的牌位都很可能被踢出太庙，代之以相里氏（他父亲的第一任妻子，即武承嗣的亲奶奶）的牌位。

还不仅如此，如果立侄儿为储君，就标志着武氏全面压倒李姓，为了掌握政权，他们必然大肆屠杀李唐宗室，包括自己的两个儿子。她在这世上的唯一骨血，将会点滴无存。

就算为了大周她愿意做出莫大的牺牲，断绝子嗣，不要祭祀，大周就真的可以维持下去么？几乎所有正直的大臣都反对他们，没有强大的军方支持，没有德高望重的权臣辅佐，诸武之中，谁能控制局面？下场是可以预料的。

这就是身为女人的悲哀——在君临天下十几年之后，在消灭了所有反对势力之后，再把这一切双手还给儿子。无论多强的英雄，当发现已经不能再突破的时候，心里是多么痛苦。可她知道，知难而进是勇气，知难而退是策略。

当一切都想通了，她反倒觉得轻松了不少，决定给朝臣一个惊喜。

圣历元年（698年）三月的一个黄昏，狄仁杰奉旨进宫，皇上对他一如既往地关心。闲聊间，好像不经意地，又提到了庐陵王。狄仁杰再度不能自制，慷慨陈词，以至于泣下。武皇也不禁感动唏嘘。

"也许你说得对。"她轻轻叹了口气，"也许现在是召回庐陵王，择定皇嗣的时候了。"

这话的声音不高，但在狄仁杰耳中却如一声惊雷，他几乎不敢相信。

然而接下来的一句话更让他完全呆住："既然你如此思念庐陵王，我把他还给你。"

身后的帷帐徐徐拉开，现出一个四十多岁神情木然的中年男子，那眉眼，那轮廓……这不正是他记忆中的人！

一瞬间，狄仁杰再也忍不住了！他老泪纵横，跪倒在玉阶之上。同时，也在心中默默感激敬佩武皇——他明白：武皇明知道自己的态度，还重新询问他关于庐陵王的事，无非是想让帷帐后的李显亲耳听到，今后依然重用他。

皇嗣问题尘埃落定，武则天开始调和武李两家的矛盾，确保武姓在李唐政权下也能享有如今的地位和权势。

于是，在李显的太子身分确立后，武家子弟纷纷委以重任。圣历元年（698年）八月，武承嗣去世的第三天，武三思即出任检校内史；同月，武士逸之孙重规任天兵中道大总管，掌并州（今太原市）城中的天兵军；

第九十五回 多方营救庐陵王重见天日 尘埃落定武承嗣枉费心机

九月，武攸宁入阁宰相；十月，在神都洛阳城外屯兵驻防，命河内王武懿宗、九江王武攸归统领；圣历二年（699年）七月，命建安王武攸宜留守西京长安，接替会稽王武攸望。

通过这一系列安排，武家子弟分别被授予军政要职，并控制着洛阳、长安、太原三大政治中心。武皇仍不放心，于圣历二年腊月，赐太子姓武；同年六月，召集太子李显、相王李旦、太平公主与梁王武三思、定王武攸宁等共为誓文，立誓和睦相处，在明堂昭告天地，铭之铁券，藏于史馆。

一纸誓言无法消弭武李之间的积怨，这一点她不是不清楚，所以她要一种更牢固的关系，就是联姻。太子显有八个女儿，在武皇的安排下，新都郡主嫁武延晖；永泰郡主嫁武承嗣之嫡子、继承武承嗣魏王爵位的武延基；李显最宝贝的女儿安乐郡主则嫁给了武三思之子武崇训。

第九十六回　一言不慎小儿凄惨上路　悲从中来李显痛失爱子

武则天下令接回了流放了十四年的李显，一句"你回来了就好"代替了千言万语。

庐陵王返京的消息，很快传到了东宫太子李旦的耳中。他终于长出了一口气。请求逊位，将皇储之位交还三哥。武则天当然批准了，李旦恢复相王称号，庐陵王李显恢复太子之位。

久视元年（700年），为了巩固太子的地位，武则天又为李显的儿子们封王。

皇太孙李重润（本来叫"重照"，后来武则天自己发明了"曌"，为了避讳，他只好改名）被封为邵王，次子重福这次被封为平恩郡王，三子生俊封为义兴郡王，四子重茂当时年仅三岁，也受封为北海郡王。

大致来说，根据唐制，一个字的是亲王，两个字的是郡王，从封王的名号来看，重润就比其他的兄弟们高出一截。因为他是名正言顺的嫡长子，地位相当重要。十八岁的重润有着清秀俊美的仪容，史称"风神俊朗"，且生性善良耿直，以孝爱著称，是中宗最得意的一个儿子。

看起来，一切都归位了，李氏一族终于守得云开见月明了，然而，就在这看似风平浪静的时候，历史和李显开了个黑色玩笑。他的儿子被祖母封为郡王不到两年之后的一个深秋，又被逼上了绝路。

大足元年（701年）八月份的一天，太子李显的长子李重润和亲妹

— 445 —

妹永泰郡主李仙蕙以及她的丈夫——武承嗣的儿子魏王武延基在一起聊天。

聊天的地点是在武延基家里，根据常理推断，侍女侍卫等人应该都被支走了。当时永泰郡主仙蕙已经怀孕，而且快要分娩。这时重润十九岁，仙蕙十七岁，武延基的年龄大概也在二十岁上下。

闲聊间，李重润悲叹道："皇帝年事已高，还不把朝政交给太子，重用张氏兄弟。这两人千方百计迷惑皇帝，排斥满朝文武，弄得国事荒废，政令不通，人心不稳，这情景真令人担忧。"

这番话当然引起了武延基夫妇的共鸣，武延基说："张氏兄弟本是奸邪小人，根本不懂治国安邦之道，整天挑拨离间，结党营私，弄得人人自危，连我们这些亲族来往都得小心翼翼。"李仙蕙也说："我父亲身为太子，连行动自由都没有。太过份了！"诸如此类的话。说完之后，三个人也就忘记了。

尽管三人在室内说话，照理应该没人听到，但却有一个漏洞。

古代设筵，所有侍女备齐酒宴之后就得走开，只留一个侍女在外站班，万一主人有何吩咐，侍女就可以应声而入。三人的议论就是被这站班侍女听去了，而这个侍女竟然与张易之的书童私通。侍女不知轻重，把听到的事情告诉了自己的情郎。书童觉得这是向上爬的好机会啊，马上向张易之报告。张易之一听恼羞成怒，向则天皇帝密奏，添油加醋，说仙蕙等人"污蔑圣上，且密谋策划，企图匡复唐室"。这是武则天最忌讳的，她不能容忍自己的亲人诋毁自己，在背后搞阴谋活动。

于是武则天下令：交由其父李显处置！对太子显来说，这真是晴天霹雳！

李显认为这是母亲在试探他的忠诚。母亲的手段他是知道的，好不容易就要熬出头，他哪敢有半点行差踏错，触怒母亲？

他神情恍惚地对太子妃韦氏说：这回重润和仙蕙在劫难逃了，我得给他们和武延基准备白绢赐死了。太子妃哭着求饶过儿子一命。李显愣愣地说：我救不了重润，谁也救不了，他们要是不死我也活不了。

重润和武延基走得还算顺利，永泰公主李仙蕙走得让人唏嘘不已。

本已接近产期的永泰郡主忽闻噩耗，受惊早产。她拼命地哭叫着用力，想在赴死之前把婴儿挤出母胎，宫里的女官们听到声嘶力竭的叫喊都暗自流泪，可没有一个人敢向这个可怜的女子伸出援助之手，包括她的亲生父母。后来她的声音越来越微弱，终于在婉转哀号中痛苦地死去。仅比她的夫婿和兄长晚死一天，孩子也没能活下来。

可以想象，亲自下令让一双儿女自裁的太子显，是如何的悲痛、愧疚。尤其是太子妃韦香儿，重润不仅是她唯一的男孩，还是一位才德兼备的俊才。重润之死，朝野尚且莫不叹息，何况她这位亲生母亲？更何况韦氏一夜之间失去了两个花样年华的孩子，包括承载了她所有希望的嫡长子。心在滴血，还得装出若无其事的样子强自掩饰，只为逃避武皇鹰隼般严厉的目光。在这冷肃森严的宫廷中，不会戴面具的人是活不下去的。这是一种怎样的痛苦，恐怕不会有人知道。日后，她对权力的疯狂追求，又有谁能过多指责呢？

后人大都认为，如果重润不死，安然成为太子，再成为大唐天子，那么韦后那种疯狂愚昧的行为可能不会出现。当然历史没有假设。

武则天或许对儿女们的心理有所警惕，或许是因为一双孙子孙女的惨死让老年的女皇有些难以释怀，在重润等人死后不久的九月二十七日，武则天封相王知左右羽林卫大将军，把京师军权交给他。

看似繁花环绕的宫廷，看似前程似锦的官场，却留有多少伤痛和无奈？

第九十六回 一言不慎小儿凄惨上路 悲从中来李显痛失爱子

— 447 —

第九十七回　丧佳婿太平失天真
　　　　　　羡权谋公主参政变

　　间接或直接死在武则天手里的李唐皇室不可谓不多，包括她的直系亲属。要说她的儿子们毫无怨言当然不可能，只是他们不敢表露出悲伤。而她的女儿，也同样不敢表露悲伤。太平公主不是她的爱女吗？况且母女关系远离政治，还能有什么事？

　　前文讲过，开耀元年（681年），十七岁的太平公主下嫁表哥薛绍。其人温文尔雅，蕴藉风流，与太平的婚后生活堪称美满，生下二子二女，也未听说太平此间有任何外遇。因此高宗时代的太平公主，生活应该是相当惬意的，万千宠爱在一身，无风无浪，温柔甜蜜。

　　悲剧发生在高宗驾崩，武则天临朝称制时期。

　　前文讲过，镇压了越王李贞和琅琊王李冲父子的叛乱之后，武则天开始顺藤摸瓜，大肆株连，把很多宗室都牵扯进来。济州刺史薛顗、薛顗的另两个弟弟薛绪及太平公主的驸马薛绍也在其中！

　　考虑到这场对李唐宗室的大清洗，是武则天借机兴起的政治阴谋，薛绍兄弟到底有没有谋反，就成了问号。

　　对于这件事，史书中本来就有截然相反的两种记载。一种是《新唐书·公主传》，说："琅邪王冲起兵，顗与弟绍以所部庸、调作兵募士，且应之。冲败，杀都吏以灭口。事泄，下狱俱死。"按照这种说法，薛顗听说李冲起兵，派济州府录事参军高纂制作兵器，暗中召集军队。

可惜李贞父子太窝囊，还没等他们响应就失败了。得到李冲败亡的消息后，怕牵连自己，竟然杀高篡灭口，可是事情还是被揭露出来。所以算罪有应得。

但是，对于同样一件事的记载，《旧唐书》却大相径庭。《外戚传》中说："绍，垂拱中被诬告与诸王连谋伏诛。"也就是说，薛绍本来没有谋反。哪一种记载可靠呢？

真实情况很可能是薛绍的哥哥薛顗参与了谋反，但是他并没有联络薛绍，因此薛绍本人并不知情。

首先，李贞、李冲父子起兵之前确实曾经广泛发动宗室，几代公主都在联络之列，薛顗作为城阳公主的儿子被通知到的可能性很高。

但是薛顗想要起兵，是不是一定就要告诉他的弟弟薛绍呢？他应该没有告诉，而且还要尽可能避免让他知道。很简单，因为薛绍是驸马，太平公主又是武则天的掌上明珠，如果通知薛绍，不等于自投罗网吗？

可能有人会说，哥俩儿住到一块儿，这边招兵买马，紧锣密鼓，那边怎么可能一无所知呢？这还真有可能。

因为按照唐朝的惯例，公主出嫁之后都是由国家单独建造府邸，不跟夫家其他人住在一起。只有公主府而没有驸马府一说。换言之，薛绍、薛顗两个人虽然是亲兄弟，但是他们的住宅却可能相隔甚远。总之，薛绍谋反很可能是一桩冤案。

眼看夫君身陷囹圄，甭管是不是冤枉，太平公主肯定要积极营救。她跑到武则天面前哭哭啼啼，动之以情，晓之以理，苦苦哀求母亲饶过驸马。

最终，薛绍没有被判斩首，而是杖责一百。意外的是，大概他在狱中愤愤不平，说一些和酷吏不共戴天之类的傻话。酷吏们下令不给他饭吃，他竟然在监狱里饿死了！垂拱四年（688年），薛绍死在狱中之时，太平公主刚刚二十五岁。

事后，看着女儿憔悴的模样，武则天也觉得自己有点过分，打破公

第九十七回 丧佳婿太平失天真 羡权谋公主参政变

— 449 —

主封邑不得过三百的限制，将太平公主的食邑增至一千二百户，又积极为她张罗婚事。

在唐朝，社会观念比较开放，离婚的事情也并不少见。在敦煌出土的民间离婚文书里，甚至写道"愿妻娘子相离之后，重梳蝉鬓，美扫娥眉，巧逞窈窕之姿，选聘高官之主"，说希望娘子和我分手之后，开始新生活，风姿绰约地嫁一个有地位的好夫婿。在皇室之中，离婚再婚的情况同样比比皆是。

武攸暨是武则天的另一个侄子，是武则天父亲的兄长武士让之孙。为人沉静敦厚，温柔谦和，且是个翩翩美男子。更难得的是个性恬淡，为人谨慎，一向远离权力争斗。《新唐书·外戚传》称他"沉谨和厚，于时无忤，专自奉养而已"，在张牙舞爪骄横跋扈的诸武之中显得颇为另类。

不过，想让太平公主嫁给他并不容易。因为武攸暨是有妇之夫，他早就有了妻子李氏，而且二人感情甚好。但是这哪里难得住武则天？不费吹灰之力，李氏便从这世上消失了。

武攸暨不敢不接受。只是，以结发妻子的死亡换来的婚姻，有多少情爱可言？他们的婚姻不能说不和谐，毕竟武攸暨万万不敢得罪她。但从此开始，太平也开始有样学样养起男宠来。她的人生已经被强横的母亲弄得支离破碎。

当时情真，只因天真，往昔那个无忧无虑的少妇已经一去不复返了。对于母亲的强权和暴力，她始而憎恨，继而羡慕，终于成为她后半生孜孜以求的目标。因为她的切身经历告诉她，爱情脆弱，亲情虚妄，唯有权力才能带给她安全和力量。

太平公主第一次挥动权力之手，是参与扳倒来俊臣；第二次，则是参与神龙政变。

来俊臣是武则天亲手提拔起来的酷吏。武则天利用他打击反对派，从来没有失手过。

酷吏的职责就是纠察谋反案。随着武则天的统治日渐稳定，有谋反嫌疑的人越来越少了，这让来俊臣渐渐产生了即将失业的恐慌。情急之下，他居然打起了武则天亲人的主意，诬告她的儿子、女儿、侄子统统谋反。

事情传到武承嗣的耳朵里，为了自保，他决定先下手为强，反告来俊臣。他担心自己一个人势单力薄，就想到了太平公主。

想起驸马的惨死，太平公主慨然允诺，参与到"倒来"的运动中来，最终来俊臣被处死。

神龙政变发生在神龙元年（705年），由宰相张柬之等人筹划，联合太子李显兄妹发动兵变，杀死二张兄弟，逼迫武则天退位，拥立李显复位。

政变成功后，唐中宗相当大方，在论功行赏时，把太平公主的政治地位、经济待遇和生活待遇都照顾到了，让她更加风光。

在政治地位方面，太平公主被晋封为镇国太平公主，和哥哥安国相王李旦的封号对应，另外，太平公主的丈夫武攸暨也跟着沾光，由"安定王"封为"定王"。这意味着，他由郡王提升为亲王了。

第二年，唐中宗李显又颁下诏令，让太平公主开府，设置官署。

这项待遇可太不同寻常了。本来，唐朝制度规定，只有亲王，也就是皇子才能开府设置官署，比如相王，就有相王府，府中有长史、司马一类官员。在太平公主之前，唐朝只有一位公主曾经开府——唐高祖的女儿平阳公主。当年她帮高祖一起打天下，率领赫赫有名的娘子军在长安周围发展势力，为李唐王朝的建立立下了汗马功劳，所以李唐建国之后她能开府设官，这是特例。太平公主开府不仅表明她特殊的政治地位，同时也等于认可了她对国家公务的参与权。

在经济待遇方面，唐中宗李显登基之后，将太平公主和相王李旦的实封都涨到五千户。所谓实封，就是国家赐给功臣贵戚的封户。享受多少户的实封，就等于能向多少户人家征收租税。

那么五千户实封是多少呢？当时唐朝一共有六百一十五万户，其中能够向国家提供赋税的不超过三百万户，太平公主一个人就占了国家整个收入的六百分之一。

更厉害的是，不仅太平公主本人有实封，她和薛绍生的两男两女，和武攸暨生的两男一女，一共七个孩子，也都享受实封。赏赐给她的珍宝更是不计其数，她一家的经济实力真是富可敌国。

第九十八回　江湖浪不敌岁月催
　　　　　　　老姜辣策划神龙变

　　神龙元年（705年）新年过后，武则天病情加重，大臣概不接见，亲子亦不得见面。只有张易之、张昌宗兄弟二人常在床侧。

　　在各位大臣上奏要求处罚二张时，有一个重量级大人物却选择了沉默——张柬之。他心里已经有了另一个主意：不仅仅要把张氏兄弟除掉，还要把则天皇帝请下台！

　　宰相张柬之和崔玄暐、中台右丞敬晖、司刑少卿桓彦范、右台中丞袁恕己五人都想恢复李唐江山，他们积极招募心中的同道。朝中官员的嗅觉是十分敏锐的，都心照不宣地积极加入。张柬之怕二张觉察出异样，打草惊蛇，让阿附张氏兄弟的武攸宜担任右羽林卫将军，以安其心。

　　作出了上述安排后，张柬之仍然不准备行动，他认为还缺关键一步，就是调动禁军的权力！

　　早在四年前的久视元年（700年），时任荆州都督府长史的张柬之，被提拔为洛阳司马。快要离开荆州时，张柬之向他的继任杨元琰办理移交手续。交谈一番之后，张柬之大有知己之感，邀请杨元琰到长江的一艘船上秘谈。"恢复李唐"的宗旨和实施办法被确定下来。

　　后来，张柬之当上了宰相，他忘不了船中秘盟，提拔杨元琰为右羽林卫将军。

　　不过，只拥有杨元琰的支持还不够。要实施兵谏，必须有一击而中

— 453 —

的把握，否则万一失败，仅靠右羽林那一点点人，怎能是整个京畿卫戍部队的对手？武则天还是皇帝，大周军队仍然是效忠于她的。

宫廷卫士及京都卫戍兵力各有数队，步兵骑兵俱有。大略来说，南卫专掌京城巡警，保持京城治安；北卫专司保卫皇城，皇城内除皇宫之外，有朝廷各官衙。南北卫又分为若干部，由六个上将军统领。其中以右羽林卫大将军李多祚最为重要。

李多祚是靺鞨后裔，早就迁居中原，自幼骁勇，擅长弓马，因屡立战功升为右羽林卫将军，现担任玄武门宿卫。在张柬之的巧舌之下，李多祚毅然加入政变行列。随后，他把三个密友——桓彦范、敬晖及右散骑侍郎李湛等心腹都安排进左、右羽林卫。

此时万事俱备，只欠东风。刚好，太子显离开了东宫，暂住北门边的宫中，准备随时服侍母皇。桓彦范和敬晖两人冒着杀头的危险偷偷去见太子殿下。在他俩的恳求下，太子答应支持他们的行动。

稳妥起见，他还联系了太平公主和相王李旦。事先让太平公主和上官婉儿策反宫女，以便获知二张的动向和武皇的情况，事变之时作为内应；同时，和李旦约好，事变时兵分两路，张柬之和众位将军进宫控制住武皇，李旦则发兵控制政府，进而稳定整个首都的局面。

神龙元年正月二十二日（705年3月17日）清晨，皇宫北门外的禁卫军集合于一处。张柬之、崔玄暐、桓彦范与右威卫将军薛思行等人率领左右羽林卫五百人来到玄武门。一场政变悄然展开！

他们先派李多祚、李湛和内直郎、太子的女婿兼驸马都尉王同皎到东宫迎接太子。

没想到，事情出了意外——虽然事先已有约定，但事到临头，太子懦弱的性格又表露无疑，他不敢来了！

他不来怎么行？如果太子不来，张柬之等人的行为就是真正的谋反，完全失去了任何正义性。太子的女婿王同皎苦口婆心地对岳父大人说了许多恳求的话，什么先帝把国家托付给你，如今正是最好的机会，可以诛杀二张，恢复李唐社稷。殿下应该马上到玄武门以应重望之类的话，不一而足。

太子说："杀二张当然是应该的，可是母皇的身体不好，万一惊扰了她，是臣子的重大过失。诸公能不能容后再图？"

士兵们心里这个急呀：岂有此理！好不容易起事了，居然半途而废，我们手下才多少人啊？密谋一旦泄露，难道还有再次出手的机会？早就被大部队斩尽杀绝了。老子舍生忘死，冒着灭九族的危险，不就是为了将来的荣华富贵和名垂青史吗？你这懦夫居然敢打退堂鼓，如果不是看你还有利用价值，真恨不得一刀捅了你！

在旁的李湛不愧是李义府之子，他大踏一步，把脸一抹，对太子厉声说："诸将相都不顾身家性命，要为社稷殉死。殿下却不敢出头，是要让我们这些义士因为叛逆罪下油锅吗？如果殿下不愿意，将士们是不答应的。如何阻止他们，请殿下自己去说吧！"威胁的话说到这个份上了，太子还在犹豫。王同皎一把架起岳父大人，拥上马背，直奔玄武门而去！

中宗一露面，张柬之等人才松了一口气。

他们在玄武门杀了那些来不及反应的卫兵，冲入宫中。殿中监田归道带领千骑（名字叫千骑，实际上只有百余人）拒绝合作，进行抵抗。毕竟仓促不及防备，人数又少，抵抗不住，让"义兵"冲了进去。

众人一进宫门，依照预定计划分队前进，李多祚带兵直奔武后住的迎仙宫。

张易之与张昌宗听见人声喧哗，出来一看，知道出了意外。卫士甲胄鲜明，绕过池塘，即向廊下拥进。二张知道末路已至，拔腿就跑。众兵士把二张围住，不由分说砍了头。

在两百多步前面就是长生殿，武则天正睡在床上。

李多祚将军进入院中，命令侍从通通退出。张柬之等进去。这时候他们才松了一口气——控制住了皇帝，就放心了。

武则天在半睡半醒之间，听到众人纷扰的声音，心知不对。见众人已在眼前，平静地问道："你们谁在作乱？"

对于政变的说辞，宰相们早有准备："张易之、张昌宗兄弟谋反，臣等奉太子的命令诛杀了他们。恐怕事有泄露，所以不敢先奏。擅自发兵宫禁，我等罪该万死！"武则天顿时明白了。

她在人群中看见了惶恐不安的太子显，对他说："原来是你！张氏兄弟既然已经被杀，你可以速还东宫。"

太子显对母皇的畏惧早已深入骨髓，条件反射地马上要答应。他要是回了东宫，这些冒着生命危险政变的人会怎么样？等待武则天秋后算账？

一见不好，年过半百的桓彦范比二三十岁的年轻人反应还快，赶紧插上一嘴："太子怎么能再回东宫？从前天皇把爱子托付给陛下，现太子年岁既长，尚居东宫，实属不妥。天意人心，久思李氏，群臣不能忘记太宗、天皇之德，才奉太子诛贼臣。愿陛下传位太子，以顺天意人心！"

一听此话，武则天心里凉了半截，半晌无语。

武则天知道再没什么话好说了，躺在床上，不再理会群臣。

第二天，正月二十三日，朝臣以武则天的名义下诏任命太子监国，大赦天下。

正月二十四日，大臣们再度以武则天的名义下诏传位太子，这当然是强迫性的退位。《旧唐书》毫不客气地指出这是"中宗篡位"，但不要忘了，是武则天篡位在先。

二十五日，李显尊母皇武则天为太上皇。这表明太子显根本不敢把武则天的帝号取消。

接下来是论功行赏，弟弟相王李旦加号为安国相王，妹妹太平公主加号镇国太平公主；张柬之为夏官尚书、同凤阁鸾台三品，崔玄暐为内史，袁恕己同凤阁鸾台三品，敬晖、桓彦范皆为纳言，赐爵郡公。

李多祚赐爵辽阳郡王，王同皎为右千牛将军、琅邪郡公，李湛为右羽林大将军、赵国公。其余跟从者也各有封赏；李氏皇族被武则天清洗的人都恢复属籍，平反昭雪。魏元忠曾因张昌宗贬谪出京，因众望所归，由中宗召回朝廷为侍中，后为中书令。

殿中监田归道因为抵抗"义军"得罪在家，敬晖想杀了他，田归道说："对于外来兵马，我身为千骑，当然应该领兵对抗，此是我的职责，我无罪！"中宗听了，大为欣赏，不仅不杀他，反而提拔他为太仆卿。

二十六日，已经成为太上皇的武则天被从迎仙宫"请出"，徙居上阳宫，让李湛率领禁军护佑。文武百官在一旁列队送别，这是最后一次百官朝拜武则天了。

二十七日，中宗李显封母亲为则天大圣皇帝。"则天"二字是为了提醒世人，十五年前，母亲就是在则天门上登基称帝的。那场面依稀就在眼前。

二月一日，中宗率领百官到上阳宫问候太上皇武则天，此后每十天探望一次。

二月四日，中宗李显登上城门，恢复大唐国号。至此，持续了十五年之久的大周帝国结束了。

十一年的才人，二十八年的皇后，七年的皇太后，十五年的皇帝，武则天丰富的一生，没有任何人可以匹敌，没有任何人可以重复。现在，她终于有了生命中少有的，可以静静沐浴在阳光下的时光。

她的身体一天比一天虚弱。她的思维有时清醒，有时混乱。她不能总结自己，但是她始终坚持做自己。她不知道在迈向巅峰的时候，脚下踩过多少人的尸体。功过是非，她也不想弄明白。她躺着，活着，支撑着生命的气息。她只知道，她为了付出一生的锦绣江山，在她身后也会迎来平静祥和的朝阳。

神龙元年十一月二十六日，上阳宫的仙居殿内，武则天逝世，享年八十二岁。

她死前曾英勇地留下遗嘱：去帝号，称则天大圣皇后。她终于决定只做皇后，只做女人。并将王皇后、萧淑妃二族及褚遂良、韩瑗等政敌赦免。

　　在满目青绿的春天的五月，她的灵柩在儿女们的护送下，体体面面地由洛阳运至长安，由皇帝李显亲自主持了隆重辉煌的安葬仪式。

　　他们在那个巨大的陵墓前，为武则天树起了一块高高耸入苍天的无字碑。这是何等明智而又大气的选择。是非功过，留给后人评说。

第九十九回　大国泱泱有目共睹　往事滔滔无字丰碑

人们恨她也好，爱她也罢，武则天统治下的中国，是当时世界上最大最富裕的国家，这是世界历史学家公认的。

在她执政期间，推行了许多利国利民的政策。

封建时代，国家的兵役和徭役都由编入户籍的民众来承担。考虑到收成的不稳定性，隐瞒人口的现象十分普遍，隐瞒不了就逃亡，脱离国家编户，这就形成了逃户。国家逃户越多，对国家的经济军事的危害都十分巨大。

武则天一改之前对逃户严厉打击的老法子，规定各色人等（包括工人商人农民）如果由于饥荒逃亡，在一定时间内自首，可以获得政府赦免；还能在新的地区开荒者，一年之内免租役。她还命令实在贫困无所依者，由政府接济。

从户口的增加也可看出武则天的德政。《资治通鉴》说："在唐高宗永徽三年（652年），即唐太宗死后的第三年，中国只有三百八十万户，而到武后神龙元年（705年）已经达到六百一十五万户。"

当时关中地广人稀，时常发生饥荒。武则天为了解决这个问题，考虑再三，决定大规模组织移民。这道诏书是在天授二年发布的。

则天皇帝要求坚持两个原则：一是百姓自己要情愿，官府不得强迫；二是对移民给予优惠政策，"给复三年"，移民三年内不需要服徭役。

这一次的移民规模相当大,天授二年,徙关内雍、同、秦等七州户数十万,以实洛阳和河洛以东的广大地区。

这次移民之后,终则天之世,关中再无饥馑爆发。

国家是以农业为本的,而农业的发展又与水利工程分不开。武则天修的水利工程除了陕西、山东、河南、河北外,还在江苏、浙江和四川地区修建了水利工程,对江南农业的发展更是不遗余力。江南在盛唐中唐之后逐渐取代中原地区,成为国家的经济重心。

和中国很多皇帝重农抑商的政策不同,武则天重农而不抑商,对商业的发展,包括来自各国的外商都采取了相对宽松的政策,使长安、洛阳积聚了当时世界各国的产品。她从商人手上抽税,避免了过度压榨农民。

在抗击外来入侵、保护边境安宁、改善相邻各国的关系方面,武则天也做了很多努力。

对吐蕃贵族的入侵和骚扰,她给予坚决的抵御和反击。垂拱三年(687年),正当武后忙于篡位时,吐蕃又占领了安西四镇,其前锋直达敦煌。长寿元年(692年)她派大将王孝杰击败吐蕃,一举收复安西四镇,复置安西都护府于龟兹。长安二年(702年),武则天于庭州置北庭都护府(今新疆吉木萨尔北破城子),管理西突厥故地,打通了一度中断的通向中亚地区的"丝绸之路"。

她还在边疆地区大规模组织屯田。

屯田是在天授元年(690年)开始的,当时娄师德任左金吾将军,兼检校丰州都督,知营田事。

丰州治九原与突厥相邻,是丘陵地带,军粮运输困难,娄师德发扬"自己动手,丰衣足食"的精神,军粮不仅自给自足,还有余粮支援兄弟队伍。则天皇帝知道后非常高兴,亲自下诏褒奖。后来娄师德又受命在河源、积石、怀运等军及河、兰、鄯、廓等州任营田大使,组织屯田工作，减轻了国家的负担。

大足元年（701年），郭元振也在军屯上做出了卓越贡献。最初他只是通泉县尉，武则天某次召他谈话，对他的谈吐和智谋大为欣赏，任命他为凉州都督。他在甘肃境内和甘州刺史李汉通组织军屯，耕战结合，使当地粮食的价格由每十斗数千钱降至一匹绢籴数十斛粟麦。当地出现了《旧唐书》称赞的"夷夏畏慕，令行禁止，牛羊被野，路不拾遗"的局面。

她重视科举，打击了保守的门阀贵族。

武则天被立为皇后以后，把反对她做皇后的长孙无忌、褚遂良等人一个一个都赶出了朝廷，贬逐到边远地区。当时她只是为了打击政敌，没想到无心插柳柳成荫，这一举动间接起到了打击保守的门阀贵族的作用。

而在她掌握政权之后，开始真正重视人才的选拔和使用。

她不计门第，不拘资格，一律量才使用。为了广揽人才，她发展和完善了隋以来的科举制度，开创自举、试官等多种制度，让大批出身寒门的子弟有了一展才华的机会。还设立了南选制，专门挑选岭南地区的知识分子进入官场，让全国读书人有公平竞争的机会。

此外，她还首创了殿试和武举制度。比如，中唐名将郭子仪，就是"自武举异等出"。号称"君子满朝"娄师德、狄仁杰，以及后来的"开元贤相"姚崇和宋璟等也是武则天时期提拔起来的。

一种选拔特殊人才的"制科"途径大大拓宽了，到显庆三年（659年）三月，制科共设有八个科目，有九百人候选，选出了张九龄、郭待封等人进入弘文馆，作为皇帝的顾问。这也是为了积聚人才力量，等到第二年，她就发起了对长孙无忌的最后攻势。

唐人沈既济在谈及科举制度时说："太后君临天下二十余年，当时公卿百辟，无不以文章达，因循日久，浸已成风。"正是文化的普及，推动了文化的全面发展。雕塑、绘画也达到了前所未有的水平。史称武则天当政时期为"贞观遗风"。

武则天也有不少残忍的行为。

她杀姐、杀兄、杀女、杀子、杀侄、杀夫之亲族之事，姑不论有些事情真假难辩，就算都是真的，这些事情古往今来，四海万国，许多明君英主都做过。不必举很远的例子，唐太宗杀兄、杀弟、杀侄、杀子，唐明皇一日杀三子，汉武帝也是杀妻妾、杀子女、杀孙子孙女、杀媳、杀婿，杀得长安一片血光，死亡数万。仅仅因为这些皇帝是男的，对他们所有的谴责都比不上对武则天一个人的谴责多。

当然，在武则天掌权近半个世纪的较长时期内，也有很多过失。比如多疑李唐宗室、掌权大臣不忠于己，任用索元礼、周兴及来俊臣等酷吏，广事罗织，严酷逼供，奖励告密。滥杀无辜，使不少污吏横行一时。武周政权正式建立以后，斗争趋向缓和，此风才有所收敛。称帝第二年，武则天便用两大酷吏之一的来俊臣杀了另一个酷吏周兴；至万岁通天二年（697年），杀来俊臣，结束了酷吏政治。

武则天为了称帝尊崇佛教，大修庙宇，建造规模宏大的明堂和天堂，造天枢，铸九鼎，浪费了大量的人力物力。

当时朝廷上人人自危，但朝廷下就未必了。百姓在武则天的统治下，过得还是不错的，就连最反感她，对她的谩骂无以复加的《新唐书》也称赞"僭于上而治于下"，肯定她在位的时候百姓生活尚可。武则天死后，她家乡广元的百姓自发纪念她。乾陵人也是这样，每年麦收之后都要祭祀她。

作为中国历史上唯一的女皇帝，能够排除万难，在长达半个世纪的统治期内，形成强有力的中央集权，社会安定，经济发展，上承"贞观之治"，下启"开元盛世"，革除时弊，发展生产，完善科举，任用贤才，锐意改革，这些功绩与她的过失相比，难以同日而语。

然而人们在评价她时，总有意无意地忽略这些，而把目光放在其他地方，比如说她专制的管理和淫乱的私生活。须知，武则天再怎么厉害,仍是个女人。在女人被极端压抑的年代,她的称帝实属大逆不道。不管她把国家管理得如何,她仍是许多人的眼中钉。于是,她不得不采取高压政策。

毛泽东评价:武则天确实是个治国之才,她既有容人之量,又有识人之智,还有用人之术。她提拔过不少人,也杀了不少人。刚刚提拔又杀了的也不少。

郭沫若评价:政启开元治宏贞观,芳流剑阁光被利州。

宋庆龄评价:武则天是封建时代杰出的女政治家。但就家庭角色而言,不难看出武则天也是个好妻子。

正可谓:六宫粉黛无颜色,万国衣冠拜冕旒。